AF200737

1925

-Liebe kämpft-

Lisa Pfeifer

TEIL 2

Für alle,

die sich selbst noch finden müssen

Impressum:

© 2020 Lisa Pfeifer

2.Auflage

Bergisch Gladbacher Straße 829, 51069 Köln

Umschlaggestaltung: Lisa Schmermer

Medien: Fotolia

Lektorat: Franziska Fezer

Herstellung und Verlag: BoD – Books on Demand, Norderstedt

ISBN: 9783751900737

Alle Personen und Namen sind frei erfunden. Ähnlichkeit mit lebenden Personen sind zufällig und nicht beabsichtigt.

Bibliografische Information der Deutschen Nationalbibliothek: Die Deutsche Nationalbibliothek verzeichnet diese Publikation in der Deutschen Nationalbibliografie; detaillierte bibliografische Daten sind im Internet über dnb.dnb.de abrufbar.

SOUNDTRACK

Movin´ Out – Alex Goot
22 – Taylor Swift
Feel – Robbie Williams
Walls – Louis Tomlinson
Angels – Robbie Williams
Iris – The Goo Goo Dolls
I Was Born To Love You – Freddie Mercury
Adore You – Harry Styles

1925

-Liebe kämpft-

1. KAPITEL

Mir dröhnt der Kopf, als ich mich aufsetze. Ungelenk angle ich mir die Hose vom Boden und beim Vorbeugen könnte ich schon wieder brechen. Allerdings will ich Nicks Fußboden nicht ruinieren und halte mich zurück. Nachdem ich mich in die Hose gekämpft habe, gehe ich auf wackeligen Beinen wankend in die Küche.

»Morgen«, begrüßt mich Nick und schenkt mir einen Kaffee ein. Bereits beim ersten Schluck stellt es mir sämtliche Haare. Der Kaffee ist so stark, dass der pinkfarbene Perlmuttlöffel fast darin steht. Die Farben der bunt bemalten Kanne tun in den Augen weh und ich muss sie zusammenkneifen. Nick setzt sich und sieht mich an.

»Ich wusste nicht, ob dir nach etwas zu Essen zumute ist, deshalb habe ich lieber mal nichts hingestellt. Ich kann dir aber gerne ein Ei ...«

»Danke Nick, mir wird schon bei der Vorstellung daran schlecht«, stöhne ich und reibe mir den Magen. Nein, essen kann ich nun wirklich nichts.

Gott, fühle ich mich scheiße.

1

»Willst du eine Aspirin?«, fragt Nick und legt eine vor mir auf den Tisch. Er füllt ein Glas mit Wasser, stellt es daneben und ich lasse die Tablette hineinfallen. Sprudelnd löst sie sich auf.

»Danke, dass ich bei dir schlafen durfte. Heil wäre ich, glaube ich, nicht nach Hause gekommen«, sage ich langsam und blinzele das Wasserglas an.

»Oh ja, du warst ganz schön betrunken. Wie kam es denn dazu?«

Ich erzähle Nick von der Party und davon, dass ich eigentlich gar nicht vorhatte, so dermaßen abzustürzen. Auch den perversen Taxifahrer lasse ich nicht aus und mein Kumpel rümpft angeekelt die Nase. »Gut, dass du ausgestiegen bist. Wer weiß, inwiefern der Typ deine Lage ausgenutzt hätte. Ich will gar nicht daran denken. Womöglich hättest du dann wie ein Junkie irgendwo in der Gosse gelegen.«

Junkie ...

Das erinnert mich an etwas, doch gerade komme ich nicht darauf. Irgendetwas hatte ich heute geplant, was mit einem Junkie zu tun hatte, aber genau kriege ich es nicht zusammen.

Die Tablette hat sich mittlerweile aufgelöst und ich trinke einige Schlucke.

Nick quatscht in der Zwischenzeit weiter und malt sich die schlimmsten Dinge aus: »... oder er hätte sich an dir vergehen können. Man liest ja doch häufiger von solchen Kerlen, die einen dann betäuben und vergewaltigen. Oh Gott, stell dir das mal vor, du wachst auf und weißt nicht, was passiert ist, und dann tauchen vielleicht Bilder auf ...«

»Nick, kannst du das bitte lassen? Ich will es mir eigentlich gar nicht ausdenken, was hätte passieren können«, stöhne ich und mit einem Mal fällt mir ein, was ich heute geplant habe, und ich sitze sofort aufrecht am Tisch. Der Ruck geht mir dabei direkt in den Kopf.

»Na die Aspirin scheint ja schnell zu wirken«, witzelt Nick und nimmt ganz gelassen einen Schluck Kaffee.

»Das Casting! Ich habe heute ein Casting ... aber ich weiß nicht mehr wann. Scheiße«, bringe ich keuchend hervor und suche in meiner Hosentasche nach dem Handy.

Ich kann mich nicht mehr an die Uhrzeit erinnern.

Mist!

Hoffentlich habe ich noch genug Zeit und bin nicht zu spät.

»Wo ist mein Handy?«, frage ich gehetzt und stehe auf.

»Vielleicht in deinem Mantel. Was machst du denn so einen Stress? Die werden sicherlich nicht um 11 Uhr morgens ein Casting ansetzen«, sagt Nick gelassen und sieht mir dabei zu, wie ich zum Sofa stürze und alle Taschen meines Mantels durchsuche. Endlich finde ich das Handy und sehe auf den Terminkalender.

14:45 Uhr Casting – Brixton

Puh, ich hab noch genug Zeit. Erleichtert atme ich aus und setze mich wieder zu Nick, der sich entspannt die zweite Tasse Kaffee einschenkt.

»Was ist eigentlich aus dir und Lucas geworden?«, fragt er, ganz so, als wären wir gerade nicht unterbrochen worden. »Ich hab da so ein paar Fotos online gesehen.«

»Wir sind zusammen«, antworte ich dümmlich grinsend, denn es macht mich irgendwie stolz, das sagen zu können. Nick hebt begeistert den Kopf.

»Du hast ... du hast ihn wirklich rumgekriegt? Wie hast du es angestellt?«, fragt er neugierig und ich reibe mir verlegen den Nacken.

»Naja, nachdem wir abends im Hotel waren und uns geküsst hatten, war er ja erstmal ziemlich sauer«, fange ich an und Nick sagt nur: »Ja, das hast du mir schon erzählt.«

»Ich habe dann mehrmals versucht, mit ihm zu reden, er war aber ein ganz

3

schöner Dickkopf. Und dann haben wir eine Szene gedreht, in der er stirbt und am Ende habe ich ihn geküsst, weil es ja so im Drehbuch stand und ich hab ewig nicht gemerkt, dass er mich auch küsst! Das war unglaublich. Ich sage dir, ich bin so glücklich mit ihm, das ist nicht normal. Jeden Tag warte ich darauf, dass der große Knall kommt und ich wieder allein dastehe, aber momentan ist alles gut, das ist fast schon ein wenig unheimlich.« Nick strahlt mich an und schüttelt dabei ungläubig den Kopf, dann steht er auf, nimmt mich in den Arm und gibt mir einen Kuss.

»Ach Henry, ich freue mich ja so für dich.« Fast kommt es mir so vor, als ob er insgeheim immer davon ausging, ich würde niemals einen abkriegen.

»Was für ein Casting hast du denn heute?«, fragt er nach und ich erzähle ihm kurz von der Rolle des Junkies. »Und wieso machst du dir so einen Stress? Bleib doch einfach so, wie du jetzt bist. Gut, vielleicht solltest du dir eine Hose anziehen, die nicht aussieht, als ob sie 200£ gekostet hat, aber deine Haare und dein Aussehen passen heute wunderbar zu der Rolle.« Ich sehe an mir herunter. Tatsächlich ist das Hemd ziemlich zerknittert, ich finde allerdings, dass ein Drogensüchtiger eher einen Hoodie oder Ähnliches tragen sollte.

»Vielleicht ziehe ich doch was anderes an...«, überlege ich laut und zupfe an dem Hemd herum. Bevor Nick noch etwas dazu sagen kann, klingelt mein Handy und Lucas´ Name erscheint auf dem Display. Sofort macht mein Herz einen Hüpfer und ich hebe hastig ab. »Lucas?«

»Hey Henry, ich wollte nur Bescheid sagen, dass ich jetzt angekommen bin. Muss nur noch auf meinen Koffer warten«, sagt mein Freund und gähnt. Seine Stimme ist noch rauer als sonst. Er klingt verschlafen, das ist süß.

»Wie geht es dir? Hattest du einen guten Flug?«, frage ich liebevoll und Nick verdreht amüsiert die Augen.

»Ich bin richtig müde und freue mich auf mein Bett, wenn ich ehrlich sein soll.

Oh, da kommt mein Koffer ... Henry ich ...«, er ächzt kurz und ich höre den Koffer vom Band rutschen, » ... ich lege jetzt auf, damit ich beide Hände frei habe. Ich rufe dich morgen an, sobald ich ein wenig geschlafen habe, ja?«

»Wie spät ist es jetzt bei dir, Lucas?«, frage ich und sehe auf die Uhr. Bei uns ist es 11:20 Uhr.

»Wir haben 1:20 Uhr. Es ist mitten in der Nacht und am Flughafen ist auch nur noch ganz wenig los.« Sofort stelle ich ihn mir allein in einem leeren Gebäude vor und muss an meine Taxifahrt von gestern denken.

Hoffentlich passiert ihm nichts.

»Baby, holt dich jemand ab? Es fühlt sich nicht gut an, zu wissen, dass du nachts alleine an einem Flughafen herumläufst.« Lucas kann mich beruhigen, indem er mir versichert, dass die Produktion einen Fahrer schicken wird, der ihn abholt. Nachdem ich ihm das Versprechen abgenommen habe, mir eine Nachricht zu schreiben, sobald er im Hotel angekommen ist, lege ich auf und sehe noch einen Moment auf sein Bild, das auf dem Display angezeigt wird.

Erst Nick holt mich zurück. »Krass, bist du verknallt.«

»Lass das, das macht mich ganz verlegen«, sage ich und muss aber grinsen, denn er hat natürlich recht. Ich bin in Lucas verknallt, und zwar bis über beide Ohren. Er ist einfach der tollste Freund der Welt.

Wenig später mache ich mich auf den Weg nach Hause und als ich dort ankomme, stehen Reporter vor meiner Tür. Zwei Kameramänner und vier Fotografen sind ebenfalls dabei. Sie sehen erwartungsvoll in meine Richtung und je näher ich komme, desto enger rücken sie zusammen und versperren mir so den Weg zur Haustür.

»Henry, was ist gestern Abend passiert? Es sind einige Fotos online aufgetaucht«, fragt ein Mann und hält mir ein Mikrophon vors Gesicht. Das

Licht der Kameras blendet enorm und ich versuche, nicht direkt hinein zu sehen. Rasch lege ich mir eine Antwort parat, denn ich bin sicher, dass sie mich nicht gehen lassen, bevor ich dazu nichts gesagt habe. Deswegen sage ich lächelnd: »Ich wurde gestern in der Tube von einigen betrunkenen Männern angepöbelt. Ein junges Mädchen hatte sich eingemischt und lief Gefahr, ebenfalls Opfer dieser Typen zu werden. Gewalt gegen Frauen geht gar nicht und ich habe mich natürlich eingemischt. Ich bewundere sie sehr für ihre Courage, denn außer ihr hatte niemand den Mut einzuschreiten.« Mit einem Nicken zu den anderen Reportern will ich mich abwenden, doch man hält mich auf. »Und was hat es mit den anderen Fotos auf sich? Offenbar haben Sie sich auf der Straße übergeben. Verlieren Sie die Kontrolle?«

Ob ich die Kontrolle verliere?

»Glauben Sie mir, wenn ich sage, dass ich darauf keineswegs stolz bin. Aber ich denke, jeder von uns hat schon einmal ein wenig zu viel getrunken.«

Das muss genügen, mehr werde ich dazu nicht sagen. Energisch schiebe ich mich zur Treppe vor. Die Fragen zu Lucas und ob er der Grund für die Pöbeleien und die Trinkerei war, ignoriere ich.

»Sie wurden vor wenigen Tagen in Camden gesehen. Dort soll Lucas Thomas leben. Was hat es damit auf sich?« Ich schweige, doch als eine Dame Tatiana erwähnt, kann ich es mir nicht verkneifen, wenigstens zu sagen: »Ja, wir haben uns getrennt und ich wünsche ihr alles Gute. Sie ist eine wunderbare Frau.«

Hoffentlich habe ich sie jetzt zufriedengestellt.

Wobei die Presse eigentlich nie zufrieden ist. Am liebsten würden sie alles wissen wollen und selbst das wäre nicht genug. Ich bin gespannt, was sie aus den Informationen, die ich ihnen gegeben habe, machen und inwiefern man mir die Worte im Mund herumdreht.

Weil das Vorsprechen ansteht und ich mich auf das Casting konzentrieren muss, zwinge ich mich dazu, keine weiteren Gedanken an die Reporter zu verschwenden. Jetzt ist Wichtigeres zu tun. Ich muss meinen Text beherrschen und mir auch überlegen, was ich anziehe. Schließlich sollte man beim Vorsprechen ja schon so nah wie möglich an eine Rolle herankommen, damit sich der Regisseur schon vorstellen kann, wie das alles am Ende aussehen könnte.

Aus dem Schrank krame ich deswegen einen Hoodie, den ich schon seit Jahren nicht mehr getragen habe und schlüpfe in eine zerschlissene Skinny Jeans. Ob ich noch Stiefel dazu anziehe? Mit der Hand fahre ich mir nachdenklich durch die kurzen Haare im Nacken, wobei mir auffällt, dass meine Frisur nicht passt. Die ist viel zu ordentlich für einen Obdachlosen. Kurzerhand greife ich eine Mütze, die ich so aufsetze, dass nur die Haare vorn rausschauen. Mit einem Mal sehe ich wieder aus wie mit 19. So kann ich gehen.

Das Vorsprechen findet in einem schönen Altbaugebäude statt, in dem auch das Produktionsbüro für Way Out eingemietet wurde. Da es kein offenes Casting ist, bin ich der einzige Schauspieler. Ich lerne die Regisseurin Alex, ihre Regieassistentin Min Sun, sowie meine Kollegin, Isobel Potts, kennen, die die Hauptrolle im Film spielen wird. Isobel hat schon einige Filme gedreht und ist in Großbritannien vor allem durch Actionfilme bekannt. Ich kannte sie bisher noch nicht persönlich. Mal sehen, wie gut wir miteinander zurechtkommen.

»Hallo, du musst Henry sein«, sagt Isobel und reicht mir die Hand.

»Ich freu mich sehr, dich kennenzulernen«, gebe ich freundlich zurück.

Sie ist ein wenig kleiner als ich, hat die blonden Haare zu einem hohen Zopf gebunden, trägt einen bequemen Pullover über einer Leggings und macht einen recht unkomplizierten Eindruck. Gemeinsam betreten wir einen großen

Raum, in dem lediglich ein Tisch und ein paar Stühle stehen.

Alex und Min Sun setzen sich und Alex bittet uns, mehrere Szenen zu spielen, die hauptsächlich im Rehazentrum stattfinden, wo Isobel als Evelyn, meine Rolle, Tommy, mehrfach aufnehmen muss und die beiden nach und nach zueinanderfinden.

»Dann legt mal los, ihr beiden«, sagt Alex und sieht uns auffordernd an. Isobel nickt und stellt sich in eine Ecke des Raumes, während ich mich in der Nähe der Tür positioniere und eine Hand auf die Klinke lege.

»*Geh schon auf, verdammt*«, knurre ich und rüttle an der Klinke herum. Immer wieder sehe ich über die Schulter und als Isobel mit strammen Schritten auf mich zu kommt, ziehe ich den Kopf ein.

»*Wo willst du hin, Tommy?*«

»*Ich halte es hier nicht mehr aus, Evelyn ... bitte. Lass mich gehen. Ich hab's mir anders überlegt. Ich will doch keinen Entzug machen. Das pack' ich eh nicht.*«

»*Oh nein, das wirst du nicht tun. Du bist schon so weit. Noch 48 Stunden, dann bist du aus dem Gröbsten raus.*«

»*Ich kann das aber nicht, ich halte die Schmerzen nicht aus. Bitte ... ich hole mir nur ganz wenig und komme auch wieder zurück*«, bettele ich und versuche, mich von Isobel loszumachen, die mich vorsichtig von der Tür wegzuziehen versucht. Kraftlos sinke ich auf die Knie. Tommy kann nicht mehr.

»*Wieso sollte ich dir das glauben?*«

»*Weil du mir wichtig bist ...*« Verlegen senke ich den Blick, während Isobel mich mit großen Augen anstarrt.

»Danke ihr beiden«, sagt Alex, als wir fertig sind.

Isobel steht auf, dann hilft sie mir auf die Beine und wir stehen vor der Regisseurin wie zwei Schüler, die gleich die Note für ihre mündliche Prüfung bekommen. »Würdet ihr einen Moment draußen warten? Wir müssen uns kurz besprechen.«

Jetzt bin ich aber gespannt.

Das Gefühl zwischen uns beiden war gut und ich glaube, dass Isobel mich auf ein ganz neues Level des Spiels heben wird. Jetzt, wo ich sie kennengelernt und mit ihr gespielt habe, will ich die Rolle unbedingt haben. Die Frau hat eine Energie und eine Kraft, von der ich spüre, dass ich noch viel lernen kann. Das könnte ein neues Abenteuer werden, das ich auf jeden Fall erleben möchte, und ich hoffe wirklich, dass Alex mir die Rolle gibt.

2. KAPITEL

Im Flur setzen wir uns und Isobel sieht mich lange an, bevor sie meint: »Und, was denkst du?«

»Ich hatte ein gutes Gefühl, ich glaube, wir beide passen gut zusammen. Wie ist es bei dir?«

»Auch gut. Du hast mich echt überzeugt. Ich denke auch, dass Alex das genauso sieht. Du musst wissen, dass wir schon echt lange nach einem Tommy suchen. Ich habe sicherlich zwanzig Kollegen getroffen, aber die haben alle nicht so ganz gepasst. Wir fangen ja schon in wenigen Wochen an zu drehen und sicher kennst du es anders, dass man eine Rolle nicht so kurzfristig besetzt.« Isobel zieht sich die Ärmel ihres Pullovers über die Hände und fährt fort: »Das Buch ist richtig toll und dem will Alex gerecht werden, deswegen ist sie so wählerisch bei der Besetzung für Tommy. Ich finde es gut, dass sie da so viel Sorgfalt hineinsteckt. Es ist wichtig, dass man auch Themen, wie Drogen und Kriminalität behandelt und nicht einfach fallen lässt. Gerade im TV kommt das viel zu kurz. Und dass die BBC einen Zweiteiler draus machen will zeigt ja auch, dass das Thema mehr Platz als nur 90 Minuten braucht. Übers TV erreicht man mehr Menschen als im Kino. Zumindest national ist es-« Die Tür öffnet sich wieder und sie unterbricht sich.

»Ihr könnt wieder reinkommen«, sagt Min Sun, die Regieassistentin, freundlich und wir folgen ihr zurück in den Raum.

»Also das, was wir da gesehen haben, war klasse. Zwischen euch beiden passt das Gefühl so gut, dass wir gar nicht lange überlegen mussten. Willkommen im Team Henry, du hast die Rolle.«

»Wow, wirklich?«, frage ich ungläubig und strahle Alex an.

»Ja, du hattest uns eigentlich auch schon auf deinem Demoband überzeugt, aber wir mussten natürlich noch sicherstellen, dass du dich mit Isobel verstehst. Es war übrigens toll, dass du dich optisch schon ein bisschen an die Rolle herangetastet hast, das hat uns die Vorstellung, wie es am Ende aussehen könnte, noch einfacher gemacht. Bis zum Drehbeginn möchten wir dich aber noch bitten, die Haare nicht mehr zu schneiden, damit die Maskenabteilung etwas mehr Spielraum in der Figurengestaltung hat.« Ich nicke sofort. Wenn ich einem Departement dabei helfen kann, mich in eine Rolle zu verwandeln, mache ich das gerne. Auch, wenn ich nicht glaube, dass 1 cm mehr da sonderlich viel ausmachen wird.

Jetzt, da ich die Rolle habe, kommt noch ein bisschen Organisatorisches auf mich hinzu. Alex zeigt mir den Weg zum Produktionsleiter, dem ich meine Kontaktdaten sowie die von Lauren gebe, damit er mit ihr in Kontakt treten und den Vertrag aushandeln kann. Außerdem bekomme ich eine ausgedruckte Version des aktuellen Drehbuches, in dem die neuesten Änderungen bereits enthalten sind, sowie den vorläufigen Drehplan ausgehändigt.

In vier Wochen soll es schon losgehen – genug Zeit, um mich im Kopf von

George zu verabschieden und auf Tommy einzulassen. Der Produktionsleiter legt mir außerdem einen Zettel hin, auf dem die bisher geplanten Daten für Fittings und Leseproben stehen. Es ist etwas knapp geplant, aber das hier ist Fernsehen und kein Kino, da geht häufiger alles ein wenig schneller und spontaner.

Es wird eine kleine Umgewöhnung für mich sein, aber jeder Job ist anders und ich habe mittlerweile genug Erfahrung in meinem Beruf, um halbwegs damit umgehen zu können. Auch wenn es nicht leicht ist, innerhalb kürzester Zeit eine Rolle abzulegen und eine neue anzunehmen.

Im Treppenhaus treffe ich nochmal auf Isobel, die gerade das Handy in die Tasche schiebt.

»Hey, wohin musst du denn? Ich hatte mir gerade ein Taxi gerufen. Vielleicht willst du ein Stück mitfahren«, bietet sie mir an und tatsächlich haben wir dieselbe Richtung. Gemeinsam verlassen wir das Gebäude und steigen in das Taxi, das wenig später vorfährt.

»Du bist gerade ziemlich im Gespräch«, sagt sie, als wir nebeneinandersitzen, und sieht mich aufmerksam an. »Da ist es vielleicht ganz gut, wenn du dich im nächsten Film in mich verliebst, dann dämpft das die Gerüchte vielleicht ein wenig.« Ich zucke mit den Schultern, höre ihr nur mit halbem Ohr zu, denn ich versuche nebenher, durch den Rückspiegel zu erkennen, ob der Taxifahrer der perverse Kerl von gestern ist.

»Ja, vielleicht ist das wirklich ganz gut«, antworte ich abwesend und bin erleichtert, dass es sich beim Fahrer des Wagens um einen freundlich wirkenden, rothaarigen Mann handelt.

»Alles okay bei dir? Du guckst so komisch«, fragt sie und folgt meinem Blick.

»Ach, ich hatte gestern eine etwas unschöne Begegnung mit einem

Taxifahrer«, sage ich und wende mich dann ihr zu. Das Thema muss ich nicht weiter vertiefen, wir kennen uns gerade mal eine Stunde, da ist mir sowas deutlich zu intim. »Du hast also von den Gerüchten gehört?«

»Nur am Rande, aber ich fand auch das erschreckend, weil man doch meinen sollte, dass man als Schauspieler niemandem Rechenschaft schuldig ist.« Sie seufzt und lehnt sich im Sitz zurück. »Ich halte meine Beziehung auch so gut es geht aus der Öffentlichkeit raus. Mein Freund arbeitet als Anwalt und hat keine Lust, auf die roten Teppiche mitzukommen. Für mich ist das okay und ich halte ihn raus. Je weniger die Presse weiß, desto besser.«

Tja, mein Freund ist leider auch Schauspieler, denke ich und muss erkennen, dass ich ihn deswegen nicht aus der Öffentlichkeit heraushalten kann, selbst wenn ich es wollte. Vor allem jetzt nicht mehr, da er eine Rolle bei Peter Jackson bekommen hat. Momentan kennt ihn zwar noch niemand, aber sobald 1925 im Kino ist, wird das anders und spätestens beim Silmarillion, in ein oder zwei Jahren, kennt ihn die ganze Welt.

»Hast du dich denn gut mit deinem Kollegen verstanden, mit dem du gedreht hast? Es ist immer schlimm, wenn einem eine Affäre mit jemandem angedichtet wird, den man nicht einmal leiden kann.« Sie grinst und ich nicke, allerdings sehr langsam.

»Ja, ich verstehe mich mit Lucas wirklich gut. Die Gerüchte kommen sicherlich auch daher ...« Mein Handy vibriert und ich ziehe es schnell aus der Tasche. Eine Nachricht von Lucas.

Wenn man vom Teufel spricht.

>>Sorry, hab ganz vergessen, mich zu melden. Bin nur noch ins Bett gefallen und eben kurz aufgewacht. Ich bin gut angekommen. Schlaf gut. Lucas xx<<

Schnell stecke ich das Telefon wieder weg.

»Das war jemand, den du sehr gerne hast«, stellt Isobel fest.

»Bist du Sherlock Holmes?«, frage ich und sie zuckt mit den Schultern.

»Vielleicht. Aber du bist gerade rot geworden und hast nachgesehen, ob ich auch ja nicht aufs Display gucken kann. Keine Angst, ich konnte die Nachricht nicht lesen.«

Puh, diese Frau ist aber ganz schön neugierig.

Vielleicht hätte sie lieber Reporterin werden sollen.

Als ich ihr das sage, wechselt sie ein wenig peinlich berührt schnell das Thema und wir unterhalten uns über banalere Dinge, bis wir auf der anderen Seite des Flusses angekommen sind, wo ich aussteige.

»Komm gut nach Hause und wir sehen uns sicherlich bald!«, rufe ich über den Verkehrslärm hinweg und schlage die Wagentür zu.

Ich habe die Rolle! Das ging so schnell, dass es noch nicht ganz in meinem Kopf angekommen ist. Das muss gefeiert werden! Nur wie? Alkohol kommt mir heute nicht über die Zunge.

Kurzerhand rufe ich Nick an und lade ihn zu Sushi ein. Er freut sich und verspricht, sich sofort auf den Weg zu machen. Wir verabreden uns in einer halben Stunde in einer Sushibar, die er vorgeschlagen hat. Der Weg dorthin ist recht weit und ich könnte die U-Bahn nehmen, doch weil ich noch ein wenig Zeit habe, gehe ich zu Fuß durch London. Da ich in meinem Hoodie und den schweren Stiefeln vollkommen anders angezogen bin, als sonst, spricht mich niemand an. Die Klamotten tarnen mich wunderbar und mit den Händen in den Taschen schlendere ich am Ufer der Themse entlang. Unter einer Brücke sitzen einige Obdachlose vor einem Gasbrenner und wärmen sich die Hände. Ich bleibe in großem Abstand stehen und beobachte sie eine Weile, wobei ich mich frage, was das wohl für Schicksale sind, die ich da vor mir habe. Jeder hier hat eine ganz eigene Geschichte und manche sind mit Sicherheit so dramatisch, dass man kaum fassen kann, dass sie wahr sind. Die abgetragenen Klamotten, die langen Haare und Bärte und die müden Augen halten einem deutlich vor, dass das Leben sich schneller ändern kann, als man sich das wünscht. Und wieder einmal muss ich mir eingestehen, dass ich sehr viel Glück hatte. Mir geht es doch wirklich gut. Allein, dass ich mich zum Essen verabredet habe, sollte doch schon Beweis genug sein und ich komme mir fast ein wenig dekadent vor. Als eine Frau aus der Gruppe den Blick hebt und mich bemerkt, mache ich mich schnell davon. Sie sollen nicht denken, dass ich sie beobachtet habe, auch wenn das gerade der Fall war. Wenn sie schon auf der Straße leben müssen, dann will ich ihnen wenigstens ein wenig Privatsphäre geben, die sie unter der Brücke haben.

Als mich Nick vor dem Restaurant trifft, muss er lachen. »Du siehst ja furchtbar aus. Ich dachte, du hättest dich zuhause ein wenig frisch gemacht« , meint er und zupft an meiner Mütze. »Hat sich der Aufwand wenigstens gelohnt?«

»Ja, das hat er. Ich habe die Rolle.« Triumphierend breite ich die Arme aus und hebe die Augenbrauen.

»Wow, echt? Wie cool. Ich freu mich für dich. Aber als Junkie wirst du hoffentlich besser aussehen, als jetzt ...«

»Oder schlimmer«, sage ich und Nick wirft mir einen Blick zu.

»Das wirst du aber nicht zulassen, oder? Einen gewissen Stil sollte man schon beibehalten.«

»Nick, das ist ein Film und ich bin Schauspieler. Ich muss authentisch aussehen und wenn das bedeutet, dass ich total ungepflegt, schmutzig und schlimm hergerichtet werde, dann wird das so sein«, sage ich amüsiert und drücke die Tür zum Restaurant auf.

»Naja, einen schönen Menschen kann nichts entstellen«, plappert Nick hinter mir, gut gelaunt, vor sich hin.

Die Dame an der Empfangsrezeption des Restaurants mustert mich kurz zweifelnd und ich lächle sie freundlich an. Meine Kleidung scheint sie abzuschrecken, doch als Nick neben mir auftaucht, freundschaftlich den Arm um mich legt und sagt: »Ich lade ihn heute zum Essen ein«, nickt sie, scheinbar erleichtert darüber, dass ich kein Schnorrer bin, lächelt und führt uns zu einem Tisch in der Ecke.

Kleider machen Leute.

Das Essen ist gut und ich genieße jeden Bissen, wenngleich ich auch noch nicht viel davon herunter bekomme. Mein Magen rumort noch immer vom Alkohol und ich muss vorsichtig sein. Außerdem muss ich an die Leute unter der Brücke denken und esse mit Bedacht und Achtung. Nick, der gestern nicht betrunken war, spachtelt munter vor sich hin und bestellt einen Teller nach dem anderen.

»Wo ist Lucas eigentlich? Heute Morgen meintest du, er wäre am Flughafen«, fragt Nick irgendwann und ich erzähle ihm kurz und knapp von Neuseeland. Ihm fällt beinahe das Essen aus dem Mund und er macht große Augen. Natürlich darf ich nicht sagen, dass er mit Peter Jackson dreht und auch nicht, dass es sich um das Silmarillion handelt, doch allein der Drehort beeindruckt Nick ungemein und er deutet mit einem Essstäbchen auf mich. »Pass auf, sonst überholt er dich noch.« Ich muss ihn daran erinnern, dass zwischen Lucas und mir keinerlei Wettbewerb herrscht. Es gibt hier kein besser oder schlechter. Wir lieben unseren Job und wollen spielen, was uns Spaß macht.

Auf dem Weg nach Hause erschlägt mich fast die Müdigkeit. Der fehlende Schlaf, den ich heute auf der Couch nicht bekommen habe, macht sich nun bemerkbar und ich schlafe in der Bahn fast ein. Die Kapuze wirkt beinahe wie ein Rollladen und schirmt das grelle Neonlicht ein wenig ab.

Mein Handy vibriert und ich brauche lange, um überhaupt zu realisieren, dass es sich bei dem Geräusch um mein Telefon handelt. Müde ziehe ich es aus der Tasche und gehe dran, wobei es mir fast aus der Hand fällt.

»Lucas! Hast du dich erholt?«, frage ich und drücke mir das Handy fest ans Ohr. Die U-Bahn rauscht so laut, dass ich ihn kaum verstehen kann.

»Hey, ja ich bin gerade aufgestanden, es ist jetzt 8 Uhr morgens und ich werde gleich abgeholt. Ich treffe gleich Peter Jackson und bin so nervös. Du hättest mitkommen sollen, dann könntest du jetzt Händchen halten. Ich bin so aufgeregt, dass ich mich fühle, als ob ich eine mündliche Prüfung machen müsste. Mir ist schlecht.« Er ist süß und ich kann nicht anders, als zu lächeln.

Ich vermisse ihn jetzt schon so sehr.

»Er hat dich für die Rolle ausgesucht, er wird sich freuen, dich zu sehen, da bin ich mir sicher. Du wirst dich nicht nochmal beweisen müssen, also sei nicht so nervös.« Mein Freund lacht hohl. »Du hast gut reden, du musst ihm ja nicht gegenübertreten. Allein, wenn ich mir schon vorstelle, was dieser Mann alles schon gemacht hat und dann komme ich, mit meiner winzigen Vita ... ohje ohje.« Ich kann förmlich vor mir sehen, wie er aufgeregt hin- und hergeht und sich die Haare rauft.

»Soll ich dich ablenken?«, biete ich an.

»Ja bitte, erzähle mir irgendwas.«

»Ich hatte heute ein Vorsprechen und hab die Rolle bekommen.«

»Wow, toll«, entgegnet Lucas milde beeindruckt. Er könnte ein wenig freudiger klingen, doch ich weiß, dass er im Kopf gerade woanders ist, also

17

nehme ich es ihm nicht übel.

»Ja und ich habe meine Kollegin heute schon kennengelernt. Isobel Potts heißt sie. Sie ist super nett und wir werden, glaube ich, sehr gut miteinander klarkommen.«

»Hm. Worum geht's in dem Film nochmal?«, fragt Lucas. Eine Jacke raschelt im Hintergrund. Offenbar ist er auf dem Sprung.

»Es ist die Verfilmung eines Buches. Ein TV Zweiteiler. Handelt von einer Sozialarbeiterin, Evelyn, die auf der Straße den drogensüchtigen Tommy aufsammelt und ihn versucht dazu zu kriegen, einen Entzug zu machen. Dabei verlieben sich die beiden ineinander und irgendwann gibt sie ihn an einen Kollegen ab, weil sie sich der Aufgabe nicht mehr gewachsen fühlt. Tommy macht seinen Entzug dann ohne Evelyn und die beiden treffen sich erst eineinhalb Jahre später wieder«, fasse ich die ganze Geschichte zusammen.

»Das klingt super. Wie ist Isobel so?«

»Ich hab nur einmal mit ihr gespielt und kurz Smalltalk gehalten. Sie scheint aber nett zu sein.« Lucas seufzt. »Solange ich deine Nummer Eins bleiben darf, ist das okay.«

Ich muss lachen. »Bitte sag mir nicht, dass du eifersüchtig bist. Du weißt doch, was Küsse und Liebeleien vor der Kamera bedeuten.«

»Die zwischen uns waren echt«, meint er und ich muss grinsen.

»Ja, weil ich dich liebe. Mach dir keine Gedanken, ja? Konnte ich dich ablenken?«

»Ja, du hast meine Angst vor Peter durch Eifersucht auf Isobel ausgetauscht. Dankeschön.« Lucas klingt so ernst, dass ich nicht genau weiß, was ich sagen soll und schlucke. Ich wollte ihn nicht eifersüchtig machen.

»Baby, das war ein Scherz. Ich glaube dir, wenn du sagst, dass du sie magst und ich weiß doch, dass das alles nur ein Job ist. Der Fahrer ist da, ich muss auflegen. Ich ruf dich später an, ja?«, sagt Lucas und klingt wieder locker.

»Mach das. Gutes Gelingen.«

»Ich liebe dich, Baby.« Er gibt mir einen Kuss durchs Telefon und ich drücke schweren Herzens auf den roten Knopf.

3. KAPITEL

Ich hole den Schlaf von gestern in dieser Nacht nach und schlafe so richtig aus. Mein Bett ist herrlich bequem und ich genieße es, heute keinen Termin zu haben. Alles um mich her ist weich und Lucas' Geruch hängt noch im Kopfkissen. Mit geschlossenen Augen nehme ich tiefe Züge davon.

Wenn ich will, kann ich den ganzen Tag hier liegen bleiben.

Würde ich noch zuhause wohnen, hätte meine Mum mich ganz sicher bereits geweckt.

Wie lange war ich schon nicht mehr in Twemlow Green oder habe mit meiner Mum gesprochen?

Kurzerhand nehme ich das Handy vom Ladekabel und wähle die Nummer. Wenn ich Dreharbeiten habe, traut sich meine Mum nie anzurufen, weil sie Angst hat, mich zu wecken oder am Set zu stören. Deswegen ist es jetzt an der Zeit, dass ich mich melde.

Bereits nach dem zweiten Klingeln hebt sie ab: »Henry, oh wie schön, dass du dich meldest!«

»Hey Mum, ja mir ist gerade aufgefallen, dass es schon ein bisschen her ist, seit wir telefoniert haben.«

»Allerdings, aber du hattest ja auch eine Menge zu tun. Wie geht es dir mein Schatz?«

»Ganz gut. Ich bin noch ein bisschen müde von den Dreharbeiten der letzten Wochen und gestern habe ich eine neue Rolle in einem TV-Zweiteiler bekommen. Viel Zeit zum Ausruhen bleibt da also nicht«, erzähle ich und berichte vom Casting. Natürlich will meine Mum auch wissen, wie der Dreh zu »1925« gelaufen ist und ich versuche, es so gut wie möglich zusammenzufassen, ohne in einen stundenlangen Monolog abzudriften.

»Das klingt ja wirklich toll Henry. Aber ein Hühnchen habe ich mit dir noch zu rupfen, mein Sohn«, sagt meine Mum und ich schlucke.

Was hab ich angestellt? Habe ich einen Geburtstag vergessen?

Ich zermartere mir den Kopf, doch bevor ich weitergrübeln kann, sagt sie: »Wieso weiß ich nicht, dass du einen Freund hast? Sind wir schon so weit, dass ich das aus der Zeitung erfahren muss?«

»Aber ... aber das ist doch gar nicht offiziell bestätigt...«, bringe ich stammelnd hervor und meine Mutter lacht. »Och Henry, natürlich nicht, aber ich habe Fotos gesehen und du bist mein Sohn. Ich konnte dir schon immer an der Nasenspitze ansehen, was mit dir los ist. Und wenn du verliebt bist, dann bleibt mir das nicht verborgen. Also erzähl mal: wie ist er so?«

Damit hat sie den Startschuss für meine Schwärmerei gegeben und ich kann gar nicht mehr damit aufhören, ihr von Lucas zu erzählen.

Ich beschreibe ihn von Kopf bis Fuß, sage, dass seine Stimme meist recht rau klingt und sein Kleidungsstil so leger ist, dass er sich schon mehrmals underdressed vorkam, wenn er mit mir unterwegs war und ich unglaublich glücklich bin.

»Und ich hab mich ganz langsam in ihn verliebt, ohne, dass ich es richtig gemerkt habe. Als ich das dann erkannt habe, war es wirklich schwer, sich normal zu verhalten. Wir mussten ja vor der Kamera ein Paar spielen. Und ich hatte ihm dummerweise anfangs auch noch gesagt, dass ich auf Frauen stehe.«

»Ach Henry, wir hatten das Thema doch schon so oft. Du musst aufhören, dich zu verstellen.«

»Mum, ich habe dir mindestens genauso oft gesagt, dass das nicht so einfach geht, wie du es dir vorstellst. Ich bin nicht öffentlich geoutet.«

»Du kannst eine Beziehung aber nicht im Geheimen führen, Schatz.«

»Das habe ich nicht vor. Ich werde mich outen, aber erst, wenn der Film rauskommt. Meine Managerin ist der Meinung, dass die Gerüchte die Publicity für den Film fördern könnten und deswegen möchte ich mich erst offen zu Lucas bekennen, wenn die Premiere stattfindet.«

Mum seufzt und fragt dann: »Wie steht Lucas dazu? Ist er geoutet?«

»Nein. Ich weiß zwar, dass er schwul ist, weil er offen damit umgeht, aber die breite Masse weiß nichts davon. Man kennt ihn aber auch noch nicht. Er hat kein Problem damit, dass wir uns zurückhalten, bis der Film rauskommt. Das ist ja nur noch knapp ein halbes Jahr.«

Nur sechs Monate, dann ist es raus und ich bin endlich frei.

Hoffentlich.

Mum scheint dasselbe zu denken. »Hast du dich einmal damit beschäftigt, was mit Schauspielern passiert, die sich outen? Ich will dir deinen Plan nicht ausreden, aber vielleicht solltest du dich damit auseinandersetzen, damit du weißt, welche Folgen das Outing haben wird.«

Das habe ich tatsächlich noch nicht getan, weshalb ich wenig später mit einer Kanne Tee und einem Sandwich am Küchentisch sitze und google.

Tatsächlich gibt es nur wenige Schauspieler, die offen schwul sind. Ian

McKellen ist einer davon und ich lese mehrere Interviews von ihm durch. Er hat sich erst mit 49 Jahren geoutet und als ich das lese, zieht sich in mir alles zusammen. So spät. Der Mann hat sich so lange versteckt. Hatte er auch Angst um seine Karriere? Ich lese und lese und stoße auf ein Zitat, das mir Mut macht.

>>Gibt es einen Job, der es wert ist, dass man so viele Kompromisse eingeht, dass man sogar über sich selbst lügt?<<

Nein, es gibt keinen Job, der das wert ist. Das Wichtigste im Leben ist, glücklich zu sein. Meine Entscheidung, mich endlich zu mir selbst und zu Lucas zu bekennen, ist richtig und wurde durch diesen Satz von Sir Ian McKellen bestätigt. Unmittelbar nachdem mir diese Einsicht gekommen ist, hole ich tief Luft und wische mir die Tränen aus den Augen. Meine Hand zittert, als ich nach der Teetasse greife und einen Schluck trinken will, doch der Tee ist so heiß, dass ich mir die Lippen verbrenne. Mit einem lauten Knall zerschellt das Porzellan auf dem Küchenboden.

Meine Güte, was ist denn nur los mit mir?

Das Gesicht in den Händen vergraben sitze ich da, durcheinander und glücklich zugleich. Mein Atem geht stoßweise und ich habe keine Ahnung, was mich so packt. Vermutlich die Bestätigung darin, dass ich das Richtige vorhabe und gleichzeitig die Angst davor, es durchzuziehen.

Als mein Telefon klingelt, fahre ich erneut heftig zusammen und fege es dabei fast vom Tisch, bin aber erleichtert, Lucas´ Namen auf dem Display zu sehen.

»Hey, schön dass du anrufst. Wie läuft´s?«, frage ich etwas atemlos.

»Ist alles okay? Du klingst so komisch.«

»Ja, alles gut. Mir ist nur gerade eine Tasse runtergefallen. Und ich vermisse dich«, sage ich, gehe in die Hocke und fange an, die Scherben einzusammeln, während Lucas anfängt zu erzählen.

Peter sei sehr nett und er habe auch schon einige Personen des Art Departements kennengelernt. Wie es aussieht, ist der Film weitaus aufwändiger, als er angenommen hat und weil er für einen Schauspieler einspringt, der umbesetzt wurde, müssen nun Masken- und Kostümteile an ihn angepasst werden. Lucas weiß jetzt auch, was er spielen wird – eine Art Waldwesen mit Baumrinde als Haut. Als ich das höre, werde ich misstrauisch. Das klingt nicht nach einem kurzen Aufenthalt, wie ursprünglich geplant.

»Man hat schon angefangen, zu drehen, und die Leute müssen jetzt die Fertigung meiner Sachen irgendwie dazwischenschieben. Sie mussten den ganzen Drehplan umschmeißen, teilweise müssen Szenen neu gedreht werden. Es ist echt aufwändig.« Lucas klingt bedauernd und ich ahne, was er mir sagen will.

»Du wirst nicht so schnell wieder kommen, habe ich recht?«, frage ich und halte beim Einsammeln der Scherben inne.

»Ja«, sagt Lucas bedauernd. »Ich muss für Masken- und Kostümtests, Anproben und Kampftraining bereitstehen. Das dauert. Und dann kommt auch noch der Dreh. Das heißt, ich werde sicherlich sechs Wochen hierbleiben müssen – wenn nicht länger. Tut mir leid, Henry.«

Sechs Wochen.

»Okay, sechs Wochen halte ich nicht aus. Ich buche jetzt einen Flug und komme morgen zu dir«, sage ich, werfe die Scherben in den Müll und rufe auf dem Laptop gleich die passende Webseite auf.

»Was? Du willst herkommen? Morgen? Hast du denn überhaupt die Zeit dazu?«, fragt Lucas überrascht. Ich scrolle bereits durch die Liste der Angebote.

»Die Zeit nehme ich mir einfach. Mein Dreh geht in vier Wochen los, dann muss man sich um meine Kostüme und sowas eben erst später kümmern.«

»Aber wenn du für morgen einen Flug buchen willst, dann kostet das ein Vermögen! Außerdem bringst du so sicherlich die ganze Vorbereitung für deinen Dreh durcheinander«, wirft Lucas ein und ich seufze gespielt genervt: »Baby. Willst du nicht, dass ich dich besuchen komme?«

»Doch natürlich will ich das, aber ...«

»Kein aber. Du bist weit weg, ich habe Sehnsucht nach dir und genug Geld, um mir morgen einen Flug zu buchen auch wenn er ...«, ich schiele auf den Preis und korrigiere ihn rasch 200£ nach unten, damit Lucas kein schlechtes Gewissen bekommt, »1400£ kostet.«

»1400£? Bist du *bekloppt*?« Mein Freund klingt regelrecht entrüstet und ich bin mir sicher, dass er gleich versuchen wird, es mir auszureden.

Rasch klicke ich auf den Button und buche den Flug.

»So, ich hab gerade gebucht. Ich fliege morgen früh zu dir, mit zwei Zwischenstopps aber ich denke, dass ich dann übermorgen bei dir sein werde.«

»Wow, du bist unglaublich ... oh man, jetzt bin ich total nervös, weil du kommst«, sagt Lucas etwas atemlos und ich muss lächeln.

Ja, ich bin auch nervös und freue mich unheimlich darauf, meinen Freund wieder bei mir zu haben.

»Baby, ich muss auflegen. Ich muss nämlich packen und dann Lauren irgendwie beibringen, dass ich morgen fliegen werde. Wenn ich Pech habe, dann könnte das den ganzen Nachmittag dauern.« Lucas kichert und erkundigt sich, ob ich damit Lauren oder das Kofferpacken meine, dann verabschieden wir uns und es ist seltsam, das mit den Worten »Bis übermorgen« zu tun.

Ich drucke mir das Ticket aus, krame dann den Koffer unter dem Bett hervor, klappe ihn auf und stehe etwas nachdenklich daneben.

Wie ist das Wetter in Neuseeland? Was braucht man dort? Ich hab keine

Ahnung. Also rufe ich Lucas erneut an.

»Baby, was muss ich einpacken? Ich stehe etwas ratlos vor meinem Koffer.«

»Hm, ich weiß nicht genau. Bisher ist es hier ähnlich wie in London, was die Temperaturen angeht, aber ein Kollege sagte mir, dass man hier durchaus mit »four seasons a day« rechnen muss. Nimm am besten alles mit.«

Nachdem ich diese Information habe, tausche ich den Koffer erstmal gegen einen Größeren aus und werfe schlichtweg alles hinein, was mir in die Quere kommt. Sogar der Deckel geht noch zu. Jetzt muss ich nur Lauren beibringen, dass ich morgen wegfliege. Mal sehen, was sie dazu sagt.

»Cooperations Management, Lauren Cooper am Apparat.«

»Hallo Lauren, Henry hier.«

»Darling! Ich hab´s schon gehört. Herzlichen Glückwunsch zu der Rolle in Way Out. Es wird hervorragend. Ich habe heute schon deine Gage ausgehandelt. 2500£ pro Drehtag. Das sind dann bei 40 Drehtagen, abzüglich meiner Provision, 90.000£. Das ist doch was!«

90.000£. Anfangs dachte ich immer, das sei enorm viel. Mittlerweile bin ich ein wenig schlauer. Man weiß nie, wann der nächste Job reinkommt, und muss im Zweifel eine ganze Weile mit dem Geld klarkommen. Viele Leute sind neidisch, wenn sie die Tagesgage hören, aber zumindest die Normalverdiener unter uns arbeiten nicht jeden Tag und das Geld muss auch über Durststrecken reichen. Ich vergleiche meinen Beruf gerne mit dem eines Eichhörnchens, das das ganze Jahr über Nüsse vergräbt, weil es nicht weiß, wie hart und lang der Winter wird. Bei mir kann die kalte Jahreszeit immer kommen, daher muss ich vorbereitet sein.

»Lauren, hör zu, ich muss noch etwas mit dir besprechen«, fange ich an.

»Soso, das ist mal was ganz Neues.« Sie ist genervt und ich sofort ebenfalls.

Es ist ihr Job, sich um mich zu kümmern, und wenn ich ihr zu anstrengend bin, kann sie es ja bleiben lassen. Dafür kassiert sie immerhin 10% meiner Gage, da wird sie sich wohl ein bisschen mit mir herumschlagen können.

»Wenn du keine Lust hast, kann ich auch einfach machen, was ich will, Lauren. Das ist nicht das Problem. Aber beschwere dich dann nicht, wenn ich dich nicht informiere. Also, ich fliege morgen zu Lucas nach Neuseeland. Der Flug ist schon gebucht«, zicke ich sie an und sie seufzt nochmal.

Dieses Mal klingt es jedoch danach, als ob sie sich zusammenreißt und einsieht, dass sie sich mit mir auseinandersetzen muss.

»Wunderbar Henry. Und wieder machst du Alleingänge, ohne mit mir darüber zu sprechen. Dir ist schon klar, dass die Produktion jetzt mit dir rechnet und in den Vorbereitungen ist? Die planen Masken- und Kostümtests mit dir und wollen, dass du verfügbar bist. Und ich habe keine Ahnung, wie ich der Presse erklären soll, dass du zu Lucas nach Neuseeland fliegst. Wie soll man da bitte eine plausible Erklärung finden? Kannst du mir das sagen? Ich weiß zwar nicht, ob durchgesickert ist, wo sich Lucas aufhält – er könnte überall hingeflogen sein – aber wenn rauskommt, dass du ihn besuchst, dann ist es vorbei. Verstehst du? Und ich darf mir dann wieder Geschichten ausdenken, weshalb du dich zufällig am selben Ort aufhältst, wie Lucas. Aber gut, dafür werde ich ja bezahlt....also, dann schieß los, was hast du dir jetzt wieder in den Kopf gesetzt?«

»Ich will ihn für knappe zwei Wochen besuchen. Ich kann doch auch als Freund zu ihm geflogen sein, oder nicht?«

Lauren geht nicht darauf ein. Sie sagt lediglich: »Du hast aber auf dem Schirm, dass dein Sprecherjob in zwei Wochen ist?«

»Ja, habe ich. Den Rückflug habe ich auch gebucht. Ich werde rechtzeitig dafür wieder in London sein, keine Angst.«

»Gut, wann fliegst du morgen? Ich kümmere mich wieder um einen Bodyguard. Vielleicht brauchst du ihn ja dieses Mal.« Sie klingt vollkommen neutral und vielleicht hat sie es wirklich aufgegeben, mich in irgendeiner Weise zu kontrollieren. Das gefällt mir gut.

Oder lässt sie mich jetzt fallen und macht nur noch das Nötigste? Lässt mich womöglich sogar auflaufen?

Der Gedanke gefällt mir ganz und gar nicht.

Mit einem Mal fühlt sich diese neue Freiheit doch nicht mehr so gut an und ich kann mir die Frage nicht verkneifen: »Bist du sauer, weil ich dich nicht gefragt habe?«

»Ach Henry, es ist deine Freizeit, da kannst du tun und lassen, was du willst. Ich bin lediglich dafür zuständig, dass du deine Termine nicht vergisst und pünktlich bei den Jobs bist, die ich dir vermittelt habe. Und ich bin dazu da, deinen Ruf zu retten, wenn du wieder einmal in die Schlagzeilen gerätst. Ich bin doch nicht sauer.«

Sarkasmus pur.

»Also, wann fliegst du morgen? Dann werde ich einen Bodyguard bestellen, der dich begleitet. Und vielleicht gelingt es uns ja, zu verbreiten, dass du nach LA geflogen bist. Zieh dich morgen um Himmels Willen so unauffällig, wie möglich an, damit man dich nicht gleich erkennt. Vielleicht können wir die Presse so wenigstens auf eine falsche Fährte locken.«

Ich glaube ihr, was sie sagt und sie hat ja recht, wenn sie meint, dass mein Besuch bei Lucas problematisch werden könnte. Doch ich will ihn wiedersehen und dafür gehe ich das Risiko ein. Auch, wenn die ganze Sache vielleicht ein wenig kopflos war. Nachdem ich ihr die Abflugzeit genannt habe, verspricht sie mir, einen Bodyguard zu buchen, der am Haupteingang auf mich warten wird.

»Danke Lauren.«

»Kein Problem. Ich wünsche dir morgen einen guten Flug und viel Spaß in Neuseeland. Tu mir aber einen Gefallen und halte dort bitte die Augen auf, auch wenn ich glaube, dass man euch dort nicht kennen wird. Versprichst du mir das? Versucht um Himmels Willen, den Paparazzi aus dem Weg zu gehen.«

Ich verspreche es ihr, dann beende ich das Telefonat und wende mich dem Drehbuch zu, das ich dringend lesen sollte.

4. KAPITEL

Um 3:15 Uhr verlasse ich am nächsten Morgen das Haus.

Geschlafen habe ich viel zu wenig, weil ich so aufgeregt war und am Tag davor dummerweise ausgeschlafen hatte, doch ich kann ja alles im Flugzeug nachholen. Ich werde schließlich lange genug unterwegs sein.

»Gute Reise, Sir«, wünscht mir der Taxifahrer und ich bedanke mich, bevor ich mit dem Koffer den Flughafen betrete.

Die Uhrzeit ist günstig gewählt, denn es ist so wenig los, dass der Bodyguard mich leicht findet und vollkommen überflüssig ist. Außer mir stehen vielleicht noch 30 andere Menschen in der Eingangshalle und da die so groß ist, verläuft sich die Menge. Mit schnellen Schritten schließt er zu mir auf und sagt: »Mr Seales, ich bleibe nur in der Nähe, dann ist es weniger auffällig.«

»Danke«, sage ich aus dem Mundwinkel, ohne ihn anzusehen, und trete an den Check-in Schalter. Die Dame dort nimmt meinen Koffer entgegen, schaut dann kurz auf meinen Reisepass, verzieht dabei aber keine Miene und händigt ihn mir wieder aus.

»Ich wünsche Ihnen einen guten Flug«, sagt sie und ich bekomme die Bordkarte. Mittlerweile ist es kurz nach vier und ich beeile mich, sofort zum Sicherheitscheck zu kommen. Je eher ich durch bin, desto besser stehen die Chancen, dass ich keine Aufmerksamkeit auf mich ziehen werde.

Nachdem ich den Gürtel und das Handgepäck wenig später wieder aus einem der Plastikwannen fische und meine Jacke anziehe, hab ich das Schlimmste hinter mir und den Bodyguard bin ich auch wieder los. Er hat mich nur bis zum Sicherheitscheck begleitet. Gemütlich schlendere ich durch die Duty Free Shops und nehme mir ein Buch mit. Zwar habe ich mein Drehbuch zu Way Out eingepackt, doch ich werde es sicherlich keine 24 Stunden durcharbeiten.

Im Wartebereich mache ich es mir gemütlich und schließe ein wenig die Augen. Schlafen kann ich jedoch nicht, dafür sind die Sitze einfach zu unbequem.

»Meine Damen und Herren, in Kürze beginnen wir mit dem Boarding, bitte halten Sie ihre Reisepässe und Bordkarten bereit.« Diese Durchsage lässt mich irgendwann aufschrecken und ich krame meine Sachen hervor. Ich will unbedingt, dass es losgeht, denn sobald ich in der Luft bin, kann ich nicht mehr zurück und momentan traue ich dem Frieden nicht. Es lief alles so glatt, dass man nur misstrauisch sein kann. Lauren hat mich gehen lassen, keine Fotografen waren am Flughafen und es hat mich auch niemand angesprochen. Das ist mir noch nie passiert und ich warte nur darauf, dass jeden Moment ein Mitreisender meinen Namen sagt, oder ein Fotograf hinter einer Werbewand hervorspringt.

Aus genau diesem Grund bin ich mit unter den ersten, die sich in der Warteschlange einreihen, als das Boarding beginnt.

Endlich geht es los. Ich betrete den langen Schlauch, der die Passagiere direkt ins Flugzeug leitet. »Willkommen an Bord, zur Businessclass geht es hier entlang.« Eine Stewardess weist mir den Weg und ich trete in einen Extrabereich der Maschine.

Hier ist es bequem und ich finde schnell heraus, dass man den Sitz recht weit nach hinten stellen kann, ohne dabei den Hintermann zu stören. Hinter jedem Sitz ist eine Kunststoffwand angebracht. Sie sorgt zusätzlich für Privatsphäre.

Die anderen Passagiere, hauptsächlich Geschäftsleute, die lediglich eine Aktentasche dabei haben, tauchen auf und nehmen ihre Plätze ein.

Ich teste in der Zwischenzeit verschiedene Knöpfe aus, bis ich die Bedienung des Sitzes verstanden habe und sehe dann aus dem Fenster. Bevor ich das Handy in den Flugmodus setzen muss, schreibe ich Lucas, dass ich jetzt im Flugzeug bin und ich es kaum erwarten kann, ihn zu sehen. Aufgrund der Zeitverschiebung ist er noch wach und antwortet mir fast sofort.

>>Super, ich freue mich auf dich. Hoffentlich kann ich dich abholen. Morgen steht ein Abdruck auf dem Plan und ich weiß nicht, ob ich da rechtzeitig fertig bin. Falls nicht, schicke ich dir die Adresse. Ich liebe dich! Lucas<<

Obwohl ich vorhatte, im Flieger zu schlafen, bin ich kurz nach dem Start hellwach. Das Licht in der Kabine ist zwar gedimmt, doch alle um mich herum arbeiten und das klackernde Geräusch von Laptoptastaturen erfüllt meine Umgebung. Schlafen kann ich ja immer noch in einigen Stunden, denke ich und krame das Drehbuch hervor. Mit einem Textmarker im Mund und dem Kugelschreiber in der Hand, fange ich nochmal an zu lesen und mache mir Anmerkungen im Text, die später im Spiel für mich wichtig sein könnten.

A/T Vor dem Sandwichladen   Szene 10

(cont)

Evelyn hastet aus dem Laden. Hoffentlich ist Tommy noch da.

Tatsächlich steht er nicht weit von dem Laden entfernt an einer Hauswand. Die Kapuze ins Gesicht gezogen, ist er fast unsichtbar für die Passanten um ihn herum.

Evelyn:
(hält ihm das Sandwich hin)
Hast du Hunger?

Tommy:
Wieso sollte ich das annehmen?

Evelyn:
Weil ich es nicht essen will und ich
sicher bin, dass du hungrig bist.

Tommy nimmt das Sandwich unsicher mit spitzen Fingern an.

Tommy:
Jetzt schulde ich dir wohl was.
Evelyn spannt einen Schirm auf und hält ihn über

sich und Tommy, der sieht aus, als wollte er am
liebsten davonlaufen. Er nestelt noch an der
Verpackung des Sandwiches herum. Seine Hände zittern.
Ob von der Kälte, oder wegen anderer Gründe, wissen
wir nicht.

Evelyn:
Naja, ich würde mich sehr gerne mit dir
unterhalten, wenn du nichts dagegen hast.
Ich will dir helfen und wenn du mir vertraust,
dann kann ich dich von der Straße holen.

Tommy:
Und was, wenn ich mit meinem Leben
ganz zufrieden bin?

Evelyn:
Vielleicht suchen wir erstmal einen Ort,
wo es warm und trocken ist, und reden in Ruhe.
Was meinst du?

Tommy zuckt nur mit den Schultern, stopft das
Sandwich in die Tasche seines Pullovers und geht
tatsächlich neben Evelyn her. Wenn auch mit großem
Abstand.

Tommy gefällt mir immer besser, je öfter ich das Buch lese. In meinen bisherigen Filmen war ich meist ein Charakter, der sich recht schnell angepasst hat. Jetzt mal etwas kratzbürstiger zu spielen, reizt unglaublich und ich freue mich sehr darauf. Es wird auch eine Stuntszene geben, in der Tommy sich mit einem Dealer anlegt. Das wird sicherlich cool, denn eine Rangelei zu drehen macht immer Spaß, weil man dafür eine richtige Choreographie einstudieren muss.

Gegen sieben Uhr kann ich mich nicht mehr konzentrieren und lege die Unterlagen weg. Ich muss erst ein bisschen schlafen, bevor ich weiter arbeite. Also verstaue ich das Drehbuch in einem Fach und drücke den Knopf, um den Sitz nach hinten zu lassen. Dann schließe ich die Augen und bin innerhalb weniger Sekunden eingeschlafen.

In Singapur habe ich einen Zwischenstopp, den ich in einem Restaurant am Flughafen verbringe. Bis es weitergeht, sitze ich an der großen Glasscheibe und sehe hinaus auf die Stadt. Es ist angenehm warm hier und die Zeit vergeht schnell.

Bis Wellington fliege ich dann nochmal etwa 12 Stunden und nachdem ich eine ganze Weile geschlafen habe, ist es endlich soweit und wir setzen zur Landung an.

Meine Nervosität startet just in dem Augenblick, als die Räder sirrend auf der Landebahn aufsetzen. Bald bin ich bei Lucas, ich kann es kaum erwarten.

Vielleicht steht er ja sogar schon am Flughafen und wartet auf mich. Ich male mir aus, dass er ein Schild mit meinem Namen gebastelt hat. Das wäre toll und wenn ich ehrlich bin, habe ich mir schon immer gewünscht, einmal so abgeholt zu werden, auch, wenn es kitschig ist.

Mit schnellen Schritten verlasse ich das Flugzeug und stehe dann ungeduldig mit den Fingern trommelnd im Bus, der die Fluggäste vom Rollfeld hinein in den Flughafen bringt. Wieso brauchen die anderen Passagiere nur so lange? Haben die alle Zeit der Welt?

Vermutlich ja: Gelassen und entspannt schlendern meine Mitreisenden zum Bus und sehen sich interessiert das Gebäude von außen an. Was soll denn bitte an einem Flughafen so besonders sein? Ich kann es nicht nachvollziehen. Tatsächlich bleibt einer sogar stehen und macht ein Foto.

Ich lehne mich nach vorne, sehe aus dem Fenster und erkenne den Grund für die Begeisterung, den ich in meiner Eile glatt übersehen habe.

»Middle of middle-earth«, steht da in bronzenen, elbischen Lettern und ich muss zugeben, dass es beeindruckend aussieht.

Trotzdem. Ich will jetzt hier weg und endlich zu Lucas.

Meinen Koffer bekomme ich zum Glück schnell zurück und als ich die Rolltreppe hinauf in den Ankunftsbereich fahre, muss ich trotz meiner Eile, die ich heute habe, staunen und innehalten.

Überall stehen überlebensgroße Figuren aus der „Herr der Ringe"- Trilogie herum. Ein gewaltiger Adler – mindestens 10 Meter breit – hängt direkt unter der Decke und scheint einmal quer durch das Gebäude fliegen zu wollen.

Dieses Land verdankt diesen Filmen vermutlich eine ganze Menge Touristen.

Durch die Glastür sehe ich schon Leute, die alle die Hälse recken und mit erwartungsvollen Gesichtern nach ihren Angehörigen suchen.

Lucas ist nicht auszumachen.

Ich lasse den Blick über die Menschen schweifen, doch er ist nicht da. Etwas abseits bleibe ich stehen und ziehe das Handy aus der Tasche. Es muss mehrmals klingeln, bis jemand drangeht, doch es ist nicht Lucas.

»Hallo, Dave am Apparat von Lucas?«, meldet sich ein Mann und klingt dabei recht abgehetzt. Sofort bin ich misstrauisch.

»Hallo. Wo ist Lucas und wieso geht er nicht selbst an sein Telefon?«

»Der kann gerade nicht. Ich auch nicht, um ehrlich zu sein. Sag, bist du Henry?« Vorsichtig bejahe ich diese Frage.

»Gut, ich soll dir nämlich ausrichten, dass du einfach direkt zu Weta Workshop kommen sollst. Melde dich dort beim Pförtner, der bringt dich dann zu Lucas. Ciao.«

Was war denn das bitte?

Irritiert und leicht verärgert sehe ich das Handydisplay an und google Weta Workshop. Google zeigt mir an, dass sich die Werkstatt nicht einmal 6 Minuten vom Flughafen entfernt befindet.

»Versuchst du auch dein Glück, Junge? Das haben vor dir schon viele«, sagt der Taxifahrer, zu dem ich in den Wagen gestiegen bin, und ihm die Adresse genannt habe. Ich zucke lediglich mit den Schultern. Keine Ahnung, was er meint. »Schau mich nicht so an. Du bist nicht der Erste, den ich heute dorthin fahre. Glaub mir: viele junge Menschen kommen von weit her gereist, in der Hoffnung, bei Weta genommen zu werden. Ich will nicht sagen, dass du gar keine Chance hast, aber du solltest dir darüber im Klaren sein, dass man bei Weta sehr wählerisch ist und nicht jeden aufnimmt. Ich hoffe, du hast nicht alle Brücken hinter dir abgebrochen und einen Plan B.«

»Eigentlich bin ich hergekommen, um jemanden zu besuchen, der momentan dort arbeitet«, sage ich freundlich und der Taxifahrer lacht verlegen.

»Oh, das tut mir leid, ich wollte dir wirklich nicht zu nahe treten. Ich hab nur schon so viele Schicksale hier gesehen, die voller Hoffnung zu Weta fahren und die alles zurückgelassen haben und ihr altes Leben aufgaben, nur um hier zu arbeiten. Und es tut mir dann immer in der Seele weh, wenn ich diese

Menschen einige Wochen später wieder am Flughafen sehen muss, wenn sie die Rückreise antreten; enttäuscht, weil es nicht geklappt hat.« Bedauernd schüttelt der Mann den Kopf und biegt in eine Straße ein, die auf den ersten Blick wie ein Wohngebiet aussieht. Flache Bungalows, die an die amerikanischen Vorstädte erinnern, reihen sich aneinander, Autos stehen am Straßenrand und es sind nur wenige Leute unterwegs. An einer weiteren Kreuzung befindet sich ein Gebäude, das beinahe den ganzen Block einnimmt. Es ist zweistöckig und sieht von außen schon nach Fabrik aus. Über dem Eingang befindet sich ein hölzerner Bogen, auf dem in ungelenken Buchstaben »Weta Workshop« steht.

»Da sind wir. Ich bekomme dann 20 Dollar von Ihnen«, sagt der Taxifahrer und ich drücke ihm einen Schein in die Hand. »Viel Spaß bei Ihrem Besuch«, wünscht er mir noch und ich bedanke mich mit einem Lächeln.

Mit dem Koffer in der Hand passiere ich eine hohe Hecke und trete unter dem Holzbogen hindurch. Kurz zucke ich zusammen, als ich mich drei Trollen gegenüber wiederfinde. Sie sind fast drei Meter hoch und sehen sehr realistisch aus, wie sie da halb in der Hecke verschwinden. Kurz sehe ich mir die Figuren an, dann drücke ich die Glastür auf, die in einen Eingangsbereich mit Warteecke führt.

»Halt, Sie können hier nicht einfach rein. Sie müssen sich anmelden. Haben Sie einen Termin?« Ein Mann in kurzen Hosen und Birkenstockschuhen kommt aus einem Pförtnerräumchen gewuselt und bleibt vor mir stehen. Er muss ein bisschen mehr Abstand halten, als gewöhnlich, ansonsten würde er mich mit seinem ausladenden Bauch umstoßen.

»Ich muss zu Mr Thomas, er soll heute hier sein. Ich hatte mit einem gewissen Dave telefoniert, der meinte, Sie würden mich zu ihm bringen.«

»Dave? Welche Dave? Higgings, Bowen, Clark oder Morris?«

»Keine Ahnung«, gebe ich zu und zucke mit den Schultern.

»Was macht Mr Thomas denn hier? Vielleicht finden wir dann heraus, bei welchem Dave er sich befindet, dann weiß ich welche Abteilung.«

Meine Güte, das ist ja fast wie in einem Krankenhaus hier, wo man die richtige Station wissen muss, um jemanden besuchen zu können.

»Ähm Mr Thomas ist Schauspieler. Er soll Fittings und Anproben haben und ist, soweit ich weiß, heute bei einem Abdruck.«

»Ah, dann wird er bei Dave Morris sein, der ist in der Gipswerkstatt.« Der Pförtner verschwindet wieder in seinem Büro und reicht mir dann einen Bogen Papier.

Nachdem ich eine Sicherheitsunterweisung unterschrieben habe, darf ich meinen Koffer beim Pförtner parken und werde von einer Frau abgeholt, die sich mir als Claire vorstellt und mich zu Lucas bringen wird.

5. KAPITEL

Sie führt mich durch Werkhallen, in denen mit lauten Geräten gearbeitet wird, wo es nach Metall, Öl und Holz riecht. Dann geht es in ein Treppenhaus und in einen Flur mit vielen geschlossenen Türen. An den Wänden hängen Zeichnungen, die fantastische Landschaften oder spannende Szenen darstellen und die so detailliert sind, dass ich sie gerne näher betrachtet hätte. Allerdings glaube ich, dass ich ohne Claire nie wieder hier rausfinde, weswegen ich mit ihr Schritt halte und ihr durch ein Labyrinth aus Fluren und Türen folge.

»3D Concept Design« - »VFX«- »Imaging« - »IT Departement«, steht an den Türen. Was sich dahinter wohl alles verbirgt?

Irgendwann betreten wir einen Flur, dessen Wände mit Fotos von Orks und Elben geschmückt sind und vor einer Tür steht ein Paar Hobbitfüße, als hätte man sie wie Schuhe einfach ausgezogen. Das hier sieht eindeutig nach dem Make-up Departement aus.

»So, da sind wir.« Claire bleibt vor einer Tür mit der Aufschrift »Keep out if you want to stay clean« stehen. Sie klopft und betritt vor mir den Raum.

»Dave, hier ist jemand für dich«, sagt sie, nickt mir dann zu und geht wieder.

Allein stehe ich nun an der Tür und lasse den Blick schweifen. Überall stapeln sich leere Eimer und der Fußboden ist voller Gipskrümel, Wasserspritzer und komischer Gummifetzen.

Und da, ein paar Meter weiter ist er: Lucas. Mein Herz schlingert und ich kann nicht anders, als zu lächeln. Mein Freund steht auf einer ausgebreiteten Folie, in den Händen jeweils einen Besenstiel, auf denen er sich abstützt. Sein ganzer Körper ist mit einer dicken Silikonschicht überzogen. Das Zeug ist Knallpink und drei Männer wuseln um ihn herum und verteilen neue Masse, dieses Mal in Rot, auf seinem Körper. Lucas sieht mich an und lächelt glücklich, aber leicht gequält.

»Hallo Henry! Wir können dich leider gerade nicht angemessen begrüßen«, sagt ein drahtiger, großer Mann mit Brille und kippt kurzerhand einen ganzen Eimer voller Silikon über Lucas' Schultern. Wie Honig fließt das Zeug langsam nach unten, wo es von den beiden Kollegen mit den Händen aufgefangen und gleichmäßig verteilt wird. Es sieht aus, als würden sie Lucas mit Zuckerguss überziehen.

»Wir machen einen Silikonabdruck von ihm, damit man die ganzen Masken und Kostümteile, die seine Rolle bekommen wird, maßgenau anfertigen kann. Das Silikon wird recht schnell fest, daher müssen wir uns etwas beeilen und dürfen uns nicht ablenken lassen. Ist bei dir noch alles okay, Lucas?«

»Ja, alles gut, es ist nur recht schwer, das Zeug.«

Ich muss an mein Telefonat vorhin denken und wundere mich jetzt umso mehr, dass überhaupt jemand ans Handy gegangen ist. Wenn ich mit beiden Armen im Silikon stecken würde, dann hätte ich nicht abgehoben.

Weil ich nicht im Weg stehen will, lehne ich mich gegen einen Arbeitstisch und sehe dem Treiben mit genügend Abstand zu.

Die drei Männer arbeiten Hand in Hand und als das Silikon fest ist, fangen sie an, Lucas mit Gipsbinden einzuwickeln.

»Wofür ist das?«, erkundigt sich mein Freund und stöhnt, weil das Material wirklich schwer zu sein scheint.

»Das ist die Stützform, damit uns das flexible Silikon später beim Ausgießen nicht in alle Richtungen hin ausweicht und die Abformung deformiert.« Lucas nickt und sieht dann ratlos in meine Richtung. Ich habe genauso wenig verstanden, wie er und zucke nur mit den Schultern. Er erwidert den Blick und wir sehen uns einen Moment an. Obwohl er für mich der schönste Mann der Welt ist, sieht er müde aus. Kein Wunder, bei dem Gewicht, das er gerade zu tragen hat.

Bis alles getrocknet ist, dauert es noch zwanzig Minuten und alles ist so schwer, dass Lucas gestützt werden muss, weil er die Form nicht mehr allein tragen kann. Ich würde gerne helfen, aber weil ich Angst davor habe, etwas kaputt zu machen und er das womöglich nochmal über sich ergehen lassen müsste, halte ich mich zurück.

Lucas ist anzusehen, dass er nicht mehr kann, denn er kneift oft die Augen zusammen und versucht, ruhig zu atmen. Doch auch das scheint nicht sonderlich einfach zu sein, wenn man durch die Gipsbinden eingeschränkt ist.

»Wie lange noch?«, ächzt er und Dave klopft den Gips vorsichtig mit einem Bleistift ab. Es klingt hohl.

»Es ist ausgehärtet. Lasst uns die Schalen abnehmen. Lucas, kannst du noch zehn Minuten stehen?«

»Ja, aber wirklich nur noch zehn Minuten, bitte.« Die Männer lassen Lucas los, der kurz schwankt, sich dann aber wieder fangen kann. Vorsichtig lösen sie die Gipsschalen, dann schneiden sie die dicke Silikonhaut mit einer Schere auf und sie ziehen vorsichtig alles ab.

»Lucas, versuche, dich ein wenig zu bewegen. Atme tief ein und aus und drehe dich ganz leicht, dann wirst zu spüren, wie das Silikon sich von der Haut löst.« Lucas nickt und hilft mit. Zu dritt ziehen sie am Silikon, um ihn herauszubekommen, und mein Freund meint irgendwann amüsiert: »So muss sich ein Baby bei der Geburt fühlen, wenn es sich durch den Geburtskanal schieben muss ... mein Gott, ist das eng.« Augenblicklich fängt Dave an zu lachen. »Lucas, ich habe schon viele Leute abgeformt und die Prozedur wurde schon mit einigen Sachen verglichen. Von Wellnessbehandlung, bis zu Nahtoderlebnis, war alles dabei. Aber von einer Geburt höre ich heute zum ersten Mal.«

Als Lucas endlich frei ist, sehe ich, dass er sehr knappe Unterwäsche trägt. Leider kann ich nicht lange gucken, denn er schlüpft sofort in einen Bademantel, fängt meinen Blick jedoch auf und grinst.

»Ich muss duschen. Die haben mir eine ziemlich fettige Creme aufgetragen, damit das Silikon sich nicht in den Härchen verfängt. Komm doch mit, dann kannst du mir in der Zeit von deiner Reise erzählen.« Unsicher, ob ich ihm einfach so folgen kann, sehe ich zu den Jungs hinüber, doch die sind mit dem Ergebnis ihrer Arbeit beschäftigt und schenken uns keinerlei Beachtung.

Also gehe ich mit.

Lucas scheint sich schon ein bisschen hier auszukennen, denn den Weg zum Badezimmer geht er zielsicher.

In dem Raum gibt es zwei Duschkabinen und es ist angenehm warm. Handtücher liegen bereit und ich schließe die Tür hinter mir. Augenblicklich dreht sich Lucas um und fällt mir um den Hals.

»Ich bin so froh, dass du gekommen bist. Ich hab dich richtig vermisst.«
Zärtlich küsst er mich und ich schließe ihn in die Arme, erwidere den Kuss sehnsüchtig.

Endlich hab ich ihn wieder.

»Es ist so schön, dass du hergekommen bist, Baby«, seufzt er und klammert sich an meine Schultern. In mir kribbelt alles und obwohl ich, aufgrund der langen Reise, richtig müde bin, bin ich froh, es auf mich genommen zu haben.

»Liebling, du wolltest doch duschen, oder nicht?«, frage ich leise und küsse ihn sanft auf die Nasenspitze. Lucas kichert und ich streife ihm den Bademantel von den Schultern.

»Oh, können wir nicht einfach hier Sex haben? Bitte, ich fühle mich richtig ausgehungert«, seufzt Lucas und nickt zu der Beule in seiner Hose hinunter.

»Ich auch, das kannst du mir glauben ... aber das geht hier nicht, obwohl ich das sehr, sehr gerne tun würde.« Lucas schließt die Augen, als ich ihm mit dem Finger über die nackte Schulter streiche.

»Dann lass uns gleich nach Hause gehen, sobald ich wieder sauber bin, ja?«

Ja, bitte. Ich halte es selbst kaum aus.

Nur mit viel Selbstbeherrschung zieht sich Lucas von mir zurück, lässt Unterwäsche und Bademantel fallen und steigt in die Dusche.

Er ist so schnell, dass ich ihm nur die Kurzfassung meiner Reise erzählen kann.

Nachdem er sich abgetrocknet hat, huscht er im Bademantel über den Flur in einen anderen Raum und zieht sich dort um. Danach sehen wir nochmal bei den Jungs vorbei. Mittlerweile haben sie das Silikon wieder in die Gipsschale gelegt und rühren schon wieder in großen Eimern herum. Wir verabschieden uns und gehen dann zurück.

»Das ist ja echt ein beeindruckendes Gebäude«, stelle ich fest, als wir wieder durch ein Treppenhaus gehen und ich mich frage, wie viele es hier eigentlich gibt.

»Ja, ich musste mich in den ersten Tagen immer abholen lassen, weil ich den Weg allein nicht gefunden habe. Aber mittlerweile kenne ich mich ein bisschen aus«, erzählt Lucas und öffnet eine weitere Tür. Zu meiner Überraschung befinden wir uns wieder beim Pförtner. Das muss eine Abkürzung gewesen sein. Ich bekomme mein Gepäck zurück und wir gehen nach draußen.

»Hast du die Trolle schon gesehen?«, fragt Lucas und deutet überflüssigerweise auf die drei gigantischen Gestalten.

»Ja, die habe ich gesehen und einen ganz schönen Schreck bekommen, weil ich damit nicht gerechnet hatte«, gebe ich zu und Lucas legt grinsend den Arm um meine Taille.

»Ich freu mich, dass du da bist. Hier kennt uns kein Mensch und wir können machen, was wir wollen. Ich hab mir auch schon was ausgedacht.«

»Ja? Was denn?«, frage ich neugierig, doch Lucas schüttelt den Kopf. »Wirst du später sehen. Aber erst gehen wir nach Hause, damit du dein Gepäck und deine Klamotten loswerden kannst.«

Dieser Schlingel.

»Wie kommen wir denn nach Hause?«, frage ich und sehe mich um.

»Ich hab einen Mietwagen bekommen, dann bin ich unabhängig. Das übernimmt die Produktion«, sagt er und bleibt vor einem Smart stehen. Mit hochgezogenen Augenbrauen mustere ich das Auto und schaue unsicher zwischen dem kleinen Ding und meinem Koffer hin und her.

»Liebling, das passt niemals da rein.«

»Ach, das geht schon. Irgendwie.« Lucas klingt optimistisch und öffnet den Kofferraum.

»Wenn wir die Sitze noch ein Stückchen vorziehen, dann geht es.«

»Und wo soll ich meine Beine unterkriegen? Hinter den Ohren?« Ich bin nicht überzeugt, dass wir beide samt Koffer in den Smart passen. »Ich meine, du musst beim Autofahren sowieso weiter nach vorne, sonst kommst du ja gar nicht an die Pedalen dran«, überlege ich und weiche Lucas hastig aus, der dazu ansetzt, mich zu schubsen. Nach einigem Ruckeln, Fluchen und Schieben ist mein Koffer tatsächlich im Auto.

»Wir sind gut, finde ich«, meint Lucas und setzt sich auf den Fahrersitz. Ich brauche ein wenig Zeit, bis ich mich in den Wagen gepuzzelt habe und komme mir vor, wie ein Oktopus. Diese Tiere schaffen es auch, sich in die kleinsten Ritzen zu quetschen. Unbequem und mit den Schienbeinen am Armaturenbrett sitze ich schließlich und es geht los.

»Zum Glück fahren die hier auch links. Da hätte ich sonst Angst gehabt, selbst zu fahren.« Lucas kurbelt am Lenkrad und bugsiert uns aus der Parklücke.

»Wie lange sind wir denn unterwegs?«, frage ich, als wir gerade mal zwei Minuten gefahren sind. Meine Schienbeine tun weh.

»Eine Viertelstunde wird es schon sein, aber denk doch einfach daran, was dich dann erwartet, wenn wir zuhause sind.« Er wirft mir einen vielsagenden Blick zu und klemmt die Zunge neckisch zwischen die Zähne.

»Lucas, ich sitze hier ziemlich eng und habe keinen Platz für etwas in der Hose«, sage ich und werfe rasch wieder einen Blick aus dem Fenster.

»Ich weiß, deswegen habe ich es ja gesagt.«

Zum Glück hält er sich die restliche Fahrt über zurück und ich schaffe es, mich abzulenken, indem ich ihm vom Telefonat mit meiner Mum und Lauren erzähle.

»Es ist wirklich süß, dass deine Mum sich wünscht, dass wir offen zusammen sein können«, sagt er gerührt. »Lerne ich sie denn auch mal kennen?«

»Natürlich. Vielleicht können wir an Weihnachten oder Silvester ja zu mir nach Hause. Dann kommst du einfach mit.«

»Oh, an Weihnachten kann ich nicht. Ich hab nämlich am 24. Dezember Geburtstag.«

»Was? Du bist ein Christkind?«

»Och sag doch sowas nicht, das klingt so altmodisch. Aber ja, ich habe an Heiligabend Geburtstag.«

Gut, das ändert die Sachlage natürlich, denn ich verstehe, dass Lucas seinen Geburtstag auch bei der Familie verbringen will. Aber bis dahin haben wir ja auch noch ein bisschen Zeit und müssen uns nicht jetzt schon den Kopf über die Planung zerbrechen. Stattdessen verlieren wir uns in Spekulationen darüber, ob Lauren nun sauer auf meinen Alleingang ist, oder ob sie sich einfach nur um mein Image sorgt.

Wir kommen in einer hübschen Wohngegend an und Lucas parkt den Smart in einer Auffahrt, dann steigt er aus und öffnet den Kofferraum. »Wieso brauchst du denn so lange?«, fragt er und zieht an meinem Koffer.

»Meine Beine sind eingeschlafen ... ich kann nicht draufstehen, sonst falle ich wahrscheinlich um«, sage ich und starte einen Versuch. So muss es sich anfühlen, auf Prothesen zu gehen.

»Du stehst ziemlich schief«, lacht Lucas und ich kann nur leidend nicken. Ein unangenehmes Kribbeln setzt jetzt in meinen Beinen ein, das fast schon weh tut, und ich quäle mich langsam einen Schritt nach dem anderen vorwärts. Lucas, der sich herrlich über meine Situation amüsiert, geht schon mal vor, schließt die Haustür auf und schleppt den Koffer hinauf in den ersten Stock.

Wie ein Opa folge ich ihm. Das Kribbeln wird immer schlimmer und hört dann schlagartig auf, als ich die Wohnung betrete.

»Schön hier«, stelle ich fest und schließe die Wohnungstür hinter mir. Der Flur ist schmal und ich gehe langsam nach vorn in die helle Küche.

»Ja, es ist schön und viel größer als meine Wohnung in London. Ich hab sogar ein separates Schlafzimmer, kannst du dir das vorstellen? Das hatte ich seit meiner Studienzeit nicht mehr!« Lucas grinst stolz und nimmt meine Hand. »Komm mit, das musst du unbedingt sehen.«

»Ich kann es kaum erwarten ...«

Er zieht mich ins Schlafzimmer. Auch hier ist es hell und freundlich. Ein Bett steht in der Mitte des Raumes.

»Küss mich«, fordere ich ihn auf und Lucas kommt dem sofort nach. Endlich sind wir allein und ohne Risiko, dass man uns sehen könnte. Ich schließe ihn in die Arme, küsse seine Lippen, die Nase, die Stirn und drücke ihn fest an mich.

»Du hast mir so sehr gefehlt.«

»Du mir auch. Ich wollte auf der Abschlussfeier so gerne mit dir tanzen, aber du warst nicht da ...«

»Was hast du stattdessen gemacht?«

»Mich betrunken und mit Zach und Fionn gequatscht.«

Lucas streichelt mir übers Gesicht und küsst mich erneut. Vorsichtig tastet er sich unter meinen Pullover vor und schiebt ihn langsam nach oben.

»Hast du heute schon etwas gegessen?«

»Nein, aber ich habe gerade auch keinen Hunger ... essen können wir später«, antworte ich und ziehe mir das Shirt aus. Obwohl ich noch immer sehr schlank bin, weiß ich, dass ich mich Lucas so zeigen kann, wie ich bin und werfe den Pulli auf den Boden. In den Augen meines Gegenübers sehe ich kurz etwas aufflackern, doch dann lächelt er und küsst mein Brustbein. Vorsichtig hebe ich ihn hoch. Er umschlingt mich mit den Beinen und ich trage ihn zum Bett.

Seine Hände sind überall, als er sich auf die Matratze sinken lässt.

»Lucas...«, keuchend stütze ich mich über ihm auf der weichen Matratze ab. Mit den Lippen unterbreche ich keine Sekunde den Kontakt zu seiner Haut, während ich den Saum seines Shirts nach oben schiebe und den Bauch und Nabel liebkose. Alles an ihm könnte ich stundenlang küssen und dabei zusehen, wie er sich windet, wenn ich besonders empfindliche Stellen treffe.

»Gut, dass du eine Jogginghose anhast.« Mit einem Ruck ist er sie los und ich beiße mir auf die Lippe. »Baby, da hängt noch Silikon zwischen deinen Beinen.«

»Mach´s weg ...«, seufzt Lucas, spreizt die Beine und ich streiche mit der Nase ganz sanft an der Innenseite seiner Oberschenkel entlang. Natürlich haben die Jungs kein Silikon an Lucas vergessen, ich habe es lediglich als Vorwand genutzt. Mit Zunge, Lippen und Zähnen wende ich mich seiner intimsten Stelle zu. Es kommt mir vor, als hätte ich ihn eine Ewigkeit nicht mehr gesehen und ich ziehe unser Liebesspiel in die Länge.

Wir kosten uns gegenseitig voll aus und steigern uns ganz langsam. So ist es bereits früher Abend, als ich endlich auch körperlich mit Lucas eins geworden bin. Unsere Haut ist schweißnass und das Bett vollkommen zerwühlt, doch ich kann nicht genug von ihm bekommen.

»Geht es dir gut?«, fragt Lucas besorgt, als meine Arme anfangen zu zittern und ich langsam auf ihn herabsinke. Mich selbst zu halten, ist nicht mehr möglich. Ich bin am Ende meiner Kräfte.

»Leg dich auf den Rücken«, fordert er leise und ich rolle mich auf die Seite. Er bleibt dicht bei mir und bis zum Ende auf meinem Schoß. Ihm dabei zuzusehen, wie er sich bewegt, beide Hände freihaben zu können, um ihn zu berühren, ist toll. Kurz bevor ich komme, ziehe ich ihn in einen Kuss. Um mich her wird es enger und ich falle mit rasendem Herzen zurück auf die Matratze. Lucas folgt mir kurz darauf und wir liegen vollkommen fertig und schwer atmend nebeneinander.

»Das war der beste Sex, den wir je hatten«, schnauft Lucas.

»Vielleicht solltest du öfter ins Ausland fahren«, füge ich hinzu und wir müssen beide kichern.

Schön, dass ich ihn wiederhabe.

6. KAPITEL

Wenig später stehe ich unter der Dusche, während Lucas kocht. Durch den Spiegel an der Wand kann ich mich gut beobachten und stutze. Verzerrt er die Sicht oder bin ich wirklich so hager? Das gefällt mir ganz und gar nicht. Leider muss ich allerdings auch zugeben, dass meine aktuelle Figur gut zu der Rolle als Drogensüchtiger passt. Schließlich ist Tommy laut Drehbuch heroinabhängig und das hemmt den Appetit. Das konnte ich schon recherchieren. Unschlüssig, was ich genau davon halten soll, streiche ich mir über die Rippen und den Bauch.

Wie weit bin ich bereit, für eine Rolle zu gehen? Wie viel mute ich meinem Körper zu?

Im Flur steht noch mein Koffer, den Lucas einfach stehen gelassen hat. Ich ziehe einen Bademantel daraus hervor und schlüpfe hinein.

In der Küche ist der kleine Tisch für zwei gedeckt.

»Ich hatte gestern zu viele Kartoffeln gemacht«, sagt Lucas und stellt eine Pfanne mit Bratkartoffeln auf den Tisch. »So, ich hoffe, es schmeckt. Hau rein, denn du bist immer noch zu dünn.« Er bleibt vor meinem Stuhl stehen und legt mir sachte eine Hand auf die Schulter.

»Ich weiß, aber ich habe die Hauptrolle in Way Out bekommen und ich denke, es ist ganz gut, wenn ich so ... dünn bleibe, wie ich momentan bin. Dann nimmt man mir die Rolle besser ab. Was meinst du?« Kaum habe ich diesen Satz ausgesprochen, erkenne ich in Lucas´ Augen, dass er sauer wird. Mit einem lauten Knall stellt er eine Flasche Wasser auf den Tisch und setzt sich dann mit verschränkten Armen mir gegenüber auf seinen Stuhl.

»Du denkst wirklich, dass dir dieses Untergewicht bei der Rolle hilft? Und was, wenn du da nicht mehr rauskommst? Dann kommt die nächste Rolle, bei der das auch passt und die nächste und so weiter. Das geht nicht. Bitte iss etwas. Ich kann mir das nicht mehr mit ansehen.« In den blauen Augen glitzern Tränen und auch ich kann sie mir nur schwer verkneifen. Dass Lucas Angst um mich hat, bemerke ich erst jetzt und es ist das Letzte, was ich will. Auf der anderen Seite würde es wirklich gut zu meiner Rolle passen. Verdammt, ich bin hin und hergerissen.

»Du hast mir doch gesagt, dass du mich unterstützt und mir helfen willst ...«, bringe ich hervor.

»Ja und ich meinte damit, dass ich dir helfe, wieder einen gesunden Körper zu bekommen. Ich werde dich nicht, und ich wiederhole das jetzt nur einmal, *nicht* dabei unterstützen, dieses Untergewicht zu halten. Entweder, du nimmst zu ...«

»Oder was? Was willst du dann tun? Mich verlassen? Oder dafür sorgen, dass man mich einweist?«, blaffe ich ihn an und schlage mir, nur eine Sekunde später, die Hand vor den Mund, weil ich nicht glauben kann, was ich da gesagt habe. Ich klinge wie jemand, der seine Krankheit nicht wahrhaben will und alles verdrängt.

Bin ich wirklich schon so weit?

Urplötzlich habe ich Angst.

Große Angst, die mir die Kehle zuschnürt. Unkontrolliert schnappe ich nach Luft und presse mir die Faust gegen die Brust. Es ist nicht die Tatsache, dass Lucas wirklich in Erwägung ziehen könnte, mich einweisen zu lassen. Auch nicht, dass er gerade so unnachgiebig und ungewohnt streng wirkt.

Nein.

Die Erkenntnis, dass ich meine Situation bewusst heruntergespielt habe, raubt mir den Atem. Ich ringe eine gefühlte Ewigkeit mit mir, halte mich an der Tischkante fest, bis Lucas es nicht länger mitansehen kann, aufspringt und mich an den Schultern festhält.

»Henry. Beruhige dich! Bitte«, sagt er eindringlich und sieht mir in die Augen, Noch immer glitzern Tränen darin und er schüttelt mich leicht.

»Ich kriege keine Luft«, keuche ich und mein Körper bebt regelrecht, als ich seine Hand packe und festhalte.

Vorsichtig zieht Lucas sich einen Stuhl heran, setzt sich und gibt mir Anweisung, wie ich zu atmen habe. Ganz langsam beruhigt sich mein Atem wieder und ich werde ruhiger. Zumindest äußerlich.

»Keine Rolle der Welt ist es wert, sich auf ein ungesundes Level zu begeben, Henry.« Er klingt geduldig und streicht mir liebevoll über die tränennasse Wange. Mir gelingt ein kurzes Lächeln und ich lege meine Hand auf seine, damit er sie nicht zurückziehen kann.

»Ich habe gerade die Tatsache heruntergespielt, dass es mir nicht gut geht ... das machen doch nur die, die schon längst im Teufelskreis gefangen sind ... oder?« Wieder verschwimmt meine Sicht.

»Henry, du bist noch nicht im Teufelskreis gefangen. Wenn du die Rolle nicht hättest, würdest du wieder normal essen, da bin ich mir sicher.« Vorsichtig nimmt er mein Gesicht in beide Hände und küsst mich auf die Stirn. »Ich wünsche mir doch nur, dass es dir wieder richtig gut geht.«

»Aber es geht mir gut«, antworte ich mit belegter Stimme. »Ich habe dich und ich bin so glücklich wie seit langer Zeit schon nicht mehr. Etwas Besseres hätte ich mir nicht wünschen können.« Dann muss ich hicksen und Lucas´ Mundwinkel zuckt.

»Ich liebe dich Henry ... und ...« In dem Moment klingelt mein Handy und ich sehe mich ein wenig überfordert um, will aufstehen, doch Lucas drückt mich zurück. »Bleib sitzen, ich gehe dran.«

Abwesend starre ich auf meinen leeren Teller und höre, wie er im Flur telefoniert.

»Hallo? Ja das ist das Handy von Mr Seales. Ich bin ein Freund. Henry ist gerade beschäftigt. Soll ich etwas ausrichten? Ja ... okay ich werde es ihm sagen. Vielen Dank Miss ... wie war nochmal Ihr Name? Min Sun? Ja ich sage es ihm.«

Er verstaut das Handy wieder in meiner Jackentasche und kommt dann mild lächelnd in die Küche zurück. »Das war eine Min Sun. Ich gehe mal davon aus, dass sie was mit deinem nächsten Dreh zu tun hat. Ich soll dir ausrichten, dass sie gerade am Drehplan sitzen und sich wohl dazu entschieden haben, alle Szenen nach der eineinhalbjährigen Pause zuerst abzudrehen. Deswegen sollst du bitte ein gesundes Körpergewicht haben, wenn der Dreh losgeht.«

Das kann nicht sein. Das hat er sich ausgedacht.

Ungläubig sehe ich zu ihm hoch und er nickt.

»Wenn du mir nicht glaubst, dann ruf sie doch zurück.« Er dreht auf dem Absatz um und holt mein Handy. Wenn ich jetzt zurückrufe, dann zeige ich, dass ich Lucas nicht vertraue. Aber ich muss es einfach genau wissen und drücke mit einem schlechten Gewissen auf die Rückruftaste.

»Henry, was gibt's?«, meldet sich Min Sun freundlich.

»Hey, ich hatte gerade gesagt bekommen, dass du angerufen hast. Worum ging es genau?«, frage ich und versuche, ganz locker zu klingen.

»Ach, wir hatten eine Besprechung und beschlossen dass wir die Szenen, nachdem sich Tommy und Evelyn wiedertreffen und endlich ein Paar sein dürfen, zuerst drehen. Isobel meinte dann, dass sie beim Casting das Gefühl hatte, dass du sehr dünn bist. Wir hatten es durch deine Kleidung nicht gesehen. Aber sie hatte dich ja angefasst und meinte, es sei vielleicht für den rehabilitierten Tommy ein wenig zu leicht. Was wiegst du denn momentan, Henry?«

»Vielleicht so 70 Kilo. Ich hatte in letzter Zeit viel Stress, das schlägt mir immer auf den Magen«, gebe ich zu und verspüre eine unendliche Dankbarkeit gegenüber Isobel, dass sie ihre Bedenken geäußert hat.

»Also Alex war der Meinung, dass du auf jeden Fall 5 – 6 Kilo zunehmen solltest. Einfach um gesund auszusehen. Tommy soll nach seiner Reha ein gesunder, kräftiger Mann sein. Und wenn wir aus dir den drogensüchtigen Tommy machen, werde ich mal mit der Kostüm- und Maskenabteilung sprechen. Da kann man sicherlich einiges rausholen. Da musst du dir keine Gedanken machen.«

Min Sun weiß gar nicht, welche Last sie mir mit diesem Anruf von den Schultern genommen hat. Ich verspreche, dass ich versuchen werde, ein gesundes Gewicht zu bekommen, verabschiede mich von ihr, lege auf und sehe Lucas an, der mich anlächelt und mir dann um den Hals fällt. Ich muss schon wieder weinen, doch dieses Mal ist es vor Freude. Jetzt wird alles besser.

»Siehst du? Es wird alles wieder gut.« Lucas drückt mich fest an sich, lacht dann unter Tränen und wischt sich mit einer Hand übers Gesicht. »Wollen wir essen?« Schniefend nicke ich und wende mich dem Tisch zu.

Jeden Bissen kaue ich zehnmal, bevor ich schlucke, und nehme mir viel Zeit beim Essen. Es fällt mir sehr schwer, doch ist bei weitem nicht mehr ganz so schlimm, da ich ja jetzt weiß, dass ich das Okay zum Zunehmen habe.

Als wir fertig sind, fühle ich mich mental ausgelaugt und könnte im Sitzen einschlafen.

Trotzdem stehe ich ächzend auf und mache Anstalten, Lucas beim Abräumen zu helfen, doch er nimmt mir den Teller aus der Hand und schüttelt den Kopf.

»Lass mich das machen und geh ins Bett. Du siehst unglaublich müde aus.«

»Okay ... kommst du dann auch gleich?«, frage ich und als er nickt, gehe ich durch den schmalen Flur zurück ins Schlafzimmer. Das Bett ist von unserem Liebesspiel noch vollkommen zerwühlt und ich lege mich einfach in eine vorhandene Kuhle, drehe mich auf den Bauch, knautsche das Kissen zusammen und merke förmlich, wie der Schlaf mich überrollt.

Warme Lippen tasten sich über meine Schulter und wandern sanft liebkosend zwischen die Schulterblätter. Meiner Kehle entwischt ein wohliges Brummen und ich spüre Lucas, der sich von hinten eng an mich schmiegt. Seine Körperwärme ist so angenehm, dass ich mich fester an ihn drücke und mit einer Hand nach ihm taste. Seine Finger finden meine und wir verflechten sie miteinander.

»Guten Morgen, Baby ...«, haucht er und küsst sich weiter an meinem Hals entlang. Seine Bartstoppeln kitzeln auf der Haut und die Gänsehaut kriecht mir den Nacken hinunter bis zum Po.

»Lucas ... das ist schön ...«, brumme ich und strecke den Kopf nach hinten, damit er besser an meine Kehle kommt.

»Ich sehe es ...« Seine Hand streichelt über meine Hüfte nach vorn und er legt sie ganz sanft und vorsichtig auf meinen Schritt. »Oh, dein Körper ist schon hellwach«, stellt er fest und drückt ein wenig dagegen.

»Ja, natürlich ... deiner auch. Ich spüre dich ganz deutlich«, gebe ich zurück und schiebe das Becken nach hinten. Ja, Lucas ist eindeutig schon auf Betriebstemperatur.

»Ich kann nicht genug von dir bekommen ... oh man ... ich würde am liebsten sofort wieder mit dir schlafen ...«

»Würde? Was hindert dich denn daran?«, frage ich unschuldig und schiele über die Schulter zu ihm hin.

»Der Stoff, den du am Körper trägst«, Lucas hakt die Daumen in meinen Hosenbund ein und zieht mit die Boxer nach unten. »Aber dem ist ja schnell Abhilfe geschaffen.« Auch sich selbst befreit er von der Unterwäsche und in mir kribbelt alles, als ich ihn ganz nackt hinter mir fühle. Seine Hände finden ihren Weg und als er mich küsst und dabei zu streicheln beginnt, kann ich nicht anders, als unterdrückt zu stöhnen. Es ist so erleichternd zu wissen, dass uns hier niemand kennt und wir einfach wir selbst sein können. Um es direkt zu sagen, wir können so laut beim Sex sein, wie wir wollen.

Der Gedanke legt einen Schalter in meinem Kopf um und ich drehe mich auf den Bauch. Lucas ist sofort über mir und lässt nur kurz von mir ab, um in der Nachttischschublade zu kramen.

Kurz darauf spüre ich etwas Kaltes an meinem Po und zwei seiner Finger, die vorsichtig in mich eindringen. Ich halte die Luft an, und versuche mich nicht zu verkrampfen. Lucas liebkost unablässig alles, was er von mir erreichen kann und so bin ich schnell wieder entspannt und locker. Er ist vorsichtig und raunt mir Dinge ins Ohr, die direkt in meinem Lendenbereich wirken. Obwohl wir erst gestern Sex hatten, ist mein Körper nach wie vor ausgehungert. Ich kann nicht genug von ihm kriegen. Ich will ihn haben und werde ungeduldig, bewege mich mehr gegen seine Hände und Lucas kichert.

»Na du kannst es wohl nicht abwarten, oder?«, schnurrt er und zieht sich zurück.

»Nein kann ich nicht ... bitte, lass mich nicht so zappeln.«

»Du tust ja gerade so, als hätte ich dich seit Ewigkeiten nicht angefasst.« Ich kann hören, dass Lucas grinst und es gefällt ihm, mich so hinzuhalten. »Oh ja, du kannst es kaum erwarten ...« Er greift um meine Erektion und ich kann nicht anders, als zu jammern. Es tut fast schon weh und seine Berührung macht es in dem Fall nicht wirklich besser.

»Lucas ... bitte ...«

Wieder finden seine Lippen den Punkt zwischen meinen Schulterblättern und die Hand in meinen Haaren ballt sich zur Faust. Er zieht mir den Kopf in den Nacken und drückt mich recht grob auf den Bauch.

»Bleib ruhig liegen und lass mich machen, okay?«

Ich kann ihn über mir spüren und als er uns vorsichtig und gefühlvoll miteinander verbindet, sind meine Sorgen verschwunden.

Alles Schlechte rückt in den Hintergrund und wird von der Liebe, die er mich spüren lässt, überstrahlt. Ich drücke mich gegen die Bettlaken. Ihn so nah bei mir zu haben, lässt mich Sterne sehen und ich stöhne ungehemmt. Seine Hand findet den Weg zu mir und er überträgt seinen Rhythmus auf mich.

Gott, es ist so wundervoll. Ich muss ihn küssen. Unbedingt. Ich drehe den Kopf zur Seite und recke den Hals, so gierig bin ich nach ihm.

»Du fühlst dich so verdammt gut an, Henry ...«, presst Lucas hervor und beschleunigt das Tempo. Unser Atem wird schneller und ich bin mir sicher, dass man in der Wohnung unter uns genau hören kann, was wir gerade treiben.

Doch mir ist es gleich. Alles, was mir wichtig ist, ist dass Lucas und ich hier zusammen sind und sich alles perfekt anfühlt.

»Lucas ... ich komme gleich ...«, japse ich und wimmere leise, weil es kaum noch auszuhalten ist. Lucas nickt, dann ist es mit einem Schlag vorbei und ich ergieße mich in die Laken. Sekunden später kommt er und krallt sich so fest in meine Schultern, dass ich sicher bin, Abdrücke seiner Nägel in der Haut zu haben. Keuchend sackt er zur Seite und dreht sich auf den Rücken. Ich zucke zusammen, als er aus mir herausgleitet, schließe die Augen und drehe mich zu ihm um. Sein Brustkorb hebt und senkt sich schnell und er schielt durch halb geschlossene Augen zu mir.

»Ich kriege nicht genug von dir, das ist abnormal ... ist mir zuvor noch nie passiert. Das zwischen uns ist etwas ganz Besonderes.«

»Ja, mir geht es genauso. Du bist der Erste, dem ich vollkommen vertraue und bei dem ich mich fallenlassen kann.« Verliebt sehe ich Lucas an, der geschmeichelt wirkt und mir einen Luftkuss zuhaucht.

»Apropos, ich hab mir was ausgedacht, wo wir beide ganz wir selbst sein können. Ich habe jetzt ein paar Tage frei und keine Fittings oder Anproben. Gestern habe ich uns einen Campingbus gemietet. Was hältst du davon, wenn wir einige Tage einfach durch die Natur fahren, an Seen oder im Wald schlafen und einfach unter uns sind?«

Das ist eine tolle Idee!

Ich umarme ihn grinsend und drücke ihn fest an mich. Das wollte ich immer mal machen und auf diese Art und Weise bekomme ich auch ein bisschen was von Neuseeland zu sehen.

»Das ist super. Wann geht's denn los?«, frage ich aufgeregt und strecke mich ausgiebig. Lucas zuckt mit den Schultern.

»Wann immer wir wollen. Ich muss nur einen Anruf tätigen, dann bringen sie den Bus vorbei.«

7. KAPITEL

Natürlich will ich sofort los. Lucas´ Idee mit dem Campingbus hat mich sofort begeistert und nach einer schnellen Dusche, packe ich einige Kleidungsstücke in die Reisetasche um, während Lucas telefoniert und den Bus bestellt.

»Ich bin fertig, wir können gehen«, verkünde ich gut gelaunt und werfe meine Tasche in den Flur.

»Ha, du bist lustig, ich hab noch nicht gepackt«, meint er und geht an mir vorbei ins Schlafzimmer. Dort liegt seine Tasche auf dem Schrank und er sieht mich bittend an.

»Was ist? Kommst du nicht dran?«, necke ich ihn und er nickt.

»Na gut, ich helfe dir, weil du heute Morgen so lieb zu mir warst.« Kurzerhand nehme ich ihn auf die Schultern, damit er an die Tasche herankommt.

»Lässt du mich wieder runter?«, fragt Lucas und hält sich an meinem Kopf fest.

»Hm, ich könnte dich da oben verhungern lassen, weißt du?« Gelassen gehe ich im Zimmer umher und dabei immer ganz knapp an der Lampe vorbei, sodass er sich ducken muss. »Na, das bist du gar nicht gewohnt, was?«

»Och Henry jetzt komm schon. Lass mich runter. Sonst kommen wir nie hier weg.«

»Sag Bitte.«

»Bitte, lass mich runter.«

»Sag: ich hab den tollsten Freund auf der Welt, den ich über alles liebe.«

»Ich hab den tollsten Freund, den ich über alles liebe«, äfft Lucas mich nach.

»Na, das geht aber auch mit etwas mehr Elan, mein Freund.« Ich nehme einen Fuß und fange an, ihn zu kitzeln. Augenblicklich fängt er an zu zappeln.

Ich verliere den Halt und kippe nach vorn, doch er kann sich noch gut auf dem Bett abfangen und wir landen lachend.

»Henry, du bist echt ein Kindskopf.«

»Wieso? Gönn mir doch mal ein bisschen Spaß«, antworte ich, mache mich von Lucas los, auch wenn er versucht, mich mit den Knien festzuhalten, da er noch immer halb auf meinen Schultern hängt. »Ich packe uns schon mal Vorräte ein und du kümmerst dich um deine Klamotten.«

Wir werden tatsächlich so etwas wie Urlaub machen. Das ist kaum zu glauben. Wir werden den ganzen Tag zusammen sein und tun und lassen können, wonach uns gerade ist. Das wird toll, da bin ich sicher.

Motiviert durchsuche ich die Küchenschränke nach Vorräten, die ich einpacken kann, doch sonderlich viel hat er nicht da. Wir werden noch einkaufen müssen. Was ich an Lebensmitteln finden kann, verstaue ich in einer Tasche und stelle sie im Flur neben mein Gepäck.

Mittlerweile ist auch der bestellte Wagen angekommen und steht in der Einfahrt. Es ist ein wunderschöner, orangefarbener VW-Bus und Lucas sitzt schneller hinter dem Lenkrad, als ich gucken kann. »Wow ist das ein cooler

Bus! Darum werden uns alle beneiden.« Er legt den ersten Gang ein und rollt vorsichtig aus der Einfahrt.

»Hast du sowas wie eine Route geplant?«, erkundige ich mich neugierig, als wir an der ersten Ampel zum Stehen kommen und Lucas grinsend zu den anderen Autofahrern hinübersieht, die neidisch den Bus anstarren.

»Ja, unser erster Halt wird der nächste Supermarkt sein und dann lassen wir die Stadt hinter uns Richtung Raumati Beach und raus in die Wildnis.«

Ich hab noch nie in der freien Landschaft gezeltet. Das ist etwas vollkommen Neues für mich und ich stelle es mir sehr romantisch vor, mit Lucas abends am Feuer zu sitzen, zu reden, Sterne zu gucken. Niemand, der uns stören wird und keine Fans, Reporter oder Paparazzi. Das wird traumhaft.

Als wir die Grenze der Stadt hinter uns lassen, sieht man zu unserer Rechten das offene Meer. Es ist ein schöner, sonniger Tag und die Wellen glitzern zu uns hoch, während wir auf der Küstenstraße entlang fahren.

»Wow, ist das schön hier«, sage ich, ganz ergriffen von der Aussicht, und lächle Lucas an.

»Ja, es ist wirklich toll. Ich freue mich, endlich ein bisschen rauszukommen, und auch mal was von der Landschaft zu sehen. Sag mal, wie war eigentlich die Abschlussfeier? Du hast gar nicht viel erzählt.«

Bewusst habe ich das Thema ausgelassen, weil ich nicht sicher bin, wie Lucas auf die Geschichte mit dem Taxifahrer reagiert, und ich will ihm keine Angst machen. Nach kurzem Zögern erzähle ich ihm dann doch von dem Abend, berichte, wer alles da war und dass wir einen kleinen Trailer zu sehen bekommen haben.

»Och schade, den hätte ich zu gerne auch gesehen. Ist er denn gut geworden?«, fragt Lucas und ich nicke lebhaft.

»Ja, es sind wirklich tolle Bilder geworden. Sie haben sogar ein bisschen was von deiner Sterbe-szene reingeschnitten. Das war unglaublich ergreifend. Ich hätte fast nochmal mitgeheult.«

Wieder tauchen die Bilder vor meinem inneren Auge auf und ich bin mir sicher, dass die Leute im Kino richtig leiden werden.

»Und warst du lange dort?«, erkundigt sich Lucas.

»Nee, ich war ziemlich betrunken, weil ich zuerst mit Fionn angestoßen habe, bevor ich dazu kam, etwas zu essen. Ich hab dann das Taxi genommen. Aber nur bis ins West-End.«

Prima, jetzt hab ich mehr erzählt, als ich eigentlich wollte.

Ich sehe aus dem Fenster, doch Lucas hakt nach: »Wieso bist du nur ins West-End gefahren?«

»Ach, ich dachte, ich gehe Nick noch besuchen, der wohnt ja dort«, wiegele ich ab, mein Freund ist jedoch schon hellhörig genug und sieht mich an. »Henry ... wieso solltest du Nick mitten in der Nacht besuchen wollen? Versuch nicht, mir hier einen Bären aufzubinden. Ich habe viele Geschwister, ich kann Lügen riechen. Also; was ist passiert?«

»Na gut, der Taxifahrer hat mich bedrängt und ich bin einfach ausgestiegen«, sage ich schnell, als ob die Worte so weniger schlimm wären.

Lucas tritt so heftig auf die Bremse, dass mir der Sicherheitsgurt in die Schulter schneidet, dann setzt er den Blinker und fährt links ran.

Als der Bus steht, dreht er sich zu mir und starrt mich an: »Sag das nochmal. Der Taxifahrer hat dich bedrängt? Was hat er getan?« Sein Blick ist besorgt und seine Augen huschen über meinen Körper, als ob er nach verdächtigen Kratzern oder anderen Verletzungen suchen würde.

»Er hat mir nichts getan. Er hat mich gefragt, ob ich was mit dir habe und mir angeboten, mit mir zu – um seine Wortwahl zu benutzen – ficken. Ich glaube allerdings, dass er ziemlich schnell Panik bekommen hat, als ich verlangt habe, auszusteigen. Vermutlich hätte er sowieso nie damit gerechnet, dass ich darauf eingehe.«

»Hat er dich angefasst?«, knurrt Lucas und beißt die Zähne zusammen.

»Nein, es war ja die Glasscheibe dazwischen. Er hat lediglich das Fensterchen heruntergelassen, um mit mir sprechen zu können. Ich bin dann aber ausgestiegen.« Lucas nickt langsam und ich sehe in seinem Blick, dass er nachdenkt, weshalb ich schnell sage: »Bitte, mach dir keine Gedanken, es ist ja nichts passiert.«

»Aber was alles hätte passieren können. Hast du dir das schon mal ausgemalt? Oh Gott, ich will mir das gar nicht überlegen. Wenn der Kerl einen Komplizen gehabt hätte … oder …« Bevor Lucas noch weiterdenken kann, strecke ich die Hand aus und greife ihn am Arm.

»Lucas, bitte denk nicht an sowas. Es ist ja nichts passiert. Und ich passe schon auf mich auf.«

»Aber du warst besoffen. Da hat man nicht über alles die Kontrolle. Oh man, wie soll ich dich denn zurück nach London gehen lassen, wenn ich weiß, was dort für kranke Köpfe herumlaufen? Ich kann dir jetzt nicht mal das Versprechen abnehmen, abends Taxi zu fahren, weil auch das gefährlich ist.« Seine Hände finden den Weg in die braunen Haare und er bringt sie vollkommen durcheinander. »Kannst du dir nicht einen Bodyguard stellen lassen?«, fragt er unsicher, denn er weiß genau, dass ich darauf keine Lust habe.

»Das hatte ich eigentlich nicht vor …«, murre ich, obwohl ich natürlich geschmeichelt bin, dass er sich so sorgt.

»Gut, dann versprich mir wenigstens, dass du keinen Alkohol trinkst, wenn ich nicht mitkommen kann, ja? Dann hast du wenigstens einen klaren Kopf.«

Natürlich verspreche ich ihm das sofort und er umarmt mich dankbar.

»Gut, das beruhigt mich wenigstens ein bisschen«, seufzt er und gibt mir einen Kuss. »Ich bin einfach nur froh, dass dir nichts passiert ist und dass Nick dort in der Nähe wohnt und du nicht nach Hause laufen musstest.« Er startet den Wagen wieder.

»Bist du mir böse, weil ich so leichtsinnig war?«, frage ich nach einer Weile des Schweigens. Lucas schüttelt den Kopf. »Nein, wie könnte ich. Die Londoner Taxifahrer haben einen exzellenten Ruf. Ich hätte niemals damit gerechnet, dass sowas passieren kann. Hast du den Mann gemeldet?«

»Nein, wollte ich eigentlich tun, aber ich habe die Taxinummer leider vergessen ... vielleicht sehe ich ihn ja wieder, dann merke ich mir die Nummer.« Lucas lacht grimmig und sagt nur: »Dann wollen wir hoffen, dass ich dann bei dir bin, damit ich ihm meine Meinung geigen kann. Niemand kommt meinem Freund zu nahe.«

Raumati Beach liegt an der Westküste der Nordinsel und wir erreichen es nach etwa einer Stunde. Lucas findet eine Bucht, wo wir stehen können, und parkt den Bus auf einem kleinen Parkplatz.

Wenig später schlendern wir Hand in Hand über den Kiesstrand und weichen den Wellen aus, die grollend angespült kommen und Meerschaum an den Strand schieben. Obwohl hier in Neuseeland Frühling ist, ist der Wind, der uns vom Meer her entgegen bläst, ziemlich kühl und wir behalten die Schuhe an. Zu gerne wäre ich barfuß gelaufen.

»Schau mal, da vorne sind große Felsen. Von dort hat man sicherlich eine tolle Aussicht«, meint Lucas und deutet auf die großen, grauen Brocken, die in einiger Entfernung am Strand liegen.

Von der Nähe sind die Felsen deutlich höher, als es von Weitem den Anschein hatte, und wir müssen tatsächlich ein wenig klettern, bis wir oben sind. Doch schließlich zieht mich Lucas über die Kante nach oben und als ich mich aufrichte, eröffnet sich mir ein wunderbarer Ausblick.

Vor mir liegt das Meer und das Sonnenlicht bricht sich auf den vielen, kleinen Wellen. Alles glitzert und der Geruch von Algen liegt in der Luft. In der Ferne kann ich unseren Bus erkennen. Wir sind doch deutlich weiter gelaufen, als es mir vorgekommen ist. Lucas hat sich vorn an die Kante gesetzt, die Beine an die Brust gezogen und sich eine Zigarette angezündet. Ich rümpfe die Nase, als der Wind mir den Rauch ins Gesicht bläst, und setze mich neben ihn.

»Du hast lange nicht mehr geraucht«, sage ich und sehe ihn an. Lucas nickt und nimmt noch einen Zug. »Ja, ich hatte in letzter Zeit irgendwie nicht den Kopf dazu, aber hier ist es so schön, da musste das einfach sein.«

»Macht für mich keinen Sinn. Was ist schön daran, sich die Lunge zu verkleben?« Lucas dreht den Kopf zu mir, nimmt sich die Zigarette aus dem Mund und scheint kurz nachzudenken, dann gibt er zu: »Nichts eigentlich. Da muss ich dir recht geben.«

»Wieso tust du es dann? Ich will dich nicht küssen, wenn du geraucht hast. Da schmecke ich dich gar nicht mehr raus.« Er seufzt, nimmt die Zigarette und drückt sie auf dem Stein aus, dann reckt er das Kinn etwas.

»Gut, wir machen einen Deal.«

Einen Deal?

»Folgendes. Ich höre mit dem Rauchen auf und du kümmerst dich um ein gesundes Körpergewicht.«

Was soll ich davon halten? Es ist ein Ansporn für mich, das auf jeden Fall, aber ich denke, dass ich mein Problem selbst in den Griff bekommen sollte, auch wenn keine Belohnung für mich ansteht. Er nickt, als ich ihm das sage.

»Das ist mir doch klar, aber so haben wir beide was davon und ich muss auch an mir arbeiten. Wir arbeiten zusammen und versuchen, unser jeweiliges Ziel gemeinsam zu erreichen.« Langsam nicke ich. Ja, vielleicht hat er recht und es ist wirklich gut, wenn wir beide etwas haben, worin wir uns verbessern wollen.

»Gut. Ich bin einverstanden.«

Wir bleiben auf dem Fels sitzen, bis es zu dämmern beginnt. Lucas hat sich hingelegt, den Kopf in meinem Schoß und spielt gedankenverloren mit dem Saum meines Shirts herum, während ich hinaus aufs Meer sehe.

»Wollen wir langsam zurück zum Auto und uns um unser Abendessen kümmern?«, fragt er irgendwann und so klettern wir etwas steifbeinig vom Fels herunter und machen uns auf den Rückweg.

Bis wir beim Bus sind, ist es schon deutlich dunkler geworden und wir schalten das Licht ein. Eine Küche haben wir nicht und so schichten wir einige Steine zu einem Kreis auf und machen ein Feuer aus trockenem Treibholz.

»Du hast Fisch gekauft?«, frage ich lachend, als Lucas sie auf Holzstäbe schiebt, damit wir sie über dem Feuer braten können. »Wir sind am Meer, meinst du nicht, da hätten wir es auch geschafft, etwas zu fangen?«

»Da wir kein Boot haben, dachte ich, ich kaufe lieber Fisch«, antwortet Lucas gelassen und drückt mir einen Stab in die Hand. »Ich schneide uns etwas Gemüse, du kannst dich ja schon mal nützlich machen.«

Gedankenverloren sitze ich am Feuer und drehe die Stöcke in den Händen, damit der Fisch nicht verbrennt. Immer wieder knallt ein Holzstück, und die Funken fliegen. Mein Gesicht und die Hände sind warm von der Hitze der Flammen, mein Rücken wird allerdings kalt, denn die Nacht ist hereingebrochen.

»Lucas? Bringst du mir eine Decke, mir ist kalt«, sage ich laut und mein Schatz legt mir eine um die Schultern.

»Ist es so besser?«, fragt Lucas leise und drückt meine Schultern. Ich lege den

Kopf in den Nacken, sehe ihn an und bekomme einen liebevollen Kuss, den ich gerne vertiefen würde, doch er lässt mich gleich wieder los. Allerdings seufzt er dabei, als wolle er nicht gehen. »Ich komme gleich wieder. Hältst du so lange ohne mich aus?«

»Hm, vielleicht. Aber nur, wenn du dich beeilst.«

»Mach ich.«

Meine Güte sind wir kitschig, denke ich breit grinsend und drehe den Fisch weiter. Die Haut ist schon knusprig und es dauert bestimmt nicht mehr lange, bis wir essen können.

Eine halbe Stunde später haben wir Gemüse und Fisch auf den Tellern auf unserem Schoß. Da der Fisch viele Gräten hat, dauert es eine ganze Weile, bis wir fertig gegessen haben und mich erinnert dieses Abendessen eher an die Arbeit eines Chirurgen. Das Licht ist nicht sonderlich gut und ich brauche ewig. Aber wir haben ja keinen Zeitdruck und wenn ich wollte, dann könnte ich die ganze Nacht am Feuer sitzen und Fischgräten pulen. Messer und Gabel habe ich schon lange beiseitegelegt und esse mit den Fingern, weil das einfacher geht. Das Gefühl, nur das zu tun, wonach einem ist, ist super und es fühlt sich an, als ob ich schon Wochen im Urlaub wäre. Dabei bin ich erst seit gestern hier. Die Natur, die frische Luft, Lucas – all das entschleunigt unheimlich und ich ertappe mich dabei, wie ich feststelle, dass ich schon lange nicht mehr an meinen Beruf gedacht habe. Daran könnte ich mich gewöhnen. Vielleicht sollte ich Weltenbummler werden, denke ich und sehe Lucas zu, der die letzten Bissen isst und sich dann streckt.

»Hach, ich kann die Leute verstehen, die ihr Hab und Gut verkaufen, um dann nur noch auf Reisen zu gehen. Es ist so unglaublich entspannend, findest du nicht?«

»Genau dasselbe habe ich auch gerade gedacht«, antworte ich leise und spucke eine Gräte auf den Teller zurück.

»Komm, lass uns alles hinschmeißen und Aussteiger werden«, scherzt Lucas. Für einen Moment überkommt mich die Vorstellung von uns beiden, wie wir mit Hippieklamotten und langen Bärten in einem klapperigen Bus durch die Weltgeschichte fahren und ich muss grinsen. So schön diese Vorstellung ist, aber ich würde die Schauspielerei total vermissen. Und auch das Leben in der Stadt. Ich liebe London und wohne gern dort, auch wenn es teuer ist und laut. Manchmal sind ein wenig zu viele Touristen auf den Straßen unterwegs, aber es ist mein Zuhause und das möchte ich nicht hergeben.

Ich verliere mich in Gedanken und die Zeit verrinnt.

Ein leises Schnarchen lenkt meine Aufmerksamkeit irgendwann auf Lucas.

Er ist an meine Schulter gelehnt eingeschlafen. Wie es aussieht, habe ich ganz schön lange nachgedacht. Lächelnd mustere ich ihn im Licht des Feuers, stehe dann umständlich auf und trage ihn zum Auto, doch in meinen Armen wird er wieder wach.

»Ich kann auch allein laufen«, nuschelt er und will runter, aber ich lasse ihn nicht los.

»Nichts da, ich bringe dich ins Bett und packe unser Essen weg.« Wenig später hab ich es geschafft und ihn in die Schlafkabine geschoben, dann sammle ich die Teller ein und lösche das Feuer. Sofort ist es um mich her stockdunkel. Lediglich der Mond am Himmel spendet etwas Licht.

Noch nie im Leben habe ich einen so dunklen Himmel gesehen. Es ist beeindruckend. Es sieht aus, als hätte jemand einen großen Sack Diamanten am Firmament verstreut. Die Sterne funkeln zu mir herunter und ich fühle mich ganz klein und unbedeutend, während sie schon so vieles auf der Erde gesehen haben. Eiszeiten, Dinosaurier, Kriege…

Und da stehe ich. Ein kleiner Mensch, der seine Sorgen und Gedanken mit sich herumschleppt, die doch im Vergleich zu alledem, was dieser Himmel schon alles gesehen hat, einfach vollkommen unwichtig und nichtig sind.

Ich sollte viel öfter so denken, dann wäre mein Herz um einiges leichter.

0. KAPITEL

So gut wie in dieser Nacht, habe ich lange nicht mehr geschlafen. Das Rauschen des Meeres ist das einzige Geräusch, das die Stille durchbricht, und ich nehme es nur am Rande wahr. Erst als die Morgensonne aufgegangen ist und die Vögel im Baum neben dem Bus zu singen anfangen, wache ich langsam auf. Lucas schläft noch und ich sehe ihm eine ganze Weile dabei zu. Er träumt und ich würde zu gerne wissen, was. Seine Augen huschen hin und her und ich widerstehe der Versuchung, ihm übers Gesicht zu streicheln. Ich will ihn nicht aufwecken. Immerhin haben wir Urlaub, da darf man ausschlafen.

Ich stütze meinen Kopf auf dem Arm ab und sehe eine Weile durch das Fliegennetz hinaus aufs Meer.

Neben mir raschelt es und Lucas setzt sich auf. Seine Haare sind vollkommen durcheinander und stehen in alle Richtungen ab. Die Augen sind noch ganz klein und er blinzelt mich müde an.

»Wie spät ist es?«, krächzt er. Ich strecke mich nach meinem Handy aus und sehe aufs Display.

»7:30 Uhr.«

»Was? So früh? Ich wollte ausschlafen, wieso bin ich denn jetzt schon wach?« Seufzend wirft er sich wieder auf sein Kissen und zieht sich die Decke über den Kopf. »Ich stehe nicht auf. Ich schlafe noch ein bisschen.«

»Tu das«, sage ich lächelnd und wende mich wieder den Vögeln zu. Ich bin viel zu wach, um jetzt liegen zu bleiben. Der Strand ist menschenleer und kurzerhand beschließe ich, einen Spaziergang zu machen.

»Wo gehst du hin?«, nuschelt Lucas, als ich mich an ihm vorbei schiebe und durch die Luke nach unten in den Bus klettere.

»Ich mach einen Spaziergang am Strand«, entgegne ich.

»Na gut, wenn du meinst«, kommt es gleichgültig von oben zurück. So ein Morgenmuffel. Fünf Minuten später habe ich Jogginghose, Sneakers und eine Windjacke an und stapfe über den groben Kies. Die Luft ist klar und tut richtig gut. Ratzfatz bin ich hellwach und genieße das weiche, morgendliche Sonnenlicht über dem Meer.

Nachdem ich bis zum großen Felsen gelaufen bin, mache ich kehrt und begegne lediglich einer alten Dame, die einen großen Hund Gassi führt. Der Bus steht ganz still da und ich vermute, dass Lucas noch immer schläft. Kurzerhand hole ich mir einen Campingstuhl aus dem Wagen und setze mich damit in einiger Entfernung in die Sonne. Hier lässt es sich aushalten, denke ich und strecke die langen Beine aus. Lucas´ Idee mit dem Bus war wirklich toll und ich fühle mich rundum wohl. Eine Möwe hopst ganz in der Nähe herum, sieht mich neugierig an und zupft dann am Schnürsenkel meines Sneakers. Lachend sehe ich ihr dabei zu und verscheuche den Vogel, als er Anstalten macht, mir in den Knöchel zu picken.

Hier ist es friedlich und es hat sich gelohnt, so viel Geld für den Flug auszugeben. Sowas hätte ich früher niemals gemacht.

Und auch nicht gekonnt, denn ich hätte das Geld nicht gehabt.

Als ich damals angefangen habe mit der Schauspielerei, habe ich viele Jobs angenommen, die miserabel bezahlt waren. Teilweise wurden die Filme nie fertig gestellt und manchmal wurde ich auch gar nicht bezahlt oder über den Tisch gezogen. Ich hab Überstunden gemacht und für meine Rollen alles gegeben. Und dabei niemals aufgehört davon zu träumen, irgendwann einmal erfolgreich zu sein.

Und nun? Nun sitze ich in Neuseeland und besuche meinen Freund, von dem ich ebenfalls nie geglaubt hätte, dass es ihn einmal geben würde.

Mein Leben ist toll.

Um den Gedanken perfekt zu machen, schiebt sich eine Hand mit einem Glas Orangensaft in mein Sichtfeld und ich sehe zu Lucas auf.

»Und auf welchen Gedankenströmen bist du gerade unterwegs? Ich beobachte dich seit fast zwanzig Minuten vom Bus aus und du hast dich kein einziges Mal bewegt.« Ich nehme den Saft entgegen und ziehe Lucas dann auf meinen Schoß, um ihn zu umarmen.

»Ich habe gerade darüber nachgedacht, was ich für ein Glück habe. Ich habe mein berufliches Ziel erreicht und einen wundervollen Freund gefunden.« Ich ziehe ihm die Kapuze vom Kopf und küsse seinen Nacken. Lucas kichert geschmeichelt und schmiegt sich an mich.

»Das könnte ich von mir auch behaupten. Ich meine; hätte man mir vor einem halben Jahr gesagt, dass ich bald einen Freund, ein Management und eine Rolle in einem Peter Jackson Film haben würde, ich hätte denjenigen für vollkommen verrückt erklärt.«

Schweigend lassen wir diese Sache auf uns wirken und sehen aufs Meer.

»Henry?«, fragt Lucas irgendwann und gähnt ausgiebig.

»Hm, was denn?« Ich bin zu versunken in den Anblick des Ozeans und sehe ihn nicht an.

»Ich hab Frühstück gemacht und dann könnten wir uns langsam auf den Weg machen, was meinst du?«, schlägt er vor und ich nicke, mache jedoch keine Anstalten, aufzustehen. Lucas will das jedoch tun und muss sich kichernd aus meinen Armen winden. »Komm schon, wir haben zwar keinen Zeitdruck, aber mein Magen knurrt.«

Aus dem kleinen Kofferradio spielen die Beatles »Here comes the sun« als wir in der Sonne beim Frühstück sitzen. Lange dauert es nicht, bis einige Spatzen uns entdeckt haben und erwartungsvoll um uns herum hüpfen. Ab und zu wirft Lucas einen Brotkrümel zu ihnen hin und wir beobachten, wie sich alle darauf stürzen. Wildes Gezwitscher und Protestgeschrei derer, die nichts abbekommen haben, begleitet uns das ganze Frühstück über und als wir alles wieder einpacken, schüttle ich die Brötchentüte aus, um den Vögeln die Reste zu überlassen. Nachdem wir uns die Zähne geputzt haben, packen wir zusammen und die Fahrt geht weiter.

Weil ich keine Ahnung habe, wo Lucas hinwill, sehe ich einfach aus dem Fenster und genieße die Landschaft, die vorbeizieht. Ab und zu verlassen wir die Autobahn und nehmen eine weniger befestigte Straße ins Landesinnere.

»Bist du sicher, dass der Vermieter des Autos es gutheißt, wenn wir solche Strecken fahren?«, frage ich, als wir einen Weg entlang holpern, der für die Stoßdämpfer des Busses mit Sicherheit eine Herausforderung darstellt.

»Er hat mich nicht gefragt, wohin wir wollen, außerdem kommt da vorne schon wieder Asphalt«, antwortet Lucas und biegt tatsächlich bald wieder auf eine Landstraße ab. Diese wird immer breiter und schließlich sind wir auf einer Küstenstraße. Über dem Meer sammeln sich langsam Wolken.

»Hast du eigentlich Ärger von Lauren bekommen, dafür, dass du mich zum

Flughafen gebracht hast?«, fragt Lucas neugierig. Ob ihn die dunklen Wolken darauf gebracht haben?

»Jein. Sie meinte, ich könne durchaus tun und lassen, was immer ich will. Aber ich darf mich dann nicht über die Konsequenzen beschweren.«

»Gut, da hat sie ja nicht Unrecht. Immerhin ist es ihr Job, sich um unser Image zu kümmern«, meint Lucas schulterzuckend und ich nicke.

»Ja, trotzdem tut sie so, als hätte ich ihr ein Messer in den Rücken gestoßen, das fand ich nicht sonderlich nett. Zumal ich ja im Auto geblieben bin. Aber böse bin ich ihr nicht. Sie macht ja nur ihren Job.«

»Und den macht sie wirklich gut. Ohne sie wäre ich nicht hier«, meint Lucas und legt mir eine Hand aufs Knie. Er muss sich dafür etwas strecken, denn die Sitze im Führerhaus des Wagens stehen recht weit auseinander. Liebevoll und glücklich grinsen wir uns an und ich gebe ihm einen Kuss auf die Wange.

»Ich liebe dich.«

»Das hast du heute noch gar nicht gesagt«, stellt er fest.

»Deswegen sage ich es jetzt.«

Unsere Reise führt uns heute nach Otaki Beach. Dort sieht die Küste aus, wie aus einer Modelleisenbahn. Das Gras ist ungewöhnlich dicht und moosig und die Bäume wachsen trotz des Windes, der vom Meer her kommt, kerzengerade in den Himmel. Obwohl der kleine Ort nicht so aussieht, als wäre hier viel los, findet heute ein Drachenfest statt. Wir stellen den Bus auf einen Parkplatz und sehen uns den halben Nachmittag über die bunten, selbstgebastelten Drachen an und genießen es, ganz normal als Paar unterwegs zu sein.

Leider ziehen irgendwann dunkle Wolken auf und wir verbringen deshalb den halben Tag und die Nacht im Bus, wo wir Brettspiele spielen, kuscheln und mehrmals miteinander schlafen. Zeit dazu haben wir ja.

In den folgenden Tagen geht es weiter ins Landesinnere. Dort wird die Landschaft hügeliger und teilweise sehr wild. Wir folgen lange der Strömung des Manawatau River, bis wir eine Stelle finden, die uns zusagt. Hier sieht es fast so aus, wie bei meiner Mum zuhause in Twemlow Green. Felder, Wälder und schmale Pfade. Kaum zu glauben, dass man sich am anderen Ende der Welt befindet. Wir genießen einige Tage vollkommene Ruhe, dann geht es weiter nach Waihi. In dieser Region wurde, laut Google, Anfang des 19 Jahrhunderts Gold geschürft und wir sehen uns die stillgelegte Miene an, die einem Trichter gleicht, der sich 250 Meter tief in die rote Erde bohrt. Vor Ort empfiehlt man uns die Waihi Falls und wir zuckeln mit dem Bus eine Straße entlang, die uns zu einem Aussichtspunkt führt. Dort machen wir Halt und wandern den ganzen Tag durch die atemberaubende Wildnis. Das Gelände ist steinig und ab und zu müssen wir klettern, doch die Aussicht lohnt sich allemal. Ich bin froh, meinen Fotoapparat mitgenommen zu haben, denn ich bekomme so tolle Motive vor die Linse, die ich mit einer Handykamera so sicherlich nicht hätte einfangen können.

Hier gibt es sogar ein kleines Restaurant für die Touristen und wir genießen dort ein leckeres Abendessen. Der Besitzer erlaubt uns, den Bus über Nacht auf dem Parkplatz stehen zu lassen und erst, als am nächsten Tag eine Menge Reisebusse ankommen, müssen wir weichen.

»Ich will nochmal an einen Strand«, wünscht sich Lucas nach einigen Tagen und wir peilen die Ostküste an. Dort finden wir einen wunderschönen Strand des kleinen Städtchens Castlepoint, der um diese Jahreszeit noch nicht wirklich genutzt wird, und stellen uns auf einen Parkplatz ganz in der Nähe. Am Abend können wir ausgedehnte Spaziergänge über den Strand bis hin zum Leuchtturm machen, der sich weiß gegen den dunklen Himmel abhebt.

Die Wellen prallen mit voller Wucht gegen die Felsen, auf denen der Leuchtturm steht und die salzige Gischt spritzt einige Meter hoch. Ich ziehe den Kopf ein, denn ich bin nicht sonderlich scharf darauf, das kalte Meerwasser in den Kragen zu bekommen.

»Der Leuchtturmwärter hat sicherlich oft Langeweile«, meint Lucas, als wir an dem Gebäude angekommen sind, und sieht an der Fassade hinauf.

»Nicht, wenn er einen netten Kollegen hat – oder Netflix«, überlege ich. Seine Hand ist kalt, als ich sie greife und ich schiebe sie rasch in meine Jackentasche, um sie zu wärmen.

»Schade, dass man so einen Leuchtturm nicht mieten kann. Es wäre doch toll, dort ein Wochenende gemeinsam zu verbringen. Stell dir doch mal vor Henry; draußen tobt der Wind und die See und wir sitzen zusammen im Warmen.« Sein Blick ist verschleiert, als er sich das ausdenkt.

»Oder man friert, weil die Heizung ausgefallen ist«, sage ich und blinzele gegen den Wind.

»Du bist so unromantisch, Henry.«

»Na, einer von uns beiden muss ja realistisch bleiben, meinst du nicht?« Ich nehme ihn in den Arm und streiche seine Haare aus dem Gesicht. »Außerdem finde ich unseren Bus auch ausreichend romantisch.« Langsam beuge ich mich zu ihm hinunter und küsse ihn. Lucas erwidert zaghaft und als ich mich wieder von ihm löse, füge ich rasch hinzu: »Das mit dem Roadtrip war eine tolle Idee von dir. Es macht mir total viel Spaß ... ich könnte noch ewig mit dir unterwegs sein. Schade, dass wir schon auf dem Rückweg sind.«

Sechs Tage bin ich nun schon in Neuseeland und bald habe ich die Halbzeit erreicht. Die Zeit verging wie im Flug.

»Bald bist du wieder weg«, seufzt Lucas und schmiegt sich enger an mich. Das Meer rauscht und der Wind ist kalt und unbarmherzig, doch mich stört es nicht.

»Für mich ist noch nie jemand so weit gereist, weißt du?« Hat er Tränen in den Augen, oder kommt das nur vom Wind? Vorsichtig streiche ich mit dem Finger an seinem Augenwinkel entlang.

»Für dich würde ich überall hinfliegen.«

»Jetzt bist du ja doch romantisch.« Er grinst, als hätte er mich auf frischer Tat ertappt, ich muss allerdings zugeben, dass ich mich selbst gar nicht so unromantisch finde – immerhin bin ich für ihn einmal um die halbe Welt geflogen. Wenn das nicht romantisch ist, dann weiß ich auch nicht.

Nachdem der Wind immer heftiger und es trotz der tollen Aussicht ungemütlich auf der Landzunge wird, schlendern wir zurück zum Bus. Auch meine Hände sind mittlerweile kalt und ich freue mich darauf, ins Warme zu kommen.

Es dämmert und in einer Stunde wird man hier am Strand nichts mehr sehen können. Wir sollten also zügig zurückgehen, denn wenn wir uns im Dunkeln hier auf dem unebenen Boden etwas antun, wäre das äußerst schlecht für die kommenden Dreharbeiten.

Lucas bibbert, als wir endlich am Bus sind und ich mit kalten Fingern den Autoschlüssel aus der Jacke ziehe, um aufzuschließen. Rasch steigen wir ein, ohne die Tür sonderlich weit aufzuziehen, damit nicht die ganze Wärme entweicht.

»Wollen wir heute Nacht wirklich das Dach aufklappen?« Ich sehe hinauf zur Decke und denke an die Fenster der Schlafkabine, die nur aus einem Fliegennetz bestehen.

»Der Vermieter sagte, dass man auch diese Sitzbank hier irgendwie zu einem Schlafplatz umbauen kann, dann könnten wir das Dach nur minimal öffnen«, überlegt Lucas, kratzt sich am Kopf und sieht sich den kleinen Tisch an. »Ich glaube, man muss die Sitzpolster irgendwie rausnehmen, den Tisch herunterkurbeln und dann einfach alles zu einer glatten Oberfläche zusammenbauen.«

Tja, wenn das nur so leicht wäre.

Der Tisch lässt sich noch gut absenken und auch die Kissen liegen schnell kreuz und quer im Wageninneren herum. Allerdings haben wir beide keine Ahnung, wie sie anzuordnen sind. Es ist wie Tetris und immer haben wir irgendwo ein Loch.

»Also so kann das nicht bleiben«, seufze ich leicht genervt, aber amüsiert, als wir zum vierten Mal unser Glück versuchen und mittendrin wieder eine Lücke in Schuhkartongröße übrig bleibt.

»Haben wir vielleicht ein Kissen vergessen?«, fragt Lucas hoffnungsvoll und sieht sich um. Doch der Bus ist so klein, dass man sowas nicht übersehen kann.

»Nein, ich glaube, wir machen es nochmal. Und wenn es dann immer noch nicht klappt, dann stopfe ich meine Jacke einfach in das Loch, dann ist es auch zu.«

Am Ende muss meine Jacke tatsächlich als Lückenfüller herhalten.

»Soll ich was zu essen machen?«, bietet Lucas an und zieht eine Schranktür auf.

»Gerne, ich versuche mal unsere Schlafsäcke vom Dach zu bekommen.«

Das ist, wie sich herausstellt, ein noch schwierigeres Unterfangen, als das Umbauen der Essecke, denn, wenn das Klappdach heruntergelassen ist, werden die Schlafsäcke auf die Unterlage gedrückt, und es ist nahezu unmöglich, sie herauszubekommen. Ich fummele eine ganze Weile daran herum und muss schließlich dann doch das Dach kurz öffnen.

»Henry, es wird kalt«, beschwert sich mein Freund und ich werfe die Schlafsäcke aufs Bett.

»Ich hab's gleich, sei nicht so ungeduldig.«

»Ungeduldig? Mir ist kalt!«

»Ich kann gerne dafür sorgen, dass dir wieder warm wird.« Ich sage das ganz beiläufig und kurbele das Dach wieder herunter. Als ich mich zu Lucas umdrehe, hat dieser ziemlich rote Ohren bekommen und grinst. Ich lege beide Arme um ihn und wiege ihn hin und her. »Hab ich dich in Verlegenheit gebracht?«, frage ich leise und er nickt, lehnt sich gegen mich und legt eine Hand in meinen Nacken.

»Küss mich, bitte ...«

Wenig später müssen wir die kalte Nachtluft in den Wagen lassen, um das Kondenswasser von den Scheiben zu bekommen, das tropfenweise daran herunterrinnt ...

9. KAPITEL

Einige Tage später sind wir zurück in Wellington, reinigen den Bus, räumen unser Gepäck aus. Die Zeit ging viel zu schnell vorbei und trotzdem fühle ich mich so erholt, als hätte ich Wochen damit verbracht, durch das Land zu reisen.

»Es war so schön mit dir«, seufze ich, nachdem die Übergabe stattgefunden hat und wir dem VW-Bus nach sehen, der um die nächste Ecke biegt.

»Ja, das fand ich auch. Weißt du, was das Tollste an allem war?«, fragt Lucas, nimmt meine Hand und wir gehen wieder zurück ins Haus.

»Was denn?«

»Dass wir zum ersten Mal unseren Job beiseitegeschoben haben. Wir waren nur unter uns und keiner musste zum Dreh, das hat mir gut gefallen. Wir haben nicht mal viel darüber geredet.«

Ja, das hat mir auch gut gefallen und das Beste ist, dass ich nicht einmal bemerkt habe, dass wir das Thema ausgelassen haben. Es ist einfach so passiert und das bedeutet doch, dass wir wirklich entspannt waren, wenn man keinen Gedanken an seinen Beruf verschwendet.

Am nächsten Tag hat uns der Berufsalltag schon wieder, denn Lucas muss zurück zu Weta, um Kostüm- und Maskenproben über sich ergehen zu lassen, und so bin ich viel allein.

Damit mir nicht langweilig wird, habe ich mir einige Dinge ausgesucht, die ich mir ansehen kann, bis mein Freund wieder zuhause ist.

Obwohl ich Urlaub habe, trudeln ab und zu E-Mails von Lauren bei mir ein, in denen sie mich an Termine erinnert, die in der nächsten Zeit anstehen.

So ist es auch, als ich in einem Café sitze und mir einen Latte macchiato schmecken lassen will. Ich wollte die freie Zeit genießen und mich nicht mit meinem Beruf auseinandersetzen.

Aber was bleibt mir anderes übrig? Lauren macht lediglich ihren Job und meint es nicht böse, wenn sie mal penetrant sein muss. Und vielleicht ist es ja wirklich wichtig.

>>Henry,

ich hoffe, du bist gut in Neuseeland angekommen. Ich möchte dich nochmal an einen Sprecherjob erinnern und daran, dass du bitte wieder rechtzeitig in London zurück bist.

Des Weiteren will ich dir sagen, dass einige Boulevardzeitschriften ein kurzes Interview mit dir abgedruckt haben. Es ist nicht sonderlich negativ, lässt jedoch weiter Spielraum, was das Gerücht von dir und Lucas angeht. Ich habe dir den Link zugeschickt, wenn du es lesen willst.

Außerdem wurde ein Foto von dir gepostet, das jemand in der U-Bahn gemacht hat. Du bist am Telefonieren und anscheinend hat man gehört, dass du mit Lucas gesprochen hast. Es gibt davon jedoch nur ein Bild und die Aussage des Beobachters. Ich wollte dich nur auf den aktuellen Stand bringen, damit du weißt, was hier so alles los ist.

Viele Grüße aus London!

Lauren<<

Ich überfliege das kurze Interview, das man aus den Fragen der Reporter vor meinem Haus zusammengebastelt hat, und sehe, dass man mir doch nicht so sehr die Worte im Mund herumgedreht hat, wie ich es zuerst befürchtet hatte. Zwar ist mein Kommentar zu Tatiana ein wenig umformuliert worden, doch die Kernaussage stimmt, worüber ich sehr froh bin. Genauer sehe ich mir das jedoch nicht an und das Foto von dem Fan öffne ich gar nicht erst. Solange nur die Aussage steht und es keine Videoaufnahme mit Ton gibt, die etwas verraten könnte, ist mir egal, was er behauptet.

Wenn Lucas am Abend frei hat, sprechen wir kaum über den Job, sondern genießen die Zeit zu zweit. Einmal gehen wir sogar gemeinsam aus und ehe ich mich versehen kann, ist die Zeit in Neuseeland auch schon wieder vorbei.

Je näher der Abschied rückt, desto unwohler fühle ich mich.

Zu wissen, dass ich ohne meinen Freund zurück nach London muss, wo die Presse auf mich wartet und ein neuer, stressiger Dreh ansteht, ist nicht sonderlich motivierend. Hier ist alles so weit weg und ich möchte das Gefühl der Gelassenheit nicht wieder missen.

Zwar schaffe ich es, mich am Tag meiner Abreise halbwegs bei Laune zu halten, doch als wir am Flughafen in eine Parklücke fahren, ist es mit meiner Selbstbeherrschung vorbei und mir kommen die Tränen, die ich zu unterdrücken versuche. Es ist interessant, was Lucas an mir für Seiten zum Vorschein bringt. Ich bin eigentlich kein sonderlich weinerlicher Typ.

»Henry ... bitte nicht, das macht es mir nur noch schwerer«, jammert mein Freund und umarmt mich, so gut es in dem kleinen Smart geht.

»Tut mir leid, aber ich hatte so eine schöne Zeit mit dir hier ... und es war alles so entspannt und locker. Ich hab Angst, nach London zurückzugehen ... dort ist es grau, kalt, stressig und du bist nicht da ...« Noch während ich spreche, komme ich mir vollkommen albern vor. Schließlich kann ich ja nicht einfach hierbleiben, nur weil es in London gerade ein bisschen kompliziert ist. Immerhin bin ich erwachsen. Trotzdem könnte ich mich an das sorglose Gefühl gewöhnen. Und Lucas jetzt auch eine Weile nicht sehen zu können, zerreißt mir das Herz.

»Ich komme doch wieder. Ich bin vor Weihnachten wieder da«, versucht er mich zu beruhigen und wischt sich die Tränen aus dem Gesicht. Na toll, jetzt weint er auch. »Und wir können Weihnachten gemeinsam feiern, wenn du Lust hast und zu meiner Familie kommen willst. Das werden sicher ganz tolle Feiertage.«

Schniefend nicke ich. Ja, Weihnachten mit Lucas wird bestimmt schön. Aber bis dahin sind es noch sieben Wochen. Wir haben ja erst Anfang November.

»Lass uns mal aussteigen, hier im Auto wird das nichts«, sagt Lucas und seine Stimme ist wieder etwas kräftiger. Entschlossen öffnet er die Tür. Ich drücke die Beifahrertür auf und werde sofort von ihm umarmt. »Mir fällt der Abschied auch schwer, das kannst du mir glauben.« Er umschließt mein Gesicht mit den Händen, stellt sich auf die Zehenspitzen und küsst mich. Je länger der Kuss dauert, desto optimistischer werde ich. Lucas bemerkt das und löst sich lächelnd von mir. »Du hast doch in London auch wieder zu tun, sodass du abgelenkt bist, oder? Die wollen ganz sicher Kostümproben mit dir machen und alles. Da wirst du gar nicht so oft an mich denken, weil du so beschäftigt bist.«

Ich nicke und wische mir über die Augen. Er hat ja recht und es bringt ja auch nichts, wenn ich den Abschied länger hinauszögere. Ich muss nach Hause fliegen, ob ich nun will oder nicht. Allein schon wegen des Sprecherjobs, den ich habe.

»Soll ich dich noch mit reinbringen?«

»Nein, danke. Ich hatte Lauren versprochen, dass wir uns in der Öffentlichkeit zurückhalten und ein Flughafen ist nun wirklich das Öffentlichste, was wir uns antun können.«

»Gut, dass wir uns gerade eben auf einem Parkplatz geküsst haben. Der ist ja überhaupt nicht öffentlich« Lucas zuckt mit den Schultern, als wäre ihm die Sache vollkommen gleichgültig. Ich wünschte, bei mir wäre es genauso.

Wir küssen uns ein letztes Mal, dann verlädt er mein Gepäck auf einen Trolley, den ich in das Flughafengebäude schiebe.

In der großen Eingangshalle angekommen, drehe ich mich nochmal um und sehe Lucas durch die Fenster. Er winkt mir zu. Rasch werfe ich einen Blick nach links und rechts, doch niemand beachtet mich. Schüchtern winke ich zurück und als Lucas mir zuzwinkert, bekomme ich sogar ein Lächeln zustande.

Ich sehe ihm zu, bis er ins Auto eingestiegen ist, erst dann wende ich mich ab und gehe an einer gigantischen Herr der Ringe Figur vorbei. Nun, da ich bei Weta Workshop hinter die Kulissen sehen durfte, betrachte ich sie mit ganz anderen Augen und bin wieder einmal froh, dass ich hergekommen bin. Die Zeit hier hat mir wirklich gutgetan.

Tschüss, Wellington.

Hallo London.

Die Hauptstadt begrüßt mich Stunden später mit Schneeregen und Eiseskälte.

Bibbernd ziehe ich mir die Mütze tiefer ins Gesicht und die Ärmel des Pullis, den ich mir noch im Flieger zusammen mit einer langen Hose angezogen habe, über die Hände, damit ich den Gepäckwagen überhaupt anfassen kann, ohne daran festzufrieren. Gemeinsam mit Passagieren, die aus Italien angekommen sind, betrete ich den offiziellen Bereich des Flughafens und schnell hat mich der übliche Wahnsinn wieder.

Zum Glück ist mein Jetlag noch nicht so schlimm.

Es ist früher Nachmittag und viele Menschen sind unterwegs. Einige sprechen mich an, manche bleiben einfach stehen und glotzen blöd. Hoffentlich komme ich gut zum Ausgang und in ein Taxi, ohne dass mich jemand knipst.

Der Gedanke an das Taxi, verursacht ein unangenehmes Ziehen in meinem Magen, doch ich ignoriere es. Nicht jeder Taxifahrer in der Stadt ist ein Arsch, das sollte ich eigentlich wissen.

»Henry!«, ruft jemand und ich hebe den Blick. Eine junge Frau mit Kamera im Anschlag steht zwischen den wartenden Menschen am Ausgang und schießt ein Foto. Vermutlich steht sie immer dort und knipst jeden Promi, den sie vor die Linse bekommen kann. »Hatten Sie einen schönen Urlaub?«, fragt sie laut über das Gequassel und den Lärm der anderen Menschen hinweg.

»Wer sagt, dass ich im Urlaub war?«, entgegne ich freundlich und gehe an ihr vorbei.

»Es gibt da einige Gerüchte«, antwortet sie und ich tue mein Bestes, so auszusehen, als würde sie sich irren. Aber sind wir mal ehrlich, ich kam gerade mit dem Flieger an und habe einen großen Koffer dabei. Das sieht schon sehr nach Urlaub aus. Am liebsten würde ich schneller gehen, doch um mich her sind andere Reisende und ich will niemandem von hinten in die Kniekehlen fahren, weshalb ich kleine Schritte mache. Natürlich hat die Frau mit der Kamera so auch bessere Chancen mit mir gleichauf zu bleiben.

»Henry!«, ruft sie mir zu und eine ältere Dame, die neben mir herläuft, mischt sich nun ein.

»Sehen Sie nicht, dass der junge Mann gerade andere Dinge zu tun hat, als sich mit Ihnen zu unterhalten? Er hat gerade einen langen Flug hinter sich und will erstmal ankommen!« Sie sieht mich an, wirft kurzerhand ihr Gepäck auf meinen Trolley und hakt sich bei mir unter. »Kommen Sie mit, junger Mann«, sagt sie bestimmt und schlängelt sich im Stechschritt zwischen den anderen Menschen hindurch. Rasch beeile ich mich, ihr hinterherzukommen. Die Dame steuert zügig zu den Ausgängen und wir hängen die Reporterin bald ab, die uns in der Menschenmenge verloren hat.

»Vielen Dank«, sage ich zu der Dame, als wir am Taxistand ankommen. »Das wäre wirklich nicht nötig gewesen. Wie komme ich denn zu der Ehre, dass Sie mir helfen?«

»Na das ist doch wohl selbstverständlich, oder nicht? Was wollte die Dame denn von Ihnen? Sind Sie berühmt?« Sie wirkt nur beiläufig interessiert und winkt mir ein Taxi heran.

»Ich bin Schauspieler«, sage ich.

»Oh, dann haben Sie natürlich das Interesse der Öffentlichkeit bei sich. Ich wünsche Ihnen jetzt erstmal einen guten Nachhauseweg. Ruhen Sie sich aus, Sie sehen müde aus.« Sie reicht mir die Hand und ich bedanke mich herzlich für ihre Hilfe. Wie schön, dass es noch selbstlose Menschen gibt.

Dann steige ich ins Taxi und lasse mich nach Hause bringen.

Der Koffer ist kaum in der Wohnung und die Tür hinter mir zugezogen, als mein Smartphone klingelt.

Highway to Hell – Lauren.

Hat diese Frau eine Kamera hier installiert und weiß genau, wann ich nach Hause komme, oder ist das nur Zufall?

»Lauren, du rufst genau zum richtigen Zeitpunkt an, ich bin gerade angekommen«, sage ich fröhlich und schlüpfe umständlich aus der Jacke.

»Hallo Henry, ja ich habe online verfolgt, wann dein Flieger landet und dachte, ich könnte dich jetzt erreichen. Hör mal; ich habe wieder Bilder online gefunden. Es sind Fotos von dir und Lucas am Flughafen. Ihr küsst euch auf einem Parkplatz! Ich hatte doch darum geben, dass ihr euch *zurückhaltet!* Glücklicherweise ist man sich nicht sicher, ob du das auf den Bildern bist, weil es tatsächlich bisher nicht durchgesickert ist, dass du ihn besucht hast. Lucas wurde aber eindeutig identifiziert. Es ist also nun zumindest offiziell, dass er schwul ist.«

Hm. Ist das nun gut oder schlecht?

»Nun, wir können dagegen nun nichts mehr machen. Wichtig wäre nur, dass nicht auch noch herauskommt, dass du in Neuseeland gewesen bist, sonst können wir unseren Promo-Plan vergessen.«

»Hm, das wird schwer, denn man hat mich am Flughafen fotografiert«, sage ich und Lauren seufzt einmal langgezogen.

»Gut...lass mich nachdenken. Denkst du, jemand hat mitbekommen, woher du gekommen bist?«, fragt sie geschäftig und ich höre im Hintergrund, dass sie am PC sitzt.

»Ich bin Erster Klasse geflogen und mit mir waren lediglich Geschäftsleute unterwegs. Ich denke nicht, dass die sich um mich geschert haben. Den ganzen Flug über haben alle an ihren Laptops gearbeitet. Ich kam gleichzeitig mit einem Flieger aus Italien an ... vielleicht kann man das ja nutzen.«

»Sehr gut. Ich habe hier noch Bilder von dir, als du bei der letzten Promotour in Italien warst. Ich lasse die Fotos mal bearbeiten, vielleicht kriegen wir da was zusammengebastelt. Dann geben wir das an die Öffentlichkeit raus und sagen, dass du aus Italien gekommen bist.«

»Lauren, darf ich dich was fragen?«

»Hm, was denn?«

»Wieso muss das alles sein? Könnten wir nicht einfach die Bilder als Outing nutzen? Und als Highlight zeigen wir uns zusammen auf dem roten Teppich bei der Premiere? Das wäre doch auch was.«

»Och Henry. Wie oft willst du es denn noch von mir hören? Wenn wir die Sache erst offiziell machen, wenn die Promo für 1925 läuft, ist es am Effektivsten.«

»Ja, stimmt, das hattest du mal gesagt ... Ein-oder zweimal ...«

»Also: Du warst offiziell in Italien und hast einen Kurzurlaub gemacht. Alles klar? Gibt es sonst noch etwas Neues, das ich wissen sollte?« Nein, gibt es nicht – außer, dass ich Lucas jetzt schon ganz schrecklich vermisse.

Ich bedanke mich bei Lauren für ihre Arbeit und schreibe Lucas dann eine Nachricht, dass ich gut in London angekommen bin und fasse kurz zusammen, was unsere Managerin mir berichtet hat.

Hoffentlich findet er es nicht allzu schlimm, dass er in England geoutet wurde. Allerdings ging er ja immer recht offen damit um, da sollte das kein Problem sein. Wenigstens ist nun die Gefahr gebannt, dass sich jemand aus seiner Familie verquatschen kann.

Also bin nur noch ich das Problem.

Oder das große Mysterium. Wie auch immer man es sehen möchte.

Nachdem ich meinen Koffer ausgepackt habe, verlasse ich die Wohnung nochmal, um eine Kleinigkeit einzukaufen.

Tesco ist recht nahe gelegen, doch scheinbar hatte meine gesamte Nachbarschaft die Idee, einkaufen zu gehen, denn es ist richtig voll. Die Kassen piepen ununterbrochen und ständig hallen die Rufe der Kassiererinnen durch den Laden, wenn sie den nächsten in der Warteschlange aufrufen.

Die Gänge sind voll und ich schiebe mich zwischen anderen Kunden hindurch, wobei ich versuche, möglichst niemanden anzurempeln. Ich will einfach schnell fertig werden.

An den Zeitungen gehe ich bewusst vorbei und dieses Mal widerstehe ich der Versuchung, auf eines der Titelblätter zu schauen. Lauren hat mich ja sowieso schon über alles informiert.

Trotzdem bin ich neugierig auf die Fotos, die am Flughafen in Wellington entstanden sind und sobald ich zuhause bin, öffne ich dann doch Instagram und scrolle mich durch die vielen Bilder.

Die Fotos von Lucas und mir sind tatsächlich ziemlich unscharf und ich bin durch meine Kleidung nicht zu erkennen, weil ich einen untypischen Kleidungsstil getragen habe. Wenn ich fliege, ist es mir meist egal, was ich anziehe, Hauptsache, es ist bequem.

Die Kommentare unter dem Bild handeln ausschließlich davon, wen Lucas wohl küsst. Von einem geheimen Geliebten, über einem guten Freund ist alles dabei. Manche vermuten, dass ich es sein könnte. Doch andere machen diese Theorie schnell zunichte, indem sie klarstellen, dass ich zu der Zeit in Italien gewesen sein muss, zumal ich ja ganz andere Kleidung trage, als bei meiner Ankunft in London. Immerhin sei ich heute von dort aus nach London eingeflogen. Es wird sich also aktiv darüber gestritten, wo ich gewesen bin, und ich muss zugeben, dass mich diese Diskussion zufrieden stellt.

Niemand weiß etwas Genaues, das ist super.

Lauren sei Dank.

Gut gelaunt packe ich die Einkäufe in den Kühlschrank und kümmere mich dann um meine Wäsche. Als ich in der Küche vor der Maschine auf dem Boden sitze und alles nach Farben sortiere, fällt mir auf, dass ein weißes Shirt von mir fehlt. Stattdessen habe ich eines von Lucas im Koffer. Es ist leicht zu erkennen, denn es wäre mir viel zu klein. Gedankenverloren mustere ich das Kleidungsstück und schnuppere daran.

Es riecht so gut.

Bis kurz vor Weihnachten werde ich ihn nicht sehen. Mit geschlossenen Augen vergrabe ich das Gesicht in dem weichen Stoff und nehme tiefe Züge. Jeder davon trägt eine Erinnerung an ihn mit.

»Ich vermisse dich ...«, flüstere ich und lege mir das Shirt über die Schulter. Das werde ich nicht waschen, bis er wieder da ist.

Während die erste Maschine läuft, lese ich mir den Text für morgen durch, denn der Sprecherjob steht an. Immer wieder wandert mein Blick allerdings vom Papier zum Handydisplay. Per Whats App habe ich Lucas gefragt, ob er mein Shirt bei sich gefunden hat und dass seines versehentlich bei mir gelandet ist, doch bisher kam keine Antwort. Erst, als ich den Text schon fast auswendig kann, meldet sich mein Freund.

>>Hey, was sagst du da? Ich wurde geoutet? Hm, das hätte ich mir irgendwie anders vorgestellt, aber jetzt ist es eben so. Hat die Presse sich schon drauf gestürzt? Ich freue mich, dass du mein T-Shirt gefunden hast. Ich hab es dir untergeschoben und mir dafür eines von dir genommen. Das habe ich heute Nacht zum Schlafen angezogen und es hat sich fast so angefühlt, als ob du noch da wärst. Ich vermisse dich ganz schrecklich. Lucas XX<<

Er hat es absichtlich getan!

Mir wird ganz warm ums Herz und ich freue mich, dass er sich das ausgedacht hat.

Per Mail bekomme ich am Abend die Dispo für den Sprecherjob und weil die Anfangszeiten ziemlich früh angesetzt sind, beschließe ich, ins Bett zu gehen.

Natürlich dauert es ewig, bis ich einschlafe.

Ich habe einen Jetlag und der Geruch, der von Lucas´ Shirt in meine Nase steigt, hält mich eher wach, als dass er mich einschlafen lässt. Frustriert fange ich irgendwann an, meinen Text für morgen zu wiederholen. Zeile für Zeile rufe ich mir in den Kopf und das schläfert mich dann doch langsam ein.

Nach gefühlt einer Stunde Schlaf klingelt der Wecker.

Gähnend stehe ich im Badezimmer, fluche über die frühe Zeit und mache mich fertig. Zum Glück ist heute nur meine Stimme gefragt und nicht mein Äußeres, weshalb ich mich weder rasiere, noch sonderlich viel Arbeit in die Frisur investiere. Die dort gesparte Zeit geht beim Umziehen wieder drauf und ich verlasse das Haus fünf Minuten später, als ich geplant hatte.

Draußen ist es arschkalt. Die Luft ist klar und frisch und unter meinen Füßen knirscht es schon, weil jemand Streusand verteilt hat und als ich bei der Tube Station ankomme, staune ich nicht schlecht.

Wir haben Anfang November und tatsächlich hängen schon Stechpalmenzweige über dem Haupteingang. Ich finde ja, dass es ein bisschen früh für Weihnachtsdekoration ist und sehe missmutig hinauf zu dem Grünzeug. Wenn schon die äußeren Stadtbezirke anfangen zu dekorieren, dann will ich gar nicht wissen, wie es in der City aussieht. Vermutlich ist die Oxford Street schon ein Meer an rot-goldenen Girlanden, Stechpalmen- und Mistelzweigen und überall hängen Lichterketten.

In der Bahn ist wenig los, was mir nur noch deutlicher vor Augen führt, dass ich zu einer abnormal frühen Uhrzeit aufstehen musste. Leise summe ich vor mich hin, um meine Stimme aufzuwärmen, damit ich später nicht wie ein Rabe krächze.

Bis ich in der City bin, kann ich meine Stimmübungen machen, dann steigen zu viele Pendler ein und ich habe keine Lust, deren Tag zu zerstören, indem ich die Stille in der Bahn unterbreche. Immerhin ist es ein ungeschriebenes Gesetz in London, dass man in der Tube schweigt. Die Einzigen, die sich nicht daran halten, sind die Touristen, die meist laut quasselnd mit Unmengen an Gepäck und Stadtplänen in den Händen den Waggon verstopfen. Dafür kassieren sie oft ziemlich wütende Blicke von allen Seiten, doch das scheint sie keineswegs zu stören.

Mich stört es allerdings und deswegen schweige ich, bis ich in Hammersmith aussteigen muss, das sich im Westen Londons befindet.

Mittlerweile ist es etwas heller, aber nicht viel wärmer, als noch vor einer Stunde, als ich das Haus verlassen habe.

Das Tonstudio befindet sich in einer schmalen Straße mit flachen, einstöckigen Häusern. Ein kleines Schild an einer Tür zeigt mir, dass ich richtig bin. Ich klingle und betrete dann den schmalen Hausflur.

Das Treppenhaus ist schäbig und farblos, doch das Studio hell und freundlich. In einem kleinen Vorzimmer begrüßt mich ein modisch gekleideter Mann, der wie eine Bohnenstange aussieht und dessen rotes Haar elegant nach hinten frisiert ist. Er stellt sich mir als Frederick Deem vor und erklärt mir, dass es für die Umsetzung des Werbespots zuständig sei und den ganzen Tag die Aufnahmen beaufsichtigen werde.

»Henry, darf ich Ihnen Timothy vorstellen? Er ist der Toningenieur und wird mit Ihnen gemeinsam die heutigen Aufnahmen durchführen«, sagt Mr Deem und ein älterer Mann tritt an uns heran. Neben dem geschniegelten Deem sieht er fast schon schäbig aus in seiner Strickjacke und der ausgebeulten, 80er Jahre Jeans. Allerdings ist sein Äußeres auch überhaupt nicht wichtig für den Job, den er macht. Solange er alles gut abmischt, ist es vollkommen egal, wie er sich kleidet.

Wie sich herausstellt, ist Mr Deem jedoch ziemlich nervig und nur schwer zufrieden zu stellen. An jedem Atemzug, den ich mache, hat er etwas auszusetzen und wir kommen kaum voran, weil er immer dazwischenfunkt.

Als nach einer Stunde in der Aufnahmebox noch immer keine nutzbare Aufnahme entstanden ist, spricht Timothy ein Machtwort und erst dann hält sich Mr Deem zurück und lässt uns endlich arbeiten. So kommen wir gut durch und gegen 15 Uhr kann ich das Studio nach getaner Arbeit verlassen.

Auf dem Heimweg stelle ich fest, dass Lucas recht hatte. Ich hatte heute kaum eine Möglichkeit, an ihn zu denken, weil ich so beschäftigt war. Vielleicht vergeht so die Zeit bis Weihnachten wirklich wie im Flug.

10. KAPITEL

Einen Tag später stehe ich im Produktionsbüro von »Way Out«.

Es ist zehn Uhr und jemand hat mir bereits eine Tasse Kaffee in die Hand gedrückt. Die Räumlichkeiten, die angemietet wurden, sind recht spartanisch eingerichtet. Ein großer Drucker surrt im Flur vor sich hin und das Tippen von PC-Tastaturen schallt aus den kleinen Büros. Hinter einer noch geschlossenen Tür befindet sich die Kostümabteilung und ich höre gedämpfte Stimmen, die sich miteinander unterhalten.

Sicherlich geht man nochmal die letzten Infos zu meinen Klamotten durch. Ich bin schon echt gespannt, was ich anziehen werde, und freue mich sehr auf die Anprobe. Die Tür geht auf und zu meiner Überraschung streckt Elianna den Kopf heraus.

»Henry, wir sind soweit, du kannst reinkommen«, sagt sie und grinst mich an. Sie wusste natürlich schon, dass ich mitspielen werde, immerhin musste ja für mich eingekauft werden. Ich jedoch freue mich, über das unerwartete Wiedersehen.

»Hey, wow dass wir so schnell wieder zusammenarbeiten, hätte ich ja nicht gedacht!« Ich stelle meinen Kaffee ab und schließe sie in die Arme.

»Ja, manchmal geht es schneller, als gedacht. Das ist meine Kollegin und die Kostümbildnerin, Joanne«, sagt sie und ich schüttele einer kleinen Frau mit Rastalocken die Hand.

»Du kannst dir hier schon mal die Moods ansehen, die wir für Tommy rausgesucht haben«, sagt Joanne und deutet auf Fotos, die mit Klebestreifen an der Wand befestigt sind. Über den einen steht »Tommy – Punk« über den anderen »Tommy – rehabilitiert«.

Die Punkbilder sind cool.

Eine zerrissene Skinny Jeans, schwere Soldatenboots mit bunten Schnürsenkeln, Pullover mit Schriftzügen von Punkbands, Beanies und ein Pali-Schal.

Die Bilder des neuen Tommy sind klassisch, aber nicht allzu schick. Man kann sehen, dass er sich noch nicht sicher ist in dem, was ihm steht. Ein dunkler Mantel fällt mir auf, der sehr schön aussieht, sowie einige locker sitzenden Pullover. Auch die Uniform des Rettungsdienstes ist dabei.

»Das sieht sehr cool aus«, stelle ich fest und sehe mir die Moods der anderen Rollen an.

»Das ist die Rolle von Mack, Tommys Straßenkollege«, erklärt mir Elianna und deutet auf Bilder eines Punks, der eine Jeansweste trägt, die mit bunten Farben bekritzelt ist. Auch er wird schwere Stiefel tragen, hat aber viel mehr Deko in Form von Buttons und bunten Bändern am Körper, als ich.

»Was wird Isobel tragen?«

»Oh, sie wird in freundlichen Farben und recht modisch gehalten sein. Die Zuschauer sollen sich mit ihr identifizieren können, deswegen soll sie möglichst vielen Leuten optisch zusagen, ohne ein Girlie zu werden. Immerhin muss ihr

Kleidungsstil alltagstauglich sein.« Joannes Erklärung leuchtet ein und ich sehe bei Isobels Bildern viele Strickpullover, Schlauchschals, aber auch figurbetonte Hosen und Blusen. Sie wird definitiv toll aussehen.

»Ist schon klar, was mit meinen Haaren passiert?«, frage ich und im selben Moment fällt mir ein, dass das ja nicht zu Kostümabteilung gehört.

»Nein, da musst du Louise fragen. Sie macht die Maske und ist nebenan. Isobel ist gerade da zum Maskentest.«

»Gut, lass uns erstmal die Outfits von Teil zwei anprobieren. Den drehen wir ja auch zuerst«, meint Joanne und reicht mir eine dunkle Jeans. Sie ist locker geschnitten, betont den Körper aber gut. Zusammen mit einem schlichten, T-Shirt und einem knielangen Mantel sehe ich unglaublich seriös und erwachsen darin aus.

»Das ist toll. Es wird die Zuschauer umhauen, wenn sie dich so sehen.« Joanne streicht mir den Mantel über den Schultern glatt und sieht an mir vorbei in den Spiegel.

»Fühlst du dich wohl?«

Ja, das tue ich wirklich. Der Mantel fühlt sich weich an und auch wenn das Outfit sehr schlicht ist, zeigt es doch, dass Tommy in seinem neuen Leben angekommen ist.

»Lasst uns mal verschiedene Schuhe dazu ausprobieren«, schlägt Elianna vor und ich probiere etwa fünf Paar an. Alle passen gut und die beiden Frauen beschließen, sie später den richtigen Outfits zuzuordnen. »Gut, jetzt die Rettungsdienstuniform.«

Die Garderobe, die Joanne für mich ausgesucht hat, ist toll und die Uniform begeistert mich total. Es macht einen vollkommen anderen Typ aus mir und es ist interessant, sich mal so zu sehen.

Für den rehabilitierten Tommy werde ich schlicht aber elegant gekleidet sein und als Punk kommen eher zerschlissene und weitere Klamotten zum Einsatz. So sehe ich automatisch hagerer und jünger aus. Bis auf die schweren Stiefel, die ich einlaufen muss, weil sie noch viel zu steif sind, gefällt mir alles wirklich gut.

Irgendwann haben wir die Kleidung abgeschlossen und suchen nur noch passenden Schmuck. Tommy soll Piercings haben und wir entscheiden uns für zwei schwarze Ringe, die ich mir testweise in die Unterlippe gehängt habe. Elianna packt die Ringe in eine kleine Tüte und fragt dann beiläufig: »Hast du eigentlich mal was von Lucas gehört?«

Sofort wird mir warm. Ich weiß, dass ich ihr die Wahrheit sagen könnte, weil ich sicher bin, dass sie es nicht weitertratscht. Aber je mehr Menschen davon wissen, desto schwerer ist es, bis zur Premiere Stillschweigen zu bewahren.

Außerdem würde Lauren durchdrehen.

Also räuspere ich mich kurz und sage dann: »Nein, ich glaube, der dreht gerade im Ausland. Ich weiß nur von meinem Management, dass sie ihn auch jetzt unter Vertrag genommen haben.«

»Oh, das ist ja toll. Da scheint es ja bei ihm langsam richtig loszugehen, das freut mich. Vielleicht kommt er ja zur Premiere, dann bin ich gespannt, was er so erzählt. Erst gestern hatte ich über ihn im Evening Standart gelesen. Anscheinend haben sie ihn an einem Flughafen in Neuseeland gesehen, wie er einen anderen Mann geküsst hat. Manche scheinen das ja wirklich schlimm zu finden, aber mich wundert das ehrlich gesagt nicht.«

»Wie meinst du das?«, frage ich neugierig und Elianna streicht sich die dunklen Haare hinter die Ohren, dann sagt sie: »Ich hatte das Gefühl, dass er dich beim Dreh nicht ungern geküsst hat. Das kann ich mir natürlich auch eingebildet haben, aber ich glaube, dass er dich gerne hatte. Daher wunderte es mich nicht, ihn mit einem Mann zu sehen.«

Mir gelingt es gut, sie erstaunt anzusehen.

»Meinst du ... meinst du, er hat beim Dreh ein bisschen geschwärmt?«

Sie zuckt die Schultern:»Weiß ich nicht, aber manche jungen Schauspieler tun sich schwer, zwischen Spiel und Wahrheit zu unterscheiden. Naja wir werden es ja sehen, wenn er dich mal wiedersieht. Aber vielleicht ist das in Neuseeland ja auch sein Freund, dann hat sich das sowieso von selbst erledigt. Vielleicht ist das einfacher so, dann musst du ihm keine Abfuhr erteilen.« Ich zucke mit den Schultern, als sei mir das alles vollkommen egal.

»Naja, wenn er jetzt gesehen wurde, dass er einen Typen küsst, dann wird seine Schwärmerei für mich ja nicht allzu tiefgründig gewesen sein.«

In dem Moment klopft es an der Tür.

»Ist Henry bei euch? Er hat jetzt Maskentest.«

Das Erste, was ich sehe, als ich den Maskenraum betrete, sind zwei Spiegel, deren helle Leuchtstoffröhren mich blenden, sodass ich nichts wahrnehmen kann. Erst, als ich ein paar Mal geblinzelt habe, erkenne ich eine Frau, die mir zugewandt am Spiegel steht.

Sie ist gertenschlank und styletechnisch in den 90er Jahren hängengeblieben, zumindest sieht sie aus wie alle, die damals dem Grunge verfallen sind; ihr blondes Haar ist lang, strähnig und zerzaust. Die Karottenhose reicht bis zur Taille und ist schwarz-weiß gestreift und sie trägt Schuhe, bei denen ich sicher bin, dass sie damit jemanden erschlagen könnte. Sie sehen unglaublich schwer aus.

»Hallo Henry, ich bin Louise«, sagt sie und reicht mir die Hand. Hoffentlich kratzt sie mich nicht mit diesen langen Nägeln, denke ich und werde dann allerdings von einem ziemlich kräftigen Händedruck überrascht, den ich einer so zierlichen Frau gar nicht zugetraut hätte.

»Hallo, ich bin Henry. Freut mich sehr, dich kennenzulernen.« Ihr in Orange geschminkter Mund, verzieht sich zu einem breiten Lächeln und sie weist auf den Stuhl. »Setz dich.«

Vor mir auf dem Tisch liegen Hautcremes, Rasierer, Pinsel und Make-Up Sticks herum, außerdem eine Box mit Haaren, die mich etwas irritiert.

»Was bekomme ich denn alles?«

»Du bekommst erstmal ein normales Make-up, dann teste ich bei dir einige blaue Flecken aus, die du bekommen wirst und die Haare. Als Punk wirst du so bleiben, wie du bist, vielleicht etwas Augenringe und die Lippen blass, dafür brauche ich nicht viel Make-up. Ein paar Tattoos kleben wir dir auch an, aber nur, wenn man die beim Kostüm sieht. Das sind diese hier.« Sie deutet auf einige Tattoos, die auf Folien gedruckt auf dem Tisch liegen und klassische Symbole zeigen, wie ein Kreuz oder zwei Schwalben.

»Und später, wenn es dir gut geht, bekommst du eine frische Foundation und das war´s. Oder willst du lieber, dass ich dich zukleistere?«, erkundigt sie sich.

»Nein, weniger ist mir lieber. Was habt ihr denn mit meinen Haaren vor? Ich bin ja schon ganz gespannt.«

Louise öffnet die Box, die auf dem Tisch steht und nimmt Haarverlängerungen heraus.

»Ich bekomme Extentions?«, frage ich und mustere die Box.

Fremde Haare auf meinem Kopf, das finde ich unheimlich.

»Was ist? Hast du was gegen die Haare?«, fragt Louise, die meinen Blick bemerkt hat, und legt die Strähnen wieder weg.

»Ich finde fremde Haare irgendwie ... seltsam. Wo kommen die denn her?«

Ich sehe sie durch den Spiegel an und sie lacht erleichtert. Vielleicht hat sie mit etwas anderem gerechnet und nimmt den Kamm wieder in die Hand.

»Die hier kommen aus Indien. Dort spenden Frauen ihre Haare den Göttern und weil die Tempelanlagen nie wissen wohin mit den Massen an Haaren, werden sie verkauft. In China bearbeitet man sie dann und sie kommen sortiert und vorgebleicht zu uns nach Europa. Also ist alles okay mit den Haaren. Sie kommen nicht von Leichen, wie viele Leute immer denken.«

»Und die Haare werden nach Längen sortiert?«

»Ja, das geht«, sagt Louise schlicht und hält ein Bündel Haare an meine heran, um die Farbe zu checken. Zu wissen, dass die Haare freiwillig gegeben wurden und die Besitzer noch am Leben sind, beruhigt mich ungemein und ich sehe ihr dabei zu, wie sie mir die farblich passenden Haarsträhnen am Ansatz befestigt.

Es dauert fast eine Stunde, dann sind die Haare an meiner linken Kopfseite deutlich länger.

»Ich habe hier noch einige bunte Strähnen, die setze ich dir mal dazwischen.« Fasziniert streiche ich mit den Fingern hindurch und bin überrascht, dass es sich gar nicht nach Extentions anfühlt.

»Wie lange halten die?«

»Wenn ich Glück habe, den ganzen Dreh, dann müssen wir sie nicht jeden Tag reinmachen«, sagt Louise gut gelaunt und fängt an, die Haare mit der Schere an meine Länge anzupassen.

»Aber vor Drehbeginn des zweiten Teils machst du mir die wieder raus, oder?«, frage ich und stelle mir diese Frisur in Kombination mit dem »neuen« Tommy vor. Das passt nicht.

»Natürlich, die sind ja nur für die Punk-Version gedacht. Ich schneide dir heute die Haare für die zweite Version und wenn wir die Punk Szenen drehen, bekommst du die Verlängerungen rein.« Louise schneidet weiter, als die Tür aufgeht und eine zweite Frau reinkommt.

»Lou, ich bin dann mal einkaufen. Ich muss für Isobel noch die Creme und den Lippenstift besorgen. Brauchst du auch noch was?«

Die Frau bleibt hinter uns stehen und ich mache große Augen. Sie sieht genau aus, wie Louise, nur sind ihre Haare kürzer.

»Seid ihr Schwestern?«, frage ich und glotze die beiden an. Die Maskenbildnerin hört auf zu schneiden und legt der anderen Frau den Arm um die Schulter:

»Das ist meine Zwillingsschwester Samantha. Wir machen den Film gemeinsam. Sie wird für Isobel zuständig sein.«

Wir schütteln uns die Hand und Samatha stellt sich selbst nochmal vor. Sie wirkt jedoch gehetzt und ihre Schwester sieht sie irritiert an.

»Was um alles in der Welt will Isobel denn haben, Sam?«

»Yves Saint Laurent ... einen sehr hellen Ton, den es wohl selten gibt. Mal sehen, wo ich den auftreiben kann.«

Wie es aussieht, scheint Isobel doch mehr Ansprüche zu stellen, als ich ihr zugetraut hätte.

11. KAPITEL

Auf dem Rückweg grübele ich weiter über Isobel nach. Natürlich kenne ich sie nicht gut und das wird sich mit Sicherheit in den nächsten Wochen ändern, aber ich muss sagen, dass ich den Umgang mit ihr nicht so einfach finde, wie er mit Lucas beim Drehstart war. Klar, es gibt immer Menschen, mit denen man gleich warm ist und bei anderen braucht es etwas Zeit, bis man einander genug vertraut. Lucas war von Anfang an offen zu mir. Isobel hingegen wirkt sehr professionell und reserviert und das färbt schnell auf mich ab, weshalb ich auch nicht direkt auf sie zugehen will.

Lucas schreibt mir erst am Nachmittag. Er schickt mir Bilder seines Kostüms und obwohl ich nicht alles erkenne, gefällt mir das Design sehr gut. Er berichtet von Kampftraining und Fechtunterricht und ich bin gespannt darauf, mehr zu erfahren. Seine Nachrichten waren jedoch sehr kurz gehalten, weshalb ich vermute, dass er ziemlich müde ist und deswegen nicht zu viel nachfrage.

Auch ich stecke in den Vorbereitungen für den Dreh und suche nach einem

Weg, meine Rolle besser verstehen zu können. Die Produktion hilft mir dabei und hat ein Treffen mit einer Suchtklinik arrangiert. So kann ich mir genau ansehen, was die Betroffenen so durchmachen und mehr Input für Tommy daraus mitnehmen.

Weil ich nicht genau weiß, was mich dort erwartet, betrete ich an einem Nachmittag ein wenig unsicher das Gebäude. Es liegt in einem Außenbezirk der Stadt, wo der Glamour von London nicht mehr ankommt und es nur noch schäbig und heruntergekommen ist. Die Häuser sind in einem miserablen Zustand.

Die Dame, die mich begrüßt heiß Monica und entschuldigt sich als Erstes für die Optik der Klinik, was ich nicht schlimm finde. Sicherlich sind sie auf Spenden angewiesen und da muss man eben gut haushalten. Sie führt mich in ein kleines Büro und freut sich, dass ich mir ein Bild der Patienten machen möchte, und rechnet es mir hoch an, dass ich mich mit dem, was ich spielen werde, auseinandersetzen will. Sie warnt mich aber auch, dass das hier kein leichter Tobak ist.

»Sie müssen sich das nicht anschauen. Wirklich nicht. Ich kann Ihnen auch alles erzählen, wenn Sie das möchten«, bietet mir Monica an. Vielleicht hat sie meinen Blick gesehen. Es ist lieb von ihr, dass sie mir das ersparen will, aber ich will dazulernen und dazu muss ich Kontakt zu den Patienten bekommen.

Wie sonst sollte mein Spiel authentisch sein?

»Vielen Dank Monica, aber ich muss es mit eigenen Augen sehen, um das später umsetzen zu können«, sage ich schnell, bevor ich es mir doch anders überlege und als sie nickt, stehe ich auf und verlasse nach ihr den Besprechungsraum, in dem sie mich empfangen hat.

Gemeinsam gehen wir durch einen langen Flur. Es ist recht zugig und ich ziehe fröstelnd den Kopf zwischen die Schultern.

»Hier ist es immer ein wenig kalt«, sagt Monica entschuldigend und nickt zu den vielen Fenstern hin, die eine Seite des langen Flurs säumen. »Dieses Gebäude stammt aus den fünfziger Jahren und soweit ich weiß, wurden die Fenster noch nie erneuert. Manche lassen sich nur noch schwer schließen.« Ich sehe zu den weiß lackierten Holzrahmen und bemerke, dass sich Kondenswasser am Glas abgesetzt hat. Diese Einrichtung benötigt dringend einige Renovierungen.

Wir betreten einen Flur, in dem es unheimlich ruhig ist. Kaum ein Geräusch ist aus den Zimmern zu hören, nur ab und zu ein Keuchen. Monica warnt mich nochmals vor, dass ich es mir anders überlegen könnte, doch ich will mir alles ansehen. Im ersten Zimmer besuchen wir einen Mann namens Gerald, der apathisch auf einer ziemlich verdreckten Matratze sitzt und nicht reagiert, als wir eintreten.

»Was nimmt er?«, frage ich ganz leise und Monica antwortet ebenso leise. »Er hat Heroin genommen.«

Gerald zeigt uns gegenüber keine Reaktion. Er wiegt sich weiter vor und zurück, zittert ab und an, als wäre ihm schrecklich kalt, dabei ist es in dem kleinen Zimmer recht warm. Dann, ohne Vorwarnung übergibt er sich so heftig, dass es ihm aus Mund und Nase spritzt. Nur mit großer Selbstbeherrschung schaffe ich es, den Blick nicht abzuwenden. Er wischt sein Gesicht an der Decke ab und bleibt sitzen.

Sanft schiebt mich Monica aus dem Zimmer und schließt die Tür wieder. Ich schlucke, hole tief Luft und frage: »Wie lange ist er schon hier?«

»Seit gestern Morgen. Er muss noch zwei Tage durchhalten, dann ist das Schlimmste vorbei.«

»Sind hier noch mehrere, die erst ... frisch hier sind?«, frage ich und sie nickt.

Natürlich, denn sonst wären hier auf diesem Flur nicht so viele Türen verschlossen.

»Ja und jeder reagiert anders. Manche brechen den ganzen Tag, andere sind vollkommen aggressiv und rastlos und wieder andere regen sich so wenig, dass wir manchmal Angst haben, sie sterben, ohne dass wir es bemerken.« Sie bleibt vor einer weiteren Tür stehen und sieht mich an. »Wollen Sie wirklich weiter?« Ich nicke und hoffe, dass sich hinter der nächsten Tür jemand verbirgt, der sich nicht übergibt.

Ein Mädchen sitzt in diesem Raum, der etwas heller ist, als der erste. Sie hat die Arme vor der Brust verschränkt und wiegt sich ebenfalls langsam hin und her. Aber sie steht. Als wir eintreten, hebt sie den Kopf, nickt uns kurz zu und trippelt dann nervös mit den Füßen auf der Stelle.

»Alles gut, alles gut, alles gut«, murmelt sie ständig vor sich hin und kaut so heftig auf ihrer Unterlippe herum, dass sie sie blutig beißt.

»Geht es dir gut, Anna?«, fragt Monica sanft und Anna hebt den Kopf.

»Alles gut«, wiederholt sie und schnaubt.

Auf mich wirkt sie vollkommen apathisch und mental durchgedreht, was ich fast noch schlimmer finde, als Gerald, der einfach nur gekotzt hat. Daher bin ich froh, dass Monica bei mir ist und ich mit dem Mädchen nicht allein bin.

»Ich denke, das reicht erstmal. Zumindest in diesem Bereich der Klinik«, meint Monica wenig später und wir machen uns gemeinsam auf den Weg zum Aufzug.

»Wohin bringen Sie mich jetzt?«, frage ich und sie antwortet fröhlich: »Auf dieser Station sitzen Leute, die Phase Eins schon hinter sich haben. Die sind wesentlich ruhiger, obwohl sie noch immer ziemlich fertig aussehen. Aber sie haben Zugang zum Gemeinschaftsraum und Sie können sich mit ihnen unterhalten, wenn Sie das möchten.«

Natürlich möchte ich das und ich gehe im Kopf einige Fragen durch, die ich mir selbst über meine Rolle schon gestellt habe.

Ich muss wissen, wie der Körper auf Heroin reagiert, was es ist, das diese Droge so wunderbar für ihre Nutzer macht und wieso die Leute überhaupt damit angefangen haben.

Der Aufenthaltsraum der Klinik ist angenehm warm und nichts im Vergleich zu den zugigen Korridoren.

Die Patienten sitzen an kleinen Tischen, manche spielen Karten, andere kritzeln auf Papier herum. Es gibt auch eine ziemlich heruntergekommene Sitzgruppe in der Ecke.

Das Sofa hat schon bessere Tage gesehen. Eine junge Frau sitzt mit angezogenen Beinen darauf und fummelt gedankenverloren in einem Loch im Bezug herum, fordert Füllmaterial zu Tage und zerfriemelt es in kleine Fetzen. Ein Radio dudelt leise in einer Ecke, ansonsten ist es still hier.

Alle Anwesenden heben den Kopf, als Monica mit mir eintritt und starren uns an. Es ist ein unsicheres Starren. Fast so, als erwarteten alle, dass ich jetzt etwas sage.

»Das hier ist Henry«, stellt Monica mich vor und ich lächle in die Runde. »Henry ist Schauspieler und für Recherchearbeiten hier. Er würde sich gerne mit euch unterhalten und es wäre super, wenn ihr ihm eure Geschichten erzählt.«

»Wieso sollten wir? Das Bild eines Junkies wird im Film oder beim Theater doch sowieso immer vollkommen unrealistisch dargestellt. Niemand will sehen, wie es wirklich ist!«, sagt ein Mann mit dunklen Haaren, der mit einem anderen ein Brettspiel spielt.

»Nun James, dann kannst du ihm ja so detailliert wie möglich von deiner Sucht und dem Entzug berichten, damit Henry das Beste aus sich herausholen kann.«

Der junge Mann und ich sehen uns einen Moment lang an, dann flackert so etwas wie Zustimmung in seinem Gesicht auf und er zieht den Stuhl neben sich zurück. Langsam gehe ich auf ihn zu, reiche ihm die Hand und stelle mich freundlich vor. James will zuerst die Partie zu Ende spielen, erst danach wendet er sich mir zu und fragt: „Gut, was willst du alles wissen?"

Ich stelle allerlei Fragen und James scheint keine davon zu privat zu sein. Er ist offen und wir reden lange miteinander und als ich am Abend zurück nach Hause fahre, habe ich das Gefühl, mein Kopf würde gleich platzen.

James hat vier Stunden mit mir gesprochen und ich habe mir alles notiert.

Obwohl er anfangs skeptisch mir gegenüber war, konnte ich ihn davon überzeugen, dass wir mit dem neuen Film ein realistisches Bild zeichnen wollen, auch wenn es sich dabei um eine Liebesgeschichte handelt.

James hat mir unverblümt alles erzählt und klang so neutral, als erzähle er mir eine frei erfundene Geschichte. Erst, als ich ihn nach der Wirkung der Drogen fragte, wurde er träumerisch und beschrieb den Rauschzustand in einer Art und Weise, wie man sonst vielleicht nur von seiner Geliebten spricht. Allein durchs Zuhören konnte ich nachvollziehen, wieso es so schwer ist, von den Drogen wegzukommen. Doch dafür gibt es ja zum Glück diese Einrichtung und zu wissen, dass den Menschen dort geholfen wird, ist beruhigend.

Der Zustand des Gebäudes und die Ausstattung der Räumlichkeiten, hängt mir jedoch fast noch schlimmer nach, als die Geschichten, die ich dort zu hören bekommen habe. Wenn ich an die zerschlissenen Sofas denke, die in dem Aufenthaltsraum gestanden haben und an die zugigen Korridore, dann frage ich mich, wieso man nicht mehr Geld darin investiert, damit sich die Süchtigen nicht wie Obdachlose fühlen müssen. Es geht ihnen immerhin schon schlecht genug. Zwar haben sie dort ein Zimmer. Aber was nützt das, wenn es dort genauso kalt und zugig ist, wie auf der Straße? Wie kann man den Mut fassen und die Entschlossenheit aufbringen, sich von den Drogen zu lösen, wenn man sich in einem Umfeld befindet, das nicht einladend und wohnlich wirkt?

Natürlich kann ich verstehen, dass die Zimmer in denen der kalte Entzug durchgeführt wird, nur schlicht und funktional ausgestattet sind. Immerhin macht es keinen Sinn ein neu renoviertes Zimmer einem Menschen zu geben, der das Mobiliar zerschlägt oder aufs Bett erbricht. Aber wenigstens der große Gemeinschaftsraum könnte deutlich schöner sein.

Die Bahn fährt in eine Station ein und ich erhasche einen Blick auf die Werbung eines Möbelhauses. Ein Sofa kostet dort momentan 700£.

Allein vier davon könnte diese Einrichtung gebrauchen.

Und auch neue Tische, die etwas größer sind, sodass nicht nur zwei oder drei Leute gemeinsam sitzen können. An größeren Tischen könnten alle miteinander essen oder Spiele spielen, die sie ablenken. Es würde ein neues Gemeinschaftsgefühl vermittelt werden.

Sicherlich hätte ich noch länger über die Klinik nachgedacht, doch ein Mann, der neben mir sitzt, stupst mich an.

»Entschuldigen Sie, dass ich Sie störe, aber der Mann da hinten hat gerade ein paar Fotos von Ihnen gemacht.« Er deutet quer durch den Wagen und ich sehe sofort den großgewachsenen Mann, der meinem Blick ausweicht.

Er ist hager, hat kurz rasierte Haare und einen Dreitagebart. Seine Augen sind wachsam und das Handy lässt er unauffällig in der Jackentasche verschwinden.

»Das ist Stan Cardener, Reporter der Sun«, sagt der Mann neben mir.

»Woher kennen Sie ihn?«

»Oh, ich habe Journalismus studiert und der war einen Jahrgang über mir, ist dann aber geflogen und arbeitet nun als Reporter für die Yellow Press. Vor ihm müssen Sie sich in Acht nehmen, der ist hartnäckig.« Er zieht vielsagend die Augenbrauen hoch und ich mustere ihn.

»Sind Sie ... sind Sie auch Journalist?«, frage ich vorsichtig.

»Allerdings. Ich arbeite aber für ein Wirtschaftsmagazin und als Freelancer und kümmere mich nicht um Stars und Sternchen. Was zwar nicht heißt, dass ich Sie nicht kenne, Mr Seales, aber es interessiert mich einfach nicht, was Sie tun und lassen. Daher können Sie in meiner Gegenwart entspannt sein.« Er grinst und reicht mir eine kleine Visitenkarte. Ich nehme sie, drehe sie um und lese den Namen: Jan Knightmen.

»Vielleicht brauchen Sie mal Hilfe, von einem seriösen Reporter. Wenn nicht, werfen Sie die Karte einfach in den nächsten Mülleimer. Wie Sie möchten. Sie bekommen sicherlich täglich Kontaktdaten zugesteckt«, sagt Mr Knightmen freundlich und sieht tatsächlich aus, als ob ihm vollkommen egal wäre, was ich mit seiner Karte machen.

»Danke...«, ich wedele mit der Visitenkarte herum. »Danke, dass Sie mich über diesen Mr Cardener aufgeklärt haben. Ich werde vorsichtig sein.«

Eine Station weiter steigt Mr Knightmen aus und wünscht mir noch einen schönen Tag. Ich bin unschlüssig, was ich von ihm halten soll und sehe immer wieder zu dem Reporter hinüber, der nun zwar keine Bilder mehr von mir macht, doch mich nach wie vor nicht aus den Augen lässt. Die Karte landet in meiner Tasche.

Als ich aussteigen muss, versuche ich nicht zu beachten, dass er ebenfalls die Bahn verlässt. Naiv, wie ich bin, rede ich mir für einen Moment ein, dass er zufälligerweise hier leben könnte, doch er folgt mir bis in meine Straße und ich glaube mir meine Ausrede selbst nicht mehr.

Kurz vor dem Wohnhaus ziehe ich den Schlüssel aus der Tasche und als wäre das sein Startschuss, schließt Mr Cardener mit schnellen Schritten zu mir auf.

»Mr Seales, darf ich Sie kurz sprechen?«, fragt er, »Sie sind erst seit einigen Tagen wieder zurück in London. Wo waren Sie denn?« Er klingt freundlich, als ob er mein bester Kumpel wäre.

»Ich habe einen Kurzurlaub gemacht und ich wüsste nicht, was Sie das angeht«, antworte ich knapp und gehe die Treppen zur Haustür hinauf.

»Angeblich waren Sie in Italien, es sind Fotos von Ihnen am Flughafen dort aufgetaucht«, plappert er weiter.

»Na dann wird es wohl so gewesen sein«, sage ich schlicht und schließe die Tür auf.

»Nun, wir von der Sun, fragen uns, wieso ein mit Photoshop bearbeitetes Bild an die Presse herausgegeben wird.« Nur knapp kann ich mich davon abhalten, innezuhalten. Offiziell weiß ich davon nichts und das darf ich mir nicht anmerken lassen.

»Ich weiß nicht, wovon Sie sprechen. Ich google mich für gewöhnlich nicht«, sage ich kurz angebunden und betrete den Hausflur.

»Sie hören wieder von mir Mr Seales, das Thema ist noch nicht durch«, sagt Mr Cardener laut und ich schüttle nur den Kopf und sage leise: »Für mich schon.« Dann schließe ich die Tür und steige die Treppe hinauf.

Langsam atmen. Beruhige dich.

Ich muss das Foto sofort googeln.

So viel zum Thema, ich google mich nicht selbst.

Ohne aus meiner Jacke zu schlüpfen, klicke ich auf dem Handy die Suchmaschine an und gebe meinen Namen ein. Das Bild taucht sofort auf und ich muss dem Reporter leider zustimmen: Man sieht, dass es bearbeitet ist. Mein Gesicht vom Foto von meiner Ankunft beim Flughafen wurde ausgeschnitten und recht stümperhaft in ein Bild des Flughafens in Italien gesetzt. Mittlerweile sehe ich vollkommen anders aus, als damals in Italien. Allein die Haarlänge ist anders.

Dummerweise ist es ein Bild, das Fans von mir schon kennen. Sie wissen, welches das Original ist und selbst wenn nicht, ist deutlich zu erkennen, dass man da mit Bildbearbeitung nachgeholfen hat.

Welcher Stümper hat das gemacht?

Fassungslos starre ich das Bild an und kann nur den Kopf schütteln. Seufzend drücke ich mir die Hand gegen die Stirn und schalte das Handy aus. Jeder Student im ersten Semester für Medien hätte das besser gekonnt.

Wollte Lauren Geld sparen und hat den erstbesten Grafiker beauftragt?

Ihre Nummer ist schnell gewählt und sie geht sofort ans Telefon.

»Lauren, ich habe das Foto gesehen.«

»Hallo Henry, ah, ist es also schon online?«

»Ja, und ihr tätet besser daran, es sofort wieder zu löschen. Ich hatte gerade einen Reporter vor der Haustür, der mir sagte, dass das Bild gephotoshopped ist. Zuerst dachte ich, er nimmt mich auf den Arm, aber leider muss ich sagen, dass das eine miserable Arbeit ist. Ich denke, du wolltest vertuschen, wo ich war und dann gibst du so ein Bild raus? Sorry, aber das kann ich nicht verstehen.« Am liebsten hätte ich sie angeschrien, doch ich weiß ehrlich gesagt gar nicht, was genau ich sagen soll.

»Wir mussten das Bild schnell rausgeben und Gabriel war der Erste, der es fertig hatte. Ich hab auch gesehen, dass es nicht die beste Qualität ist, aber ich dachte es fällt nicht auf, wenn wir die Bildqualität etwas runterschrauben«, versucht Lauren sich rauszureden, doch ich höre deutlich, dass es ihr mehr als unangenehm ist.

»Lauren, das geht so nicht, das Bild muss wieder verschwinden, das macht alles nur noch schlimmer.«

»Ich sehe mal, was ich tun kann.«

»Tu das«, brumme ich verstimmt und lege auf. Es ärgert mich richtig, dass sie von *mir* immer gute Arbeit verlangt, dass ich alles mit ihr abspreche, und dann zieht sie sowas durch. Das ist nicht zu glauben.

Missmutig werfe ich das Handy in die Ecke und schäle mich aus der Jacke, dann schalte ich meinen Computer ein und suche online nach mehr Fotos von mir. Ich muss wissen, auf welchem Stand die Öffentlichkeit aktuell ist.

>>Lucas Thomas küsst einen Mann am Flughafen in Wellington!

Der britische Schauspieler wurde vor einigen Tagen am Flughafen in Wellington dabei beobachtet, wie er einen anderen Mann küsste. Zwar gibt es nur unscharfe Aufnahmen, es wird jedoch vermutet, dass es sich bei dem Mann um den Womanizer Henry Seales handelt. Thomas, der scheinbar offen mit seiner Homosexualität umgeht, wird schon lange nachgesagt, sich in seinen Co-Star verliebt zu haben.

Bilder, die Mr Seales zur selben Zeit am Flughafen in Italien zeigen, lassen jedoch die Vermutung zu, dass der Glückliche in Wellington auch ein anderer Mann sein könnte.<<

>>Lucas hat nie einen Hehl aus seiner Orientierung gemacht und ich wusste schon lange, dass er heimlich in Seales verschossen ist<<- Enger Vertrauter von Thomas.

>>Henry Seales in Italien – Ist dieses Bild ein Fake und soll nur ablenken? Falls ja, dann könnte er sich tatsächlich in Neuseeland gewesen sein? Bestätigungen, dass sich Mr Seales in den letzten Wochen ebenfalls in Neuseeland aufgehalten

haben soll, gibt es bisher nicht.<<

Unter den Artikeln folgen Diskussionen darüber, ob ich denn nun der Mann bin, den Lucas küsst, oder nicht. Man ist sich uneinig, weil ich auf den Italienfotos anders gekleidet bin, als bei meiner Ankunft in London. Manchen genügt das als Beweis dafür, dass es ein Fake ist, andere sind der Meinung, dass ich mich auch im Flugzeug umgezogen haben könnte. Immerhin ist man sich uneinig und ich kann nur hoffen, dass das Bild schnell wieder verschwindet, bevor sich jemand die Mühe macht und es auf Bildbearbeitung untersucht. Wer weiß, was mit Technik heute alles möglich ist.

Ich lese und lese und ehe ich mich versehe, ist es draußen dunkel geworden. Der Bildschirm ist die einzige Lichtquelle im Raum und meine Augen sind ganz trocken, weil ich zu lange darauf geschaut habe.

Ich werde das Gefühl nicht los, dass alles langsam Fahrt aufnimmt, und zwar so zügig, dass wir alle, inklusive Lauren, gar nicht schnell genug hinterherkommen.

12. KAPITEL

Nachdenklich starre ich auf die Schlagzeilen und seltsamerweise habe ich zum ersten Mal im Leben keine absolute Panik, wenn ich daran denke, dass alles auffliegen könnte.

Was soll mir schon passieren?

Wenn es rauskommt, ist es eben raus. Und es bringt ja nichts, wenn ich mich jetzt darüber aufrege. Bisher war ich nicht so und ich frage mich gerade, was den Wandel in meinem Kopf bewirkt hat, als mein Handy klingelt. Wie zur Antwort auf diese Frage erscheint Lucas´ Foto auf dem Display.

»Baby«, sage ich erfreut und strahle, als ich mir das Handy ans Ohr halte.

»Henry ...«, krächzt Lucas und er hört sich nicht gut an. Besorgt richte ich mich auf.

»Lucas, was ist mit dir?«, frage ich beunruhigt. Von meinem Freund ist schweres Atmen zu hören und dann ein Ächzen, als ob er Schmerzen hätte.

»Lucas, kannst du mir bitte sagen, was mit dir los ist? Du hörst dich gar nicht gut an. Was ist passiert?«

»Ich kann mich kaum bewegen ... ich hab überall blaue Flecken und mein Rücken tut so weh, dass ich mich gar nicht richtig aufrichten kann«, jammert er und klingt, als sei er den Tränen nahe.

»Hat dich jemand geschlagen? Wie viele waren es?«, frage ich langsam und balle die Faust. Wenn man ihm wegen der Schlagzeilen etwas angetan hat, dann ... wobei das wohl kaum bis nach Neuseeland durchdringen würde, oder?

»Was? Schläge, oder Menschen?«

»Beides.«

Lucas stöhnt und scheint einen Moment nachzudenken, dann sagt er: »Ich hab keine Ahnung. Fünf Leute vielleicht und die Schläge hab ich nicht mehr mitzählen können.«

»Lucas, du musst zur Polizei und die Kerle anzeigen«, dränge ich ihn und stehe vom Schreibtisch auf. Ich kann unmöglich hier sitzen, wenn ich weiß, dass meinem Freund etwas passiert ist. Mein Mund ist schon ganz trocken und mein Herz klopft schnell. »Lucas? Bist du noch dran?«, frage ich, weil es so still am anderen Ende ist. »Lucas!«

»Henry? Ich versteh nicht genau ... wieso sollte ich zur Polizei?«, fragt Lucas und ich stöhne genervt auf, weil er mir nicht folgen kann.

»Na, weil dich scheinbar jemand überfallen hat«, sage ich, als sei die Antwort offensichtlich. Zu meiner Überraschung fängt Lucas mit einem Mal an zu lachen.

»Oh man, sogar das Lachen tut weh ... oh Henry ... ich hatte Kampftraining und die Schläge waren mit Gummiwaffen. Die Stuntmen schlagen zwar nicht stark zu und ich trage Protektoren, aber ich hab am ganzen Körper blaue Flecken und einen Muskelkater, der sich gewaschen hat.«

Henry, du Hornochse, daran hättest du denken können!

Ein Stein fällt mir vom Herzen und ich setze mich langsam wieder auf meinen

Stuhl.

»Oh man, jag´ mir doch nicht so einen Schrecken ein.«

»Tut mir leid, das war keine Absicht«, entschuldigt sich Lucas. »Ich dachte, es sei klar, dass ich davon spreche, weil ich dir doch erzählt hatte, dass ich bald Stunttraining bekomme.«

»Nein, das war nicht klar. Ganz und gar nicht ... oh man, ich hätte beinahe selbst die Polizei gerufen ...« Zittrig fahre ich mir durch die Haare und versuche, meinen Herzschlag zu beruhigen.

»Jedenfalls haben wir heute Angriffe geübt und ich hab verschiedene Techniken gelernt, mit denen ich mir drei Leute gleichzeitig vom Leib halten kann. Das Ganze ist eine Choreographie und das haben wir den ganzen Tag über gemacht. Ich habe das Handy vor mir auf dem Bett liegen, weil meine Hand so zittert, dass ich es nicht halten kann.« Daraufhin bringe ich leider nur ein müdes Lächeln zustande, denn ich bin noch zu gestresst von den Gedanken, die ich gerade hatte.

»Henry, bist du noch da?«, fragt Lucas und ich brumme: »Ja, ich bin noch dran.«

»Was hast du denn heute gemacht?«

Ich fasse meinen Tag in der Entzugsklinik zusammen und erzähle Lucas auch von den Schlagzeilen, die ich gelesen habe.

»Und seltsamerweise stört es mich gar nicht. Ich hab früher immer ziemlich empfindlich auf solche Artikel reagiert und jetzt ist es mir egal.« Lucas lacht. »Naja, ich denke, das liegt daran, dass du jetzt den Plan hast, dich auf jeden Fall zu outen. Früher hattest du bei jeder Schlagzeile Angst, jemand könnte dein Geheimnis gelüftet haben. Da du nun für dich entschieden hast, dass andere das durchaus wissen dürfen, ist diese Gefahr aus der Welt geschafft. Ich freue mich, dass es dir so geht und du entspannter bist.« Lucas´ Lächeln kann ich sogar durchs Telefon hören und kann ihm nur zustimmen.

Ich habe in der letzten Zeit eine Wandlung durchgemacht, die ich selbst gar nicht wirklich reflektieren konnte.

Bevor ich Lucas kennengelernt habe, war ich ausschließlich auf meine Karriere fixiert, habe jeden Schritt akribisch geplant und alles Erdenkliche getan, was Lauren von mir verlangte. Mein Image ging mir über alles.

Mittlerweile bin ich nicht mehr so verbissen und nehme auch ab und zu etwas selbst in die Hand. Natürlich ist mir meine Karriere nach wie vor wichtig und auch was andere von mir denken, ist mir nicht egal. Doch ich sehe nun in allererster Linie zu, dass es mir als Mensch gut geht, bevor ich mich um andere kümmere.

»Riecht mein Shirt eigentlich noch nach mir?«, will Lucas wissen und reißt mich so aus meiner Selbstreflexion.

»Ja, tut es, aber ich befürchte, dass das nicht mehr lange so sein wird. Ich habe es jede Nacht neben mir liegen. Es ist dann beinahe so, als ob du da wärst. Manchmal träume ich sogar von dir und bin ganz enttäuscht, wenn ich aufwache und du nicht da bist«, gebe ich zu und Lucas gibt einen mitleidsvollen Laut von sich: »Oh, mir geht es auch so, aber ich habe dein Shirt an, da geht der Geruch noch schneller raus ... leider. Du fehlst mir, Baby ...« Mir wird das Herz schwer und ich schlucke.

»Du fehlst mir auch. Ich bin schon fast eine Woche wieder hier. Unglaublich, wie schnell die Zeit vergangen ist. Aber ich hatte auch viel zu tun, sodass ich das gar nicht so ganz mitbekommen habe.« Gerade will ich ihm vom Fitting erzählen, als er mich unterbricht: »Henry, ich hab eben auf die Uhr gesehen, ich muss leider los ... ich hab gleich nochmal Training. Zwar habe ich keine Ahnung, wie ich heute noch eine Waffe halten soll, aber ich habe ja keine Wahl. Der Waffentrainer ist ein über 80-jähriger Mann, der einen in allen

Waffen schlagen kann. Da darf ich heute keine Schwäche zeigen.« Er ächzt, vermutlich hat er sich gerade aufgesetzt.

»Gut, ich gehe dann mal ins Bett, hier ist es schon spät. Viel Spaß beim Training. Ich liebe dich.«

»Spaß werde ich keinen haben, dazu hab ich zu viele Schmerzen, aber ich liebe dich auch«, gibt Lucas zurück und gibt mir durchs Telefon einen Kuss.

Schweren Herzens lege ich auf.

Wie seltsam es ist, wenn ich mir vorstelle, dass Lucas gerade am anderen Ende der Welt ist. Dort ist Sommer und Tag.

Hier ist es Winter und Nacht.

Bin ich froh darüber, dass er bald wieder hier ist und ich nicht gezwungen bin, eine dauerhafte Fernbeziehung mit ihm zu führen. Das wäre absolut nicht mein Ding. Die Zeit der Trennung, die wir jetzt gerade haben, reicht mir schon vollkommen aus und das, obwohl sie absehbar ist.

Am nächsten Morgen klingelt der Wecker früh um sieben.

Mein Terminkalender ist zwar leer, doch ich habe einen Entschluss gefasst, den ich heute umsetzen will und der mich sicherlich den ganzen Tag beschäftigen wird.

Wenig später sitze ich mit einer Schüssel Cornflakes auf dem Fußboden im Wohnzimmer und blättere konzentriert im aktuellen Ikea-Katalog. In einer Hand abwechselnd den Löffel und einen Kugelschreiber haltend, kreuze ich jedes Möbelstück an, das meiner Meinung nach in die Entzugsklinik passt. So stelle ich mir eine Liste zusammen und hoffe sehr, dass das Möbelhaus alles auf Lager hat. Schließlich habe ich nicht vor, mit nur einer Topfpflanze das Geschäft zu verlassen. Als meine Aufschriebe etwa eine Seite füllen, ziehe ich mich ordentlich an und verlasse die Wohnung.

Die nächste Ikeafiliale liegt in Stratford und ich beschließe, die Bahn zu nehmen.

Wie es aussieht, hatten heute viele die Idee, denn die Wagen sind ziemlich voll, als die Bahn in die Station einfährt, und ich bin schon kurz davor, es mir anders zu überlegen. Immerhin könnte ich auch alles per E-Mail bestellen und zur Klinik schicken lassen. Allerdings werden die Möbel sowieso geliefert werden, was schon unpersönlich genug ist, dann sollte ich sie wenigstens persönlich aussuchen.

Also steige ich ein und schiebe mich möglichst unauffällig in eine Ecke, wo eine Gruppe Teenager steht, die alle aufs Handy starren.

Mit dem Rücken zu mir, aber auf Körperkontakt, weil es hier wirklich sehr voll ist, steht ein junges Mädchen mit roten Locken und scrollt sich durch den Instagramnewsfeed. Neugierig, womit sich die heutige Jugend wohl beschäftigen mag, werfe ich einen Blick aufs Display. Schwer ist es nicht, denn sie reicht mir gerade mal bis zur Brust und ich kann problemlos über ihre Schulter sehen.

Sie scheint ein Fan von Tatiana zu sein, denn immer wieder tauchen Bilder meiner Ex »Freundin« auf. Sie scrollt so dermaßen schnell, dass ich gar nicht alles aufnehmen kann und so entgehen mir die Neuigkeiten, die sie betreffen. Kurz kann ich ein Bild von uns beiden sehen, dann hält sie inne. Die Bilder stoppen und ich erkenne mich gemeinsam mit Lucas; es ist das Foto aus dem Café, als wir zusammen frühstücken waren.

»Millie schau mal, sieht er nicht gut aus?«, flüstert sie ihrer Freundin zu und beide mustern das Bild. »Henry ist der einzige Mann auf der Welt, der so hässliche Hosen anziehen kann und immer noch gut aussieht«, sagt sie und ich runzle die Stirn. Zufällig habe ich heute die besagte Hose an und ich finde, dass ich gut darin aussehe. Außerdem ist sie sehr bequem und billig war sie auch nicht.

Was haben die Leute nur immer dagegen, wenn man sich mal etwas extravaganter anzieht?

»Ich würde ihn so gerne mal sehen«, fährt das Mädchen fort. »Ich meine, er lebt immerhin in London, da sollte man doch denken, dass man sich irgendwann mal über den Weg läuft. Aber ich habe einfach immer Pech. Vielleicht halte ich mich immer in den falschen Stadtvierteln auf.« Theatralisch seufzend lässt sie den Kopf in den Nacken fallen und ich wende rasch das Gesicht ab, doch sie hat ihre Augen geschlossen und sieht mich nicht.

»Ach, du wirst ihn schon irgendwann mal treffen«, beschwichtigt Millie sie, ohne dabei von ihrem Handy aufzuschauen. »Und dann sagst du ihm, dass du in ihn verliebt bist und er wird sich auch in dich verlieben und dann heiratest du ihn und kannst den ganzen Tag auf seine Kosten shoppen gehen. Und ihr wohnt zusammen in einem großen Haus und er macht dir ganz viele Kinder, die alle seine grünen Augen haben.« Mit jedem Satz fängt sie mehr an zu kichern und schließlich prustet sie los. Das Mädchen gibt ihr einen Klaps auf die Schulter und scheint beleidigt zu sein: »Sag sowas nicht. Ich bin nicht in Henry verliebt.«

»Nein, du hast nur vor Freude geheult, als rauskam, dass er sich von der Schlampe Tatiana getrennt hat.«

Schlampe? Also ich muss doch sehr bitten!

Entrüstet klappt mir der Mund auf und ich bin geschockt, dass eine Frau einen solchen Namen bekommt. Sie hat niemandem etwas getan und war ganz nett, auch wenn ich selbst ein bisschen gebraucht habe, um das zu akzeptieren. Kurzerhand beschließe ich, mich zu erkennen zu geben, um meine Ex in Schutz zu nehmen, doch in dem Augenblick fährt die Bahn in die nächste Station ein und irgendjemand ruft meinen Namen.

Daraufhin passieren mehrere Dinge gleichzeitig: Ich drehe mich um und sehe Stan Cardener, der sich zwischen den Menschen zu mir hindurchquetscht. Nun liegt die Aufmerksamkeit des halben Abteils auf mir. Das rothaarige Mädchen kreischt, als sie mich erkennt und packt mich an der Jacke. »Oh mein Gott, Henry Seales! Wie lange stehst du schon hier?«

»Lange«, antworte ich hektisch und sehe eilig zur Tür hin. Hoffentlich kann ich gleich aussteigen, denn Cardener kommt immer näher. Einige Handys werden gezückt und zu wissen, dass ich fotografiert werde, trägt nicht dazu bei, dass ich mich ruhiger fühle.

»Mr Seales, was sagen Sie zu Ihrer Beziehung zu Lucas Thomas!«, ruft Cardener und streckt eine Hand mit der Kamera in die Höhe. Scharfe Bilder bekommt er so sicherlich nicht hin, zumal er über einige Beine und Taschen steigen muss.

Endlich hält die Bahn und ich will mich davonmachen, doch das Mädchen hängt an mir, wie eine Klette und redet auf mich ein. »Du darfst nicht glauben, was Millie gesagt hat, wirklich, Henry. Ich bin nicht in dich verliebt, aber ich finde dich ganz toll!«

»Sorry, ich ... ich muss raus ...«, sage ich eilig, greife ihre Hände und befreie mich aus ihrem Klammergriff. Der Reporter hat uns schon fast erreicht.

Zischend öffnet sich nun die Tür und weil ich mich so dagegen gedrückt habe, falle ich regelrecht aus der Bahn und stolpere auf den Bahnsteig hinaus. Die Teens filmen mich und das Mädchen heult, soweit ich es im Augenwinkel mitbekomme. Strauchelnd wende ich mich ab und renne in den Tunnel zum Ausgang. Die Bahn fährt weiter, denn ich kann das Surren hören, allerdings habe ich keine Ahnung, ob dieser Reporter es geschafft hat, aus dem Wagen zu kommen.

Meine Schritte hallen laut an der gefliesten Wand wider und ich lausche, ob ich schnelles Fußgetrappel hinter mir hören kann, doch außer meinem raschen Atem, ist es still.

Der Tunnel steigt etwas an und schließlich befinde ich mich am unteren Ende einer Rolltreppe.

Wo kam dieser Mann plötzlich her?

Hat er mir schon zuhause aufgelauert und ist mir gefolgt?

Wieso habe ich das nicht bemerkt? Dieser Mr Knightmen scheint nicht falschgelegen zu haben, als er meinte, dass Stan Cardener wirklich hartnäckig ist.

Was will der Kerl von mir?

Der Erste sein, der mein Geheimnis aufdeckt?

Womöglich wartet eine ordentliche Provision auf ihn, wenn er vor seinen Kollegen herausfindet, was es mit Lucas und mir auf sich hat. Dass ihn das antreibt, kann ich fast schon verstehen. Kohle machen will doch irgendwie jeder.

Kurz bevor ich oben ankomme, drehe ich mich nochmal um, doch die Rolltreppe hinter mir ist vollkommen leer. Dann hat er es wohl doch nicht mehr aus der Bahn geschafft, denke ich und muss grinsen.

Ikea liegt im Erdgeschoss eines Einkaufszentrums und wie sich herausstellt, ist es keine komplette Filiale, wie ich angenommen hatte, sondern ein Bestellcenter.

Am Eingangsbereich befindet sich ein langer Counter mit einzelnen Kassen und dahinter kann ich einige Regalreihen mit kleineren Dingen, wie Dekoartikel, Kissen und Krempel sehen. Dinge, die niemand braucht, aber jeder zuhause hat.

Neben jeder Kasse liegt ein Katalog, der alle Waren der Kette als Barcode verzeichnet hat. Man scannt die Produkte, die man haben möchte ein, bezahlt und die Sachen werden dann im Zentrallager bestellt.

Ich hätte die Möbel auch bequem von zuhause aus bestellen können, es wäre auf dasselbe hinausgelaufen. Und weniger Stress hätte ich auch gehabt, denn ich wäre dem Reporter nicht begegnet.

Aber da ich nun mal schon hier bin, bestelle ich alles direkt beim Counter und lasse es an die Entzugsklinik schicken. Damit Monica nicht vollkommen überfordert ist, wenn ein Möbeltransport ankommt, lasse ich noch eine Nachricht beilegen, damit sie weiß, von wem die Sachen kommen.

Im Warenkorb befinden sich nun drei Sofas und Beistelltische, mehrere Esstische, samt Stühle, drei Regale und vier Deckenlampen, sowie zwei Sitzsäcke und neue Bettwäsche. Zufrieden scrolle ich durch meine Liste und denke, dass diese Möbel dem Gemeinschaftsraum der Entzugsklinik deutlich mehr Wohnlichkeit verschaffen werden.

Kaum habe ich die Filiale verlassen, ziehe ich das Telefon aus der Tasche und rufe Lauren an.

»Henry, was kann ich für dich tun?«, fragt meine Managerin freundlich.

»Hey Lauren, hör zu; ich hatte doch gestern den Termin in der Entzugsklinik wegen der Dreharbeiten«, fange ich an und dämpfe meine Stimme etwas, damit nicht jeder um mich herum gleich mitbekommt, was ich sage.

»Ja, ist denn alles gut gegangen?«

»Ja, alles super. Hör zu: diese Klinik ist in einem erbärmlichen Zustand. Zumindest teilweise. Ich habe beschlossen, der Einrichtung eine neue Ausstattung für den Aufenthaltsraum zu stiften und war gerade einkaufen. Die Sachen werden noch heute angeliefert. Kannst du dafür sorgen, dass die Presse davon Wind bekommt und vielleicht sogar vor Ort ist? Ich will, dass die Aufmerksamkeit auf solche Einrichtungen gelenkt wird, damit sie einen anderen Blick auf sowas bekommen. Wäre das möglich?« Mittlerweile habe ich Ikea hinter mir gelassen und nehme die Rolltreppe nach oben in den ersten Stock.

»Ja, das lässt sich machen. Aber du könntest die Presse auch für dich nutzen. Soll ich es ein bisschen größer aufziehen?«, fragt sie und ich lehne rasch ab. Ich will, dass das Hauptaugenmerk auf der Klinik liegt und nicht auf mir. Momentan habe ich genug Presse und brauche nicht noch mehr Schlagzeilen. Womöglich schreibt man dann noch, ich hätte die Möbel nur gestiftet, um von den Gerüchten um meine Person abzulenken.

»Gut, ich suche die wichtigsten Zeitungen raus und rufe diese Einrichtung an. Schick mir bitte deren Adresse. Wirst du auch vor Ort sein? Es wäre sicherlich nützlich. Bei der Gelegenheit könntest du ein bisschen was über Way Out erzählen«, schlägt sie vor.

Wir sprechen in einem recht neutralen, aber freundlichen Tonfall miteinander. Die letzte Diskussion wegen der Italienbilder hängt noch in der Luft.

»Nein, ich werde nicht da sein. Die Dreharbeiten haben noch nicht angefangen, daher kann ich sowieso nichts dazu sagen. Aber hör mal, wo wir schon beim Thema Presse sind; heute Morgen hat mir ein Reporter der Sun in der Bahn aufgelauert. Cardener heißt er. Ich hatte gestern schon mal das Vergnügen mit ihm und er sagte mir, dass er mir die Fotos vom Flughafen nicht abkauft. Ich glaube, das ist so eine Art Enthüllungsreporter. Kennst du ihn?«

»Ja, ich kenne ihn. Er ist tatsächlich ziemlich hartnäckig. Doof, dass er sich jetzt an deine Fersen geheftet hat. Ich habe das Bild heute nochmal überarbeiten lassen, aber ich glaube, es haben schon zu viele Leute gesehen«, sie seufzt. »Das ist wohl gründlich schiefgelaufen.«

Langsam wird mir das alles zu anstrengend. Ich will einfach die Wahrheit loswerden. Dann müsste ich nicht auf so viele Dinge gleichzeitig aufpassen und darauf achten, mich nicht in Widersprüche zu verstricken.

»Hör zu, wenn er dich wegen der Reise fragt, dann bleib bei Italien«, rät mir Lauren und fügt rasch hinzu, »dann gibt es davon eben keine Bilder. Manchmal schafft man es tatsächlich, inkognito zu reisen. Nach Neuseeland ist dir das ja auch gelungen.«

»Gut, dann verbleiben wir so. Ich melde mich dann, sobald ich den Lieferzeitraum habe, ja?«

Ich lege auf, schiebe das Handy zurück in die Tasche und sehe auf.

Vor mir stehen mindestens zehn Leute mit gezücktem Smartphone.

Und Stan Cardener, der mich breit angrinst.

»Hallo Mr Seales, haben Sie Zeit auf ein Wort?«

Scheiße.

Wie viel hat er mitbekommen?

»Ähm«, ist alles, was ich sagen kann, dann drängt sich die Gruppe mit den Handys auch schon ganz nahe an mich heran. Alle reden gleichzeitig auf mich ein, wollen ein Foto machen, oder ein Autogramm haben und ich bin kurz abgelenkt. Immer wieder huscht mein Blick zu dem Reporter, der sich lässig gegen das Schaufenster eines Geschäfts lehnt und abzuwarten scheint, bis die Leute mich gehen lassen. Da sich hinter mir die Brüstung eines Treppengeländers befindet, bin ich in die Enge getrieben und muss an ihm vorbei. Das weiß er ganz genau und so steht er da, wie ein Raubtier, das auf seine Beute lauert.

Ich setze meine Unterschrift auf Handyhüllen und die Rückseite von Notizbüchern und lasse mich geduldig fotografieren. Doch mein Blick huscht immer wieder zu Stan Cardener hinüber, der einen ausdruckslosen, ja fast hämischen Blick aufgesetzt hat. Unauffällig schiebe ich mich ein wenig zur

Seite. Vielleicht kommt die ganze Menschentraube ja mit und ich schaffe es, mich bis zur Rolltreppe zu mogeln.

Dann könnte ich ihm entkommen.

Zwei Meter weit komme ich, dann bemerkt der Reporter den Versuch und geht zielsicher auf mich zu.

»So ihr Lieben, ihr hattet jetzt genug von Mr Seales, lasst mich mal durch und mich meine Arbeit machen.« Er schiebt zwei junge Mädchen grob beiseite, die drauf gewartet haben, dran zu kommen und jetzt sehr enttäuscht aussehen. Das kann ich nicht durchgehen lassen.

»Passen Sie bitte auf die Mädchen auf!? Was gibt Ihnen das Recht, so unhöflich zu sein?«, fahre ich den Reporter an. In seinem Blick liegt vollkommene Unverständnis, was mich richtig sauer macht, und ich wende mich an die beiden. »Tut mir leid, dass er so grob zu euch war. Kann ich noch was für euch tun?« Die beiden blinzeln die Tränen weg und lächeln tapfer. Sie sind vielleicht 13 Jahre alt.

»Würdest du ein Foto mit uns machen?«

Wir machen ein Selfie und ich unterschreibe ihnen auf ihre Rucksäcke, dann verabschieden sie sich höflich und ich wende mich an den Reporter.

»Sie sind ganz schön hartnäckig«, sage ich und lehne mich an die Brüstung hinter mir. Obwohl mich dieser Mann tierisch nervt und ich genau weiß, dass er nur darauf aus ist, mehr über Lucas und mich herauszufinden, darf ich auf keinen Fall zu patzig oder schnippisch ihm gegenüber werden. Die Zeitung, für die er arbeitet, hat eine enorme Reichweite und kann mir mehr Schaden zufügen, als ich mir vermutlich ausmalen kann.

Das war eine der ersten Regeln, die Lauren mir vor zwei Jahren ins Gedächtnis gebrannt hat: »Verdirb es dir nie mit der Presse. Wenn sie sich einmal so richtig auf dich eingeschossen hat, kannst du deine Karriere vergessen.«

Also setze ich meine Maske der Freundlichkeit wieder auf und sehe Stan Cardener ins Gesicht. Er stellt sich neben mich, lehnt sich ebenfalls lässig gegen die Brüstung und sagt: »Das Foto aus Italien wurde gelöscht ... seltsam, oder? Sie sind ein bekannter Schauspieler und niemand hat Sie am Flughafen gesehen und dann ist das *einzige* Bild, das auftaucht auch noch eine Fotomontage. Kann es vielleicht sein, dass Sie gar nicht in Italien gewesen sind?«

»Wissen Sie, ich bin nicht Johnny Depp oder Heidi Klum. Es ist mir durchaus möglich, ab und an unerkannt unterwegs zu sein. Es kommt auch ein bisschen auf die Uhrzeit an. Ich genieße diese Zeit, denn wie Sie ja gerade mitbekommen haben, ist es mir noch nicht einmal möglich, in Ruhe Möbel einkaufen zu gehen.«

Cardener nickt und hakt nach: »Ziehen Sie mit Mr Thomas zusammen, oder weshalb benötigen Sie Möbel?«

»Ich unterstütze eine Entzugsklinik und habe neues Inventar gestiftet. Schreiben Sie doch darüber etwas, oder ist das Ihnen keine Schlagzeile wert, weil es nicht dramatisch genug ist?«

Ich hoffe, dass ich gerade nicht zu überheblich geklungen habe, doch Cardener macht keineswegs den Eindruck, als ob ich ihn beleidigt hätte. Im Gegenteil: Er grinst.

»Sie haben nichts zu Mr Thomas gesagt. Was hat es mit Ihnen beiden auf sich? Gerüchten zufolge sollen Sie sich sehr gut verstanden haben.«

»Wir haben uns durchaus gut verstanden, sonst hätte man uns sicherlich nicht gecastet«, sage ich und spüre, dass mein Handy in der Tasche vibriert. Ich nehme es heraus und gehe zur Rolltreppe, während Cardener mir folgt.

»Lucas ist ein sehr zuverlässiger und freundlicher Kollege und es ist immer von Vorteil, wenn man miteinander gut zurechtkommt, vor allem dann, wenn man ein Liebespaar spielt. Das erleichtert das Arbeiten enorm.«

»Und weshalb haben Sie sich von Ihrer Freundin getrennt? Sie waren noch keinen Monat ein Paar und dann schon das Aus. Kann Lucas Thomas etwas damit zu tun haben?«

Innerlich verdrehe ich die Augen.

»Lucas hat nichts mit meiner Exfreundin zu tun. Es gibt Dinge, die sollten privat gehalten werden. Ich verstehe mich mit ihm sehr gut und wir haben während der Dreharbeiten eine gute freundschaftliche Basis aufgebaut. Mehr werde ich dazu nicht sagen.« Ich ziehe das Handy aus der Tasche und sehe die SMS mit den Lieferdaten. »Wenn Sie mich nun bitte entschuldigen, ich habe noch einen Termin.«

Diesen Satz scheine ich so bestimmt und sicher genug gesagt zu haben, dass der Reporter tatsächlich stehenbleibt. Er schießt trotzdem noch zwei Bilder.

Vielleicht habe ich ihn tatsächlich zufrieden gestellt.

Oder er sammelt Energie für den nächsten Anlauf.

13. KAPITEL

Später sitze ich in der Wohnung und habe es endlich geschafft eine gute Skype Verbindung mit Lucas aufzubauen, nachdem sie mehrfach abgebrochen ist.

»Lucas? Ist die Verbindung okay?«, frage ich und halte das Tablet so, dass er mich gut sehen kann. Den Fernseher habe ich eingeschaltet und zeige ihm den Bildschirm.

»Ja, es ist gut so. Was willst du mir denn zeigen?«

»Warte, es kommt gleich ein Bericht von mir im TV.«

»Wieso denn das?«, fragt Lucas und ich luge auf das Display, nur um seinen verwirrten Gesichtsausdruck zu sehen.

»Das wirst du gleich sehen«, sage ich und halte den Finger an die Lippen, als die Moderatorin den Bericht anmoderiert, den Lauren mir bereits per Mail angekündigt hat.

Er seufzt und sagt mit leidender Stimme: »Kannst du bitte den Finger von deinen wunderschönen Lippen nehmen? Ich komme da auf ganz unanständige

Gedanken.«

Obwohl die Verbindung nicht die Beste ist und Lucas durch die Lautsprecher des Tablets ziemlich blechern klingt, kann ich den verruchten Unterton heraushören. Den Kommentar, den ich dazu gerne abgeben würde, muss ich verschieben, denn der Beitrag fängt an.

»Eine gute Tat und das so kurz vor Weihnachten, hat nun Henry Seales begangen. Der Schauspieler stiftete heute Nachmittag einer Londoner Entzugsklinik eine neue Möbelausstattung.«

Von mir wird lediglich ein Bild eingeblendet, denn ich war ja nicht persönlich anwesend.

»Die Leiterin der Einrichtung Mrs Monica Delicz zeigte sich gerührt und freute sich sehr über das Geschenk.« Eine zu Tränen gerührte Monica ist zu sehen und ich bin ganz ergriffen, als ich höre, was sie zu dem Geschenk sagt.

»Es ist unglaublich. Wir leben viel von Spenden, müssen Sie wissen, und leider werden Einrichtungen wie diese viel zu selten bedacht. Mr Seales hat sich außerordentlich großzügig gezeigt und ich bin sicher, dass sich unsere Patienten jetzt hier viel wohler fühlen und den Entzug leichter meistern. Wir sind unglaublich dankbar.«

»Wir können nur hoffen, dass der vorweihnachtliche Geist auch andere Menschen ergreift, denn wir dürfen nicht vergessen, dass wir als Gesellschaft für unsere Mitmenschen verantwortlich sind«, sagt der Sprecher des Beitrags, dann ist der Bericht auch schon vorbei und ich drehe das Tablet wieder um.

»Wow, das ist ja wirklich süß von dir«, sagt Lucas und strahlt mich an. »Wie viel Geld hast du denn ausgegeben?«

»Fast 3000£, aber dafür habe ich auch einiges bekommen. Du hättest es wirklich mal sehen müssen, wie es dort aussah, das war wirklich schlimm. Ich bin sicher, dass es jetzt gemütlicher ist.« Lucas nickt und meint: »Dann können wir nur hoffen, dass nicht sofort jemand auf die neue Couch kotzt.«

Ich erkläre ihm, dass die Patienten erst dann aus ihren Zimmern kommen, wenn sie das Schlimmste überstanden haben und ihren Körper halbwegs kontrollieren können. Die Chancen, dass die Couch sauber bleibt, stehen daher gut.

»Wie geht es dir denn? Was machen die Muskeln und die blauen Flecken?«, frage ich meinen Freund, der seufzt und mir vom Kampftraining berichtet. Es scheint hart zu sein, aber laut seiner eigenen Aussage, hat er beim letzten Mal deutlich weniger Schläge einstecken müssen.

»Mein Kostüm ist auch fast fertig und ich muss wirklich zusehen, dass ich ein bisschen mehr Muskeln bekomme. Die Schmiede sagte mir, dass allein der Brustpanzer fünf Kilo wiegt. Und dann kommen ja noch Ledersachen dazu. Wenn ich Pech habe, falle ich bei der Anprobe einfach um, weil ich das alles nicht halten kann.«

»Dann musst du dich ja komplett neu einkleiden, wenn du wieder hier bist. Mit so vielen Muskeln passt du doch nicht mehr in deine Klamotten«, überlege ich und Lucas nickt langsam, dann meint er optimistisch: »Dann könnte ich die Chance aber nutzen und mir mal einen neuen Stil zulegen. Dann fühle ich mich auch nicht immer so schlecht angezogen, wenn ich mich mit dir gemeinsam zeige.«

»Soll ich für dich einkaufen gehen?«, biete ich an, doch er lehnt ab.

»Um Gottes Willen, bitte nicht, sonst bekomme ich auch so abgedrehte Klamotten, wie du. Nein, ich muss meinen neuen Stil selbst finden. Es soll schon noch sportlich und funktional sein, aber eben eine gewisse Eleganz haben.«

Zwar bin ich modetechnisch nicht auf dem allerneuesten Stand, doch ich glaube, mich zu erinnern, letztens genau das im Schaufenster gesehen zu haben, was Lucas mir beschrieben hat. Da ich ihm noch nichts zum Geburtstag und zu Weihnachten besorgt habe, weiß ich jetzt, was er bekommt.

Am nächsten Morgen verlasse ich das Haus gegen zehn Uhr und fühle mich, als müsste ich wieder zurück in die Schule. In meiner Tasche habe ich das Drehbuch, Stifte, Textmarker, Post-it-Zettel und den Drehplan. Heute ist Leseprobe im Produktionsbüro und ich bin schon sehr gespannt auf die Kollegen, denn außer Isobel habe ich bisher niemanden kennengelernt, weiß aber durch das Drehbuch, dass noch einige Rollen ausstehen. Vor allem auf den Kollegen, der Tommys Punk-Begleiter Mack spielen wird, bin ich gespannt, denn mit ihm werde ich viele Szenen haben.

Es ist kalt und ich schlage den Mantelkragen hoch, als ich hinaus auf den Bürgersteig trete. Zuerst wollte ich heute Morgen die U-Bahn nehmen, doch dann musste ich an den Zwischenfall von gestern denken. Das hat mir die Idee weniger schmackhaft gemacht, weshalb ich bis zur nächsten Hauptstraße gehe, wo ich hoffentlich ein Taxi bekomme.

Unterwegs schreibe ich Lucas eine Guten-Morgen-Nachricht, wünsche ihm einen schönen Tag und fasse kurz zusammen, was ich heute vorhabe.

Der Bürgersteig glitzert vom Frost an den Stellen, die von der Morgensonne noch nicht erreicht wurden.

Ich biege um eine Ecke und bin in der Hauptstraße, wo ein Taxi mit Freizeichen steht. Misstrauisch mustere ich den Fahrer und nachdem ich sicher bin, dass es nicht der perverse Kerl ist, steige ich ein. Als ich den Blick hebe, sehe ich einen mir bekannten Reporter auf der anderen Straßenseite stehen. Er hat das Handy gezückt und ich bin sicher, dass er ein Bild gemacht hat. Nachdem ich ihm einen bösen Blick zugeworfen habe, schließe ich die Tür des Wagens.

»Guten Morgen Sir, wohin soll ich Sie bringen?«, fragt der Fahrer und ich nenne ihm die Adresse. Dabei behalte ich Mr Cardener im Auge, bis wir um eine Kurve gebogen sind.

Mein Mund ist trocken und ich frage mich, wie lange er schon vor meinem Haus oder in der Straße gewartet hat. Was hat er vor?

Will er mir von jetzt an jeden Tag auflauern, bis er mich gemeinsam mit Lucas erwischt? Die ganze Fahrt über grübele ich über die Absichten des Reporters nach und kann mich erst wieder konzentrieren, als ich am Produktionsbüro ankomme.

»Du hast aber viele bunte Zettelchen in deinem Drehbuch«, stellt Isobel fest, als ich mich in einem Konferenzzimmer neben sie setze und meine Unterlagen ablege.

»So habe ich den besten Plan«, entgegne ich, grinse sie an und lasse dann den Blick schweifen. Zehn Tische wurden zu einem großen Kreis zusammengeschoben. Mir direkt gegenüber sitzt der Produktionsleiter neben einem wichtig aussehenden Mann in teurem Anzug, der sich neugierig umsieht. Als er bemerkt, dass ich ihn beobachte, lächelt er kurz.

»Isobel, wer ist der Mann?«, frage ich leise und nicke zu ihm hin. Sie folgt meinem Blick und sagt dann: »Das ist der Hauptgeldgeber. Er ist Unternehmer und hat keine Ahnung vom Filmemachen. Aber anscheinend will er sein Geld in diese Branche investieren und im Gegenzug dafür, darf er hier beim Entstehungsprozess ab und an dabei sein, damit er sieht, was mit seinem Geld gemacht wird. Das hat mir zumindest der Produktionsleiter gesagt.« Gleichgültig zuckt sie mit den Schultern und steht dann auf, um eine junge Frau zu begrüßen, die gerade zu uns herübergekommen ist. Die beiden scheinen sich schon zu kennen und quasseln sofort wild drauf los.

Nach und nach trudeln alle ein, die wichtig für die Leseprobe sind, und ich muss feststellen, dass ich nur Alex und Min Sun, Isobel und Eki, den Produktionsleiter, kenne. Obwohl viele Leute da sind, bleibt es recht still im Raum, denn die meisten scheinen einander zum ersten Mal zu begegnen und so wird lediglich kurzer Smalltalk gehalten.

Als schließlich alle sitzen, erhebt sich Alex. Sie wirkt ein wenig nervös und streicht sich durch die langen Haare, lächelt aber in die Runde. »Willkommen zur Leseprobe. Ich freu´ mich wirklich sehr, dass es endlich losgeht und ihr alle da seid. In wenigen Tagen können wir starten und ich bin sehr froh, dass wir alle Rollen so gut besetzen konnten, wie wir uns das gewünscht haben-«

»-was soll sie auch anderes sagen?«, raunt Isobel mir zu und grinst.

»Bevor wir loslegen, möchte ich euch aber bitten, euch vorzustellen, damit jeder weiß, mit wem wir es hier zu tun haben. Ich bin Alex und führe die Regie.« Sie nickt Min Sun an und setzt sich. Die kleine Koreanerin strahlt in die Runde: »Hallo, mein Name ist Min Sun und ich mache die Regieassistenz.«

»Danielle – Script Continuity«, sagt eine hübsche Frau mit langen dunklen Haaren, die vor sich eine Stoppuhr auf dem Tisch liegen hat und deren Drehbuch weitaus mehr Post-it Zettel vorweisen kann, als meines.

»Eki, ich bin der Produktionsleiter.«

»Manuel, von mir habt ihr das Geld«, sagt der Mann neben Eki und alle nicken ihm zu, schließlich sollte man die Hand, die einen füttert, nicht beißen.

»Hallo, ich bin Jamie. Ich spiele Mack.« Der junge Mann ist vielleicht zwei Jahre älter als ich und soweit ich das im Sitzen beurteilen kann, noch ein Stück größer. Er ist schmal und sein dunkelblondes Haar lang und strähnig. In seinem Nasenflügel glitzert ein Ring und obwohl er schlicht in einem dunklen Hemd gekleidet ist, hat er eine enorme Ausstrahlung. Jemand passenderen hätte man für Tommys Freund nicht casten können.

Neben Jamie sitzt die Frau, die sich vorhin mit Isobel unterhalten hat und sagt mit melodischer Stimme: »Ich bin Yasmin und spiele Evelyns Kollegin Susie.«

»Mathew. Meine Rolle ist Nicolai.«

»Mein Name ist Jack, ich spiele Evelyns Chef Frederick.« Jack sitzt direkt neben mir und nickt mir zu. Ich bin dran.

»Hallo ... ich bin Henry und spiele Tommy.«

»Und ich bin Isobel und spiele die Rolle der Evelyn.«

Nun, da sich alle vorgestellt haben, wird es verdammt technisch.

Wir lesen jede Szene einzeln. Min Sun liest die normalen Textstellen und wir Schauspieler nur unsere Rollen.

```
A/T - schmale Seitengasse              Scene 4


Tommy tritt ins Bild, die Stiefel abgeranzt und
ausgetragen.
Mack sitzt auf dem Asphalt und raucht. Er hebt den
Blick, als Tommy ihm einen Geldbeutel hinwirft.


                    Mack:
        Wie viel hast du denn zusammengekriegt?


Tommy lässt sich neben ihn fallen, greift den
Geldbeutel und öffnet ihn. Neugierig durchsucht er
die Fächer und zieht einige Geldscheine heraus.


                   Tommy:
        Na das ist doch schonmal was... 120 Pfund. Das
```

reicht eine Weile und den Stoff kriegen wir damit
auch gut finanziert, was meinst du?

Mack nickt, schiebt sich eine neue Zigarette
zwischen die Lippen und zündet sie an.

Mack:
Gute Ausbeute.

Die Kamera fährt durch enge Straßen zurück auf den
Trafalgar Square, wo Evelyn noch immer steht, die
Tommy aus den Augen verloren hat.

Beim Lesen sollen wir schon so gut wie möglich spielen und die Sprechpausen so lassen, wie es sich für uns am besten anfühlt. So bleibt die Zeit, die Danielle stoppt, realistisch. Durch diese sogenannten Vorstoppzeiten kann man später abschätzen, wie lang der Film insgesamt werden wird und ob man noch Szenen reinschreiben oder welche streichen muss. Für uns Schauspieler bedeutet das, flexibel sein und sich bloß nicht zu früh den Text merken, falls es noch Änderungen gibt.

Wir lesen fast zwei Stunden und sind erst mit Teil 1 fertig, als Mittagspause ist. Am Catering, stellt sich mir Jamie vor.

»Hey, freut mich sehr, dich kennenzulernen«, sagt er und strahlt.

»Danke, mich auch«, gebe ich zurück und freue mich ehrlich darüber, denn Jamies Arbeit hat mich schon lange beeindruckt, eben weil er so vielseitig ist. Soweit ich weiß, ist er neben der Schauspielerei auch Model und Musiker.

Wir essen am Tisch zwischen Drehbüchern und Textmarkern.

»Hattest du dein Fitting schon?«, fragt Jamie nach dem ersten Bissen und mustert mich.

»Ja, beim ersten wird es optisch interessanter. Aber wir drehen ja zuerst den zweiten Teil und da soll ich normal aussehen, deswegen bleibe ich erstmal so. Aber als Punk bekomme ich Haarteile und vielleicht schneiden sie mir einen Sidecut.«

»Klingt cool. Ich bekomme einige Dreadlocks einfrisiert, das wird auch richtig klasse werden. Schau mal, was hältst du von meinem Piercing? Das hab ich mir extra stechen lassen.« Er deutet mit der Gabel auf den Schmuck in seiner Nase und ich ziehe anerkennend die Augenbrauen hoch.

»Du hast dich extra piercen lassen? Wow.« Jamie winkt ab, als sei es keine große Sache. »Naja, ich wollte eigentlich schon immer mal einen Nasenpiercing haben und habe die Chance einfach genutzt. Rausnehmen kann man den ja immer. Und du gewöhnst dich schon mal an die schweren Stiefel?« Er nickt zu meinen Kostümschuhen hinunter, die ich trage. Elianna hatte recht; sie werden weicher, je länger man sie trägt. Allerdings sind sie unglaublich schwer und ich denke, dass ich morgen Muskelkater haben könnte.

»Pass auf, dass du dir damit deine Karriere nicht verbaust. Piercings oder Tattoos bei Schauspielern sind immer problematisch.« Jamie und ich heben die Köpfe und sehe Jack, der sich ebenfalls zu uns setzt. Er scheint den letzten Rest unseres Gespräches mitbekommen zu haben. Jamie zuckt die Schultern.

»Du bist schon richtig in deiner Rolle als Controlfreak-Chef drin, oder?«, zieht er Jack auf, der gespielt genervt die Augen verdreht: »Und du scheinbar schon in der des Rebellen.«

Unsicher schaue ich zwischen den beiden Hin und Her. Foppen sie einander gegenseitig, oder meinen sie das ernst?

Das ist das Problem bei Schauspielern, man weiß nie genau, wann sie es ernst meinen und wann nicht, denn wir können alles spielen – nur bei Lucas ist mir das nicht gelungen.

Der zweite Teil der Lesung wird für die meisten am Tisch recht langweilig, denn fast alle Szenen spielen sich zwischen Isobel und mir ab. Die Texte sind flüssig und gut geschrieben und bei mir und meiner Kollegin passt alles. Natürlich wirkt es ein wenig lächerlich, wenn man verliebte Phrasen ausspricht, ohne sich dabei zu berühren oder zu küssen, doch darauf kommt es jetzt nicht an. Immerhin sind wir gerade in der Testphase.

Als wir die letzte Szene durch haben, ist es früher Abend. Alle applaudieren und ich werde zurück in die Realität gezogen. Im Kopf hat sich der ganze Film abgespielt und ich hatte vollkommen vergessen, dass wir in einem hellen Raum sitzen, in dem uns die Kollegen beobachten. Isobel scheint, genau wie ich, aus dieser Trance zu erwachen, und blinzelt mich an. In ihren Augen glitzern Tränen, weil die letzte Szene sehr emotional ist und sie wischt sie rasch beiseite.

»Das war super, ich bin ganz sicher, dass das ein toller Dreh wird«, seufzt Alex und strahlt uns so breit an, als hätten wir ihr gerade ein verfrühtes Weihnachtsgeschenk gemacht.

Mit dem Taxi fahre ich wenig später zurück in die City und steige an der Oxford Street aus. Ich möchte die Zeit nutzen, um Lucas ein Geschenk zu besorgen, denn wenn ich einmal angefangen habe zu drehen, werde ich nicht dazu kommen.

Die Weihnachtsbeleuchtung erschlägt mich fast, als ich aus dem Taxi steige und blinzelnd in die hellen Lämpchen blicke, die Sterne, Kugeln und Schneeflocken über der Straße darstellen. Aus Lautsprechern dudelt

Weihnachtsmusik und die verschiedenen Geschäfte scheinen sich einen Wettstreit miteinander zu liefern, wer mehr Deko im Schaufenster unterkriegt. Wo man hinsieht, glitzert es und obwohl ich Weihnachten mag und die Stimmung toll finde, ist mir das hier fast schon zu viel.

Bis zum Ladenschluss sind es noch zwei Stunden, dementsprechend voll ist es. Vorsichtig schiebe ich mich zwischen den Leuten hindurch, die nur Augen für das nächste Schaufenster haben.

An einer Kreuzung erhebt sich vor mir das mächtige Gebäude von Selfridges. Hier sind die Schaufenster großflächig mit Buchszweigen eingerahmt und Lichternetze darüber gespannt. Diese Mauern sind über hundert Jahre alt und ich wäre gerne kurz stehen geblieben, um die Wirkung des prächtigen Kaufhauses auszukosten, doch ich würde die Tür blockieren. Und weil ich nicht scharf darauf bin, von shoppingwütigen Menschen niedergetrampelt zu werden, beeile ich mich, Selfridges zu betreten.

Hier drin ist es nicht viel besser als draußen auf der Straße. Weil ich schon öfter hier eingekauft habe, kenne ich mich aus und steuere den Bereich an, in dem die Luxusmarken untergebracht sind. Dort werde ich Lucas' Geschenk finden.

»Guten Tag, was kann ich für Sie tun, Sir?« Eine Frau im hübschen Kostüm steht vor einer vergoldeten Wand und sieht mich freundlich an.

»Hallo, Sie hatten einen schönen Anzug im Schaufenster ausgestellt, den ich mir gerne einmal genauer anschauen würde«, sage ich und sie bittet mich mit einer ausladenden Handbewegung in den Bereich der Kleidermarke Givenchy hinein. Hier ist alles nobel und schick. Der Boden ist schwarz und so glatt, dass man sich darin spiegeln kann. Die Regale an den Wänden sind nur minimal mit Taschen oder Schuhen ausgestattet und alles schreit nur so nach Eleganz und

Luxus.

»Welches Modell war es denn?«, fragt sie und ich deute auf den dunklen Anzug mit roten Streifen auf der Seite. Er ist eine gute Mischung aus sportlich und elegant: Die Ärmel haben rot-weiße Bündchen, wie eine Trainingsjacke und ein roter, breiter Streifen, zieht sich über die Schultern an den Seiten entlang bis zum Saum. Ich bin sicher, dass es Lucas gefallen wird.

»Das ist ein tolles Modell. Ganz neu in der Kollektion. Das Sakko ist aus Wolle, die Einsätze aus gestärktem Leinen. Wunderschön gearbeitet.« Sie streicht mit den Händen über den Stoff, zeigt mir das Innenfutter, die Taschen und die Knöpfe. Mir gefällt, was ich sehe und ich fasse vorsichtig das Sakko an. Man kann förmlich die Qualität fühlen; der Stoff ist weich und nicht zu steif, die Nähte sauber und gerade. »Soll ich aus dem Lager Ihre Größe kommen lassen?«, fragt die Verkäuferin freundlich und ich schüttle den Kopf. »Nein, tatsächlich soll es ein Geschenk sein. Es ist nicht für mich. Leider weiß ich die Größe nicht genau, aber ich habe ein T-Shirt dabei. Würde das bei der Wahl der Größe helfen?« Ich ziehe Lucas´ T-Shirt aus meiner Umhängetasche. Die Verkäuferin wirkt einen Moment irritiert, denn ich bin sicher, dass sie es gewohnt ist, dass die Kunden entweder persönlich kommen, oder ihre Stylisten schicken, die die exakten Maße wissen. Sie fängt sich jedoch schnell und nimmt mir das T-Shirt aus der Hand.

Einen Moment lang will ich es ihr wieder wegnehmen.

Was, wenn Lucas´ Geruch danach weg ist?

Meine Güte Henry, sei nicht so kindisch, sie wird dir den Geruch nicht stehlen.

»Ist die Person, für die dieses Geschenk bestimmt ist, eher schmal gebaut?«, fragt sie nach und ich versuche, ihr Lucas so neutral wie möglich zu beschreiben, ohne ins Schwärmen zu geraten.

Sie verschwindet kurz, um den Anzug aus dem Lager zu holen. Um mir die Zeit zu vertreiben, schlendere ich zwischen den ausgestellten Schuhen herum.

Sie legt das Sakko auf einem Tisch aus und misst Lucas´ Shirt, um die Maße zu vergleichen. Ich trete etwas näher heran und versuche abzuschätzen, ob alles passen könnte.

»Darf ich die Hose kurz halten?«, frage ich und als sie es mir gestattet, halte ich sie testweise vor mich, um die Beinlänge abzuschätzen.

Doch, das könnte gut passen, Lucas hat ja nicht so lange Beine, wie ich.

Die Dame hat meinen Gesichtsausdruck richtig gedeutet und fragt freundlich: »Soll ich es als Geschenk verpacken lassen, Sir?«

14. KAPITEL

Wenig später liegt vor mir ein äußerst unhandlicher Karton mit der eingeprägten Aufschrift »Givenchy«. Er ist recht groß und ich werde ihn nicht in einer Tüte tragen können, weil sonst der sauber gefaltete Anzug in sich zusammenfällt. Nachdenklich mustere ich den Karton und die Verkäuferin sagt freundlich: »Soll einer unserer Mitarbeiter den Karton für Sie nach Hause bringen?«

»Würde das denn gehen?«, frage ich irritiert. Ich hab noch nie gehört, dass einem ein Mitarbeiter die Einkäufe hinterherträgt.

»Natürlich, das gehört zu unserem Service. Wir können Ihnen aber auch einen Wagen mit Chauffeur rufen, der Sie direkt nach Hause bringt. Das macht uns auch keine Umstände, Mr Seales.« Die Verkäuferin lächelt und greift zu einem Telefon, als ich zaghaft nicke. »Hallo Anni, ich habe hier einen Kunden, der gerne nach Hause gebracht werden möchte ... ja. Vielen Dank. Ich bringe ihn runter.« Sie trägt meinen Karton und geht mir schwungvoll voran.

Die Leute, die wir passieren, schauen uns irritiert hinterher, doch sie beachtet niemanden. Vermutlich macht sie das jeden Tag und es ist für sie vollkommen normal. Da die meisten Kunden hier im Kaufhaus Touristen sind, die sich lediglich einmal alles ansehen möchten, ist das für sie eine tolle Show, wenn sie sehen, wie jemandem die Einkäufe hinterhergetragen werden. Dann haben sie zuhause was zu erzählen. Die Verkäuferin ist trotz der hohen Absätze erstaunlich schnell unterwegs und ich komme kaum hinterher.

Vor dem Geschäft steht ein dunkler Mercedes und als wir hinaus in die Kälte treten, geht die Tür auf und eine Frau steigt aus. Sie nimmt mein Paket ab, verstaut es im Kofferraum und öffnet dann die Wagentür.

»Ich wünsche Ihnen noch einen schönen Abend«, sagt die Verkäuferin und schenkt mir ein strahlendes Lächeln. Auch die Fahrerin lächelt mich an und ich grinse zurück.

»Wohin soll ich Sie bringen, Sir?«, fragt die Frau und sieht mich durch den Rückspiegel an. Ich nenne ihr meine Adresse und schnalle mich an.

Bis wir aus der Oxford Street herauskommen, dauert es lange, denn wegen der vielen Fußgänger sind die Ampelphasen kurz. Dazu kommen der Feierabendverkehr und die Busse. Da ich aber heute sowieso nichts mehr vorhabe, lehne ich mich zurück und klicke auf dem Handy meine Uhr an. Dort habe ich mir die neuseeländische Zeit eingespeichert. Bei Lucas ist es jetzt sieben.

Zu früh, um ihn anzurufen, denke ich enttäuscht und so muss ich mir die Zeit bis nach Hause damit vertreiben, aus dem Fenster zu schauen und mir auszumalen, ob ihm mein Geschenk gefallen wird.

Zuhause lege ich mich in die Badewanne, als mein Handy klingelt. Es ist Lucas.

»Baby, schön, dass du anrufst«, sage ich, klicke auf das Video und bleibe in der Wanne sitzen.

»Hey Henry, guten Morgen. Wieso bist du nackt? Willst du mir eine Freude machen?« Mein Freund gähnt und ich muss grinsen: »Ich sitze in der Wanne. Willst du mal sehen?« Spielerisch schwenke ich mit dem Handy hin und her und Lucas kichert.

»Du siehst gut aus. Hast du zugenommen? Ich sehe nicht mehr so viele Knochen ... man, wieso bin ich nur so weit weg, ich will dich anfassen können.« Frustriert bläst er die Backen auf und seufzt. Ich halte die Kamera wieder so, dass er mich lediglich bis zu den Schultern sehen kann.

»Ja, hab ich. Wie sieht dein rauchfreies Leben aus?«, erkundige ich mich und er nickt, als sei er ganz zufrieden mit sich.

»Ganz gut. Ich rauche einmal am Tag eine Zigarette. Nicht mehr. Wie war deine Leseprobe?«, fragt er und ich freue mich, dass er daran gedacht hat.

»Super. Ich hab alle Kollegen kennengelernt und sie scheinen wirklich nett zu sein und wie läuft es bei dir?«

»Ich habe heute meinen ersten Drehtag. Oh man, ich bin ja so aufgeregt! Gestern war nochmal die finale Anprobe und es passt alles super, ist allerdings unglaublich schwer. Es sieht aber wirklich klasse aus und meine Waffen sind jetzt auch fertig. Ich freue mich total und bin gleichzeitig auch richtig aufgeregt. Wir starten heute gleich mit einem Nachtdreh. Super, oder?«

»Ach, das schaffst du schon. Wird sicherlich klasse«, ermutige ich ihn, denn aus Lucas´ Stimme ist deutlich herauszuhören, dass er nervös ist.

»Ja, das wird schon werden. Hör mal, ich hab noch eine Frage an dich: wann fängt dein Dreh für Way Out an?«

»Am 5. Dezember. Weshalb willst du das wissen?«

Vielleicht kommt er ja auf einen Kurztrip hierher und wir können uns sehen!

Das wäre toll!

»Ah super. Ich habe mich nach einer neuen Wohnung in London umgesehen und tatsächlich was gefunden. Die haben mich eingeladen und ich kann mir die Wohnung am 3. Dezember ansehen.«

»Und du willst, dass ich für dich hingehe?«, frage ich, denn es ist die einzige logische Erklärung, die es gibt. Wie sollte er die Besichtigung sonst wahrnehmen können?

»Ja genau. Vielleicht kannst du mir die Wohnung per Video schicken und dir alles mal ansehen.«

»Klar, mach ich gerne. Schick mir doch mal die Adresse und auch die Telefonnummer des Maklers, damit ich den erreichen kann.«

»Mach ich, du bist ein Schatz, Henry.«

»Für dich immer Baby.« Lucas gibt ein niedliches Quietschen von sich, als ich das sage, und zieht den Kopf ein. Er ist so süß, dass ich ihn am liebsten geküsst hätte. Ihn so im Videocall zu sehen ist nicht angenehm und ich wage fast zu behaupten, dass mir ein Telefonat mit ihm weniger seelische Schmerzen bereitet, als ein Anruf mit Bild.

Zu wissen, dass ich für ihn allerdings etwas Gutes tun kann, indem ich mir eine potentielle neue Wohnung ansehe, tut gut und lenkt mich davon ab, dass ich ihn vermisse. Und so mache ich mich positiv gestimmt am 3. Dezember auf den Weg nach Banbury, meinem Nachbarstadtteil.

Die Maklerin steht bereits vor Tür und scheint auf mich zu warten.

»Sie müssen Mr Seales sein«, sagt sie und schüttelt mir freundlich lächelnd die Hand. »Mr Thomas hatte mich bereits informiert, dass er leider nicht persönlich da sein kann. Schön, wenn man Freunde hat, auf die man zählen kann. Mein Name ist Cohen. Kommen Sie rein.«

Sie öffnet die große Haustür und führt mich hinauf in den zweiten Stock.

»Stört es Sie, wenn ich einige Videoaufnahmen mache?«, frage ich und ziehe das Handy aus der Tasche.

»Nein, das ist in Ordnung. Mr Thomas muss ja sehen, worauf er sich einlässt, nicht wahr?« Sie lacht und ich steige mit ein.

»So, da wären wir.« Sie öffnet die Wohnungstür und ich trete in einen hellen Raum mit zwei hohen Fenstern, die zur Straße hin zeigen.

»Das ist das Wohnzimmer. Der Kamin ist schon recht alt, aber alles andere wurde erst im letzten Monat renoviert. Mr Thomas wäre der erste Mieter seit der Renovierung«, erzählt die Maklerin, verweist auf den schönen Holzfußboden und führt mich dann in eine offene Küche. Hier ist schon alles eingebaut, was mir gut gefällt, denn dann müsste mein Freund keine neue Küche kaufen.

Und ich müsste auch nicht beim Tragen helfen.

»Durch diesen Flur kommen Sie ins Badezimmer zu Ihrer Linken und hier am Ende ist das Schlafzimmer.«

Beide Räume sind deutlich kleiner, aber es ist ausreichend Platz. Ich drehe mich einmal um mich selbst, versuche, so viel wie möglich für Lucas einzufangen.

»Was meinen Sie? Wäre die Wohnung etwas für Mr Thomas?«

»Ja, ich denke, dass sie ihm auf jeden Fall zusagen wird«, antworte ich wahrheitsgemäß und stoppe die Aufnahme. Mrs Cohen strahlt mich an.

»Es ist wirklich nett von Ihnen, dass Sie extra für ihn hierher gekommen sind. Sowas ist nicht selbstverständlich.« Ohne eine Antwort abzuwarten, kramt sie Unterlagen hervor und reicht sie mir. »Hier haben Sie noch einmal alles in schriftlicher Form. Wenn Mr Thomas diese Wohnung nehmen möchte, dann soll er sich schnellstmöglich mit meinem Büro in Verbindung setzen.« Ich nehme die Papiere entgegen und stecke sie in die Tasche.

»Gut, ich werde es ihm sagen. Vielen Dank für Ihre Zeit Mrs Cohen.« Wir geben einander die Hand und sie begleitet mich wieder hinaus auf die Straße.

»Ich wünsche Ihnen noch einen schönen Tag!«, ruft sie und winkt mir nach.

Praktischerweise liegt Lucas´ potentielle neue Wohnung nur zwei Bahnstationen von meiner entfernt. Ob er absichtlich etwas in der Nähe gesucht hat? Falls ja, dann ist das eine unglaublich süße Geste von ihm und ich freue mich total. Sollte er hier einziehen, dann könnten wir uns jeden Abend sehen und wären für einen spontanen Besuch nie lange unterwegs.

Traumhaft.

Der Gedanke, Lucas vielleicht bald in meiner Nachbarschaft haben zu können, beflügelt mich und ich verliere mich in Tagträumen, die mich durch den nächsten Tag begleiten.

Am Abend findet eine kleine Warm-up Party im Produktionsbüro statt, die sich allerdings lediglich auf das Trinken von einem Bier beschränkt. Immerhin fangen wir morgen an zu arbeiten und da sollten alle einen klaren Kopf haben. Außerdem habe ich aus der letzten Party gelernt, halte mich zurück und mache mich gegen 22 Uhr auf den Weg nach Hause.

Weil Jamie zufällig in dieselbe Richtung muss wie ich, teilen wir uns ein Taxi und unterhalten uns gut gelaunt miteinander. Das Handy in meiner Tasche vibriert mehrmals, doch ich will nicht unhöflich sein und lasse es stecken. Erst, als ich mich von meinem Kollegen verabschiedet habe und ausgestiegen bin, sehe ich nach.

Zwei Anrufe von Lauren.

Muss das heute sein? Sie hat doch mit Sicherheit keine guten Nachrichten für mich und eigentlich will ich mir den Abend vor Drehbeginn nicht verderben lassen. Kurz spiele ich mit dem Gedanken, den Anruf zu ignorieren, doch dann ist meine Neugier doch wieder stärker und ich rufe sie zurück.

Früher hatte ich Skrupel, sie so spät noch zu kontaktieren. Mittlerweile habe ich jedoch gelernt, dass meine Managerin ein Vampir sein muss, der keinen Schlaf braucht. Sie ist fast immer erreichbar und scheint kein Privatleben zu haben, das sie vom Arbeiten abhalten kann.

»Henry, gut dass du zurückrufst.« Lauren klingt atemlos und ich bin sofort alarmiert.

»Hey, was ist los, du hattest zweimal angerufen?«

»Ja, hör zu: ich wurde gerade informiert, dass ein ziemlich böser Artikel in einer kleinen Zeitung online über Lucas erschienen ist. Der Artikel befasst sich – natürlich – mit seiner sexuellen Orientierung und geht leider nicht sonderlich freundlich mit ihm um. Der Artikel wurde in den sozialen Netzwerken wohl recht oft geteilt und soweit ich sehen konnte, bekam Lucas auch schon sehr unfreundliche Kommentare per Twitter zugeschickt.«

Scheiße. Es geht los. Ich hab immer gehofft, dass ein Angriff dieser Art ausbleibt und sich alles darauf beschränkt, dass einige Zeitungen mutmaßende Artikel schreiben. Aber wenn Lucas' Twitter Account schon attackiert wird, dann scheint das langsam Fahrt aufzunehmen.

Genau, wie ich es vor einigen Tagen befürchtet hatte.

Mein armer Lucas. Er ist noch nicht lange in der Öffentlichkeit und dann gleich so etwas erleben zu müssen, ist hart.

»Was soll ich jetzt tun?«, frage ich Lauren und hoffe, dass sie einen guten Rat für mich hat.

»Du musst dich aus der ganzen Sache *unbedingt* raushalten, Henry. Ganz egal, wie schwer dich die Kommentare gegen Lucas treffen. Wenn du dich da jetzt mit reinhängst und ihn vielleicht sogar noch verteidigst, dann verrätst du dich und begibst dich auch noch in die Schusslinie.«

»Aber Lucas ist mein Freund«, protestiere ich leise zischend, weil ich es nicht durch die ganze Straße brüllen will. »Ich kann doch nicht einfach zusehen und nichts tun!«

»Doch genau das! Ich bin sicher, dass der Artikel im Grunde daraufhin abzielt, dich aus der Reserve zu locken. Lucas ist der Presse im Grunde egal. Er ist der breiten Masse auch noch nicht bekannt. Das wird sich zwar ändern, sobald euer Film im Kino ist und das Silmarillion folgt, doch bisher ist Lucas lediglich jemand, der konstant mit dir in Verbindung gebracht wird. Die Leute wollen näheres über *dich* wissen und weil du es bisher erfolgreich geschafft hast, dich zu verschließen, versuchen sie es jetzt über die Hintertür.«

Lauren hat Recht. Wieder einmal.

Wenn man es genau nimmt, dann ist Lucas bisher ein absoluter Nobody. Mein Name ist die große Nummer und ich bin interessant genug, dass die Presse sich auf jemanden stürzt, der vollkommen unschuldig in die ganze Sache hineingeraten ist.

Und alles nur, weil er sich in mich verliebt hat.

Wie bringe ich Lucas bei, dass ich ihn nicht in Schutz nehmen kann?

In dieser Nacht kann ich kaum schlafen.

Die ganze Zeit warte ich darauf, dass er mich anruft, denn ich habe die Tweets gesehen und den Artikel gelesen, der veröffentlicht wurde.

Der Autor befasst sich mit dem Thema, ob homosexuelle Schauspieler ein schlechtes Rollenvorbild sind, oder nicht und beleuchtet den schmuddeligsten Teil der Szene. Es geht um HIV, Vergewaltigungen und Drogen und hat im Prinzip nichts mit Lucas direkt zu tun. Allerdings wird sein Name immer wieder so unauffällig eingeflochten, dass man als unaufmerksamer Leser glauben könnte, er würde sich in genau dieser Szene herumtreiben. Was natürlich kein gutes Licht auf ihn wirft.

Wie gerne wäre ich jetzt bei ihm. Ich würde ihn in den Arm nehmen und ihm sagen, dass er sich das alles nicht zu Herzen nehmen darf.

Und dann würde er vermutlich versuchen, zu lächeln und sagen: »Das sagt genau der Richtige.«

Da müsste ich ihm leider zustimmen, denn ich kann nicht von ihm verlangen, sich nicht um die Presse zu scheren, wenn ich selbst ständig auf die aktuellen Schlagzeilen schiele.

Doch Lucas ruft nicht an.

Vielleicht, weil er die ganze Sache noch nicht mitbekommen hat. Er sitzt am anderen Ende der Welt und dreht. Vielleicht kommt er gar nicht dazu, die Sachen zu lesen.

Oder er meldet sich nicht, weil er nicht will, dass ich mir Sorgen mache. Mehrfach habe ich seine Nummer angeklickt, aber es nie über mich gebracht, sie zu wählen.

Bei ihm ist es mittlerweile Nachmittag und ich sollte dringend schlafen. Meine Augen brennen schon vor Müdigkeit und sie fallen mir immer wieder zu. Immer dann bekomme ich jedes Mal dieses Bild von Lucas in den Kopf, der die gemeinen Tweets liest, die ihn beschimpfen und ihm Schlechtes wünschen.

Hoffentlich macht er sich nicht so viele Gedanken, dass er sich nicht auf seinen Job konzentrieren kann. Oder er hat die Tweets gar nicht gesehen und ich würde ihn durch meinen Anruf nur darauf aufmerksam machen.

Kurzerhand lege ich das Handy weg und drehe mich auf die Seite, versuche einzuschlafen und irgendwann klappt es.

Weil ich nur wenige Stunden geschlafen habe, komme ich am nächsten Tag vollkommen zerstört bei Louise im Maskenwagen an. Kein guter Eindruck am ersten Drehtag.

Ich bin so verschlafen, dass ich nicht einmal den Namen der Setaufnahmeleitungsassistenz mitbekommen habe, die mich empfangen hat.

»Ohje, wie siehst du denn aus? Die Nacht scheint kurz gewesen zu sein.« Louise sieht mich bedauernd an und dreht den Maskenstuhl so, dass ich mich nur noch setzen muss.

»Ich hab nicht sonderlich gut geschlafen ...«, gähne ich und blinzele in das grelle Licht, das mir der Spiegel entgegen wirft. Sam ist schon am Arbeiten und hat Isobel die Haare auf große Wickler gedreht.

»Morgen Henry, warst du so nervös, dass du vor dem ersten Drehtag nicht schlafen konntest, oder was war los?«, fragt sie und sieht kurz zu mir hin. Ich will nicht darüber reden und sage: »Ach, was Privates hat mich wachgehalten.« Sie sollen nicht von Lucas erfahren, das geht sie nichts an.

An der Tür klopft es.

»Henry, ich hab dir einen Kaffee gemacht, du sahst so aus, als könntest du einen gebrauchen«, sagt der Assistent der Aufnahmeleitung. Er stellt mir den Becher auf den Tisch und ich sehe zu ihm hoch.

»Danke ... wie heißt du nochmal?«

»Ich bin Ashton«, sagt er und grinst mich an.

»Ash, könnte ich auch einen Kaffee bekommen?«, fragt Isobel, er nickt und macht sich wieder davon.

Louise ist einfühlsam und merkt, dass ich nicht in der Stimmung bin, mich zu unterhalten. Sie schminkt mit einer Ruhe, die sich auf mich überträgt und ich ankommen kann. Ab und zu nippe ich am Kaffee und lese nebenbei meinen Text durch. Eigentlich ist es ganz gut, dass ich nicht ganz wach bin, denn wir fangen mit der Szene an, in der Evelyn und Tommy gemeinsam Frühstücken gehen, nachdem sie sich nach einer langen Zeit wieder getroffen haben. Tommy kommt direkt aus der Nachtschicht und da dürfen meine Augen gerne etwas klein sein.

»Ich frisiere dich nicht allzu ordentlich«, sagt Louise und verreibt Haarwachs zwischen den Handflächen, bevor sie es mir in den Haaren verteilt. Ihre Finger auf meiner Kopfhaut sind angenehm und ich könnte schon wieder fast einschlafen, doch dann legt sie mir die Hände auf die Schultern: »So, du bist fertig, ab ins Kostüm mit dir. Wir sehen uns am Set.«

Elianna ist ebenfalls wach und gut drauf, als ich in den Garderobenwagen trete und gähnend die Tür hinter mir zuziehe.

»Oh, du siehst müde aus«, begrüßt sie mich und ich nicke langsam.

»Was du nicht sagst«, murre ich und schlüpfe schwerfällig aus meiner Jacke. Sofort ist mir kalt und ich erschaudere.

Wieso friert man immer, wenn man müde ist? Als ob man nicht schon genug damit zu tun hätte, gegen die Müdigkeit anzukämpfen.

»Ich habe deine Klamotten über die Heizung gehängt«, sagt sie und reicht mir die schwere Hose der Ambulanz. Ich seufze genießerisch, als ich hineinschlüpfe. Mit einem weißen Langarmshirt und der schweren Jacke des Rettungsdienstes ist mir schnell wieder angenehm warm und als ich in die Schuhe geschlüpft bin, fühle ich mich endlich bereit, zu spielen.

Sobald ich das Kostüm trage, scheine ich mein altes Ich abgelegt zu haben und auch Lucas ist aus meinem Kopf verschwunden. Das bedeutet nicht, dass er mir nicht wichtig ist und ich mir keine Sorgen mache, aber jetzt bin ich im Dreh-Modus und alles, was mich ablenken könnte, wird in den Hintergrund gedrängt.

15. KAPITEL

Das heutige Motiv ist ein kleines Pub in einem Eckhaus. Hier drin ist es gemütlich und angenehm warm. Die Technik ist bereits aufgebaut, als ich komme.

»Henry, schön, dass du da bist«, begrüßt mich Alex, die ebenfalls einen Kaffeebecher in der Hand hat und aus einem Nebenraum kommt, in dem der Monitor schon aufgebaut ist. Sie zeigt mir meinen Platz in der Szene und als Isobel ebenfalls da ist, proben wir mehrmals.

Meinen Text habe ich im Kopf und auch meine Spielpartnerin ist fit, sodass wir schnell anfangen können. Das Einzige, was uns an diesem Morgen aufhält, ist die Ausstattung. Da wir in der Szene frühstücken, müssen die Teller jedes Mal wieder neu drapiert werden. Die Bohnen sind kalt und nach einer Stunde kann ich keinen Toast mehr sehen.

Der Ausstatter, ein großgewachsener, recht schüchtern wirkender Mann, kommt in einer Drehpause zu mir. »Hallo Henry, ich wollte dir nur sagen, dass ich dir unter dem Tisch einen Eimer hingestellt habe. Du musst das Essen nicht schlucken, spuck es einfach nach dem Take dort hinein.« Er lächelt zurückhaltend und fügt dann hinzu: »Ich bin übrigens Mitch.«

»Okay, danke Mitch, dass du an sowas denkst«, sage ich freundlich und er geht davon. Ich lehne mich in meinem Stuhl zurück und fange Isobels Blick auf, die die Lippen geschürzt hat und Mitch nachsieht.

»Was ist denn los?«, frage ich und sie schüttelt leicht den Kopf.

»Ich verstehe nicht, wieso er uns das mit dem Eimer erst jetzt sagt, wo wir schon die Hälfte der ersten Szene gedreht haben. Das hätte ihm wirklich mal früher einfallen können. Ausstatter denken *nie* an uns Schauspieler, sondern immer nur an ihren eigenen Kram. Vielleicht will er ja, dass uns schlecht wird, oder sowas.« Ungläubig starre ich sie an. Denkt sie wirklich, dass Mitch das absichtlich gemacht hat? Wir haben heute den ersten Drehtag und er scheint nicht der Typ zu sein, der offen auf alle Leute zugeht.

»Ich glaube nicht, dass er das mit Absicht gemacht hat«, sage ich gelassen und blättere meinen Text nochmal durch.

Leute am ersten Tag schon in Schubladen zu stecken, mag ich gar nicht. Wir kennen uns alle noch nicht und sollten vorsichtig miteinander umgehen, bis man weiß, wie die anderen so ticken. Niemandem – auch keinem Schauspieler – steht es zu, so schnell zu urteilen, wie Isobel das eben getan hat.

Zeit, mich weiter darüber aufzuregen, habe ich nicht, denn wir fangen wieder an zu drehen.

Die Szene dauert den ganzen Vormittag und als wir endlich Mittagspause haben, fühlt sich mein Kopf ein wenig wie ein ausgedrückter Schwamm an.

Nachdem ich gegessen habe, setze ich mich mit dem Smartphone in den Wohnwagen, der mir als Aufenthalt dient, und sehe nach, ob Lucas mir geschrieben hat. Den ganzen Vormittag konnte ich meine Schuldgefühle ihm gegenüber wunderbar verdrängen, doch jetzt habe ich einen Moment Ruhe und kann nicht aufhören daran zu denken, was er meinetwegen durchmachen muss.

Bisher habe ich mir die Tweets, die er bekommen hat, nicht angesehen und ich bin mir auch nicht sicher, ob es so eine gute Idee ist, mitten im Dreh nachzusehen.

Aber ich muss wissen, was los ist.

Ich klicke auf die hellblaue App und öffne den Kurznachrichtendienst.

Lucas´ Account habe ich schnell gefunden und sehe, dass er mittlerweile fast 500.000 Follower hat. Mit nervös klopfendem Herzen klicke ich auf seine Seite und die ersten Nachrichten springen mir sofort entgegen.

>>Du bist abstoßend. Als Rollenvorbild für junge Menschen solltest du normal sein!<<

>>Lass die Finger von anderen Männern, das ist widerlich. Schämen solltest du dich, einen Mann in der Öffentlichkeit zu küssen. Das vermittelt Werte, die einfach nicht normal sind.<<

>>Du hast bestimmt AIDS. Hoffentlich verreckst du dran, du elende Schwuchtel!<<

>>Wir wollen keine Homos in UK haben! Bleib am Ende der Welt!<<

Meine Kehle ist wie zugeschnürt und ich lege das Handy weg. Mehr kann ich davon nicht lesen. Mir ist schlecht und der Gedanke, mich nicht öffentlich dazu äußern zu dürfen, kaum auszuhalten. Hoffentlich hat Lucas das nicht gelesen.

Ich weiß nicht, wie er mit einer solchen Attacke umgeht.

Noch immer bin ich unsicher, ob ich ihm schreiben soll, weil ich nicht will, dass er durch mich auf diese Sachen aufmerksam wird. Aber ich kann nicht so tun, als wäre nichts passiert und mich tagelang nicht melden. Also tippe ich ein: Bist du noch wach? Und sende die Nachricht.

Seine Antwort kommt sofort, indem er mich per Video anruft.

»Lucas ... hey«, sage ich leise und halte das Handy so, dass er mich gut sehen kann.

»Du siehst nicht gut aus, was ist los?«, fragt er besorgt und sieht mich an.

»Ich ... Du hast die Tweets gesehen?«, wage ich, zu fragen und als Lucas nickt, fahre ich mir seufzend mit der Hand übers Gesicht. Mist.

»Ja, hab ich ... nicht sonderlich nett ...«, meint er und klingt kontrolliert.

»Nicht sonderlich nett?«, wiederhole ich ungläubig und starre ihn an.

»Naja, was soll ich sagen? Gemein, verletzend und beleidigend trifft es besser, aber dann machst du dir Sorgen um mich«, gibt er zu und ich sehe, dass er die Lippen aufeinandergepresst hat.

Ob er sich davon abhalten will, in Tränen auszubrechen?

»Haben es deine Kollegen mitbekommen?«

»Natürlich und sie waren echt sauer, wie man so gemein sein kann. Hier am Set sind alle wirklich offen und freundlich und niemanden stört es, dass ich schwul bin. Aber ... ich ... mich trifft das ziemlich hart.« Jetzt gibt er doch den Tränen nach und ich bin kurz davor dasselbe zu tun.

»Das tut mir so leid.«

Er wischt sich über die Augen und schnieft: »Ich hab richtig Angst, zurückzukommen. Was, wenn man mich auf offener Straße attackiert oder so?«

»Nein, das wird nicht passieren. Die Leute haben nur online eine große

Klappe und du vergisst, dass wir in London leben. Das ist eine Weltstadt, wo die meisten Leute offen miteinander umgehen und Verständnis haben.«

Das sagt ausgerechnet der, der beinahe einem perversen Taxifahrer in die Hände gefallen wäre und sich in der Bahn anpöbeln lassen musste.

»Ich hab trotzdem Angst«, sagt Lucas leise und sieht mich nicht an. Mit schnellem Blinzeln schaffe ich es, meine Tränen loszuwerden. Ich will Louise später nicht so viel Arbeit machen.

»Wie läuft´s denn bei dir?«, fragt Lucas nach und hebt den Blick wieder, um zu lächeln. »Diese Uniform steht dir verdammt gut.« Noch immer ist seine Stimme zittrig, doch er lächelt jetzt und in seinen Augen ist Wärme und Zuneigung zu sehen.

»Danke für das Kompliment. Hier läuft es ganz gut«, sage ich und versuche, möglichst optimistisch zu klingen, damit Lucas meine Sorge um ihn nicht zu sehr heraushört. »Das Team ist ganz nett, aber wir müssen erst noch ein bisschen zusammenfinden.«

»Wie ist deine Kollegin?«, fragt Lucas und wischt sich nochmal die Augen.

»Ach, um die musst du dir keine Sorgen machen. Sie hat heute Morgen einen ziemlich blöden Kommentar über unseren Ausstatter gesagt, der ihr bei mir erstmal einen Minuspunkt eingehandelt hat.« Gerade will ich Lucas die Geschichte mit dem Eimer erzählen, als draußen das Ende der Mittagspause ausgerufen wird.

»Oh, du musst schon gehen«, seufzt Lucas, der es ebenfalls gehört hat und ich nicke.

»Ja tut mir leid. Lass uns heute Abend nochmal telefonieren.«

»Kannst du das in Stunden sagen? Wenn bei dir Abend ist, ist hier Morgen.«

»Gut; lass uns in acht Stunden nochmal telefonieren. Ruf mich einfach an, wenn es dir passt, ja?«

»Mach ich. Bis später ... danke, dass du angerufen hast«, seufzt Lucas und sieht mich traurig an. »Ich vermisse dich so sehr.«

»Ich dich auch, Baby ...«

Bevor ich noch ein »Ich liebe dich« sagen kann, hat Lucas aufgelegt. Einen Moment schaue ich mein Handydisplay an, das jetzt schwarz ist und mir nur mein eigenes Spiegelbild zeigt, dann stecke ich es zurück in die Tasche und stehe auf. Louise braucht mich nochmal in der Maske für das übliche Fresh-up nach der Mittagspause.

»Hast du einen kurzen Mittagsschlaf gemacht?«, fragt Louise amüsiert, als sie mich sieht und ich nutze die Ausrede, die sie mir so bereitwillig gegeben hat, und nicke. »Gut, dass ich da eine Augenmaske habe«, sagt sie, geht zu einem kleinen Kühlschrank und holt eine Schlafmaske heraus. »Hier, leg dir das mal über die Augen.« Die Maske ist angenehm kühl und als ich sie wenig später an Louise zurückgebe, sehe ich wieder normal aus.

Die zweite Szene des heutigen Tages spielt sich im Treppenhaus des Gebäudes ab. Weil Tommys Wohnung über dem Pub liegt, begleitet Evelyn ihn noch bis zur Tür. Die beiden stehen erst etwas unschlüssig im Flur herum, bis sie kurzerhand übereinander herfallen und sich küssen.

Heute werden wir also unseren ersten Kuss drehen.

Immerhin hast du es dann gleich hinter dir.

Lucas geistert mir noch im Hinterkopf herum und ich muss mich ordentlich am Riemen reißen, um Alex zuhören zu können. Ich weiß, dass ich gegen seine momentane Situation nichts unternehmen kann und trotzdem geht es mir nicht aus dem Kopf. Aber ich wäre auch ein schlechter Freund, wenn mir das, was man ihm antut, egal wäre.

Als ich nach Drehschluss in die Maske trete, wartet Louise schon auf mich.

»Setz dich, ich schminke dich ab«, sagt sie, deutet auf dem Stuhl und ich nehme Platz. Sie nimmt ein kleines Handtuch aus einer Mikrowelle, stellt sich hinter mich und legt es mir aufs Gesicht. Sofort fühle ich mich wie bei einer Wellnessbehandlung.

»Das ist super, oder?«, freut sich Louise und lässt das Handtuch kurz auf meinem Gesicht. Gerade erklärt sie mir, dass sich die Poren so besser öffnen und reinigen lassen, als die Tür aufgeht.

»Hallo Isobel, möchtest du dich abschminken?«, fragt Sam, die am Platz links neben uns arbeitet.

»Ja gerne. Was hast du denn alles da?«, erkundigt sich meine Kollegin und ich kann hören, dass Louises Schwester einige Fläschchen auf den Tisch stellt.

»Das hier ist Make-up Entferner, das ist für die Mascara.«

»Ist das für empfindliche Haut geeignet? Ich bekomme am Wimpernkranz sonst immer einen Ausschlag.«

Unter meinem Handtuch verdrehe ich die Augen und spüre, dass sich Louises Griff um das Handtuch auf meinem Gesicht unmerklich etwas festigt.

»Ja, das ist aus der Apotheke. Etwas Milderes als das gibt es nicht«, sagt Sam ruhig aber bestimmt und ich bewundere sie für ihre Gelassenheit. Ich höre das Rascheln von Wattepads und das Klicken des Verschlusses, dann ist einen Moment Ruhe und Louise nimmt mir das Handtuch vom Gesicht. Reinigt es und gibt mir dann eine Creme.

»Willst du wissen, was es für eine Creme ist?«, fragt sie vorsichtig, als ob sie befürchtet, ich könnte ebenso kompliziert sein, wie meine Kollegin.

»Nein, ich vertrau dir, Louise«, sage ich freundlich.

Isobel kontrolliert mittlerweile ihr Spiegelbild.

»Also die Mascara lässt sich ja mit dem Zeug nicht wirklich gut lösen«, stellt sie fest und ich erhebe mich schnell, damit ich nicht noch was Blödes sage.

»Ja, dafür ist die Lotion zu mild, aber du wolltest ja gerne eine wasserfeste Mascara«, sagt Sam.

»Und was mach ich jetzt?«

»Beim nächsten Mal eine normale Mascara nehmen.«

»Aber die rutscht bei mir unter die Augen und ich sehe aus wie ein Panda«, protestiert Isobel.

Sam bleibt vollkommen gelassen und sagt: »Na genau für solche Fälle stehe ich ja den ganzen Tag am Set und schaue auf dein Make-up.«

Die beiden Maskenmädels tun mir leid und ich umarme erst Louise und dann Sam. Letzterer flüstere ich ein »Nimms nicht zu schwer ...« ins Ohr. Sie seufzt nur und lächelt mich wehmütig an.

»Bis morgen, Mädels.« Isobel bekommt noch einen Kuss auf die Wange, worüber sie sich zu freuen scheint.

»Henry, dein Fahrer steht schon bereit«, informiert mich Ashton, als ich hinaus ins Freie trete, und drückt mir die Dispo für den nächsten Tag in die Hand. »Schönen Feierabend.«

Im Auto würde ich am liebsten schlafen, doch der Fahrer quatscht mich voll und lässt mir keine Ruhe. Prinzipiell unterhalte ich mich gerne mit Menschen und habe nichts gegen Smalltalk, aber nach allem, was heute los war, bin ich nicht in der Stimmung. Leider scheint dem Mann am Steuer das Feingefühl zu fehlen, das man in seinem Job braucht. Er merkt nicht, dass ich mich nicht unterhalten will.

»Und, wie ist der erste Tag so gelaufen? Ich hab gelesen, dass du im letzten Film einen Mann küssen musstest. Bist sicher froh, dass es hier wieder eine Frau ist, oder?«

Ich schaue weiterhin auf die Dispo von morgen und gebe vor, ihm nicht genau zugehört zu haben, obwohl es in meinem Inneren brodelt. Teilnahmslos antworte ich: »Ach weißt du, das ist mir ziemlich egal. Es gehört zu meinem Job. Und wenn ich ein Krokodil küssen müsste, würde ich das auch tun.« Der Fahrer gibt einen Laut von sich, als ob er mit seiner Aussage nicht das gemeint hätte, und sagt dann: »Ja, aber du hattest ja sicher auch eine Sexszene. Das stelle ich mir echt komisch vor. Ich meine, wenn man da eine hübsche, sexy Schauspielerin unter sich liegen hat, wie Isobel eine ist, dann ist das sicherlich wirklich easy, aber einen Kerl ... ich weiß ja nicht.«

Ich weiß auch nicht mehr ...

Der Typ ist mir richtig unsympathisch und ich mag es gar nicht, wie er von Isobel spricht. Das klingt, als ob er sie schon länger im Blick hat, und ich kann nur hoffen, dass meine Kollegin heute nicht von ihm nach Hause gebracht wird.

»Nun, wie gesagt, das ist mein Job und da ich das alles gut im Griff habe, musst du dir da keine Sorgen machen«, sage ich kühl und ziehe mein Handy aus der Tasche. Es ist 20 Uhr und ich habe eine Nachricht von Lucas. Diese ignoriere ich kurz und schreibe Isobel eine Nachricht.

>>Bist du schon auf dem Weg nach Hause?? Henry<<

>>Ja, wieso fragst du? Hab ich was vergessen?<<

>>Nein, alles okay, ich wollte es nur wissen. Ich sage es dir morgen. Henry<<

>>Alles klar. Schönen Abend<<

Sie ist mit einem anderen Fahrer unterwegs. Dann kann ich nur hoffen, dass der sie nicht wie ein Stück Fleisch sieht.

»Du kannst mich hier an der Ecke rauslassen«, sage ich, als wir in meine Straße einfahren.

»Sicher? Ich bringe dich gerne bis zur Haustür.«

»Nein, ich gehe noch ein Stück. Frische Luft tut mir immer ganz gut, um den Kopf freizubekommen«, sage ich schnell und greife nach dem Türöffner. Der Fahrer zuckt mit den Schultern, fährt links ran und lässt mich aussteigen.

Als der Wagen weg ist, bleibe ich allein auf dem Bürgersteig stehen und atme die kalte Abendluft ein. Weil wir den ganzen Tag in diesem stickigen Pub und dem Hausflur waren, brauche ich wieder ordentliche Luft zum Atmen und nehme tiefe Züge.

Mein Handy vibriert erneut und ich ziehe es aus der Tasche.

Jetzt sind es zwei Nachrichten. Eine von Lucas und eine von Nick.

>>Bist du zuhause? Kann ich dich anrufen? L<<

>>Bist du zuhause? Kann ich vorbeikommen? Bin in der Gegend. Nick<<

Obwohl ich müde bin, duschen und mit Lucas telefonieren möchte, sage ich Nick zu. Ich hab ihn schon lange nicht mehr gesehen und wenn er so lieb fragt, ob er vorbeikommen kann, möchte ich ihm nicht absagen. Also schreibe ich Lucas, dass ich gleich Zuhause bin und Nick, dass er vorbeikommen kann.

Gerade habe ich die Nachricht abgeschickt und kann meinen Hauseingang sehen, als mir eine hochgewachsene Person auffällt, die dort steht. Sie scheint auf etwas zu warten und ich drücke mich rasch in den Schatten einer Hecke.

Stan Cardener steht tatsächlich abends noch vor meiner Tür? Will er mich abpassen, wenn ich heimkomme?

Fieberhaft überlege ich, wie ich ihn loswerden oder weglocken kann, doch mir fällt nichts ein. Am liebsten hätte ich wütend mit dem Fuß aufgestampft: Ich will mich jetzt nicht mit einem Reporter herumärgern, mein Tag war lang genug! Wieso kann ich nicht einfach nach Hause kommen, wie jeder normale Mensch?

Ich wende mich ab, wähle Nicks Nummer und halte das Telefon ans Ohr. Vielleicht kann er Cardener ablenken, wenn er kommt, sodass ich ungesehen ins Haus kann.

»Henry, was gibt's?«

»Nick, hey. Sag mal, bist du schon da? Kannst du meinen Hauseingang sehen?«, frage ich atemlos.

»Ja kann ich, wieso?« Nick wirkt verwundert.

»Da steht ein Mann und wartet auf mich. Ich hab's eben von weitem gesehen. Das ist Stan Cardener, der ...«

»...Reporter der Sun? Ohje, den kenne ich. Soll ein nerviger Kerl sein.«

»Kannst du den weglocken? Der lauert mir schon seit Tagen immer wieder auf und ich komme natürlich nicht ins Haus, wenn der vor der Tür steht. Sonst stellt er mir wieder tausend Fragen«, sage ich genervt, greife in die Hecke und rupfe frustriert einige Blätter ab.

»Wo bist du denn gerade Henry?«, fragt Nick und ich runzle die Stirn. Was ist das für eine doofe Frage?

»Ich stehe hinter einer Hecke, schräg gegenüber vom Haus«, flüstere ich.

»Schau mal zum Hauseingang hin«, fordert Nick mich auf und ich luge vorsichtig zwischen den Ästen hindurch.

Spielen wir hier Verstecken, oder was soll das werden?

»Siehst du ihn?«, fragt Nick.

Die Gestalt dreht sich in meine Richtung und ich drücke mich rasch wieder in die Hecke. Ein Zweig verfängt sich in meinen Haaren und ziept unangenehm.

»Ich sehe ihn nicht mehr. Er hat sich umgedreht und ich habe mich gleich wieder in der Hecke versteckt«, zische ich ins Telefon und versuche, gleichzeitig, genervt den Zweig loszuwerden.

»Schau nochmal hin«, sagt Nick und ich recke den Hals, wie ein Kind beim Verstecken spielen und sehe erneut zum Hauseingang. Was tut er denn jetzt? Stan Cardener hebt die Hand und winkt mir mit dem Handy zu.

»Er ... er winkt?«, frage ich und schüttle verwirrt den Kopf.

Wieso winkt der Reporter?

»Ja. Er winkt, weil ich das bin«, sagt Nick trocken und bricht dann in lautes Lachen aus.

»Komm raus Henry, es ist alles okay. Hier ist kein Reporter. Nur ein Radiomoderator, der sich bald die Eier abfriert, wenn du ihn noch länger hier stehen lässt.«

Es war nur Nick! Gott sei Dank!

Hastig befreie ich mich aus der Hecke und ärger mich, doch schnell hat sich der Ärger in Amüsement verwandelt. Vor allem, weil Nick auf der Stelle auf und ab hopst, die Hände in den Taschen vergraben hat und affektiert mit den Zähnen klappert.

»Na endlich, ich dachte schon, du kommst heute gar nicht mehr nach Hause«, sagt er und drängt sich hinter mir in den Hausflur.

»Sorry Nick. Ich kann mich nicht gleich um dich kümmern, ich muss noch mit Lucas telefonieren, der hat gerade ein bisschen Probleme«, sage ich, als wir die Treppe nach oben steigen.

»Ja bei Twitter, ich hab's schon gesehen«, meint Nick und folgt mir. Wir hängen die Mäntel an die Garderobe und mein Kumpel geht sofort zur Heizung, um seine Hände zu wärmen. »Oh tut das gut ... oh ... ja ...«, stöhnt er und ich werfe ihm einen vielsagenden Blick zu.

»Du klingst, als hättest du Sex.«

»Wirklich? Soll ich deinen Nachbarn Kopfkino bereiten?«, fragt Nick schelmisch und will gerade Luft holen, um noch ein wenig lauter zu stöhnen, als mein Handy klingelt.

Es ist Lucas und ich gehe sofort dran. Schließlich habe ich ihn lange genug warten lassen.

»Hey Baby, alles okay? Wieso bist du so spät zuhause? Ich hab mir schon Sorgen gemacht«, fragt Lucas kaum, dass ich den Videoanruf entgegengenommen habe.

Mein Blick huscht kurz zu Nick hinüber, der noch immer an der Heizung steht und jetzt so tut, als würde er in Tränen der Rührung ausbrechen. Tatsächlich sehe ich ihm aber an, dass er es unglaublich niedlich findet, dass Lucas sich um mich sorgt. Auch wenn er mir am Ende der Welt wenig helfen könnte.

»Ich hab noch Besuch«, sage ich und halte das Handy so, dass er Nick sehen kann. Nick winkt ihm freundlich zu und sagt: »Hey Lucas, freut mich sehr, dich mal kennenzulernen.«

Lucas macht große Augen und schnappt nach Luft.

»Oh mein Gott. Nick Elliot? Okay, okay ich muss das erstmal sacken lassen ... oh man.« Lucas ist vollkommen atemlos und ich erinnere mich daran, dass er mal gesagt hat, er fände Nicks Radioshow so toll.

»Beruhige dich, es ist alles gut.« Ich muss lachen, als ich das sage.

»Ich bin auch nur ein Mensch«, sagt Nick, mogelt sich ins Bild und winkt Lucas zu, der hastig nickt und dann sagt: »Aber du bist Nick Elliot.«

»Und du bist Lucas Thomas, der das Glück hatte, Mr Henry Seales, abzubekommen. Also wenn das mal nichts ist.« Mein Kumpel zeigt mit beiden Daumen nach oben, woraufhin Lucas ganz verlegen wird.

»Ach sag doch sowas nicht ...«, nuschelt er und Nick klopft mir auf die

Schulter.

»Ich sage nur die Wahrheit. Ich mache mir mal eine Tasse Tee. Will noch jemand eine? Ach Lucas, du kannst ja nicht. Ich mach deinem Schatz was.« Nick wuselt in die Küche und ich wende mich wieder meinem Freund zu.

»Du bist ja gar nicht im Make-up. Ich dachte, du drehst ...«

»Tun wir. Aber wir drehen nachts und ich habe erst in einer Stunde Maskenzeit. Bin aber schon am Set. Schau dir das mal an.« Er dreht sich langsam um die eigene Achse und ich kann einen Fuhrpark von Mobilen, Trucks und Autos sehen. Es sieht aus, als ob er sich auf einer Autobahnraststätte befände.

»Hast du dich wegen der Twitter Sache wieder ein wenig beruhigt?«, frage ich vorsichtig und hoffe, dass ich damit jetzt keine Lawine losgetreten habe. Er zuckt unsicher die Schultern.

»Naja es geht so. Wenn man lesen muss, dass man sich lieber umbringen sollte, weil die Welt ohne einen besser dran wäre, dann ist das verdammt hart.« Er kneift die Lippen zusammen und senkt den Blick.

»Baby, es tut mir so leid, dass du das lesen musstest.«

»Wieso sind Leute so? Wieso haben die es so auf mich abgesehen? Ich hab niemandem etwas getan und die fallen so über mich her.« Jetzt ist es mit Lucas´ Selbstbeherrschung vorbei. Er geht mit schnellen Schritten in den Schatten eines Gebäudes, wo er allein zu sein scheint, und setzt sich dort auf den Boden. Tränen laufen ihm übers Gesicht.

In dem Moment hasse ich meinen Job!

Wenn wir normale Berufe ausüben würden, dann wäre er jetzt nicht so weit weg und ich könnte ihn trösten.

Vermutlich hätte er aber auch keinen Grund, traurig zu sein und ich müsste ihn gar nicht trösten, denn niemand würde sich für uns interessieren.

»Ich kann dich total verstehen«, sagt Nick, der mit zwei Tassen Tee aus der Küche kommt und sich neben mich setzt. Wir schauen beide aufs Display, wo Lucas ziemlich geknickt aussieht.

Wie gerne würde ich ihn trösten, aber ich habe keine Ahnung, was genau ich sagen könnte, um ihn aufzuheitern. Nick kommt mir zur Hilfe.

»Weißt du, was ich glaube, Lucas?«

»Hm, was denn?«, schnieft er und sieht Nick traurig an.

»Ich glaube, dass es hier nicht darum geht, dich fertig zu machen. Zumindest war das nicht die Intention der Zeitung, die diesen Artikel veröffentlicht hat.«

»Es gab einen Artikel?«, fragt Lucas überrascht und schnieft. »Das hab ich gar nicht mitbekommen. Ich hab nur die Tweets gesehen und mich gewundert, wieso es plötzlich alle auf mich abgesehen haben.«

»Aber Lauren hat dir doch sicher eine Mail mit dem Link geschickt, oder?«, frage ich überrascht. Immerhin hat sie mir Bescheid gegeben und da er bei ihr ebenfalls unter Vertrag ist, bin ich sicher, dass sie ihn informiert hat.

»Keine Ahnung, ich hab meine Mails nicht so genau angeschaut, weil ich so viel zu tun hatte. Ich hab nur die Tweets gesehen und wusste nicht, weshalb die plötzlich alle auf mir rumhacken.« Mein Freund unterbricht sich immer wieder selbst, um ein Schluchzen zu unterdrücken, und ich kann es mir bald nicht mehr ansehen.

Das ist kaum zum Aushalten.

»Es ist ja jetzt auch nicht wichtig, ob du den Artikel gelesen hast«, meint Nick und klingt optimistisch. »Lucas, hör zu: Ich glaube, dass die Zeitungen dich nutzen, um an Henry heranzukommen. Du musst wissen, dass dein Freund hier«, er gibt mir einen Klaps auf dem Kopf, »sich nämlich wunderbar um das Thema Outing herumwindet und die Presse will jetzt einfach wissen, was Sache ist.« Ich will Nick unterbrechen und ihm sagen, dass ich mich auch deswegen nicht geäußert habe, weil *er* mir das anfangs vorgeschlagen hat, doch er lässt mich nicht zu Wort kommen. »Die Presse hofft, dass sie Henry durch die Attacke gegen dich dazu bringen, sich offen zu äußern. Sie wollen, dass er dich in Schutz nimmt und so endlich für klare Verhältnisse sorgt.«

Lucas, der die ganze Zeit stumm zugehört hat, blinzelt verständnislos: »Aber mal angenommen, ich wäre nicht mit Henry zusammen und das ist alles wirklich nur ein grundloses Gerücht, dann wäre das eine ganz schön fiese Nummer von der Presse. Mich an den Pranger zu stellen, nur um die Wahrheit zu erfahren.«

»That´s Showbusiness, Baby«, sagt Nick und zuckt mit den Schultern.

»Findest du das lustig?«, jammert Lucas und sieht Nick an, als ob er nicht glauben könnte, was er gesagt hat.

»Nein, ganz und gar nicht, aber das ist leider die Wahrheit und wenn man sich das in Erinnerung ruft, ist vieles erträglicher, als es auf den ersten Blick scheint.«

Ich glaube, das hilft Lucas momentan nicht weiter.

»Also kann Henry sich nicht mal auf meine Seite schlagen, weil er sich sonst verrät.« Das scheint Lucas eher zu sich selbst zu sagen und seufzt.

»Lucas, es tut mir leid. Ich würde dir wirklich gerne den Rücken stärken ...«, sage ich rasch und er nickt.

»Ja, verstehe ich. Aber die Publicity ist natürlich wichtiger als ich.«

Er sieht uns nicht an und dann, zu meiner Überraschung, wird der Bildschirm schwarz.

»Lucas? Scheiße. Ist die Verbindung unterbrochen?« Hastig drücke ich auf den Knopf, doch ich komme nur auf die Mailbox.

»Ich glaube, er ist einfach enttäuscht und hat aufgelegt.«

»Danke Nick, darauf hätte ich jetzt auch selbst kommen können!«, fauche ich ihn an und werfe das Handy aufs Sofa.

Was mache ich denn jetzt?

Ich hätte mich mehr für ihn einsetzen müssen. Verdammt, was bin ich nur für ein Feigling! Wenn ich könnte, würde ich jetzt in den Flieger steigen und nach Neuseeland fliegen und mich persönlich bei ihm entschuldigen.

Aber ich sitze hier fest und die einzige Möglichkeit, die ich habe, ist ihn anzurufen und er geht nicht dran.

16. KAPITEL

Mein Innerstes fühlt sich vollkommen leer an und das, was noch übrig ist, ist ein großer Knoten in der Brust. Ein Durcheinander aus Gedanken und Schuld, der sich festzieht und richtig wehtut.

»Er hat sich darauf verlassen, dass ich ihn in Schutz nehme«, sage ich leise.

Scheiße, ich kann nicht ins Bett gehen, wenn das nicht geklärt ist, dabei drehe ich morgen und muss schlafen. Wie soll ich das jetzt wieder gerade biegen?

»Du musst ihm etwas Zeit geben«, meint Nick und legt mir tröstend einen Arm die Schulter.

»Zeit? Wofür? Um sich daran zu gewöhnen, dass man ihm den Tod wünscht? Nein, ich muss jetzt meine Prinzipien über den Haufen werfen. Scheiß auf die Promo.« Beherzt greife ich mir das Handy, doch Nick nimmt es mir aus der Hand und hält es hoch, sodass ich nicht drankomme.

»Nein. Das wirst du nicht tun. Einen solchen Schnellschuss bereust du morgen!«

»Ich bereue nichts, wenn es dazu beiträgt, dass es Lucas gut geht, und jetzt gib mir das Handy.« Wütend schiebe ich den Unterkiefer vor, doch Nick bleibt hart.

»Nur, wenn du vorher Lauren anrufst und ihr sagst, was du tun willst.«

»Willst *du* mir jetzt auch Vorschriften machen? Meinst du das wirklich ernst?«

»Ja, weil ich nicht will, dass du etwas Dummes tust«, beharrt Nick und steigt aufs Sofa, um es mir noch schwerer zu machen.

»Das ist mein Handy und ich will, dass du es mir sofort zurückgibst, sonst werfe ich dich von der Couch!«

»Ruf Lauren an und rede mit ihr.«

»Und was soll ich ihr sagen?« Ich verstelle die Stimme zu einer lächerlichen Tonlage: »´Hallo Lauren, Lucas geht es nicht gut und ich will mich bei Twitter für ihn einsetzen. Mir ist klar, dass damit die ganze Promo auffliegen könnte, aber das ist mir egal und deine Ratschläge sind mir auch egal.´ Das wird sie *nie* im Leben gestatten! Aber mir ist Lucas gerade wichtiger als eine Promo. Ganz ehrlich, Nick.«

»Ruf sie an und spreche mit ihr. Dann kannst du sehen, was du tun kannst. Ich mein es wirklich nur gut, mach jetzt keinen Fehler«, sagt Nick und legt mir das Handy in die Hand.

Kurz stehen wir einander gegenüber und sehen uns an. Dann, als ich sicher bin, dass er mir das Handy nicht wieder wegnimmt, wähle ich ihre Nummer.

Es klingelt.

Und klingelt.

Und klingelt.

Sie geht nicht ran, das kann doch jetzt nicht wahr sein. Lauren geht *immer* an ihr Handy. Und ausgerechnet heute, wo ich sie dringend sprechen muss, tut sie das nicht?

Das ist ein schlechter Scherz.

»Sie geht nicht dran«, knurre ich und habe das Gefühl, gleich zu platzen. Ich muss das geklärt kriegen. Lucas sitzt in Neuseeland und ist enttäuscht von mir und ich kann nichts tun, um etwas an diesem Zustand zu verändern. Noch immer habe ich das Freizeichen im Ohr und lege schließlich auf. »Was soll ich jetzt machen?«, frage ich, lasse mich auf die Couch fallen, drücke den Kopf in ein Kissen und schreie einmal laut auf vor Wut. Es muss einfach raus.

Nick steht mitten in meinem Wohnzimmer und schaut abwesend aus dem Fenster. Er denkt nach, das kann ich an den hochgezogenen Schultern sehen.

»Soll *ich* ihn in Schutz nehmen? Ich habe fast genauso viele Follower, wie du. Teilweise Leute aus der Öffentlichkeit. Ich könnte mich für Lucas einsetzen«, schlägt er nach einer Weile langsam vor, als wäre er nicht sicher, ob ich diese Idee gut finde.

»Das würdest du tun?«, frage ich und sehe auf.

»Natürlich. Auch wenn Lucas nicht dein Freund wäre, ist es einfach unglaublich, wie die Leute mit ihm umgehen«, erklärt Nick und zuckt mit den Schultern.

»Und wie willst du den Leuten erklären, dass du das tust? Du hattest noch nie direkt etwas mit Lucas zu tun, sondern nur mit mir. Die Leute sind ja nicht blöd. Die werden eins und eins zusammenzählen und wissen, dass du über mich an Lucas rangekommen bist und dann wissen sie auch Bescheid. Es läuft auf dasselbe hinaus.«

Wie man es auch dreht und wendet. Am Ende steht immer das Outing.

Es ist zum aus der Haut fahren!

»Och, das würde ich so nicht sagen. Dass ich schwul bin, ist schon lange allgemein bekannt und ich denke, dass es durchaus nachvollziehbar ist, wenn ich mich für jemanden einsetze, der aufgrund seiner Sexualität angefeindet wird. Natürlich werden manche die Verbindung zu dir sehen, aber ich denke, das wird nur ein kleiner Teil sein. Immerhin ist der breiten Öffentlichkeit nicht bekannt, dass wir gut miteinander befreundet sind.«

Wenn Nick das so sagt, klingt es plausibel und ich neige dazu, ihm zu glauben. Aber Lucas ist nicht sauer, weil er keine Unterstützung bekommt, sondern weil *ich* ihn nicht verteidigt habe.

Etwas, das man von einem Partner erwarten sollte.

Deswegen glaube ich nicht, dass Nicks Einsatz seine Enttäuschung auf mich abmildert. Denn es würde für Lucas bedeuten, dass ich ein Feigling bin, weil ich einfach nicht den Mumm dazu habe, zu ihm zu stehen. Und ich würde mich so nur hinter Nick verstecken.

Dabei stimmt das ja gar nicht.

Ich habe den Mumm. Ich will ja zu ihm stehen, aber das Timing stimmt noch nicht.

»Was ist? Soll ich es machen?« Nick hat sein Handy in der Hand und ich sehe das Blau von Twitter auf dem Display.

»Ja, mach mal. Vielleicht kommen so wenigstens keine neuen Drohungen mehr auf ihn zu, das wäre zumindest ein kleiner Erfolg.« Er nickt und fängt an zu tippen. Seine Finger fliegen nur so übers Display und wenig später, hält er mir das Handy hin, damit ich den Tweet lesen kann, bevor er ihn abschickt.

>>Es ist abstoßend, wie die Leute reagieren. Lasst ihn lieben, wen immer er lieben will. Ich unterstütze dich, Lucas! @LucasThomas #SupportLucas<<

»Und du glaubst, der Hashtag bringt was?«

»Vergiss nicht, was ich für eine Reichweite habe, Honey. Mir folgen James Corden, Rita Ora, Naomi Campbell und Kate Moss. Warte einfach mal ab, was passiert.« Er klingt selbstsicher und ich hoffe sehr, dass er Recht hat und der

Hashtag zum Trend wird.

Schön wäre es. Zumal ich diesem Trend dann folgen und mich ebenfalls äußern könnte. Dann wäre es zumindest nicht ganz so auffällig und allen wäre geholfen. »Also, soll ich es abschicken?«, fragt Nick und ich sehe, dass er den Daumen über dem entsprechenden Feld hat.

Langsam nicke ich.

»Gut, dann werden wir ja jetzt sehen, was passiert«, sagt Nick und klingt dabei, als hätte er den Startschuss für eine Socialmedia-Schlacht gegeben.

Mein Innerstes fühlt sich schwer wie Blei an und ich kann im Moment keinen glücklichen Gedanken fassen. Wer weiß, ob Lucas Nicks Unterstützung aufheitert. Er hat noch 45 Minuten, bis seine Maskenzeit beginnt.

»Ich rufe ihn nochmal an«, sage ich entschlossen und versuche es erneut, obwohl Nick nur den Kopf schüttelt und meint: »Er ist enttäuscht, jetzt lass ihn erstmal in Ruhe, Henry.«

Lucas geht nicht ans Handy. Stattdessen werde ich sofort an die Mailbox weitergeleitet. Vermutlich hat er es abgeschaltet und will nichts von mir hören. Oder von sonst jemandem.

»Das ist so scheiße gelaufen. Und ich wollte ihn doch aufheitern.« Mit hängendem Kopf verberge ich das Gesicht in den Händen und male mir aus, dass die Enttäuschung mir gegenüber womöglich so groß sein könnte, dass unsere Beziehung nicht mehr so ist wie vorher, wenn Lucas zurückkommt.

Es fühlt sich miserabel an.

Nick bleibt noch eine halbe Stunde bei mir, sitzt auf der Couch und verfolgt seinen Tweet. Dieser hat eine Kettenreaktion ausgelöst und wurde bereits von 250 Leuten geliked.

»Und schon hat James einen Retweet gestartet. Ha, ich hab's dir doch gesagt«, triumphiert er und hält mir das Handy hin. Doch ich will es nicht sehen. Ich fühle mich noch immer schuldig und schlecht, weil ich für Lucas nicht so unterstützend da sein kann, wie ich es gerne getan hätte. Und sauer auf Lauren bin ich auch, weil sie nicht erreichbar war.

»Wenn Lucas wenigstens sein Handy nicht abgeschaltet hätte, dann könnte er die Tweets sehen und wüsste, dass nicht alle Leute gegen ihn sind«, jammere ich und stelle mir vor, wie er zwischen den parkenden Autos sitzt und es ihm schlecht geht. Wenn ich nur eine Nummer von einem Kollegen von ihm hätte, dann könnte ich den anrufen und ihn bitten, mir Lucas zu geben. Aber so sind mir die Hände gebunden.

Das ist ein schlimmes, vielleicht sogar das schlimmste Gefühl. Noch nie war ich in einer solchen Situation und ich fühle mich schlechter als jemals zuvor.

Nichts tun zu können und zu wissen, dass der Partner leidet.

So muss es Vätern bei der Geburt ihrer Kinder gehen.

Wir sitzen noch eine ganze Weile zusammen, bis es dann doch ziemlich spät ist. Nick verabschiedet sich und ich sollte ins Bett, aber schlafen kann ich deswegen noch lange nicht. Erst tigere ich noch ewig in der Wohnung auf und ab, sehe aufs Handy und hoffe, dass sich mein Freund noch meldet, dann bin ich auf Twitter, verfolge den Hashtag, der sich verbreitet und hoffentlich seine Wirkung nicht verfehlt.

Doch Lucas meldet sich nicht.

Vermutlich hat er jetzt auch angefangen zu drehen und das Handy in seinem Wohnwagen liegen und obwohl ich das weiß, schaue ich immer wieder aufs Telefon, selbst dann, als ich schon im Bett liege.

Die Zeit schreitet voran, es wird später und ich sollte schlafen, aber ich kann einfach nicht. Vielleicht sollte ich es für heute aufgeben. Morgen habe ich nur eine Szene, die werde ich wohl auch unausgeschlafen überstehen.

Barfuß tapse ich zurück ins Wohnzimmer, suche meine Kamera, die ich in Neuseeland dabei hatte, und klicke mich durch die Bilder.

Auf einem stehen wir vor einem großen See und küssen uns und ich kann mich noch so deutlich daran zurückerinnern.

Wer weiß, ob sich so ein Kuss jemals wiederholen wird. Im Augenblick habe ich so unglaubliche Angst, dass Lucas vielleicht nicht mehr zu mir zurückkommen will, weil er nicht dafür verurteilt werden will, dass ich mich nur an die Bilder klammere.

Ich habe ihn enttäuscht, weil ich ihn nicht unterstützt habe und nicht zu wissen, ob er eine Konsequenz daraus zieht, macht mich irre.

Erneut greife ich zum Handy und tippe eine Nachricht an ihn:

>>Lucas, es tut mir so leid. Ich wollte dich nicht verletzen. Ich bin einfach auch selbst mit der Situation überfordert, hab keine Ahnung, wie ich damit umgehen soll. Bitte verlass mich nicht. Ich liebe dich<<

Mir fällt noch etwas ein und ich schreibe erneut:

>>Nick hat sich so toll für dich eingesetzt und wenn der Tweet ein bisschen die Runde gemacht hat, werde ich mich auch per Twitter melden und dich in Schutz nehmen, das verspreche ich dir. Ich muss nur noch ein wenig warten, damit es nicht so aussieht, als wäre ich top informiert, was dich angeht. Das würde die Gerüchte nur noch bestätigen. Ich liebe dich, bitte melde dich<<

Ich weiß, dass er dreht und ich weiß auch, dass ich ihn womöglich nerve, wenn ich ihn jetzt mit Nachrichten bombardiere, aber ich muss einfach wissen, dass er mir nicht mehr böse ist. Jetzt ist es 19 Uhr in Neuseeland.

Hoffentlich liest er die Nachrichten bald. Mein Wecker zeigt 6 Uhr an. Ein letztes Mal sehe ich mir das Bild von Lucas an, dann lege ich die Kamera zurück und gehe wieder ins Bett.

Der Schlaf, den ich in den nächsten vier Stunden habe, ist nicht sonderlich erholsam und ich habe beim Aufwachen nur das Gefühl, ein Nickerchen gemacht zu haben. Mein erster Blick geht sofort zum Handy und als ich keine Nachricht von Lucas sehe, fällt in mir alles zusammen.

Ob er meine Nachricht überhaupt gelesen hat? Oh Gott, was mache ich denn, wenn er sie gelöscht hat und gar nichts mehr von mir wissen will?

Ich hab's verkackt. Weil mir mein Image und das richtige Timing wichtiger waren, als mein Freund.

Als ich mit der Schauspielerei angefangen habe, habe ich die Kollegen verachtet, die alles getan haben, um der Presse zu gefallen. Ich hatte mir geschworen, dass ich niemals so werde wie sie.

Und jetzt?

Jetzt habe ich mich geweigert, meinen Freund zu verteidigen, weil ich Angst habe, dass mir das auf die Füße fällt.

Ich bin keinen Deut besser.

Der Druck in meiner Kehle wird stärker und nimmt mir die Luft zum Atmen. Tränen steigen mir in die Augen und ich taste mit der linken Hand nach Lucas' Shirt, das neben mir auf dem Bett liegt. Urplötzlich kommt es mir so vor, als ob es das Letzte ist, was mir von ihm bleiben könnte.

»Scheiße, was hab ich gemacht ... «, schluchze ich und verberge das Gesicht in seinem T-Shirt. Der Geruch seines Aftershaves haftete noch am Kragen an. Ich fühle mich, als ob man mir mein Innerstes herausgerissen und verknotet hätte.

Mein Kopf ist nicht imstande einen klaren Gedanken zu fassen, weshalb ich einfach nur da sitze, den dünnen Stoff des Shirts umklammere und mich langsam vor und zurück wiege.

Lucas will nichts mehr von mir wissen. Ich habe ihn enttäuscht und verletzt. Etwas, das ich schon mal getan habe, indem ich ihm bei unserem ersten Treffen etwas vorgespielt habe. Das wollte ich nie wieder.

Wieso tun wir den Menschen, die wir lieben, immer am meisten weh? Ich will nur das Beste für uns und was mache ich? Trample auf seinen Gefühlen herum, verlange von ihm, dass er sich versteckt und alles nur, weil ich so feige bin.

Ich dachte immer, ich sei ein starker Charakter. Aber wie es aussieht, habe ich mich da in mir getäuscht.

Er hat allen Grund, sauer auf mich zu sein und wenn er jetzt sagen würde, dass er nicht mehr bereit für eine Beziehung ist, dann kann ich es sogar verstehen. An seiner Stelle würde ich genauso reagieren.

Aber ich bin nicht an seiner Stelle.

Ich bin an meiner.

Und selbst da will ich gerade nicht sein.

Zitternd setze ich mich wieder hin, hole tief Luft und versuche mich zu beruhigen. In zwanzig Minuten werde ich abgeholt und ob ich will oder nicht, ich muss mich jetzt zusammenreißen.

Wie mir das gelingt, weiß ich nicht, doch irgendwie schaffe ich es, aus dem Bett zu steigen und mich anzuziehen. In meinem Inneren ist alles taub und pelzig. Mein Magen knurrt, aber die Kehle ist zugeschnürt. Ständig will ich aufs Handy sehen, doch ich halte mich davon ab. Zu groß ist die Angst, dass Lucas mir schreibt, dass er mich nicht mehr sehen will.

»Guten Morgen Henry, na wie geht es dir heute? Hattest du eine erholsame Nacht?«

Stan Cardener steht vor mir und grinst mich falsch freundlich an, als ich mich zu ihm umdrehe.

»Nein, hatte ich nicht«, brumme ich und senke den Blick.

»Hast du Streit mit Lucas? Der musste sich ja über Twitter einiges anhören.« Diesem Kerl scheint es Spaß zu machen, Salz in die Wunde zu streuen. Meine Augen fangen schon wieder gefährlich an zu brennen. Ich darf auf keinen Fall vor ihm in Tränen ausbrechen. »Willst du dich nicht dazu äußern? Immerhin ist es ziemlich hart, was diese Zeitung da über Lucas geschrieben hat. Als Kollege und guter *Freund* solltest du ihm beistehen, meinst du nicht?« Cardener trippelt neben mir die Treppe hinunter und geht auf dem Bürgersteig neben mir her. Ich mache große Schritte, weil ich weiß, dass der Fahrer vorne an der Straßenecke auf mich wartet, und ich will so schnell wie möglich dort sein, um den Fängen des Reporters zu entkommen. Sonst kann es sein, dass ich ihm heute eine reinhauen muss.

In mir pulsieren die Angst, die Wut und die pure Verzweiflung.

Wenn es nach mir ginge, würde ich sofort in den nächsten Flieger steigen und nach Neuseeland fliegen.

»Lucas Thomas muss sich ja momentan über Twitter mit seinem unfreiwilligen Outing auseinandersetzen. Ich finde ja, du solltest ihn unterstützen. Immerhin steht ihr euch sehr nahe. Oder ist er dir etwa egal?«, fängt der Reporter an.

Aha, jetzt duzen wir uns also schon?

»Ich denke, dass ich mir von Ihnen nicht sagen lassen muss, was ich zu tun und zu lassen habe«, antworte ich knapp und recke den Hals, in der Hoffnung, das Auto schon sehen zu können. Ich will den Reporter loswerden.

»Ich wollte dir nur einen Tipp geben. Sicherlich würde er sich freuen, wenn er Hilfe bekommt ... von einem *guten Freund*.« Die letzten beiden Wörter betont

Stan Cardener auf eine seltsame Art und Weise.

Und in mir zieht sich wieder alles zusammen.

Freund.

Oder Exfreund?

Da vorne sehe ich endlich den schwarzen Van. Der Reporter scheint erkannt zu haben, dass ich ihm nur noch wenige Sekunden zur Verfügung stehen kann, denn er packt mich an der Schulter und hält mich fest.

»Lassen Sie mich los! Mit welchem Recht fassen Sie mich an?«, fauche ich und schlage seine Hand weg, doch er hat meine Jacke fest gepackt.

»Ich will endlich eine Antwort haben und wenn du mir eine gibst, bist du mich sofort los, Henry.«

»Das glaubst du ja wohl selber nicht! Wenn ich dir die Antwort gebe, die du von mir hören willst, dann rennst du in deine Redaktion und ich habe am nächsten Tag noch mehr Reporter am Hals! Nein danke, darauf kann ich verzichten. Ich muss arbeiten und kann mir keine Ablenkung erlauben.« Überraschenderweise bekomme ich diesen Satz mit recht kräftiger Stimme heraus. Nachdem ich kurz stehenbleibe und Mr Cardener böse ansehe, lässt er mich endlich los. Mit einem kräftigen Ruck ziehe ich die Wagentür auf und steige ein.

»Aber Mr Thomas ist doch ein guter Freund...«, sagt der Reporter noch, bevor ich ihm die Tür vor der Nase zuschlage.

»Fahren Sie los!«, sage ich zu dem Fahrer und wir lassen den Sun Reporter hinter uns. Durch die getönten Fensterscheiben schaue ich immer wieder zurück. Cardener sieht nicht sonderlich begeistert aus, was mich mit Genugtuung erfüllt.

Dem hab ich´s gegeben.

Und er mir leider auch.

Das heutige Motiv ist das Hilfswerk, in dem Evelyn im zweiten Teil des Films arbeiten wird. Der Wagen hält vor einem, aus hellem Backstein gebauten, Eckhaus. Im Erdgeschoss ist ein Ladenlokal frei und vor den Fenstern stehen die großen Scheinwerfer. Die dicken, schwarzen Kabel laufen eng an der Hauswand entlang und sind mit Gummimatten bedeckt, damit kein Passant darüber stolpert.

Ashton holt mich ab und bringt mich erst zum Cateringwagen, damit ich frühstücken kann. Weil ich heute erst in der zweiten Szene dran bin und das Team daher schon seit mindestens drei Stunden am Set ist, steht nicht mehr sonderlich viel auf dem Buffet. Ich bekomme noch einen Joghurt und einen Rest Rührei.

»Soll ich dir einen Kaffee machen, Henry?«, fragt der Mann im Cateringwagen freundlich und ich nicke. »Einen vierfachen Espresso, bitte.«

Mit dem Teller in der einen und dem Becher in der anderen Hand, setze ich mich an einen der Klapptische, die aufgebaut wurden. Obwohl es kalt ist, tut es gut im Freien zu sitzen, denn das weckt meine Lebensgeister.

Der Kaffee tut es nicht, denn er ist nicht sonderlich stark.

Auch das Rührei hab ich schon besser gegessen und bereits nach wenigen Bissen lege ich meine Gabel beiseite.

»Nicht so lecker, das Frühstück, oder? Es haben sich heute schon einige beschwert.« Ich hebe den Kopf und sehe Louise, die an meinen Tisch herangetreten ist und sich setzt. Sie stellt ihre Settasche neben sich auf den Boden und sieht mich an. »Deine Nacht scheint recht kurz gewesen zu sein«, stellt sie fest und lächelt.

»Ja, ich wurde von einem Freund wachgehalten. Mehr oder weniger«, sage ich leise und seufze. Lucas´ Schweigen beschäftigt mich noch immer. »Wieso hat man sich über das Frühstück beschwert?«, frage ich dann, um das

Gespräch in eine andere Richtung zu lenken.

Louise erzählt mir, dass das Essen heute nicht rechtzeitig fertig war, doch ich höre nicht genau zu.

»Wieso bist du so müde?«, fragt sie irgendwann, als sie es bemerkt hat. Kurz mustere ich sie und wäge ab, wie viel ich ihr erzählen kann. Ich kenne sie noch nicht gut genug, um mich voll zu öffnen, aber einen kleinen Teil kann sie wissen. Mir wird es dann vielleicht auch besser gehen, wenn ich ein wenig darüber gesprochen habe.

»Ich habe meinen letzten Film mit Lucas Thomas gedreht. Er ist noch ein ziemlich unbekannter Schauspieler, aber ein großes Talent -«

Allein seinen Namen auszusprechen, tut weh.

»Nach einem Film mit dir gemeinsam wird er wohl nicht mehr lange unbekannt bleiben«, lacht Louise, stützt sich dann mit dem Ellbogen auf dem Tisch auf und hört mir weiter zu.

»Ja, das wäre möglich. Wir haben uns am Set sehr gut verstanden, was hilfreich war, denn wir haben ein Liebespaar gespielt. Die Presse fand das natürlich super, uns daraufhin auch gleich eine Beziehung anzudichten. Dazu haben sie jetzt herausgefunden, dass Lucas tatsächlich auf Männer steht und gestern wurde er aufgrund eines sehr gemeinen Artikels öffentlich auf Twitter angefeindet. Ich wollte ihm gerne beistehen, doch wenn ich ihn jetzt unterstütze und das auch noch offen über eine solche Webseite, dann bin ich sicher, dass die Gerüchte um uns nicht nachlassen werden.«

Die Maskenbildnerin nickt langsam und verstehend und sagt dann: »Und du stehst jetzt zwischen den Stühlen, weil du Lucas auf der einen Seite gerne helfen, aber der Presse nicht noch mehr Futter bieten möchtest. Ja, das ist durchaus eine sehr verzwickte Situation, die einem den Schlaf rauben kann.«

Ach, wenn es nur das wäre. Ich hab viel größere Angst, ihn durch die Aktion verloren zu haben.

Nachdenklich streicht sie sich die Haare zurück und seufzt: »Ich kann dir da leider auch überhaupt keinen Rat geben, tut mir wirklich leid.«

»Das macht nichts. Es hat schon gut getan, darüber zu reden, danke fürs Zuhören«, sage ich und sie steht auf. Nachdem sie sich die Make-up Tasche über die Schulter geworfen hat, nickt sie zum Maskenmobil hinüber.

»Dafür bin ich ja da. Und auch dafür, deine Müdigkeit verschwinden zu lassen. Komm, legen wir los.«

17. KAPITEL

Heute habe ich wenig Text. Alex will lediglich zeigen, wie Evelyn Tommy beim Arbeiten anschmachtet und ihm immer wieder verstohlen zusieht. Daher bin ich den ganzen Tag in meiner schweren Rettungsdienstuniform und kümmere mich um die Komparsen, die als Obdachlose zurechtgemacht wurden. In der Geschichte gibt es einen besonders kalten Winter und das Hilfswerk bietet Obdachlosen eine Zuflucht an. Tommy, der mittlerweile beim Rettungsdienst arbeitet, hilft mit.

Die Szene dauert lange und wir müssen sie fürs Mittagessen sogar unterbrechen. Mein Magen knurrt, als ich mit Isobel gemeinsam zum Catering gehe.

»Mich hat gerade ein Komparse gefragt, ob ich wirklich in dich verliebt sei«, erzählt sie mir, als ich ihr die Tür aufhalte und sie vor mir hinaus ins Freie tritt.

»Wirklich? Oh, dann hast du aber überzeugend gespielt«, sage ich und klinge sehr amüsiert. Dabei ist mir noch immer zum Heulen zumute. Wenig Text zu haben, hat den Nachteil, dass man seine Gedanken schweifen lassen kann und das ist momentan gar nicht gut.

»Ja, scheint wohl so. Wenn es nach den meisten Leuten geht, müssten wir Schauspieler uns ständig am Set ineinander verlieben. So ein Blödsinn.«

Wie kann sie jetzt nur darüber sprechen, dass man sich am Set verlieben könnte? Unwillkürlich tauchen Bilder vom letzten Dreh vor meinem inneren Auge auf und ich blinzele schnell, um das Stechen in den Augenwinkeln wieder loszuwerden.

Vom Essen bekomme ich keinen Bissen herunter. Im Gegenteil: Es kommt mir fast hoch. Also stochere ich nur in dem Gemüse herum und zermatsche eine Kartoffel, bevor ich den Teller unverrichteter Dinge wieder zurückgebe.

Louise, die mit Sam und Elianna neben uns sitzt, hat den Teller weggeschoben und das Besteck beiseitegelegt. Ihr scheint es nicht zu schmecken. Prüfend lasse ich den Blick über das Team schweifen.

Niemand isst sonderlich viel. Dann falle ich wenigstens nicht so auf.

Weil wir noch zwanzig Minuten Pause haben, verziehe ich mich in meinen Wohnwagen, der um die Ecke geparkt ist. Ich ziehe das Handy aus der Hosentasche. Keine Ahnung, wie oft ich das in den letzten Minuten gemacht habe.

Keine neuen Nachrichten.

Bei Lucas ist es jetzt mitten in der Nacht und ich rede mir ein, dass er vermutlich schon im Bett ist und mir deswegen nicht schreibt. Doch wenn ich ganz ehrlich zu mir selber bin, dann muss ich zugeben, dass das nur ein kläglicher Versuch ist, mich zu beruhigen. Möglicherweise liegt er wach, denkt über uns nach und fällt eine Entscheidung.

Und ich sitze hier und kann nichts tun.

Ich habe keine Nummer eines Kollegen, den ich anrufen könnte und bei der Produktion kann ich auch nicht nach ihm fragen. Womöglich fällt ihm das dann noch negativ auf die Füße, wenn sein Freund ihm hinterhertelefoniert, und das will ich nicht verantworten. Ich hab schon genug versaut.

Planlos klicke ich mich durch mein Smartphone und finde zwei Bilder, die ich mir von der Kamera aufs Handy geladen habe. Sie zeigen uns, wie wir an einem kleinen See stehen und uns küssen. Hinter uns in der Ferne ist ein gigantischer Berg mit Schnee auf dem Gipfel zu sehen.

Fast kommt es mir so vor, als ob der Berg die ganzen Hindernisse darstellt, die uns jetzt im Weg sind und wir damals gar nicht wussten, was alles auf uns zukommt. Naiv wie wir waren, haben wir die Zeit genossen und geglaubt, dass alles ganz einfach wird.

Wie man sich doch täuschen kann.

Schnell klicke ich das Bild weg und öffne Twitter erneut, wobei ich der Versuchung widerstehe, auf Lucas´ Profil zu gehen. Wenn er noch mehr Beleidigungen abbekommen hat, wäre das schrecklich und womöglich würde ich dann etwas tun, das ich im Nachhinein bereue.

Nicks Tweet von gestern hat schon große Kreise gezogen und der Hashtag #SupportLucas ist unter den Top 100. Vielleicht sollte ich mich jetzt auch zu Wort melden. Immerhin ist der Abstand groß genug. Ich öffne meinen Account und tippe einen kurzen Text, der mich jedoch nicht ganz überzeugt.

Obwohl ich ihn mehrfach umschreibe, wird er nicht perfekt und schließlich speichere ich den Tweet unter »Entwürfe«.

Heute Abend werde ich mir das nochmal ansehen, vielleicht fällt mir dann etwas Besseres ein. Für Lucas muss es eine perfekte Formulierung sein.

Highway to Hell – Lauren.

»Henry, geht es dir gut? Du hast mich gestern Nacht angerufen, aber ich hatte ein kleines technisches Problem mit meinem Handy. Was ist passiert?«, fragt sie, noch bevor ich überhaupt Luft geholt habe, um sie begrüßen zu können.

»Es geht mir gut«, lüge ich, doch meine tonlose Stimme verrät mich sofort. »Ich wollte mich eigentlich nur mit dir wegen eines Tweets absprechen.«

»Dem Support Lucas Hashtag? Ich hab´s schon gesehen. Das geht ja richtig durch die Decke. Lass mich raten: du würdest dich gerne auch dazu äußern?«

»Naja, immerhin ist er offiziell ein guter Freund von mir und wir haben gemeinsam einen Film über Homosexualität gedreht. Wenn ich mich nicht dazu äußern würde, könnte man mir das später in der Promo negativ vorhalten.«

Bäm! Das war gut Henry!

Obwohl es mich ankotzt, dass ich mich immer noch mit Lauren darüber unterhalten muss, bin ich echt stolz darauf, dass mir das Argument eben so spontan eingefallen ist.

»Das klingt tatsächlich richtig. Wie sollst du hinter deinem Film stehen, wenn du Lucas jetzt nicht unterstützt? Und wenn sich ja auch schon andere Leute dazu geäußert haben, wirst du nur einer von Vielen sein und man stürzt sich nicht sofort auf dich. Zumindest hoffe ich das. Sag mal, was ist mit diesem Mr Cardener? Ist der noch immer hinter dir her?«, fragt Lauren und dämpft mit der Aussage meine Freude über ihre Erlaubnis, mich bei Twitter äußern zu dürfen, deutlich.

Gerade hatte ich Stan Cardener erfolgreich aus meinem Kopf verdrängt und jetzt erinnert sie mich wieder daran.

»Ja, der hat mich heute Morgen schon wieder vor der Haustür erwartet. Kannst du nichts dagegen tun? Eine einstweilige Verfügung beantragen oder sowas?«

Wie angenehm wäre es, zu wissen, dass der Kerl mir nicht mehr näher kommen darf. Doch Lauren seufzt nur und sagt: »So lange er dich nicht in

Gefahr bringt, kann ich nichts tun. Ich kann dir einen Bodyguard stellen, wie beim Dreh in Reading, wenn du magst.«

»Nein, bitte nicht. Ich will nicht rund um die Uhr unter Beobachtung stehen, dann schlage ich mich lieber selbst mit dem Kerl rum«, lehne ich ab. »Und du hast also wirklich nichts dagegen, dass ich mich bei Twitter einmische?«

»Nein, solange du dich recht neutral ausdrückst.«

»Ich kann dir den Tweet als Screenshot schicken, bevor ich ihn poste. Ist das okay?« Meine Managerin ist einverstanden und nachdem ich das Telefonat beendet habe, schicke ich ihr meine Entwürfe. Einen davon nickt sie sofort ab.

>>Liebe ist Liebe. Stoppt die Verurteilung. Behandelt einander mit Respekt. #SupportLucas<<

Bis der Drehtag vorbei ist, quäle ich mich mit Bauchschmerzen herum, obwohl ich kaum gegessen habe. Mein Kopf dröhnt, weil ich mich so anstrengen muss, die Haltung zu wahren, meine Rolle zu spielen. Im wahrsten Sinne des Wortes.

Als um 19 Uhr endlich Drehschluss ausgerufen wird, bin ich vollkommen ausgelaugt. Wieder schminkt mich Louise ab und heute gibt es weniger Diskussion zwischen Sam und Isobel. Sie scheinen sich auf eine Wimperntusche geeinigt zu haben.

»Bis morgen, ich wünsche dir einen schönen Abend und geh früher ins Bett, als gestern«, sagt Louise lachend, als ich mich weigere, vom Make-up Stuhl aufzustehen. Er ist einfach zu bequem und ich könnte darin einschlafen.

Gemeinsam mit Isobel verlasse ich die Maske und wir gehen zu den Autos, die uns nach Hause bringen.

»Sag mal, weshalb wolltest du gestern wissen, ob ich schon beim Fahrer sitze?«, erkundigt sich meine Kollegin, kurz bevor wir die beiden dunklen Wagen erreicht haben. Unsicher, ob ich ihr von der Bemerkung des Fahrers erzählen soll, halte ich einen Moment inne. Vielleicht habe ich ja nur etwas missverstanden und tue dem Mann Unrecht, wenn ich einfach etwas behaupte. Also schwenke ich kurzerhand in eine andere Richtung um und sage schnell: »Ach, ich hatte gedacht, wir hätten nur einen Fahrer und hatte ein schlechtes Gewissen, weil ich davon ausging, dass du jetzt warten musst, bis man mich nach Hause gebracht hat.« Meine Kollegin schüttelt den Kopf und lacht kurz auf, dann sagt sie: »Nein, ich habe darauf bestanden, einen eigenen Fahrer zu bekommen, weil ich es hasse, warten zu müssen, wenn ich schon Feierabend habe. Das kannst du sicherlich nachvollziehen.«

Ja kann ich, aber ich würde deswegen nicht auf einen eigenen Fahrer bestehen. Natürlich sage ich ihr das nicht, sondern achte darauf bei demselben Fahrer einzusteigen, wie gestern, damit Isobel nicht zu ihm muss.

Nachdem ich die Tür des Wagens geöffnet und meine Tasche hineingeworfen habe, wende ich mich ihr nochmal zu: »Ich wünsche dir einen schönen Abend.«

»Dir auch, Henry. Komm gut nach Hause.« Sie lächelt, umarmt mich kurz und steigt dann in ihren Wagen.

Wie gestern bringe ich den Fahrer dazu, mich an der Straßenecke rauszulassen, und heute hält der Mann tatsächlich die Klappe. Entweder ist ihm nicht danach zumute, zu quatschen, oder ich sehe so müde aus, dass er mich auf keinen Fall stören will.

Als ich in meiner Straße aus dem Wagen steige, fallen die ersten Schneeflocken vom dunklen Himmel. Kurz bleibe ich auf dem Bürgersteig stehen, folge einigen mit dem Blick und sehe zu, wie sie auf dem Asphalt schmelzen. Hoffentlich haben wir weiße Weihnachten. Ich will mit Lucas einen Winterspaziergang durch Twemlow Green machen, wenn wir schon keinen gemeinsamen Herbst haben konnten.

Wenn wir Weihnachten überhaupt zusammen sind.

Ich habe Lucas noch nie in Winterklamotten gesehen, doch ich stelle ihn mir unglaublich süß vor, wenn er eine Pudelmütze trägt und seine strubbeligen Haare drunter hervorblitzen.

Wir könnten in Twemlow Green einen Spaziergang über die weiten Felder oder am Fluss entlang machen und uns danach bei meiner Mum im Wohnzimmer vor dem Kamin aufwärmen.

Wie schön das wäre, mit ihm auf dem Schoß im Sessel vor dem Feuer zu sitzen und in den Flammen verschiedene Muster zu betrachten. Diese kleinen Dinge, die man gemeinsam machen und sich dabei wohl und zuhause fühlen kann.

Die Vorstellung könnte schön sein und die Freude auf Weihnachten noch verstärken, doch im Augenblick tut sie einfach nur weh, weil ich nicht weiß, ob dieser Wunsch Wirklichkeit werden kann, oder ob ich Weihnachten wieder single bin.

Lucas ist so weit weg, ich vermisse ihn schrecklich und mein Verhalten tut mir leid. Vielleicht ruckelt sich auch alles wieder gerade, wenn wir uns endlich wieder in die Arme nehmen können. Heute haben wir den 6. Dezember - es dauert noch 14 Tage, bis er wieder zurückkommt.

14 Tage.

Genau zwei Wochen.

336 Stunden.

20160 Minuten.

Lucas meldet sich auch in den nächsten vier Tagen nicht bei mir.

Und es sind die schlimmsten Tage, die ich seit langem hatte.

Wie viele Nachrichten ich ihm geschrieben habe und beteuere, dass es mir leidtut, weiß ich nicht mehr und obwohl ich endlich den Mut dazu hatte, meinen Tweet abzusenden, reagiert Lucas nicht.

Mittlerweile haben sich einige Promis zu seiner Verteidigung geäußert und die Attacken auf ihn lassen langsam nach. Mein Tweet wird zwar geliked und viele kommentieren Fragen zu unserem Beziehungsstatus darunter, doch die breite Öffentlichkeit, findet nichts dabei.

Ich werde jedoch weiter von Stan Cardener verfolgt, der mich täglich vor der Haustür erwartet und mit Fragen bombardiert. Er ist nach wie vor an jedem Schritt interessiert, den ich mache. Das Wort »Nein« scheint in seinem Sprachschatz nicht zu existieren und er ist so anhänglich wie ein Hund, wenn man ein Stück Fleisch mit sich herumträgt.

Das Stück Fleisch, auf das es Cardener abgesehen hat, ist meine Sexualität.

Doch ich weiche seinen Fragen weiterhin gekonnt aus. Das frustriert ihn natürlich, was ich an einigen kleinen Berichten in der Sun lesen kann.

Demnach soll ich Lucas mit Isobel betrügen und außerdem ein Workaholic sein. Deswegen stellt sich die Sun die Frage, ob ich überhaupt beziehungsfähig bin, weil ich es nie länger als wenige Wochen mit einer Frau ausgehalten habe.

Mich stören diese Schlagzeilen wenig, weiß ich doch, dass mich Mr Cardener damit nur aus der Reserve locken will. Diese Genugtuung werde ich ihm aber nicht geben und beschränke mich deswegen weiterhin darauf, ihm kurze, nichtssagende Antworten auf seine drängenden Fragen zu geben.

Louise scheint am Set zu spüren, dass mich etwas bedrückt. Sie umsorgt mich und versucht, mir den Dreh in den nächsten Tagen so angenehm wie möglich zu machen, obwohl ich nicht mit der Sprache rausrücke, was genau bei mir los ist.

Beim Mittagessen sitzt sie neben mir und lässt beiläufig immer mal wieder verlauten, wie lecker es doch sei, um mich dazu zu bekommen, etwas mehr, als ein paar Bissen herunter zu kriegen. Tatsächlich ist das Essen besser, denn weil sich so viele im Team über den Koch beschwert haben wurde er ausgetauscht.

Zu meiner Überraschung haben sie Nate gebucht, der wie immer wunderbare Speisen zaubert, doch ich tue mich trotzdem wieder schwer damit. Diese Ungewissheit bezüglich Lucas macht mich fertig.

Louise gibt ihr Bestes, um mich abzulenken. Wir quatschen über belanglose Dinge und als wir am Drehtag sechs ankommen, an dem die erste Liebesszene ansteht, ist das Vertrauen so weit gewachsen, dass es mir leicht fällt, mir von ihr ein Ganzkörpermakeup verpassen zu lassen.

Tommys Vergangenheit hat Narben auf seinem Körper hinterlassen. Deswegen stehe ich im Maskenmobil, trage einen hautfarbenen String und lasse mir von Louise und Sam Kratzer und Narben aufmalen.

Unsere Regisseurin will, dass man deutlich sehen kann, dass Tommy viel erlebt hat. Die Tattoos bekomme ich ebenfalls und nach etwas mehr als eineinhalb Stunden, bin ich fertig.

Zwei große Schwalben zieren die Brust auf beiden Seiten unterhalb des Schlüsselbeins und auf dem linken Arm prangen eine Meerjungfrau und ein Herz.

»Hält das Reibung und Bewegung aus?«, frage ich und streiche vorsichtig mit dem Daumen über die Bilder. Louise klopft mir auf die Finger und schüttelt eine Spraydose.

»Ja, aber erst, wenn ich sie fixiert habe. Also, Finger weg.« Sie sprüht eine dünne Schicht des Doseninhalts auf die Tattoos und jetzt kann ich mit der Hand darüberstreichen, ohne die Farbe zu lösen. Louise beobachtet mich und ich erwische sie dabei, wie ihr Blick an meinem Bauch hängenbleibt. Ich kann ihr deutlich ansehen, dass sie es nicht für gut heißt, wie ich momentan aussehe. Aber was soll ich tun? Mein Kummer höhlt mich innerlich aus.

Im Kostümwagen ziehe ich mich vorsichtig an, weil ich nichts kaputtmachen möchte. Nicht, dass die Narben und Tattoos später an der Innenseite meines T-Shirts kleben.

Die Unterwäsche ist erstaunlich bequem und ich bin froh, dass es kein Silikonteil ist, wie das damals bei Zach. Hier werde ich das allerdings auch nicht brauchen, denn bei Frauen komme ich ja glücklicherweise gar nicht in Stimmung, da reicht mir ein dünnes Stück Stoff als Sichtschutz.

Bei Lucas war es ja weniger ein Sichtschutz, als ein Schutzwall.

Aber mal ehrlich, wer kommt bei ihm nicht in Stimmung?

Der Gedanke heitert mich kurz auf und dümmlich grinsend schlendere ich zum Motiv, das sich eine Straßenecke weiter in einer kleinen Wohnung befindet.

»Henry ist da!«, ruft Ashton, der in der Wohnungstür steht und mich erwartet hat. »Du kannst zu Alex durchgehen. Isobel braucht noch kurz in der Maske und kommt dann gleich nach.«

Die Wohnung ist super und sieht genauso aus, wie ich sie mir beim Lesen von Way Out vorgestellt habe. Die Küche ist groß und normalerweise sehr geräumig, allerdings steht hier die Combo des Monitors von Alex, einige Stühle und an der Wand lehnen die Schienen der Kameradolly. Außerdem stapeln sich aluverschalte Koffer, in denen sich teure Optiken befinden, und ein Durchkommen ist kaum möglich.

»Henry, du kannst hier rein kommen.« Min Sun steht in einer Tür und winkt mich zu sich heran. Vorsichtig schlängele ich mich zwischen dem ganzen Kram hindurch und betrete das Zimmer, in dem ich heute das erste Mal mit Isobel »Sex« haben werde.

Die Einrichtung ist schön; feminin und hübsch, allerdings nicht kitschig und ich fühle mich ganz wohl. Das Bett ist recht breit und befindet sich hinter einem Raumteiler aus Seide.

»Da kann man ja fast ein Schattenspiel machen«, stelle ich fest und streiche mit der Hand über den dünnen, glatten Stoff.

»Das haben wir tatsächlich in der letzten Einstellung vor.«

Alex, die das Drehbuch in der Hand hat, setzt sich zu mir und mustert mich, dann fragt sie interessiert: »Darf ich die Tattoos mal sehen?«

»Klar«, antworte ich und ziehe das T-Shirt hoch.

»Wow, die sehen ja richtig echt aus.« Min Sun und Alex beugen sich beide vor und schauen sich Louises Arbeit aus nächster Nähe an. In dem Moment kommt Ashton mit Isobel herein.

»Oh, stören wir?«, fragt er amüsiert und wendet sich an Isobel. »Ich glaube, du hast heute frei. Henry scheint sich andere Partnerinnen gesucht zu haben.«

»Nichts da, er gehört mir«, sagt sie und grinst frech. Zum ersten Mal scheint sie einen Scherz gemacht zu haben.

»Hast du die Tattoos schon angeschaut? Sie sehen wirklich toll aus«, sagt Alex, doch Isobel schüttelt den Kopf: »Nein, aber ich werde sie ja den restlichen Tag über noch sehen.«

Schnell ziehe ich das Shirt wieder runter und rutsche auf dem Bett ein wenig zur Seite, sodass sie sich neben mich setzen kann.

»Also, heute steht die erste Sexszene zwischen euch an«, sagt Alex. Isobel und ich tauschen einen überraschten Blick.

»Echt? Hab ich total vergessen«, scherze ich und entlocke ihr damit ein Lächeln.

»Ja«, sagt Alex und zieht das Buch zu sich heran. »Die Szene entwickelt sich ganz langsam aus einer Blödelei der beiden. Tommy lernt für seine Abschlussprüfung im Rettungsdienst, Evelyn liegt auf seinem Schoß und ihm fällt ein Kugelschreiber herunter. Daraufhin entwickelt sich ein kleiner Flirt und die Liebesszene. Das Ganze findet nur wenige Tage nach ihrem erneuten Zusammentreffen statt. Das bedeutet für dich Henry, dass ich Tommys Hunger sehen möchte. Und Isobel, bei dir darf es etwas sehnsuchtsvoller sein. Du hast schließlich so lange darauf gewartet, diesen Mann wieder zu treffen.«

Wir nicken beide und Alex lässt uns kurz allein.

»Okay, dann kommen wir also zu den peinlichen Fragen«, meint sie, zieht ein wenig die Schultern hoch und sieht mich an. »Wo kann ich dich anfassen?«

»Überall«, antworte ich mit sicherer Stimme und sie hebt die Augenbrauen.

»Wirklich? Keine Tabuzone? Wow, das hatte ich ja noch nie bei einem Kollegen. Okay, das macht die Sache einfach.«

»Bei den Tattoos müsstest du vielleicht aufpassen, dass du nicht zu fest drauf drückst, ich glaube das halten die nicht aus«, füge ich rasch hinzu und sie nickt. »Und wo darf ich dich anfassen?«

Die Antwort kommt, wie aus der Pistole geschossen: »Brust, Po, Hüfte, Oberschenkel. Am Bauch weniger, da bin ich kitzelig und es wäre gut, wenn du nicht zu sanft mit den Fingern wärst. Das finde ich ganz grausig.« Rasch nicke ich, strecke die Hand aus und streiche ihr testweise über den Arm. »Das ist gut so.«

Dann wäre ja alles geklärt. Wir bleiben auf dem Bett sitzen, während die Kamera- und die Lichtabteilung um uns herum aufbaut. Als die erste Probe ansteht, ist der Raum durch die Scheinwerfer schon gut aufgewärmt.

Wir spielen noch ein wenig auf Sparflamme und müssen immer mal wieder innehalten, weil die Schärfen gezogen werden.

Isobels warmen Körper so nahe an meinem zu spüren, wäre mit Sicherheit angenehmer, wenn wir uns ein wenig besser verstehen würden. Doch ich habe leider noch immer das Gefühl, dass ich bei ihr nur bis zu einem gewissen Punkt vorankomme und sie dann abblockt. Als ob ihr zu viel Nähe zwischen Kollegen zu weit ginge.

Vielleicht ist genau das der Fall.

»Geht´s?«, frage ich und stütze mich rechts und links von ihr ab, bis Alex uns weitermachen lässt. Erst dann sinke ich wieder auf sie hinunter, küsse sie mit geschlossenen Augen, streiche ihr durch die Haare und sehe sie an, als ob sie mir der liebste Mensch auf der Welt wäre.

Kaum ist die Probe aus, rutschen wir auseinander und ich reiche ihr rasch einen Bademantel, den Elianna extra hinter dem Bett bereitgelegt hat. Mich selbst verdecke ich mit der Bettdecke, die ich mir über die Schultern lege.

»Das war sehr schön, wir können drehfertig machen«, sagt Alex und sofort geht das Gewusel los. Elianna hilft Isobel dabei, sich wieder anzuziehen, und ich schlüpfe in meine Klamotten.

»Henry, warte eben mit dem Shirt, ich möchte gern nochmal nach den Tattoos sehen«, bittet mich Louise, die sich zusammen mit Sam in den Raum gequetscht hat.

»Mädels, könnt ihr vielleicht ein bisschen schneller arbeiten? Wir brauchen hier noch Platz, weil wir noch eine Lampe aufstellen müssen«, sagt ein Techniker genervt, der mit einem extra großen Lichtrahmen in der Tür aufgetaucht ist.

»Sorry, aber Henry und Isobel kann ich jetzt nicht so halb nackt in den Flur schicken, dann müsst ihr euch noch kurz gedulden«, sagt Elianna ziemlich ernst zu dem Techniker. Der verdreht genervt die Augen und ich beeile mich mit dem Anziehen, nachdem Louise die Tattoos nochmal kontrolliert hat.

10. KAPITEL

»Immer diese Techniker«, schimpft Louise, als wir wenig später in einem Nebenzimmer stehen. Isobel und ich sind halbwegs angezogen und Elianna kümmert sich noch um Kleinigkeiten; geht nochmal mit der Fusselrolle über mein Shirt und zupft die Falten an Isobels Bluse zurecht. Sam sprüht nochmal mit Haarspray über Isobels Frisur und Louise pudert mich ab.

»Das Licht steht, wir können drehen!«

»Maske und Kostüm sind drehfertig!«, geben die Mädels zurück und wir gehen zum Set.

Ich setze mich aufs Bett in den Schneidersitz und Isobel legt sich so hin, dass sie ihren Kopf auf meinen Schoß legen kann.

»Kannst du noch etwas näher an Henry heranrutschen?«, fragt Ben, unser Kameramann und Isobel korrigiert ihre Position. Die Klappe wird ins Bild gehalten.

»71 / 1 die Erste!«

»Und bitte!«, ruft Alex aus dem Nebenzimmer und wir fangen an zu spielen.

Heute will mir der Sprung in die Rolle nur halbherzig gelingen. Unter anderen Umständen hätte ich meine Gedanken zu Lucas gelenkt, dann wäre es mir leicht gefallen, Liebe und Glück zu spielen, doch weil der Gedanke an meinen Freund mir momentan eher Traurigkeit beschert, kann ich diese Taktik nicht nutzen.

Als Alex unterbricht, sind wir unsere Klamotten schon komplett losgeworden. Nicht alles ist flüssig gelaufen, den BH habe ich nicht beim ersten Versuch aufbekommen, was klar ist, schließlich fehlt mir die Übung darin.

Trotzdem hat uns Alex alles durchspielen lassen und ich bin sicher, dass sie diesen Take später in kleinere Teile zerstückelt, ganz gut verwenden kann.

»Sehr gut, ich glaube, als Totale reicht das schon aus. Lasst uns eine Nähere machen. Wir drehen von Anfang an und bis zum ersten Kuss.«

Wenig später wird ein Closed Set ausgerufen und außer Alex, dem Ton- und dem Kameramann, ist niemand mehr mit uns im Raum. Wir drehen alles nochmal und ich fühle mich wesentlich wohler, wenn ich weiß, dass wir fast alleine sind. Ich halte mich an Isobels Wünsche, versuche sie nicht zu kitzeln, wenn ich sie anfasse.

Isobel bewegt sich ganz anders als Lucas. Viel fließender und graziöser und als ich mit den Lippen ihre weichen Brüste liebkose, fühle ich mich unwohl. Ich bin mir meines Körpers vollkommen bewusst. Das gefällt mir im Augenblick gar nicht. Was ich hier mache, fühlt sich falsch an, doch ich kämpfe mich durch, bis die Szene im Kasten ist.

Das Mittagessen heute ist super, was bei Nates Kochkünsten nicht anders zu erwarten war. Seitdem der Ire das Catering übernommen hat, ist die Stimmung am Set deutlich besser und alle sind ausgeglichener als vorher. Mit dem Essen steht und fällt die Stimmung, sagt man, und das wurde hier wieder einmal bewiesen.

Heute gibt es Nudeln mit Gemüsefrikadellen oder Fleisch, dazu eine Auswahl an Salaten und zum Nachtisch Mousse au Chocolat.

»Ich esse nicht so viel, morgen haben wir immerhin noch eine Liebesszene zu drehen«, höre ich Isobel einige Plätze weiter sagen und halte mitten in der Bewegung inne. Mein Blick fällt auf den Teller vor mir, der noch fast voll ist, dann denke ich jedoch an Lucas und unsere Abmachung, was die Gewichtszunahme angeht.

In den letzten Wochen habe ich viel geschafft und fühlte mich wohl in meinem Körper. Doch seitdem er unser Telefonat abgebrochen hat, bin ich wieder zurück in alte Muster gerutscht.

»Stört es, wenn ich eine Zigarette anmache?«, fragt Ashton, der in der Nähe steht, und ich höre das unverkennbare Zischen eines Feuerzeugs. Lucas raucht auch und ich will nicht, dass er weitermacht. Daher sollte ich mich an die Abmachung halten, die wir getroffen haben, auch wenn mir gerade nicht nach Essen ist. Sollte sich zwischen uns wieder alles zurecht ruckeln, will ich nicht, dass er einen Schock bekommt, wenn er mich sieht.

Elianna, die neben mir sitzt, scheint mein Zögern bemerkt zu haben, denn sie sieht mich vielsagend an und meint nur scherzhaft: »Nur weil Isobel gerade auf ihren Nachtisch verzichtet, denkst du aber nicht auch ernsthaft darüber nach, oder?« Ihre Augenbrauen ziehen sich nach oben und sie legt den Kopf schief.

»Der Letzte, der sich Gedanken um seine Figur zu machen braucht, bist du, Henry. Im Gegenteil. Ich würde eher sagen, du kannst etwas zunehmen. Als ich dich heute so ohne Kleidung gesehen habe, bin ich richtig erschrocken. Und deine Kleidung will ich ungern enger nähen müssen.«

Danke Elianna.

Ich frage mich, ob sie mit Lucas gesprochen hat.

Man sieht mir also an, dass es mir nicht gut geht. Ich kann mich nicht mehr verstellen. Ruckartig stehe ich auf, bringe den Teller weg und verschwinde in meinem Wohnwagen.

Gerade will ich niemanden sehen.

Wieder ziehe ich das Handy aus der Tasche und mein Herz macht einen Hüpfer, als ich eine Nachricht von Lucas auf dem Display sehe. Hastig schließe ich die Tür hinter mir und sinke auf das kleine Sofa hinunter.

Mein Herz rast.

Unbehagen macht sich in mir breit. Eigentlich will ich sie gar nicht lesen, weil ich unheimliche Angst vor dem habe, was er geschrieben hat.

Was, wenn er sagt, dass er es nicht aushält, dass ich ihn nicht unterstützt habe und sich nicht sicher ist, ob diese Beziehung so überhaupt Sinn macht?

Oder dass er kein Vertrauen mehr in mich hat?

Jetzt mach die Nachricht auf, Henry. Sonst sitzt du in einer Stunde noch hier und rätselst. Zitternd atme ich ein. Es steht 50/50, dass es positiv ausgeht.

Bitte, lass es gut ausgehen!

Die Nachricht öffnet sich und ich fange an zu lesen. Meine Hand, die das Handy hält, zittert.

>>Henry,

Es tut mir leid, dass ich einfach aufgelegt habe. Aber ich war so verletzt, dass ich dich nicht sehen wollte.

Das klingt jetzt sicher hart, ist aber die Wahrheit und ich will ehrlich zu dir sein. Ich weiß, dass wir in einer scheiß Situation stecken; zusammen sein wollen und es nicht können. Zumindest nicht öffentlich.

Ich dachte immer, ich komme damit klar. Mit uns, mit der Presse und allem, aber ich habe noch nie mit der Presse zu tun gehabt. Zumindest nicht in dem Maße, wie das jetzt der Fall ist und deswegen weiß ich nicht, wie man damit am besten umgeht. Ich muss das alles noch lernen. Deswegen brauchte ich erstmal eine Pause. Ich will versuchen, das alles nicht zu nah an mich heranzulassen, doch das ist nicht so leicht.

Nicks Tweet habe ich gesehen und mich sehr darüber gefreut – auch, dass du dich ebenfalls per Twitter dazu äußern willst, finde ich gut. Du hast keine andere Möglichkeit, wenn du den Plan nicht vorher auflösen willst, das weiß ich. Du kennst dich mit den Medien aus und ich nicht. Du weißt besser, wie man sie anpacken muss. Und genau aus diesem Grund, weiß ich auch, dass du es nicht böse gemeint hast, als du sagtest, dass du dich nicht dazu äußern kannst. Aber ich hatte mir in dem Moment einen Freund gewünscht, der sich voll und ganz für mich einsetzt und mich verteidigt.

Es ist eine Zwickmühle und ich gebe mein Bestes, Verständnis dafür zu haben. Weh tut es trotzdem. Wieso kann man nicht akzeptieren, dass ich einfach nur Schauspieler sein will und den Menschen lieben, den ich will?

Dass ich mit dir deswegen Schluss mache, ist übrigens ein wenig weit hergeholt, mein Lieber. Wegen sowas verlasse ich dich nicht. Ich liebe dich doch.

Ich war einfach nur so unglaublich enttäuscht.

Bitte verstehe mich auch.

Lucas XX<<

Das ist ein ganz schön langer Text und ich muss ihn zweimal lesen, bis mein Gehirn es überhaupt aufnehmen kann.

Ich hab Lucas wehgetan und das hat er mir ziemlich deutlich klar gemacht. Die Rückendeckung, die er sich wünscht, würde ich ihm so gerne geben. Wenn ich nur könnte.

Zwischen den Stühlen zu stehen ist furchtbar und ich freue mich wirklich darauf, wenn die Premiere von »1925« endlich stattgefunden hat und wir uns outen konnten.

Dann ist alles vorbei und die Öffentlichkeit weiß Bescheid. Ab dann wird man uns in Ruhe lassen, denn das Geheimnis ist gelüftet. Doch das Wichtigste ist jetzt erstmal, dass Lucas sich gemeldet und nicht Schluss gemacht hat. Ich darf ihn also nach wie vor meinen Freund nennen.

Mein vorhin noch rasendes Herz wird ruhiger und ich bin so erleichtert, dass ich im Schutz meines Wohnwagens in Tränen ausbreche, bevor ich Lucas eine ganz lange Nachricht schreibe, die viele Herzchen beinhaltet.

So gut der heutige Tag aufgehört hat, so schlecht ist der Folgende. Und das, obwohl ich nicht einmal früh aufstehen muss, denn heute beginnt der Drehtag erst am späten Vormittag.

Geweckt werde ich gegen neun Uhr, als mein Radio sich automatisch einschaltet.

»Hallo London, hier ist Nick! Ich bin heute ausnahmsweise mal am Vormittag on Air. Heute wird es ein kalter Tag und ich versuche, ihn euch ein wenig erträglicher zu machen. Dafür hatten wir gerade schon einige Hits für die Ohren und ich hoffe, ihr seid gut gelaunt. Nun zurück zu unserem heutigen Thema. Ich weiß nicht, wie es euch geht, aber ich finde Mobbing im Netz wirklich schlimm. Wir hatten letzte Woche schon mal darüber berichtet, als ich einen Tweet abgeschickt habe, um Lucas Thomas zu unterstützen, der bei Twitter einiges aushalten musste. Wie ich auch letzte Woche berichtet habe, haben sich einige prominente Unterstützer mittlerweile zu Wort gemeldet und der Hashtag #SupportLucas ist immer noch unter den Top 20. Das ist wirklich super. Ich freue mich, dass es doch so viele Leute gibt, die sich dafür einsetzen, dass jeder denjenigen lieben darf, den er will. Natürlich brodelt die Gerüchteküche um Lucas und Henry noch immer, aber ich sehe darin kein Problem. Heute Morgen habe ich in der Sun wieder einen Artikel gesehen, der Henry Seales auf dem Kieker hat. Dazu will ich nur folgendes sagen; liebe Sun Redaktion, recherchiert doch bitte erstmal ordentlich, bevor ihr solche Halbwahrheiten schreibt. Auf diese Art und Weise kann man Menschen wirklich schaden. Und an euch, liebe Hörerinnen und Hörer: glaubt nicht alles, was in der Zeitung steht. Kümmert euch um eure Mitmenschen und seid lieb zueinander. So und jetzt geht's weiter mit Musik ...«

Nick ist ein Schatz. Er tut alles, um mich und Lucas in Schutz zu nehmen. Aber von welchem Artikel hat er gesprochen?

Verschlafen setze ich mich auf, gähne einmal ausgiebig und will den Artikel schon googeln, doch dann halte ich inne.

Will ich wirklich zulassen, dass er mir den Tag versaut? Heute steht eine wichtige Szene an, bei der ich gut sein muss und mir keinerlei Ablenkung erlauben kann. Vielleicht ist es besser, nicht zu wissen, welchen Artikel Nick gemeint hat. Stattdessen finde ich eine Nachricht von Lucas auf dem Display:

>>Guten Morgen mein Schatz, nicht mehr lange, dann komme ich zurück. Ich freu mich so, dich wieder zu sehen! Hab einen schönen Tag. Ich liebe dich! Lucas XX<<

Nach einer solchen Nachricht darf der Tag nicht schlechter werden, deswegen google ich nicht, auch wenn es mich in den Fingern juckt. Ich antworte Lucas, gehe duschen und bin gerade dabei, mich anzuziehen, als das Handy klingelt. *Highway to Hell – Lauren.*

»Guten Morgen Lauren«, begrüße ich sie und schlüpfe in ein T-Shirt.

»Naja, ob das so ein guter Morgen ist, wage ich zu bezweifeln. Hast du die Sun gelesen?«, fragt meine Managerin und ich verneine.

»Lauren, ich drehe heute eine sehr wichtige Szene und da will ich mich nicht ablenken lassen. Ich hab schon im Radio gehört, dass da was über mich erschienen sein muss, aber ich will mir das gar nicht ansehen.«

»Solltest du aber, falls man dich darauf anspricht. Henry, es ist unglaublich, was sich dieser Cardener ausgedacht hat. Der Artikel ist nämlich von ihm. Vermutlich ist er langsam sauer geworden, weil du es immer geschafft hast, dich um konkrete Antworten herum zu winden. Und jetzt will er dich zum Auspacken zwingen, indem er Dummheiten veröffentlicht.« Lauren klingt richtig sauer.

Was soll es denn Schlimmeres geben, als das Gerücht, dass ich schwul bin? Spontan fällt mir nichts ein.

»So schlimm wird's schon nicht sein. Reg dich nicht auf, Lauren. Das ist es doch, was der Kerl will.«

»Ich? *Ich* soll mich nicht aufregen? Weißt du, was ich heute schon für dumme Anfragen per Mail bekommen habe? Die wollen Fotoshootings mit dir und Lucas ... für ... ach ist ja auch egal. Wenn du den Artikel noch nicht gelesen hast, dann bringt es nichts, dir das zu erzählen.« Sie seufzt genervt und ich kann hören, dass sie im Hintergrund auf die Tastatur ihres Computers einhakt. »Der bekommt jetzt eine gepfefferte Mail von mir ...«, murmelt sie wütend vor sich hin, dann fährt sie an mich gewandt, fort: »Sag mal, hast du für Lucas eine Wohnungsbesichtigung gemacht?«

Sofort wird mir warm, als hätte sie mich bei etwas Verbotenem ertappt.

Weil ich sicher bin, dass sie ihre Quellen hat und es keinen Sinn macht, dass ich leugne, sage ich: »Ja habe ich, aber die Maklerin sah nicht so aus, als ob sie weitertratschen würde, falls du darauf hinaus willst.«

»Tja, da hast du dich geirrt. Sie hat getratscht.«

»Und, was ist das Resultat daraus?«, wage ich, zu fragen, und krame nebenbei eine Jeans aus dem Schrank.

Sie ist zu weit und ich brauche einen Gürtel.

»Dafür musst du die Sun lesen, aber du wolltest dich ja nicht ablenken lassen.« Lauren hackt noch ein letztes Mal energisch auf eine Taste ein und ich vermute, dass es sich dabei um die Entertaste handelt, denn sie sagt: »Ich habe ihm jetzt eine Mail geschrieben. Wenn er nochmal sowas bringt und diesen Artikel nicht richtigstellt, dann verklagen wir ihn wegen Rufmord. Die Sun erlaubt sich wirklich viel, aber das finde ich nun doch etwas zu heftig.«

Dazu kann ich leider nichts sagen, da ich den Artikel ja noch nicht gelesen habe. Meine Managerin scheint sich ein wenig beruhigt zu haben und meint dann: »Weißt du, dass Lucas am 20. Dezember zurückkommen wird?«

»Ja, der Tag ist schon ganz fett in meinem Kalender eingekringelt«, antworte ich und suche nun nach Socken.

»Henry, ich bin sicher, dass du ihn sehr vermisst, aber ich muss dich wirklich bitten, ihn nicht vom Flughafen abzuholen. In Neuseeland magst du vielleicht noch so unbekannt sein, dass man dich nicht sofort auf der Straße anspricht, aber hier in London wird man dich erkennen.«

Ja, sie hat recht – wieder einmal.

Und wieder einmal muss ich mich beugen.

Natürlich hätte ich Lucas gerne abgeholt und ich überlege gerade, ob eine Verkleidung vielleicht von Nutzen sein kann, als Lauren meinen Plan zunichtemacht, indem sie sagt: »Lucas landet, wenn alles glatt läuft um 15:30 Uhr in Heathrow.«

»Ach, dann kann ich ihn sowieso nicht abholen. Ich drehe ja an dem Tag und zu der Uhrzeit sind wir sicherlich noch lange nicht fertig.«

Schade. In meinem Kopf habe ich mir unser Wiedersehen schon ausgemalt. Fast so, wie im Film »Tatsächlich Liebe« hätte es ablaufen können.

»Sobald ihr offiziell ein Paar seid, kannst du ihn vom Flughafen abholen, so oft du willst. Gut Henry, ich muss dann Schluss machen. Ich melde mich, sollte ich was von Cardener hören. Hab 'nen schönen Dreh«, sagt Lauren und meine Gedankenblase platzt.

»Danke Lauren. Mach's gut, dir einen schönen Tag.«

Ich lege auf, sehe auf die Uhr und stelle fest, dass ich schon fast zu spät bin. Rasch schlüpfe ich in meine Socken, hetze in den Flur, wo ich mir Tasche und Mantel schnappe und in Windeseile die Schuhe anziehe.

Als ich die Haustür aufreiße, renne ich beinahe in Stan Cardener hinein, der zusammen mit einer Frau und zwei weiteren Männern auf der Vortreppe des Hauses steht.

»Oh, guten Morgen, Henry.«

Sofort blenden Kamerablitze meine Augen und es stürmen Fragen auf mich ein, die ich nicht zuordnen kann, da sie sich vermutlich direkt auf den Artikel beziehen. Doch ich bekomme so eine Ahnung, worum es gehen könnte.

»Halten Sie es nicht für verwerflich, Lucas Thomas eine Wohnung zu finanzieren?«

»Was treibt Sie dazu, Ihren Kollegen von sich abhängig zu machen, Mr Seales?«

»Hat Lucas Sie darum geben, oder war das alles Ihre Idee?«

Ich ziehe die Tür hinter mir zu und drehe mich mit ernster Miene zu den Reporten um.

»Ich weiß leider nicht, wovon Sie sprechen. Ich muss zur Arbeit. Sie entschuldigen mich.« Mit viel Kraft gelingt es mir, mich zwischen den Reportern hindurch zu schieben. Und ich stelle mich taub für deren Fragen. Mit schnellen Schritten lasse ich sie hinter mir und glücklicherweise steht der schwarze Wagen bereits vorne an der Straßenecke, sodass ich gleich losfahren kann.

»Hallo Henry, hast du heute schon die Sun gelesen?« Mit diesen Worten begrüßt mich der Fahrer und sieht mich durch den Rückspiegel an. Ich erwidere seinen Blick recht neutral und sage knapp: »Nein, aber ich habe gehört, dass etwas über mich da drinstehen muss. Ich werde mich allerdings heute nicht damit beschäftigen, sondern mich auf meine Arbeit konzentrieren. Also sagen Sie mir bitte auch nichts darüber.«

»Na gut, wenn du meinst ... ich dachte, es würde dich vielleicht amüsieren.« Mehr sagt er dazu nicht und ich nutze die Fahrt, um nochmal die heutigen Szenen zu lesen. Immer wieder kann ich seinen Blick auf mir spüren und mich zu konzentrieren fällt so enorm schwer.

Es ist ja nicht so, dass es mich nicht interessiert. Immerhin muss es schon ein ziemliches Ding sein, wenn nun nicht nur Stan Cardener vor meiner Tür steht, sondern auch noch andere Kollegen. Und dass Lauren einem Reporter mit einer Klage droht, habe ich bisher nicht erlebt.

Doch ich kann mich heute nicht ablenken oder aufregen, denn heute steht die Szene an, in der Tommy bei einem Rettungsdiensteinsatz angeschossen wird. Ein Schreckmoment für die Zuschauer, denn man wird nicht wissen, ob er durchkommt. Das wird sowohl schauspielerisch, als auch technisch ein ziemlicher Aufwand werden und ich brauche meine Konzentration.

Louise ist die Einzige, die ich heute im Maskenmobil antreffe. Vermutlich ist Sam zusammen mit Isobel am Set, die schon einige Szenen im Pub dreht. Auf dem Schminkstuhl sitzt ein Mann mit grauen, kurzen Haaren und grinst mich freundlich an, als ich hereinkomme.

»Ich bin Rupert und spiele deinen Chef beim Rettungsdienst, freut mich, dich kennenzulernen, Henry«, sagt er und wir schütteln uns die Hand.

»Hallo, freut mich ebenfalls. Louise, wie lange brauchst du noch? Kann ich noch einen Kaffee trinken?«, frage ich und sie nickt.

»Hey Henry«, grüßt mich Nate und greift schon eine Tasse, als ich beim Catering ankomme. Er kennt mich, nach mittlerweile zwei Drehs, nun doch ganz gut und weiß genau, wie ich meinen Kaffee trinke. »Wie geht's dir?«, fragt er und lehnt sich aus dem Fenster des Wagens, um besser zu mir heruntersehen zu können.

»Gut, danke und dir?«

»Alles bestens. Ich freu´ mich, hier wieder einige bekannte Gesichter zu sehen. Elianna ist ja auch wieder dabei. Hast du was von den anderen Teamleuten von 1925 gehört, was sie so machen?« Er kippt Milch in einen Becher und schäumt sie auf. Es zischt laut und Wasserdampf steigt hinauf in die kalte Winterluft.

»Nein, ich weiß eigentlich nur von Lucas, dass er ...«, fange ich an und unterbreche mich. Oh man, jetzt hätte ich mich doch fast verquatscht.

»Was ist mit Lucas? Hast du zu ihm noch Kontakt? Ihr habt euch ja ganz gut verstanden, wenn ich das richtig mitbekommen habe.« Nate streut etwas Kakao auf den Milchschaum und reicht mir freundlich lächelnd das Glas.

»Ja, aber das sollte man auch, wenn man ein Liebespaar spielt.«

»Ja, das hast du Recht. Also was ist mit ihm?«

»Der dreht gerade im Ausland.«

»Und wenn er wieder da ist, zieht ihr zusammen?«

Ich verschlucke mich fast an meinem Kaffee, huste und wische mir den Mund ab.

»Wir ziehen zusammen? Wieso sollten wir das tun?«, frage ich und sehe Nate fassungslos an. Der winkt jedoch ab und sagt locker: »Ach, ich hab mir schon gedacht, dass das in der Zeitung eine Ente ist. Schon krass, was man euch alles so andichtet. Oh man ...«

»Nate, in welcher Zeitung stand das?«, frage ich vorsichtig und meine Ahnung bestätigt sich, als Nate sagt: »In der Sun.«

19. KAPITEL

»Bist du sicher, dass du das *wirklich* googeln möchtest?«, fragt mich Louise wenig später, als ich bei ihr auf dem Stuhl sitze, das Handy in der Hand habe, und sie meine Haare mit dem Föhn bearbeitet. »Henry wirklich, ich habe den Artikel auch gelesen und ich glaube, du tust dir damit keinen Gefallen, wenn du das heute liest. Das lenkt dich nur ab und du hast die ganze Nacht noch vor dir. Willst du das wirklich?« Sie schaltet den Föhn aus und sieht mich durch den Spiegel streng an.

»Nein, natürlich will ich das nicht«, gebe ich zu und lege das Handy weg, »Aber alle, scheinen zu wissen, was los ist, nur ich nicht. Der Fahrer hat mich auch schon so zweideutig darauf angesprochen. Das ist nicht okay. Ich komme mir vor, als würden alle hinter meinem Rücken über mich reden.«

Vermutlich liege ich damit sogar richtig.

Beherzt greife ich wieder zum Telefon, doch meine Maskenbildnerin ist schneller. Bevor ich das Handy auch nur berührt habe, hat sie es geschnappt, in einen Schrank gelegt und diesen abgeschlossen.

»Louise, ist das jetzt wirklich dein Ernst?«, frage ich leicht genervt und sie nickt: »Ja, denn ich muss heute die ganze Nacht noch an dir arbeiten und ich will einen entspannten Drehtag haben. Den habe ich gewiss nicht, wenn du schlechte Laune hast. Du kannst den Artikel gerne nach Drehschluss lesen und dann zuhause alles rauslassen. Aber nicht hier.«

Sie klingt so bestimmt, dass ich keine Widerrede wage und brav auf meinem Platz sitze, bis ich fertig bin.

Da Louise auch nach dem Ende der Maskenzeit keine Anstalten macht, mir das Handy wieder zu geben, starte ich keinen Versuch mehr, es zurückzubekommen. Dann muss es heute eben ohne Handy gehen.

Das stellt sich als leichter heraus, als ich angenommen hatte. Ich habe Ablenkung genug, denn am Set ist schon einiges los. Als ich ankomme, werde ich von einem dunkel gekleideten Mann begrüßt.

»Hallo Henry, ich bin Robbie und ich bin der Sprengmeister für deinen Schuss heute«, sagt er und meine Befürchtung, er könnte ein Fan oder Reporter sein, verfliegen sofort. »Ich wollte dir nur mal die Anbringung erklären, die wir später nutzen. Ich dachte, jetzt da noch nicht so viel los ist, kann ich dich kurz in Anspruch nehmen.«

Robbie öffnet einen Koffer und zeigt mir ein flaches, rechteckiges Stoffkissen. Es ist in etwa so groß wie meine Handfläche und mit mehreren Kabeln verbunden. Vorsichtig nehme ich es in die Hand und ertaste einen harten Kern in der Mitte des Kissens.

»Das ist das Sprengkissen, mit Blutladung. Darin befindet sich eine kleine Ladung Schwarzpulver, das ich gezielt am Körper sprengen kann. Davor werden wir dann dein Kostüm an der entsprechenden Stelle aufreißen und es sieht aus, als ob du angeschossen wurdest. Dir kann dabei nichts passieren, weil die kleine Sprengung nur stark genug ist, um das Blutkissen zu zerreißen und das

Blut herauszuschleudern«, erklärt mir Robbie.

»Und wie bringt ihr das an?«, will ich wissen und er erklärt mir, dass er das Kissen ins Innenfutter der Jacke, die ich trage, einsetzen wird. Das erleichtert mich etwas, weil ich weiß, dass ich das Ding nicht direkt auf der Haut haben werde. Verbrennungen will ich nämlich nicht davontragen.

»Du musst dir keine Gedanken machen, Robbie hat bei meinem letzten Film auch diese Effekte gemacht und die haben alle wunderbar funktioniert«, meint mein Kollege Rupert, der neben uns sitzt, und nickt mir aufmunternd zu.

Nach und nach wird es voller am Set. Mittlerweile ist es dunkel geworden und die Techniker haben ihre Scheinwerfer auf hohen Stativen aufgebaut, die den ganzen Vorplatz der Turnhalle in ein warmes Licht tauchen. Es erweckt so den Anschein, als ob alles von Laternen beleuchtet ist.

In der Szene, die heute gedreht wird, muss Tommy mit seinem Kollegen, den Rupert spielt, zu einer Geiselnahme. Er will einer schwangeren Frau zu Hilfe kommen, woraufhin der Geiselnehmer vom Dach aus auf ihn schießt. Tommy wird verletzt und kann sich nur schwer zurück zu den Kollegen kämpfen.

Viel Text hat die Szene zwar nicht, doch ich bin sicher, dass wir trotzdem die ganze Nacht daran arbeiten werden, denn allein der Special Effect mit dem Schuss wird viel Zeit in Anspruch nehmen.

Zum Glück ist morgen Samstag und wir haben frei.

Nach einigen Einweisungen, bei der mir auch die Bedienung eines Rettungswagens erklärt wird, fangen wir mit dem ersten Teil der Szene an. In dieser komme ich zusammen mit den Kollegen am Tatort an. Viel passiert da nicht und wir sind schnell durch.

In einer Drehpause stehe ich unter einem Pavillon und obwohl ich eine

Rettungsjacke und den Daunenmantel trage, den Elianna mir gegeben hat, habe ich kalte Füße.

»Brauchst du was, Henry?«, fragt Louise, die neben uns steht und ebenfalls warm eingepackt ist.

»Warme Füße wären toll«, sage ich und Louise winkt Elianna zu uns heran, die sofort losflitzt und mit einem Paar Ugg Boots zurückkommt.

»Ugg Boots? Dein Ernst?«, frage ich, als sie mir die Schuhe hinstellt.

»Ja, ich weiß, dass sie hässlich sind, aber sie sind schön warm.«

Gut, Wärme ist mir wichtiger als gutes Aussehen.

Kurzerhand bücke ich mich und versuche an die Schuhe zu kommen, doch die vielen Jacken machen es unmöglich, die Schnürsenkel zu erreichen. Ich fühle mich, wie ein Michellinmännchen.

»Warte, ich helfe dir.«

Bevor ich protestieren kann, hat sich Elianna vor mir in die Hocke gesetzt und schnürt meine Schuhe auf. Dann hilft sie mir in die Ugg Boots, die zwar überhaupt nicht zu meiner Hose und dem restlichen Outfit passen, aber warm sind. Ich lasse sie an, bis wir den ersten Teil der Szene abgedreht haben, denn unsere Füße sind nicht zu sehen.

Es ist 23 Uhr, als wir endlich am wichtigsten Teil des Bildes angekommen sind, nämlich dem Schuss auf Tommy.

Robbie und Elianna borgen sich meine Jacke aus und setzen die Sprengladung ein. Während all das geschieht, sitze ich auf einem Stuhl, habe den Kopf zwischen die Schultern gezogen und die Augen zugemacht. Meinen toten Punkt habe ich schon vor einer Stunde erreicht und ich bin hundemüde.

Ganz in meiner Nähe stehen einige Komparsen und unterhalten sich leise miteinander. Als mein Name fällt, lausche ich neugierig.

»Henry spielt wirklich gut, oder?«

»Ja, finde ich auch. Ich dachte immer, er sei so ein eingebildeter Schnösel. Das hört man ja oft von so jungen Kerlen, die schnell bekannt wurden. Die kommen mit dem Ruhm nicht klar und drehen vollkommen durch. Aber Henry scheint wirklich am Boden geblieben zu sein.«

»Naja, wenn du der Sun von heute Glauben schenken magst, dann hat er schon 'ne ziemliche Macke, was diesen Lucas Thomas angeht. Ich meine: hättet ihr ihm *das* zugetraut?«

Was zugetraut? Oh man, es wird Zeit, dass ich diesen verdammten Artikel zu Gesicht bekomme.

»Nein, das hätte ich von ihm auch nicht gedacht, aber vielleicht denkt er, dass er sich mit Geld alles kaufen kann. Oder er probiert sich einfach mal aus«, überlegt ein anderer und kichert.

»Ach, ich glaube, man sollte nicht alles glauben, was diese Zeitung schreibt. Immerhin müssten wir mittlerweile schon zehn Kinder von Prinz William und Kate haben, wenn jedes Baby-Gerücht, das in die Welt gesetzt wurde, wahr wäre.«

Na immerhin einer, der mich ein wenig in Schutz nimmt.

»Henry, kann ich dich kurz sprechen?«, fragt der betreuende Rettungssanitäter und setzt sich neben mich. Müde öffne ich die Augen und sehe erfreut, dass er mir eine Tasse Kaffee hinhält. Dankbar nehme ich sie entgegen.

»Danke, das kann ich gut gebrauchen. Was möchtest du mit mir besprechen?«, frage ich und lenke meine Aufmerksamkeit nur mit Mühe von den tratschenden Komparsen weg.

»Ich wollte dir erklären, was bei einem Streifschuss passiert, damit du gleich weißt, was du spielen sollst«, sagt er und ich nicke.

Jetzt bin ich aber gespannt.

Was mir der Rettungsassistent erzählt, habe ich so nicht erwartet. Laut seiner Aussage tut ein Schuss nicht unbedingt weh. Meist ist es ein kurzer, stechender Schmerz und die Patienten bekommen die Verletzung gar nicht mit. Der Schock kommt dann erst später und meist tritt er ziemlich heftig ein. Mit den Informationen im Kopf lese ich nochmal die Stelle im Drehbuch durch und muss feststellen, dass das leider nicht zusammenpasst. Denn dort fällt Tommy auf den harten Asphalt und muss sich mit letzter Kraft in Sicherheit bringen.

»Alex?«, frage ich laut, stehe auf und gehe zu unserer Regisseurin. »Ich hab mal eine Frage: ich hab gerade die Info bekommen, was im Körper passiert, wenn man angeschossen wird. Das deckt sich aber leider nicht mit dem, was im Drehbuch steht. Willst du die realistische oder die spektakuläre Variante haben?« Sie sieht zu mir hoch, blinzelt kurz, weil ich sie sicherlich aus der Konzentration gerissen habe, und sagt: »Du kannst mir in der ersten Probe mal die Realistische zeigen und dann entscheide ich mich. Ist das okay?« Ich nicke nur und setze mich wieder auf meinen Platz.

Das war ja eine schnelle Besprechung, denke ich und werfe einen kurzen Blick zu den Komparsen hin, die immer noch in der Nähe stehen und mich beobachten. Eine Frau fängt meinen Blick auf, lächelt kurz, allerdings sieht das Lächeln eher aus, wie eine Grimasse und es liegt etwas Verachtendes darin.

Was zur Hölle hat die Sun über mich geschrieben?

Vielleicht haben sie die Bilder aus der U-Bahn gesehen, als ich vor Cardener geflüchtet bin. Oder es ist doch ein Video von meinem Telefonat mit Lucas aufgetaucht, oder... oder... oder... es könnte so vieles sein.

In den letzten Wochen, seit ich wieder aus Neuseeland zurück bin, wurde ich so häufig fotografiert und mit Sicherheit habe ich nicht einmal die Hälfte davon mitbekommen. Da kann alles Mögliche dabei rauskommen.

Die Probe läuft nicht gut für mich. Obwohl die Kamera auf einer langen Schiene aufgebaut wurde und man durch das Zoom-Objektiv filmen kann ohne, dass ich es wirklich mitbekomme, bin ich unkonzentriert. Mein Kopf sucht nach möglichen Inhalten dieses Artikels und meine Theorien werden immer absurder. So kann ich mich nicht auf das Spiel fokussieren und tue mich enorm schwer.

»Wir machen drehfertig!«, ruft Ashton, reißt mich aus meinen Gedanken und keine fünf Minuten später stehe ich wieder im Regen und spiele Tommy, der einfach nur helfen will.

In den ersten Einstellungen wird die Sprengladung noch nicht gezündet, sondern ich simuliere den Schuss nur. Als es hinter mir laut knallt, weil Robbie eine Platzpatrone abgefeuert hat, stolpere ich und mime wieder den Verletzten. Ich schaffe es, einen guten Mittelweg zwischen dramatisch und realistisch zu finden und Alex ist zufrieden.

Die Nacht schreitet voran und der Kaffeekonsum steigt von Stunde zu Stunde.

Trotzdem bin ich irgendwann richtig müde und muss mich sehr am Riemen reißen, um in den Drehpausen nicht einzuschlafen. So freut es mich natürlich ungemein, als endlich die letzte Einstellung ansteht, zumal mein Kopf immer noch neue Ideen für Artikel entwirft, die man geschrieben haben könnte.

Es ist wie eine Spirale, die sich immer weiter dreht und nicht aufhören will. Ein Gedankenkarussell ohne Stop-Knopf. Sobald ich mich halbwegs wieder auf die Szene eingestellt habe, löst ein Kommentar oder ein anderer Reiz das wieder in mir aus.

Wenn ich wenigstens mein Handy hätte, dann könnte ich den Artikel googeln. Die Frage wäre dann natürlich, ob ich mich noch konzentrieren könnte, dabei tue ich mich ja jetzt schon schwer. Das ist ungünstig, zumal jetzt die wichtigste Szene kommt. Zumindest, wenn man es aus technischer Sicht betrachtet: eine Nahaufnahme auf die Schussverletzung.

Das bedarf einiges an Vorbereitung und ich halte brav still, während Elianna und Robbie die Sprengladung endgültig installieren. Nicht, dass das Ding zu früh losgeht und jemanden verletzt.

Meine Augen fallen mir immer wieder zu und ich könnte im Stehen einschlafen. Langsam döse ich weg und muss mich an einer Stange des Pavillons festhalten, um nicht umzufallen. Weil ich kein Handy habe, kann ich nicht sehen, wie spät es ist, doch ich schätze, dass wir schon 3 Uhr haben.

Ich will endlich in mein Bett!

Wir proben den Effekt mehrmals und alle sind sehr konzentriert.

Alle bis auf mich.

Das Gerede der Komparsen geht mir nicht aus dem Kopf und obwohl ich versuche, mich auf meine Arbeit zu konzentrieren, ist in meinem Kopf einfach zu viel los. Ich komme mir fast so vor, als ob in meinem Hirn mehrere Tabs gleichzeitig geöffnet sind, und ziehe kurz vor dem Take die Notbremse.

»Kann ich kurz einen Moment für mich haben, bitte?«, frage ich leise und obwohl ich ziemlich weit von der Regisseurin entfernt bin, kann sie mich durch ihre Kopfhörer gut verstehen.

Sie nickt, wendet sich an Ashton, der die Ansage macht: »Kurz fünf Minuten Pause für eine Regiebesprechung!«

Natürlich gibt es keine Regiebesprechung, aber Ashton kann ja schlecht sagen: »Kurze Pause, weil der Schauspieler sich sammeln muss.«

Ich wende mich ab, verlasse das Set und gehe um das Gebäude herum. Dort fällt kein Licht mehr hin, es ist still und ich lehne mich an die Hauswand.

Komm schon, es ist noch eine Einstellung, die wirst du doch wohl schaffen.

Tief Luft holend, schließe ich die Augen. Alles, was für mich jetzt gerade zählen sollte, ist meine Arbeit. Egal, was im Privatleben gerade los ist. Man muss das beiseiteschieben können.

Als Profi *muss* man dazu in der Lage sein.

Also gehe ich nochmal die letzte Szene durch: Was geht in Tommy vor, wenn er weiß, dass er seine geliebte Evelyn vielleicht nie wieder sieht?

Seufzend verberge ich das Gesicht in den Händen und drücke mir die Handballen auf die Augen, bis bunte Schlieren zu sehen sind, und versetze mich gedanklich in meine Rolle.

Fast kommt es mir so vor, als würde ich mich in eine Art Trance denken. Und als ich nach fünf Minuten wieder am Set stehe, ist es nicht Henry, der nach einem Schuss zu Boden geht, sich die Hand auf eine blutende Wunde drückt und auf allen vieren unter dem Absperrband hindurch kriecht, sondern Tommy.

Und danach haben wir endlich Drehschluss!

Aufs Abschminken verzichte ich heute. Lediglich die Hände wasche ich mir, um das Blut loszuwerden. Leider geht es nicht so gut ab, wie ich gedacht hatte. Mit einer kleinen Bürste schrubbe ich mir über die Handflächen, doch die Haut bleibt rot.

»Warte, ich hab da einen Trick«, sagt Louise, die nebenbei ihre Settasche ausräumt und die Pinsel sauber macht, die sie im Laufe des Tages gebraucht hat.

»Trockne dir mal die Hände ab, dann gebe ich dir Rasierschaum, der sollte die Farbe rauslösen.« Sie sprüht das Zeug auf meine Hände und ich sehe aus, als hätte ich eine Tortenschlacht gemacht.

»Wie lange muss ich jetzt warten?«, gähne ich und halte die Hände weg vom Kostüm.

»So zehn Minuten?«, überlegt Louise und ich seufze: »Ich will in mein Bett.«

»Lass dich doch schon mal von Elianna umziehen«, schlägt sie vor und öffnet die Tür, die sich zwischen Masken- und Garderobenteil befindet.

»Elianna, du musst mich ausziehen, ich habe leider die Hände voll«, sage ich und frage mich, wieso um alles in der Welt ich um diese Uhrzeit noch zu Scherzen aufgelegt bin.

Elianna hilft mir natürlich beim Ausziehen. Genauer gesagt, zieht sie mich aus, so gut es geht. Ich bleibe einfach stehen, hebe brav ein Bein, damit sie mir die Hose abstreifen kann und halte still, als sie mir in meine Jeans hilft. Weil ich die Jacke schon vor dem Rasierschaum ausgezogen habe, muss sie mich nur aus dem T-Shirt kriegen und weil sie das sowieso waschen muss, ist es kein Drama, wenn etwas drankommt.

»Soll ich dir den Gürtel zumachen, oder machst du das selbst?«, fragt Elianna und hält inne.

»Das mach ich dann gleich allein, danke«, sage ich und sehen auf die Uhr, die über der Tür hängt.

4:37 Uhr.

Zehn Minuten sind um und ich wasche den Schaum von den Händen. Tatsächlich ist die rote Farbe weg.

»Ging's ab?«, fragt Louise und packt die restlichen Schminksachen beiseite.

»Ja, vielen Dank. Sag mal, dürfte ich wohl mein Handy wieder haben?«, frage ich und fühle mich wie ein Kind, das seine Mutter darum bitten muss, den Hausarrest aufzuheben.

»Ohja, natürlich.« Sie schließt ein Fach über dem Schminktisch auf und nimmt mein Smartphone heraus. »Hier bitte. Hast du sonst alles? Dann können wir hier raus und ich schließe den Wagen ab.«

Gemeinsam verlassen wir das Maskenmobil. Es ist fast nichts mehr los, nur

Ashton und seine Setrunner sind noch da. Sie rollen die ganzen Stromkabel ein und räumen alles zusammen, damit die Mobile übers Wochenende zurück zum Parkplatz gebracht werden können.

20. KAPITEL

Es ist 5:30 Uhr am Morgen, als die Mädels abgeliefert werden. Sie sind mitgefahren, weil um diese Zeit keine Bahnen mehr unterwegs sind.

Endlich bin ich allein im Wagen. Unsicher luge ich nach vorne, doch scheinbar ist der Fahrer auch zu müde, um sich zu unterhalten. Mir fallen fast die Augen zu und sie sind schon ganz trocken vor Müdigkeit, trotzdem schaue ich nun endlich aufs Handy.

Lucas hat mir mehrfach geschrieben.

>>Hey Daddy. Na wie geht's dir?<<

Daddy?

Was soll denn das jetzt? Will er sich einen Scherz erlauben oder hat er einen heimlichen Daddy Kink? Ich schlucke und öffne die nächste Nachricht.

>>Du bist heute sehr still, was ist denn los? Hat dich der Artikel so

mitgenommen? Ich hab ihn gesehen und finde ihn eigentlich sehr amüsant. Lass das nicht zu nahe an dich heran, das ist die Sun, die werden sich schon wieder beruhigen. (Haha, das sage ausgerechnet ich) außerdem hat das einen Vorteil. Jetzt können wir uns in der Öffentlichkeit zeigen und alle werden denken, wir tun das nur, wegen des Artikels, um ihn ins Lächerliche zu ziehen. Die Chance sollten wir unbedingt nutzen. Ich habe die Wohnung, die du angesehen hast, übrigens genommen und ziehe um, wenn ich wieder in London bin. XX<<

Ich schreibe ihm zurück.

>>Hey ... Daddy? Was hat es denn damit auf sich? Ich bin mir ja nicht so sicher, wie ich das finden soll. Baby ist mir lieber, wenn ich ehrlich bin. Ich hatte heute Nachtdreh und bin jetzt auf dem Weg nach Hause. Den Artikel konnte ich leider bisher nicht lesen, werde das aber sofort tun. Wenn sogar du am anderen Ende der Welt mitbekommst, was die Sun schreibt, dann muss ich das jetzt auch wissen. Love you!<<

Die Google-Suche spuckt mir sofort den passenden Artikel aus und schon bei der Überschrift fallen mir fast die Augen aus dem Kopf.

>>Henry Seales: Sugar Daddy für Lucas?<<

Sugar Daddy? SUGAR DADDY? Wie kommen die denn auf so einen Blödsinn?

>>Lucas Thomas wird umziehen! Das bestätigte eine Maklerin gestern Nachmittag. Lucas habe eine hübsche Wohnung im Londoner Osten gemietet.

»Es handelt sich dabei um eine gut ausgestattete zwei Zimmer Wohnung, die neu renoviert und großzügig geschnitten ist«, so die Maklerin gegenüber der Sun. Sie berichtete außerdem, dass sich nicht Lucas die Wohnung angesehen habe, sondern kein Geringerer, als Henry Seales!

Nun, da fragt man sich doch: Wieso tut Henry so etwas? Unsere Redaktion hat Nachforschungen angestellt und ist zu dem Schluss gekommen, dass Lucas sich diese Wohnung aufgrund seiner finanziellen Lage gar nicht leisten kann.

Lucas Thomas, der erst einen Film gedreht und eine teure Ausbildung in New York genossen hat, kam vor zwei Jahren nicht ohne Schulden aus dem Land der unbegrenzten Möglichkeiten zurück. Henry, der über gute finanzielle Mittel verfügt (nicht zuletzt durch zwei äußerst erfolgreiche Filme im letzten Jahr Anm.d.Red), könnte seinem guten Freund dabei unter die Arme greifen. Natürlich nicht ohne eine gewisse Gegenleistung. Zwar hatte Henry Seales nie offen bestätigt, homosexuell zu sein, doch die Wohnung liegt ganz in der Nähe seiner eigenen und Gerüchten zufolge hat er Lucas in Neuseeland besucht. Wie es aussieht, sucht Henry die Nähe zu Lucas. Wieso sollte man seine finanzielle Unabhängigkeit nicht ausnutzen und sich als Sugar Daddy für einen attraktiven Jungschauspieler anbieten? Liebe ist eben doch käuflich ... - Stan Cardener- the Sun<<

Fassungslos schaue ich auf das helle Handydisplay.

Das kann doch nur ein Scherz sein, oder?

Erneut lese ich den Artikel, um sicherzugehen, dass ich mich nicht geirrt habe.

Ich soll ihm eine Wohnung finanzieren und dafür als Gegenleistung sexuelle Dienste verlangen?

Haben die noch alle Tassen im Schrank? Kopfschüttelnd schalte ich das Handy wieder aus und sehe aus dem Fenster, ohne jedoch wirklich wahrzunehmen,

225

was sich vor meinen Augen abspielt.

Wie soll ich das finden?

Natürlich schreit der Artikel aufgrund der wenigen Zeilen und der Tatsache, dass er in der Sun erschienen ist, förmlich danach, erstunken und erlogen zu sein, trotzdem unterstellt man mir, Lucas´ finanzielle Lage auszunutzen. Das klingt, als wäre ich ein Mann in der Midlife Crisis, der sich an junge Kerle heranmacht, weil er es sich leisten kann, aber ich bin doch gerade mal zwei Jahre älter.

Zwar habe ich mich nie mit Sugardaddys beschäftigt, doch ich glaube nicht, dass die nur einen Altersunterschied von zwei Jahren zu ihren Sugarbabes haben.

Jetzt, da ich weiß, was geschrieben wurde, machen alle Kommentare, die ich heute im Laufe des Tages gehört habe, Sinn. Deswegen fragte Nate, ob ich mit Lucas zusammen ziehe und die Komparsin meinte, sie würde mir sowas nicht zutrauen.

Erneut schalte ich das Handy an und schaue nach, wer den Artikel verfasst hat. Es wundert mich nicht, Stan Cardeners Namen darunter zu sehen, den habe ich gerade überlesen.

Was bezweckt er damit?

Will er mich herausfordern, weil es über die Twitter Aktion nicht geklappt hat?

Oder will er sich einfach an mir rächen, weil ich nie bereit war, mich richtig von ihm interviewen zu lassen?

Noch während ich so darüber nachdenke, kommen wir in Canonbury an. Weil ich ziemlich sicher bin, dass Cardener um diese Uhrzeit Besseres vorhat, als vor meinem Haus auf der Lauer zu liegen, bitte ich den Fahrer, mich bis zur Haustür zu bringen und dort abzusetzen.

»Bis Montag«, sagt der Fahrer zu mir, doch ich korrigiere ihn: »Nein, bis Dienstag. Montag habe ich drehfrei.«

»Achso. Dann bis Dienstag…Daddy«, sagt der Fahrer und gluckst amüsiert.

Ich halte inne, bin halb auf dem Bürgersteig und habe den Türgriff noch in der Hand.

Das hat er jetzt nicht ernsthaft gesagt!

Für einen kurzen Moment schließe ich die Augen, um nicht sofort aus der Haut zu fahren, was nicht leicht ist. Ich bin übermüdet, mir ist kalt, ich habe gerade einen Artikel gelesen, der mich nicht wirklich in ein gutes Licht rückt, und jetzt muss ich mir einen solchen Kommentar anhören? Noch dazu von jemandem, der unserer Branche arbeitet und es eigentlich besser wissen müsste.

»Was erlaubst du dir eigentlich?«, sage ich leise und als er sich auf seinem Platz zu mir umdreht und sagt: »Ach komm, das war doch nur Spaß«, schüttele ich den Kopf.

»Nein, das war kein Spaß. Zumindest nicht für mich. Die Sun schreibt Bullshit über mich und gerade du als Mitarbeiter der Filmbranche, solltest wissen, dass man auf diese Zeitung nichts gibt, geschweige denn es den Leuten aufs Brot schmiert, was über sie geschrieben wird. Du siehst Frauen, die bei dir im Wagen sitzen, als Sexobjekte und mir gegenüber bist du auch sehr respektlos. Ich werde morgen die Produktion anrufen und dafür sorgen, dass wir einen anderen Fahrer bekommen.«

Dem Mann entgleiten die Gesichtszüge und er starrt mich an: »Das ist nicht dein Ernst.«

Irre ich mich oder höre ich da einen drohenden Unterton heraus?

»Doch, ich glaube schon, dass das mein voller Ernst ist. Dein Job ist es, dafür zu sorgen, dass wir Schauspieler uns bei dir wohlfühlen und da du offensichtlich keinerlei Feingefühl dafür hast, wie du dich verhalten solltest, scheint der Job wohl nicht das Richtige für dich zu sein.«

Es hat gut getan, das alles Mal zu sagen, und ich mache Anstalten, die Wagentür endlich hinter mir zu schließen, doch der Fahrer springt aus dem Auto und packt mich ziemlich grob am Arm. Es sollte eine drohende Geste sein, doch ihn scheint auf halbem Wege der Mut verlassen zu haben, denn der Griff ist nicht annähernd so fest, als dass er mich damit einschüchtern könnte.

»Das würde ich ganz schnell bleiben lassen. Ansonsten bringst du dich nur noch mehr in Schwierigkeiten«, sage ich leise und hebe das Kinn. Ich bin fast zwei Köpfe größer als der Mann, das macht Eindruck und obwohl ich diese Karte nicht gerne ausspiele, weil ich es überheblich finde, sage ich: »Glaub mir; ich bin Schauspieler. Ich bin deutlich wichtiger, als du und wenn ich das will, dann kann ich ganz schnell deine berufliche Laufbahn beenden. Willst du das riskieren? Wenn nicht, dann lass mich jetzt sofort los, steig in deine Karre und hau ab.«

Natürlich lässt er los, taxiert mich ein letztes Mal wütend und scheint mit sich zu ringen, ob er mir nun eine runterhauen soll, oder nicht. Glücklicherweise lässt er es bleiben und wenige Sekunden später sehe ich nur noch die Rücklichter des Wagens, der um die nächste Ecke verschwindet.

Ich reibe mir den Arm, als ich die Treppe hinauf in die Wohnung stampfe. Dass ich die Nachbarn wecken könnte, ist mir in dem Moment egal. Ich bin stinksauer, dass man so etwas über mich geschrieben hat und gleichzeitig weiß ich, dass ich mich eigentlich nicht ärgern lassen sollte. Ich kann letztendlich sowieso nichts daran ändern und muss das Beste aus dem machen, was ich habe.

Mit jedem Schritt, dem ich mich meinem Bett nähere, werden die Füße schwerer – ich bin so müde. Körperlich und emotional.

Meine Schuhe stelle ich noch in den Schuhschrank, doch die Klamotten ziehe ich einfach aus und lasse sie als Knäuel mitten im Flur liegen. Wütend schnaubend setze ich mich auf die Couch und starre ins Nichts.

Sugardaddy.

Was für ein Blödsinn. In mir brodelt es. Am liebsten würde ich einmal laut schreien, doch es ist viel zu früh am Morgen. Ich würde das ganze Haus aufwecken. Äußerlich bin ich vollkommen ruhig, doch mein Kopf arbeitet und denkt darüber nach, was man aus dieser Situation machen könnte, auch, wenn ich weiß, dass ich mich eigentlich nicht groß wehren kann, ohne rechtliche Schritte vorzunehmen. Das will ich allerdings nicht, denn ich will kein Schauspieler sein, der gegen alles und jeden klagt.

Mir fällt nichts ein. Mein Hirn ist zu müde und produziert nur Müll. Es wäre vernünftiger, einfach ins Bett zu gehen und darüber zu schlafen, doch das ist mit Sicherheit leichter gesagt als getan, wo ich doch am liebsten zu Cardener fahren und ihn erwürgen würde.

Ich balle stattdessen die Fäuste, sodass mir die Nägel in die Haut drücken und schaffe mir Abhilfe, indem ich ein Kissen durch den Raum werfe.

Es fegt ein Glas vom Tisch, das auf den Teppich fällt, zum Glück aber heil bleibt. Höchste Zeit, dass Lucas wieder kommt. Alleine kann ich mit dieser Situation nicht vernünftig umgehen. Mit ihm zusammen fühle ich mich stärker und kann viel besser urteilen. Alleine verliere ich viel zu schnell den Kopf.

Als ich endlich ins Bett sinke, kuschele ich mich in sein Shirt, inhaliere seinen Duft und drifte so schnell in den Schlaf, dass ich es nicht einmal mehr schaffe, mein Handy ans Ladekabel zu stecken. Doch vielleicht ist das auch gut so, denn morgen habe ich frei und dann kann ich ausschlafen, so lange ich möchte, ohne dass mich eine Nachricht oder ein Anruf aus dem Schlaf reißt, weil der Akku leer sein wird.

Mein ganzes Wochenende scheint aus Schlafen zu bestehen. Der Dreh schlaucht ganz schön und die Sun hat ihr Übriges dazu beigetragen, mich müde zu machen, daher nehme ich mir nichts vor.

Allerdings muss ich mich aus dem Haus bewegen, weil der Kühlschrank mal wieder leer ist. Den Einkauf schiebe ich bewusst lange vor mir her, denn ich will nicht unter Menschen, die mich aufgrund des Artikels verachtend ansehen könnten. So kommt es mir ganz gelegen, dass mich Nick am späten Nachmittag anruft.

»Mir ist langweilig. Kann ich vorbeikommen?«, fragt er und ich bin mir ziemlich sicher, dass Langeweile nicht der einzige Grund für seinen Besuch ist.

Vielleicht will er ja auch nachsehen, wie es mir geht.

Nick war noch nie der Mensch, der mit der Tür ins Haus gefallen ist. Er hat sich immer unauffällig bei mir eingeladen und seinen wahren Grund verschleiert, wenn er ahnte, dass es mir nicht gut gehen könnte, oder mich etwas beschäftigt.

Der Artikel spukt mir noch immer im Kopf herum und ich denke, dass es guttun könnte, wenn ich Gesellschaft hätte. Und vielleicht kann er ja mitkommen zum Einkaufen. Deswegen sage ich ihm natürlich zu und räume die Wohnung ein bisschen auf, damit es ordentlich ist, wenn er kommt.

»Hey Kumpel, wie geht's dir?«, fragt Nick und umarmt mich wenig später, als ich ihm die Tür öffne. Heute hat er einen farbenfrohen Tag und drückt das über seine Kleidung aus. Er trägt nämlich einen weißen Kunstpelzmantel mit Regenbogen auf dem Rücken und pinkfarbenen Spitzen. Irritiert ziehe ich die Augenbrauen hoch, als ich das Outfit sehe, und streiche ihm durchs Fell, wie ich es bei einem Hund machen würde.

»Lass das, du bringst alles durcheinander«, protestiert er und zieht den Mantel aus. »Du siehst ein bisschen fertig aus, geht dir der Artikel so nahe?« Ich werfe einen Blick in den Spiegel, der hinter Nick an der Wand hängt: Mein Shirt ist ein bisschen weit und verwaschen, die Haare sind noch durcheinander und ich habe Augenringe.

»Ich war noch nicht duschen«, entschuldige ich mich und fahre mir mit der Hand durch die Haare, doch sie bleiben nicht liegen. »Und ja, der Artikel geht mir nahe, beziehungsweise ärgert er mich. Außerdem vermisse ich Lucas. Willst du einen Tee?«, frage ich und gehe Nick voraus in die Küche.

»Wenn du mich so fragst, gerne. Hast du Kekse da?« Mein Kumpel zieht eine Schranktür auf und die Augenbrauen hoch, als er die gähnende Leere darin sieht. »Was hast du heute gegessen? Luft?«, fragt er und sieht vom Schrank zu mir hin.

»Ich hab noch nicht gefrühstückt, weil ich dringend einkaufen muss«, gebe ich zu.

»Einkaufen«, wiederholt Nick, schließt den Schrank und lehnt sich dagegen. »Was hält dich davon ab? Ich hoffe nicht, dieser lächerliche Artikel.«

Wir sehen uns an und ich überlege kurz, ob ich ihm sagen soll, dass ich nach diesem Artikel nicht alleine nach draußen gehen will.

Nick sieht mir in die Augen.

»Du willst nicht allein raus, hab ich Recht?« Langsam nicke ich und er grinst. »Du willst doch nicht wirklich jetzt in Deckung gehen, nur weil so ein Typ sich eine lächerliche Geschichte aus dem Ärmel schüttelt. Das hast du gar nicht nötig. Die Sun ist doch *berühmt* dafür, dass sie regelmäßig Enten druckt. Das weiß jeder, daher werden sich kaum Leute darum scheren. Ich würde mich eher fragen, ob es eine gute Idee ist, mich mitzunehmen? Ich bin geoutet und wenn man uns nun zusammen sieht, wird das die Gerüchte nicht gerade abflauen lassen. Außerdem weiß niemand, dass wir befreundet sind und dann könnte auch rauskommen, dass meine Twitter-Verteidigung von Lucas, von dir ausging.«

Scheiße, das hab ich alles nicht bedacht.

Deprimiert senke ich den Blick wieder und zucke zusammen, als der Wasserkocher ein lautes Pfeifen von sich gibt.

»Wenn du willst, dann komme ich aber gerne mit. Wir müssen den Laden ja nicht gemeinsam betreten, dann fällt es nicht so auf. Und wenn du mir einen Mantel ausleihst, der weniger auffällig ist, als dieses Einhornfell, dann geht das sicher klar. Ich setze mir noch einen Beanie auf und dann bin ich super getarnt.« Nick zupft an dem Einhorn herum und hängt es an meine Garderobe. Von Weitem könnte man jetzt fast meinen, ein Yeti stünde bei mir im Flur.

Ja, das klingt gut, denke ich und sehe Nick dabei zu, wie er sich eine Jacke von mir aussucht. Von der Küche aus kann ich ihn gut sehen.

Ich greife nach einer Tasse, um Nick den Tee zu machen, als er wieder in die Küche kommt, und mir alles aus der Hand nimmt.

»Lass mich das mal machen. Du springst jetzt unter die Dusche, machst dich fertig und dann gehen wir gemeinsam einkaufen. Auch, wenn es dir nahegeht oder dich ärgert, was die Presse über dich schreibt, sollte man dir das nicht gleich auf den ersten Blick ansehen. Und dann musst du mir erzählen, ob du dich mit Lucas wieder versöhnt hast.«

Das Badezimmer ist vernebelt vom Wasserdampf, als ich wenig später aus der Dusche trete, mich abtrockne und mir die Haare föhne. Rasieren muss ich mich nicht, weil ich das erst gestern gemacht habe und meiner Haut eine kleine Pause gönnen will. Tatsächlich sehe ich, nachdem ich mich eingecremt habe, nicht mehr ganz so fahl aus.

»Bist du soweit?«, fragt Nick und klopft von außen an die Tür. Ich öffne sie und er hebt anerkennend die Augenbrauen, als ich nur im Handtuch vor ihm stehe.

»Was ist?«, frage ich und sehe an mir herunter.

»Du siehst gut aus ... ich bin gerade ein wenig neidisch auf Lucas, wenn ich ehrlich sein soll.« Er fängt meinen spöttischen Blick auf und ich glaube, ihn erröten zu sehen.

»Also das soll jetzt nicht heißen, dass ich mit dir schlafen möchte, oder so ... aber ... ich hätte auch gerne mal wieder jemanden an meiner Seite, der kein One Night Stand ist.« Ich weiß, was er gemeint hat und deswegen nehme ich ihm den Kommentar nicht übel, sondern sehe es als Kompliment.

»Ja, Lucas weiß auch, was er an mir hat, allerdings bin ich gerade ein bisschen zu dünn, was ihm gar nicht gefallen wird. Der Stress der letzten Tage hat sich leider auf mein Hungergefühl ausgewirkt«, sage ich, schiebe mich an ihm vorbei, stupse ihn aber mit der Hüfte spielerisch an, bevor ich im Schlafzimmer verschwinde und mich umziehe.

Vor dem Spiegel stehend, mustere ich mich kurz, bevor ich die Knöpfe des Hemdes schließe. Momentan fühle ich mich in meinem Körper wieder halbwegs wohl, was aber mit Sicherheit daran liegt, dass ich mich mit Lucas wieder vertragen habe. Von nun an wird alles besser werden, da bin ich sicher.

Zehn Minuten später bin ich fertig und wir stehen im Hausflur.

Draußen ist es schon dunkel und Nick späht unauffällig durch das Fensterchen neben der Eingangstür. »Also vor der Tür steht niemand. Es kann natürlich sein, dass sie in den Büschen sitzen, aber ich denke, da dürfte es auch einem Reporter der Sun heute zu kalt sein und selbst, wenn doch jemand da ist, bin ich ja getarnt. Ich könnte jeder x-beliebige Hausbewohner sein.«

»Vielleicht ist es trotzdem besser, wenn du zuerst rausgehst und schon mal zu Tesco voraus läufst. Ich komme dann gleich nach. Wir kommen dann zwar immer noch aus demselben Haus, aber man kann zumindest keine Bilder von uns gemeinsam abdrucken.« Der Plan klingt ganz gut und weil wir ja so oder so aus dem Haus müssen, ist es nicht vermeidbar, dass man uns sieht. Einen Hinterausgang gibt es nicht und ich würde ihn auch nicht nutzen wollen, wenn wir einen hätten. Soweit kommt's noch, dass ich mein eigenes Zuhause nicht durch den Haupteingang verlassen kann.

Nachdem Nick einen Vorsprung von etwa sieben Minuten hat, schlage ich den Mantelkragen nach oben, öffne die Tür langsam und schiebe mich hinaus in die Kälte. Glücklicherweise habe ich Handschuhe angezogen, ansonsten wäre ich mit Sicherheit am Türknauf festgefroren.

Außer mir ist niemand auf der Straße und ich lausche ständig, ob ich vielleicht doch das verräterische Klicken einer Kamera hören kann, doch es ist still, nur das Rauschen der Hauptstraße wird vom Wind in meine Richtung getragen. Die wenigen Menschen, die mir entgegenkommen, haben die Blicke auf den glatten Bürgersteig gesenkt, oder sind am Handy. Manche haben schwere Einkaufstüten mit Weihnachtsgeschenken bei sich oder balancieren unhandliche Päckchen auf den Armen. Beim Anblick der Geschenke fällt mir ein, dass ich mich darum noch gar nicht gekümmert habe. Vielleicht sollte ich heute Abend mal Ideen sammeln.

Im Tesco ist nicht allzu viel los.

Die warme Luft des Ladens schlägt mir entgegen und umhüllt mich mit Gerüchen von Gebäck, Gemüse, Waschmittel und nassen Wintermänteln.

Nick steht bei den Zeitungen neben einer älteren Dame, die sich eine

Illustrierte aussucht. Er hebt kurz den Kopf, sieht in meine Richtung und stellt dann die Zeitung zurück, um sich ebenfalls einen Einkaufskorb zu nehmen, dann schlendert er betont unauffällig in meiner Nähe herum.

Wenn ich stehenbleibe, um mir einen Artikel genauer anzusehen, nimmt er sich ebenfalls einen aus dem Regal und studiert die Inhaltsstoffe. Er verhält sich wie ein Privatdetektiv.

Gerade, als mir der Gedanke kommt, dass es vielleicht doch ein wenig überflüssig war, Nick als Aufpasser mitzunehmen, kommt eine Gruppe junger Männer in meinen Gang - sie sind laut und offensichtlich nicht mehr ganz nüchtern. Vielleicht wollen sie auf eine Party und decken sich hier mit etwas mehr Alkohol ein.

Grob schieben sie sich an mir vorbei, ohne mich zu bemerken, und ich bin froh darüber. Mein Herz schlägt bis zum Hals, als sie mir so nahe kommen und ich atme erleichtert aus, als sie sich wieder entfernen.

Dann dreht sich allerdings einer von ihnen um und sieht mich direkt an.

»Jungs, schaut mal«, sagt er leise, aber laut genug, dass ich ihn hören kann.

»Das ist der Typ aus dem letzten Kinofilm, den wir gesehen haben.« Er zieht einen anderen am Ärmel, der ebenfalls stehenbleibt und sich umdreht.

»Wow, das ist er ... wie cool ist das!«, ruft er und kommt auf mich zu.

»Hey«, sagt er laut, als er direkt vor mir steht, und ich kann seine Alkoholfahne riechen.

»Hallo«, sage ich und stehe da wie angewurzelt.

»Pete, das ist Henry Seales! Der, den du im letzten Film so cool fandest, komm frag ihn nach einem Autogramm!«, sagt der Kerl laut zu seinem Kumpel, der etwas weiter hinten steht und mich unsicher anschaut.

Seltsam, diesen Kerlen hätte ich eher zugetraut, dass sie mich dumm anmachen. Stattdessen scheinen sie mich zu mögen. Ja, sie sind fast schon schüchtern. »Komm, trau dich. Das Foto kannst du bei Instagram hochladen. Da kriegst du voll viele Likes, man«, sagt nun ein anderer und schiebt Pete in meine Richtung.

»Psst Henry«, kommt es von links und ich schaue irritiert die Cornflakes an, vor denen ich stehe, denn von dort kam das Geräusch. Nicks Augen blicken mich an. Er hat die Waren auf der anderen Seite des Regals beiseitegeschoben, um zu mir herübersehen zu können. »Alles okay? Soll ich dir helfen?«, fragt er und ich schüttele den Kopf.

»Nein, danke ich glaube, es ist alles gut.«

»Hey!«, wieder steht der Kerl vor mir und dieses Mal hat er Pete dabei.

»Können wir ein Foto zusammen machen?«

»Ja klar.« Bin ich froh, dass ich auf Nick gehört und vorhin geduscht habe. Sonst würde ich auf den Bildern vermutlich aussehen, wie ein Zombie.

Die kleine Gruppe schart sich um mich und alle grinsen in die Kamera, die einer mit langgestrecktem Arm hält. Sie knipsen mehrere Bilder, bis endlich eines dabei ist, das alle zufrieden stellt, dann bedanken sie sich und tappen davon.

Wow, das war mal eine recht angenehme Begegnung und das, obwohl sie betrunken waren. Wieder einmal zeigt es doch, das man sich in den Menschen täuschen kann und manche netter sind, als sie aussehen.

Nachdem ich meine Einkäufe erledigt habe, schlendere ich zurück und Nick und mir gelingt es, ungesehen im Haus zu verschwinden.

»Wow, diese Kerle waren unerwartet nett«, meint Nick, als wir wieder in der Wohnung sind und ich alles auspacke.

»Ja, ich hatte auch befürchtet, dass ich mir wieder was anhören muss«, bestätige ich und verstaue Konserven im Vorratsschrank. »Die sahen irgendwie schon so pöbelhaft aus. Wie man sich manchmal täuschen kann. Das Leben lehrt uns immer wieder eine Lektion«, sagt Nick. »Schade, dass wir das manchmal vergessen und den Menschen immer so voreingenommen gegenüber treten.«

Ja, da hat er recht und ich wünsche mir durchaus, dass auch ich aufhören würde, in Schubladen zu denken. Leider habe ich jedoch oft genug die Erfahrung gemacht, dass die Menschen, denen ich begegne genau nach Klischee handeln. Und da mich diese Begegnungen gelehrt haben, vorsichtig zu sein, kann ich manchmal schlicht nicht anders, als Leute im Voraus zu beurteilen.

Nick bleibt noch eine ganze Weile. Wir machen Sandwiches, er fragt nach meinem Dreh und ich erzähle ihm von den Kollegen und dass ich mit Isobel leider nicht so warm geworden bin, wie ich es mir gerne gewünscht hätte.

»Hat sich Lucas eigentlich bei dir gemeldet? Beim letzten Mal, war er ja ziemlich enttäuscht, als ihr telefoniert habt«, fragt Nick und ich erinnere mich an das Telefonat zurück.

Mir tut es noch immer leid, dass ich damals so hart sein musste, und fühle mich schuldig ihm gegenüber, obwohl wir die Sache ja geklärt hatten.

»Er hat mir diese Nachricht geschrieben. Hier, lies mal.« Ich reiche ihm mein Handy und er überfliegt die Nachricht. Sein Blick wird immer weicher und als er fertig ist, schluckt er und seufzt: »Oh man, Lucas liebt dich wirklich. Es ist so süß, wie er reagiert. Natürlich kann ich ihn verstehen, dass er enttäuscht ist, aber es ist unglaublich, was er für dich für ein Verständnis hat. Ich will auch einen solchen Partner haben. Wenn er wieder zurück ist, musst du uns mal einander vorstellen und dann werde ich ihn einmal ganz fest umarmen. Er ist wirklich sehr süß und ich denke, dass er genau derjenige ist, den du brauchst.«

Mir wird ganz warm ums Herz.

Ja, mit Lucas habe ich wirklich unglaubliches Glück und ich bin dankbar, dass ich ihn habe. Wenn nur die Presse endlich Ruhe geben würde.

Wie schön es wäre, zusammen sein zu dürfen, ohne verurteilt zu werden. Aber zuallererst wünsche ich mir, dass Lucas wieder zurückkommt. Dann prallen alle dummen Anschuldigungen und Gerüchte an uns ab.

Das Echo auf den Artikel von Cardener dauert lange an und begleitet mich in den nächsten Tagen spürbar.

Blöd, wie ich bin, verfolge ich den Verlauf des Artikels online und lese den ein oder anderen bösen Kommentar und muss dort auch viel Häme einstecken.

Allerdings lenkt mich der Dreh gut ab und ich habe am Set eher Ruhe, denn nachdem ich mich bei der Produktion über den Fahrer beschwert habe, bekomme ich einen neuen.

So dümpeln die Tage dahin und ehe ich mich versehe, ist der 20. Dezember.

An diesem Tag wache ich auf und habe eine Nachricht auf dem Display, die mein Herz höher schlagen lässt.

>>Baby, ich bin im Flieger! Lande in 8 Stunden in London. Ich freue mich so unglaublich auf dich! Wir sehen uns heute Abend! Lucas XX<<

21. KAPITEL

Zu dem Text hat er ein Bild geschickt.

Es lädt ziemlich schnell und -

Holla, was hat mein Freund denn damit vor?

>>Ich vermisse dich ... gefällt dir das Bild? Vielleicht brauchst du es ja ;) L<<

Mir fallen fast die Augen aus dem Kopf. Lucas hat sich selbst fotografiert. Er liegt im Bett, trägt eine enge Boxershorts samt ... wo zur Hölle hat er diese Hosenträger her? Und es ist *deutlich* zu erkennen, in welcher Stimmung er auf dem Bild ist. Denn in den Shorts zeichnet sich so einiges ab ...

»Oh man, Lucas ...«, hauche ich und schlucke.

>>Baby, hast du mir gerade allen Ernstes eine Wichsvorlage geschickt?<<

Ich will entrüstet klingen, kann mir aber das Schmunzeln nicht verkneifen.

Irgendwie hätte ich ihm so etwas Verruchtes gar nicht zugetraut.

Das Bild weckt Erinnerungen an unseren Campingurlaub, an die gemeinsamen Nächte, die Küsse und den Sex. Vor allem an den Sex. Mir wird warm und ich atme scharf durch die Nase ein. Weiß er, dass ich ans Set muss und dass er mich mit diesem Bild gerade in eine äußerst ungünstige Lage bringt? Nämlich, dass ich in Gefahr gerate, zu spät zu kommen?

Mit Sicherheit. Und er hat das mit Absicht gemacht.

>>Schade, dass du nicht hier bist. Ich vermisse dich heute ganz furchtbar, Baby ... Lucas XX<<

Als ich die zweite Nachricht von ihm lese, entweicht mir ein leises Winseln. Ich vermisse ihn auch so sehr und wenn ich mir vorstelle, was er wohl nach dem Foto getan hat, sammelt sich eine pulsierende Wärme in meiner unteren Körperregion.

Ich ziehe das Handy zu mir heran und öffne nochmal die Nachricht. Dieses Bild von Lucas... meine Augen huschen über seine Brust und seinen Bauch. Er hat deutlich mehr Muskeln bekommen und ich kann die restlichen blauen Flecke vom Training sehen. Wenn ich bei ihm wäre, würde ich meine Lippen auf jeden Einzelnen davon drücken.

Ich will ihn wieder haben, ihn wieder in den Arm nehmen und mit ihm schlafen.

Wenn ich den Kopf zur Seite drehe, kann ich an seinem Shirt schnuppern und ich stelle mir vor, meine Hände wären seine, die sanft über meinen Bauch bis nach unten streicheln.

Eine Gänsehaut überzieht mich und meine Erregung drückt schon bald kräftig gegen meine Hand. Bevor ich heute keinen Orgasmus hatte, kann ich definitiv nicht arbeiten, denn ich werde Lucas´ Bild, gepaart mit meiner Fantasie vorher, nicht loswerden, das weiß ich genau.

Mit geschlossenen Augen lasse ich ihr freien Lauf. Wenn ich jetzt bei ihm wäre ... dann würde ich ihm in der Flugzeugtoilette diese Hosenträger so langsam abstreifen, dass er darum betteln würde, dass ich mich beeilen soll. Mit einem tiefen Seufzer drücke ich das Gesicht in sein Shirt und drehe mich auf den Bauch.

Ich könnte ihn riechen.

Genau wie jetzt gerade.

Meine Hand bewegt sich schneller und in meinem Kopf bin es nicht mehr ich selbst, der diese Bewegung ausführt. Nein, das ist Lucas, der dabei genau so heiß aussieht, wie auf dem Foto. Der Sex im Kopf ist perfekt und mir bleibt fast die Luft weg, denn ich komme schneller, als ich es gewohnt bin.

Vollkommen außer Puste falle ich auf die Matratze und muss grinsen, als mich die Glücksgefühle des Höhepunktes überwältigen. Schwer atmend drehe ich mich auf den Rücken und warte, bis sich mein Herzschlag etwas beruhigt hat, dann stehe ich auf und springe unter die Dusche.

Sobald ich fertig bin und im Handtuch vor dem Spiegel stehe, zücke ich das Handy.

Ich werde es ihm heimzahlen!

Das Foto, das ich knipse ist sexy allerdings nicht so freizügig, dass es mir auf die Füße fallen könnte, denn ich behalte das Handtuch an. Dann schicke ich das Bild ohne Kommentar an Lucas und muss zugeben, dass ich es amüsant finde, zu wissen, dass er im Flieger sitzen wird und ich ihn mit diesem Bild auf die Folter spannen kann.

Nachdem ich mich angezogen habe, schreibe ich ihm eine Nachricht.

>>Ich habe einen Ersatzschlüssel für meine Wohnung bei der Nachbarin Mrs Eppstein hinterlegt. Wenn du heute Abend bei mir vorbeikommen möchtest, musst du nicht warten, bis ich Drehschluss habe. Ich freu mich sehr auf dich! Henry XX<<

Natürlich weiß ich, dass es durchaus sein kann, dass er erstmal ankommen will und nicht gleich bei mir auf der Matte steht, trotzdem bin ich voller gespannter Vorfreude.

Die heutige Maskenzeit ist fast eineinhalb Stunden lang, denn ich bekomme sowohl die Extentions für Straßen-Tommy, als auch meine Tattoos verpasst, und verfolge in der Zeit Lucas´ Flug auf dem Handy.

»Henry, kannst du bitte mal nach vorne schauen, sonst setze ich die Extentions schief ein und dann passt nichts mehr zusammen«, bittet mich Louise leicht genervt und ich sehe rasch wieder hoch in den Spiegel.

»Oh, wow, du bist ja ganz schön weit«, stelle ich fest, als ich erkenne, dass sie schon fast alle Haarsträhnen verklebt hat.

»Ja, bin ich und ich wäre schneller gewesen, wenn du ein bisschen mitgearbeitet hättest. Was gibt's denn so Interessantes am Handy zu sehen?«, fragt sie und steckt eine Haarsträhne zur Seite, um das nächste Passeé abzuteilen.

»Ein guter Freund kommt mich besuchen und ich sehe nach, wo er momentan ist.«

»Ach, das ist ja schön«, sagt Louise, doch ich ahne, dass ihr das vollkommen egal ist, denn sie hat mit einem Auge auf die Uhr geschielt. Die Zeit ist etwas knapp, das bemerke ich jetzt auch und lege schweren Herzens das Handy weg.

Die falschen Haare fügen sich problemlos in meine eigenen ein und als mir die Maskenbildnerin mit einer Haarschneidemaschine die Haare auf der rechten Kopfseite auf 5 mm herunter rasiert hat, fühle ich mich endlich richtig wie Tommy.

Mein rechtes Ohr fühlt sich seltsam nackt an und ich fahre mit den Fingerspitzen über die kurzen Stoppeln. Es ist angenehm und ich könnte ewig darüber streichen. Doch ich muss arbeiten.

»Hier, dein Piercing.« Louise legt mir einen kleinen, durchsichtigen Zip-Beutel hin, ich pule den schwarzen Ring heraus und hänge ihn mir in die Unterlippe.

»Super sieht das aus. Ich mache dir noch etwas in die Haare, du bist viel zu sauber für ein Straßenkind«, sagt sie und reibt mir Wachs in den Haaransatz, damit es nicht nach frisch gewaschenen Haaren aussieht.

Zu wissen, dass ich heute Abend vielleicht nicht in eine leere Wohnung kommen werde, ist wunderbar. Das macht mich den ganzen Drehtag über so dermaßen nervös, dass ich mich mehrfach im Text verhasple und deutlich länger brauche, als sonst.

»Was ist denn los mit dir?«, fragt Isobel mich etwas genervt, als wir meinetwegen bereits beim 15 Take sind. Heute drehen wir eine Szene, in der Evelyn Tommy mit zu sich nach Hause nimmt. Er darf bei ihr übernachten und will am nächsten Tag seinen Entzug beginnen. Er will bei ihr duschen und ich hab mich dafür jetzt schon zehnmal ausgezogen. Jedes Mal habe ich an derselben Stelle einen Hänger und wir müssen wieder von vorne anfangen. Das ist anstrengend.

»Keine Ahnung ... tut mir wirklich leid«, entschuldige ich mich und versuche, nicht daran zu denken, wo Lucas jetzt sein könnte.

Ob er schon in seiner Wohnung war?

Oder vielleicht schon meinen Ersatzschlüssel geholt hat?

Ich fühle mich auf wunderbare und gleichzeitig furchtbare Art und Weise an meine Kindheit zurückerinnert. An die Stunden zu Weihnachten, an denen man wach im Bett liegt und darauf wartet, dass die Eltern endlich aufstehen und man gemeinsam im Wohnzimmer die Geschenke aufmachen kann.

Meines kommt dieses Jahr früher und heißt Lucas.

Doch ihn werde ich nicht bekommen, solange ich diesen Text in Kombination mit dem Timing nicht endlich auf die Reihe kriege. Denn vorher komme ich hier nicht weg.

Also starten wir nochmal von vorn. Elianna zupft meine zerrissene Jeans zurecht, legt die Kapuze des Pullovers wieder auf Anschluss und schließt die Schnallen der Armbänder, die ich trage. Schließlich sprüht sie mir den Pullover nochmal mit Wasser an, denn ich komme in der Szene davor in einen Platzregen. Als Elianna weg ist, macht Louise dasselbe mit meinen Haaren.

»Wir sind drehfertig!«, ruft Ashton und am Set wird es still. Ich gehe durch den Raum und stelle mich in die Tür, warte darauf, dass es losgeht.

Die Klappe fällt zum 16. Mal und Alex ruft: »Und bitte!«

Dieses Mal läuft es besser und ich schaffe meinen Text. Zwar muss ich mich sehr konzentrieren, aber die Szene wird nicht abgebrochen und Isobel scheint erleichtert darüber, dass es endlich geschafft ist.

»Cut! Na also, es geht doch«, freut sich Alex und ruft den nächsten Umbau aus.

»Sie hat recht. Woran lag es denn, dass wir dafür jetzt 16 Takes gebraucht haben?«, will meine Kollegin wissen und ich zucke die Schultern. »Naja, solange du jetzt den Dreh raus hast, ist ja alles gut. Ich bin heute Abend mit meinem Freund zu einem Abendessen eingeladen und wäre da gerne pünktlich.« Hinter Isobel sehe ich Louise, die die Augen Richtung Zimmerdecke dreht und mich dann angrinst.

Jeder hat mal einen schlechten Tag.

Natürlich ist das keine Entschuldigung dafür, dass ich heute viele Hänger hatte, aber bisher habe ich immer gut abgeliefert. Heute ist eine Ausnahme und ich bin sicher, dass sich das alles gibt, wenn ich Lucas wieder bei mir habe.

Was ja in absehbarer Zeit sein wird.

Der Tag will nicht vorbeigehen. Es ist wirklich schlimm. Alles zieht sich wie Kaugummi und ich erwische mich dabei, wie ich immer wieder auf die Uhr sehe und jedes Mal erst eine Minute vergangen ist.

Schließlich muss ich mir selbst sagen, dass es nichts bringt und der Tag schneller vorbei ist, wenn ich mich jetzt endlich auf meine Arbeit konzentriere. Nachdem ich diese Entscheidung getroffen habe, geht es besser und wir kommen gut voran.

Im zweiten Teil der Szene sitzt Tommy in eine Decke gewickelt mit Evelyn auf dem Sofa und erzählt ihr, was ihn dazu bewogen hat, nun doch einen Entzug zu machen. Es ist eine Menge Text, aber dieses Mal habe ich keine Hänger.

Als Drehschluss ausgerufen wird, springen Isobel und ich gleichzeitig auf. Sie will zu ihrer Verabredung und ich dränge nach Hause.

Normalerweise ziehen wir uns nacheinander im Garderobenmobil um. Aber heute haben wir es so eilig, dass wir gemeinsam bei Elianna auf der Matte stehen. Sie ist kurz etwas überfordert, doch wir sind trotzdem schnell fertig.

»Was machst du denn heute so einen Stress?«, fragt Louise irritiert, als ich wenig später zu ihr ins Mobil gestürmt komme.

»Ich muss nach Hause, ich kriege Besuch«, sage ich kurz angebunden und werfe mich auf den Schminkstuhl.

»Achja, das hattest du gesagt. Gut, dann helfe ich dir mal beim Abmachen der Tattoos. Isobel sagte, sie schminkt sich heute nicht ab, also habe ich nichts zu tun«, sagt Sam und geht ihrer Schwester zur Hand. Gemeinsam lösen sie die Tattoos auf meinem Oberkörper und entfernen die aufgemalten Kratzer und Narben.

»Henry, wenn du so rumwackelst, geht es nicht schneller, dann muss dein Besuch eben kurz warten«, lacht Louise und ich kneife die Lippen zusammen, um nichts zu sagen.

Ich bin so nervös und platze beinahe vor Vorfreude.

Die Fahrt nach Hause zieht sich so unglaublich in die Länge, weil gefühlt jede Ampel auf unserem Weg rot ist. Weil ich nicht länger warten will, beschließe ich, die Tube zu nehmen.

»Aber Mr Seales, ich soll Sie nach Hause fahren«, protestiert der neue Fahrer, ein sehr gewissenhafter Mann.

»Ja, aber ich hab´s unglaublich eilig und das geht mit der Tube einfach schneller. Du kannst dann ja auch direkt zu dir nach Hause fahren und hast früher Feierabend. Sieh es einfach so«, sage ich, ziehe die Autotür auf und springe hinaus auf die Straße.

Mit schnellen Schritten schlängele ich mich zwischen den Autos hindurch zum Bürgersteig.

Im Dunkeln leuchtet mir das Schild der nächsten Tube Station entgegen. Hier in Golden Lane Estate, dem Stadtteil, in dem sich die Schauspielschule und das große Barbican Theater befindet, ist noch viel los. Menschen aus den umliegenden Bürogebäuden sind auf dem Heimweg und alle gehen auf den schmalen Eingang der Barbican Station zu.

An den Drehkreuzen haben sich bereits kurze Schlangen gebildet und ich reihe mich ein. Niemand kreuzt meinen Blick, alle weichen den anderen Mitreisenden aus, sehen aufs Handy oder starren teilnahmslos auf die

Werbeplakate, die in der Station hängen. Das Klackern von Absätzen auf dem Steinboden, vermischt sich mit dem Rascheln der Wintermäntel. Ab und zu klingelt ein Handy oder jemand murmelt etwas. Der Verkehrslärm wird leiser, sobald die Rolltreppe mich nach unten bringt.

Mit der Circle Line komme ich bis King's Cross St Pancras und steige dort in die Victoria Line, die stadtauswärts fährt. Von der Haltestelle bis zur Canonbury Lane, in der ich wohne, sind es nur etwas mehr als fünf Minuten zu Fuß, doch heute bin ich schneller.

Ich kann mein Haus schon sehen, da fällt mir Cardener wieder ein. Der könnte auf der Lauer liegen. Ich bleibe an einer niedrigen Mauer stehen und sehe mich wachsam um. Niemand zu sehen. Auch die Autos, die am Straßenrand parken kenne ich gut genug, um ein fremdes Fahrzeug zu erkennen.

Also gehe ich geradewegs auf meine Haustür zu. Den Schlüssel habe ich kaum im Schloss herumgedreht, als ich die bekannte Stimme höre: »Mr Seales!«

Der Reporter ist wieder da und er hat einige Kollegen dabei!

Bitte nicht!

Zu meinem Glück sind sie noch weit genug von mir entfernt, wodurch ich die Möglichkeit habe, rasch ins Haus zu schlüpfen. Ich kann die Schritte der Reporter auf der Vortreppe hören und lehne mich schwer atmend von innen gegen die Tür. Als eine Hand gegen das Holz schlägt, zucke ich zusammen.

»Sie können sich nicht ewig vor der Presse verstecken. Wir wollen doch nur ein wenig mehr Informationen!«, ruft eine Frauenstimme.

»Lucas Thomas kam vorhin hier an. Wir haben gesehen, dass er dieses Haus betreten hat ...«, sagt eine andere Stimme vielsagend.

Lucas ist da! Er ist oben in meiner Wohnung! Oh mein Gott!

Ich lasse die Reporter einfach stehen, sollen sie doch Wurzeln schlagen, und renne die Treppe hoch. Immer zwei Stufen auf einmal nehmend, flitze ich in meine Etage. Mein Herz rast und ich bin ganz aufgeregt. So aufgeregt, dass ich versuche, mit dem falschen Schlüssel die Tür zu öffnen.

Es dauert einige Momente, bis mir das auffällt.

Meine Güte, bin ich zerstreut.

Mit einem leisen Klicken öffnet sich die Tür und ich trete in eine stockdunkle Wohnung.

Vorsichtig mache ich einen Schritt nach vorne und stolpere über etwas, das am Boden liegt. Leise fluchend, taste ich nach dem Lichtschalter und sehe dann, worüber ich gestolpert bin: Lucas´ Koffer liegt aufgeklappt mitten im Flur. Darin ist alles vollkommen durcheinander und einige Klamotten liegen daneben.

Also seine Unordnung habe ich definitiv nicht vermisst.

Trotzdem muss ich lächeln, denn der Koffer zeigt mir, dass er wirklich wieder da ist. Ich ziehe mir die, vom Schnee nassen Schuhe aus, hänge den Mantel auf und steige dann über Lucas´ Chaos. Die ganze Wohnung ist dunkel. Sicherlich schläft er.

Leise drücke ich die Schlafzimmertür auf, die nur angelehnt war, und das Licht aus dem Flur fällt in einem weichen, langen Strahl auf mein Bett.

Ein Lächeln schleicht sich auf meine Lippen. In einem zerwühlten Bett liegt Lucas auf dem Rücken und schläft. Hier drin ist es warm, vielleicht hat er sich an den Frühling gewöhnt und erstmal die Heizung aufgedreht. Leise gehe ich zum Bett, setze mich hin und mustere ihn.

Er hat ein wenig Farbe bekommen. Mit einer Hand streiche ich über seine Wange und er zuckt zusammen, dreht den Kopf in meine Richtung und öffnet die Augen. Sie sind noch traumverschleiert, doch das Blau nimmt mich sofort wieder gefangen und ich verliere mich darin.

»Du bist da ...«, krächzt er und lächelt.

»Du auch.«

»Endlich.« Bevor ich mich versehen kann, hat er die Arme um mich geschlungen und küsst mich stürmisch. Wir sinken zurück auf die Matratze und ich halte sein Gesicht sanft in einer Hand.

»Ich hab dich so unglaublich vermisst.«

Lucas lächelt und küsst meine Nasenspitze. »Ich dich auch, deswegen musste ich auch gleich hierher kommen.«

»Das war eine gute Entscheidung, ich hätte sonst heute Nacht nicht schlafen können.« Seine Hand streicht mir übers Gesicht und als er mir durch die Haare fahren will, hält er inne.

»Was ist mit deinen Haaren passiert?«, fragt er und fühlt die langen Strähnen zwischen den Fingern.

»Das ist Maske. Findest du es schlimm?«, frage ich, doch mein Freund schüttelt den Kopf. »Die kurze Seite fühlt sich lustig an.«

Ich sehe ihm dabei zu, wie er es genießt, über die samtenen Stoppeln zu streichen, und kann nicht aufhören zu grinsen. Noch immer ist es surreal, dass er endlich da ist und in meinem Bett liegt.

»Es tut mir alles so leid, was ich beim letzten Telefonat gesagt habe«, sage ich plötzlich. Es bricht einfach aus mir heraus und obwohl ich weiß, dass wir es geklärt haben, will ich ihm das nochmal direkt sagen. »Ich weiß, dass ich dir wehtue, wenn ich mich einfach nicht traue ... aber es fällt mir so schwer und ich hab wirklich Angst vor der Reaktion der Leute ...«

»Henry, wir haben das besprochen. Ich bin dir nicht mehr böse. Wir schaffen das schon und dieser Artikel ist eine wunderbare Chance für uns, die wir nutzen könnten«, sagt Lucas leise und zieht mich sanft in seine Arme.

»Wie willst du das denn nutzen?«, frage ich leise und küsse den Bereich seines Halses, den ich erreichen kann. Mein Freund reckt sich mir entgegen und seufzt leise. Ich weiß genau, dass ich ihn aus dem Konzept bringe, mache aber weiter.

»Naja ...«, er versucht, sich zu sammeln. »Ich dachte, wir könnten uns in der Öffentlichkeit einfach zusammen zeigen und so tun, als ob wir uns dadurch über diesen Artikel lustig machen, dann weiß niemand mehr so genau, was eigentlich los ist.« Wieder findet seine Hand den Weg in meine Haare und er krümmt die Finger, als ich an seinem Ohrläppchen knabbere.

»Ah ... was ... was hältst du davon?«, schafft er, zu fragen.

»Find ich gut ... die Reporter haben dich sowieso heute herkommen sehen«, schnurre ich und arbeite mich zu seinem Haaransatz vor.

»Reporter?«, keucht Lucas und wimmert.

»Ja ... das Haus wird seit Wochen belagert ... hm du riechst so gut, Lucas.« Mit der rechten Hand streiche ich ihm über den Bauch und schiebe sie ohne Vorwarnung in seine Shorts.

Er schnappt nach Luft, als ich den Bund nach unten schiebe.

»Henry ... bitte ...«, haucht er und atmet schwerer.

»Soll ich weitermachen, Baby oder bist du nach dem langen Flug nicht in Stimmung?«, raune ich ihm ins Ohr und kneife ihm in den Oberschenkel. Natürlich hoffe ich selbst, dass er mehr will, denn ich will ihn unbedingt haben.

So sehr habe ich ihn vermisst.

Ich stütze mich auf den Unterarm und drücke die Lippen auf seine und er erwidert seufzend. Das ist so wundervoll. Mein ganzer Körper kribbelt und eine Gänsehaut breitet sich aus, als ich seine Hände unter meinem T-Shirt fühlen kann.

Beherzt packt er den Stoff und zieht ihn mir über den Kopf.

Keuchend richte ich mich kurz auf und mache Anstalten, mich aus meiner

Jeans zu befreien. Er sieht mich an und der Ausdruck in seinen Augen wechselt von warm und liebevoll zu erschrocken.

»Henry ... ich dachte, wir hatten einen Deal. Wieso siehst du schon wieder so aus?« Er streckt die Hand aus und berührt die Seite, an der sich meine Rippen durch die Haut abzeichnen.

»Ich hab mich wirklich daran gehalten, aber nachdem du bei dem Telefonat einfach aufgelegt hast, da hatte ich keinen Hunger mehr, weil ...« Ich unterbreche mich, will nicht weitersprechen, denn ich bin sicher, dass ich dann in Tränen ausbreche. Schon jetzt fühlt sich in mir alles wackelig und weinerlich an. Rasch weiche ich seinem Blick aus. »Ich hatte Angst, dass du mich verlässt und das hat mir regelrecht den Magen zugeschnürt.« Mit dem Shirt wische ich mir über die Augen und sehe Lucas dann mit gesenktem Kopf an. »Jetzt hab ich die ganze Stimmung kaputt gemacht. Sorry.«

Doch mein Freund zeigt mir wieder einmal, dass er der Stärkere von uns beiden ist und ein unglaublich großes Herz hat. Er streckt einen Arm aus, legt ihn um meinen Nacken und zieht mich in einen Kuss. Natürlich ist der liebevoller und weniger von Lust geprägt, wie der Vorherige, doch trotzdem wunderschön.

»Ich liebe dich und ich verlasse dich nicht. Und wenn ich gewusst hätte, was ich mit meinen Worten auslöse, dann hätte ich sie nie gesagt ... es tut mir leid.«

Wieder zieht er mich mit sich und kämpft sich nebenbei aus seiner Boxershorts.

Ich strampele mich aus meiner Jeans und werde sofort von seinen Beinen umschlungen. Er will mich jetzt nicht mehr loslassen.

Ich ihn auch nicht mehr.

22. KAPITEL

Es tut so gut, ihn hier zu haben. Endlich habe ich seinen Geruch wieder im Original in der Nase und kann ihn anfassen.

»Ich bin so froh, dass du zurück bist. Länger hätte ich es nicht ohne dich ausgehalten«, sage ich und küsse mich über seinen Oberkörper. Er streckt sich mir entgegen und genießt mit allen Sinnen.

»Dafür hab ich dir ja das Foto geschickt ...«

»Oh ja, und ich habe es genutzt ...«, sage ich und unterstreiche jedes Wort mit einem Kuss.

»Ja? Du hast dir also auf mich einen runtergeholt? Wow, das ist sexy. Wo hast du es gemacht?«

»Das willst du jetzt wirklich wissen?«, frage ich und sehe ihn an. Er nickt.

»Was denkst du wohl? Hier natürlich.« Mit dem Zeigefinger tippe ich auf einen hellen Fleck auf der Bettdecke und ernte dafür einen verwegenen Blick von meinem Freund.

»Ist es doof, wenn ich sage, dass mich das anmacht?« Ich schüttle den Kopf.

Keineswegs, ganz im Gegenteil. Ich freu mich, wenn Lucas so offen zu mir ist.

Mit einer Hand winkele ich sein Bein an und liebkose ihn vom Knöchel bis zur Hüfte. Bewusst lasse ich seinen Penis dabei aus, streife ihn nur ab und zu beiläufig.

»Henry, tu mir das nicht an. Bitte. Das ist so gemein.« Lucas scheint nicht warten zu wollen. Er schiebt mich weg und klettert rittlings auf meinen Schoß. Wir sind einander so nah, dass unsere Erregungen zusammentreffen und er verstärkt den Druck, als er sich noch näher an mich presst. Im Zimmer ist es so warm, dass sich kleine Schweißperlen auf seiner Brust gebildet haben und diese werden im Laufe des Abends mehr.

Ich habe nicht auf die Uhr geschaut, doch wir ziehen das Liebesspiel ewig in die Länge. Es ist fast so, als wollten wir die verpasste Zeit aufholen. Lucas umfasst uns beide mit den Händen und lange dauert es nicht, bis ich komme.

Genug habe ich deswegen aber noch lange nicht und küsse ihn so verlangend, dass er auf den Rücken fällt. Er wischt die Hände an der Bettdecke ab und greift mir dann in die Haare.

»Baby, jetzt hab ich Sperma in den Haaren«, brumme ich zwischen zwei Küssen, doch wenn ich ganz ehrlich bin, ist mir das vollkommen egal. Ich werde nachher sowieso duschen müssen.

»Ist doch egal.« Er beißt mir spielerisch in die Unterlippe und eine Hand wandert langsam zu meinem Po. Ich erschaudere unter der Berührung seiner Finger und schließe die Augen. »Gefällt dir das, Baby, hm?«

Und wie mir das gefällt. Ich öffne die Lippen und weil mich in dem Augenblick der Drang danach überkommt, beiße ich ihm kurz in den Nacken. Er ächzt kurz auf und lässt los, dann sieht er mich an: »Hast du mich gerade gebissen?«

»Ja. Und?« Ich ziehe eine Augenbraue hoch und grinse ihn schief an.

Natürlich weiß ich, dass ihm das gefallen hat, denn ich kann seinen Penis an meinem Oberschenkel fühlen...

»Dafür wirst du büßen.« Lucas packt mich an den Armen, robbt unter mir hervor und wuselt aus dem Schlafzimmer. Verwirrt sehe ich ihm nach.

Was hat er vor? Im Flur raschelt es und ich ahne, dass jetzt noch mehr Klamotten und Krempel in meinem Flur auf dem Boden verteilt wurden.

»Mach die Augen zu«, befiehlt Lucas und ich gehorche. Seine Schritte kommen näher, dann senkt sich die Matratze wieder, als er neben mir aufs Bett klettert. Er ist ganz dicht hinter mir und dann legt sich etwas Weiches über meine Augen.

»Was ist das?«, frage ich vorsichtig und taste mit einer Hand danach.

»Mein Mitbringsel an dich. Ich habe es ein wenig zweckentfremdet«, sagt Lucas. Es ist ein schmales Tuch oder ein Schal. Er zieht den Knoten fest, nimmt mir so die Sicht und ich lasse mich auf den Rücken fallen.

»Hände über den Kopf.«

»Willst du mich fesseln?«, frage ich und als er bejaht wird mir ganz warm.

Das ist cool!

Vorsichtig bindet Lucas meine Hände ebenfalls zusammen. Es ist allerdings eher eine symbolische Geste, denn wirklich fest macht er das Band nicht zu. Wenn ich wollte, könnte ich mich selbst befreien.

Da liege ich nun, kann ihn nicht sehen und nicht berühren, sondern muss darauf warten, dass er etwas tut.

Er müsste irgendwo bei meinen Knien sitzen, denn ich kann ihn atmen hören. Allerdings berührt er mich nicht. Weil ich nichts sehen kann, muss ich mich auf meine anderen Sinne verlassen. Wärme, die von Lucas Hand abstrahlt, streift mein Bein.

Wo wird er mich zuerst anfassen?

»Na, was glaubst du...?«, fragt Lucas leise und da sind seine Lippen urplötzlich auf meinem Unterbauch. Mir entfleucht ein hohes Piepsen vor Überraschung und all meine Nerven konzentrieren sich auf diesen einen Punkt, auf dem sich Lucas´ Lippen sanft bewegen. Küssend und knabbernd zieht er eine Spur von meinem Bauchnabel hinunter bis in die Leistengegend und als ich seinen Atem dort spüren kann, zittern beide Beine so heftig, dass er sie festhalten muss.

»Oh, du reagierst ganz schön krass ...«, raunt er mir zu und die heißen Atemstöße, die dabei meine Haut treffen, machen es nicht leichter, ruhig zu bleiben. Im Gegenteil. Mir schießt das Blut in den Unterleib und ich balle die Fäuste, kralle mich in den Seidenschal, der um meine Handgelenke geschlungen ist, um irgendein Ventil zu haben.

»Hmm ...«, seufze ich und gebe nach, sodass er meine Beine ein wenig auseinander schieben kann.

»Du bist schön ...«, kommt es von unten und er leckt mir kurzerhand über die Spitze.

Meine Güte, ich habe das nicht erwartet.

Ich beiße mir auf die Unterlippe und drücke den Rücken durch. Zu gerne würde ich in seine Haare greifen, doch mir sind im wahrsten Sinne des Wortes die Hände gebunden. Kurzerhand nehme ich die Arme nach unten, doch er bemerkt das und lässt sofort von mir ab.

»Hab ich nicht gesagt, du sollst die Arme oben lassen, Baby?« Er umgreift meine Handgelenke und drückt sie wieder zurück.

»Sei nicht so fies zu mir ...«

»Ach komm, es gefällt dir, das kannst du nicht verstecken. Ich sehe es.« Um seine Worte zu unterstreichen, greift er mir beherzt in den Schritt und ich ergebe mich sofort wieder. Auf keinen Fall darf er jetzt aufhören, sonst platze ich.

Und Lucas hört nicht auf. Im Gegenteil. Fünf Minuten später bin ich ein Wrack. Vollkommen überreizt und hungrig nach mehr. »Bitte ... kannst du ...«

»Was? Nicht mehr so lange warten? Sehr gerne.«

Etwas klickt, dann spüre ich das kalte Gleitgel und Sekunden später ist Lucas in mir.

Oh, wie hab ich das vermisst.

»Geht´s?«, fragt er, weil ich die Lippen zusammengepresst habe, und er will sich schon zurückziehen, doch ich kreuze die Beine und halte ihn an Ort und Stelle.

»Nein ... warte einfach einen Moment.« Er hält inne und küsst sich über meinen Hals, die Lippen und alles, was er erreichen kann. Der stechende Schmerz flaut ab und ich nicke langsam: »Gut, du kannst dich bewegen.«

Mit jedem Stoß wird es angenehmer und bald kann ich seine Nähe auch komplett genießen. Es ist so schön, ihn wieder zu spüren und erst jetzt, da ich ihn wieder habe, ist mir klar, wie sehr ich ihn eigentlich vermisst habe.

»Ich kann nicht mehr lange ...«, schnauft Lucas und seine Arme zittern schon, »darf ich kommen?«

»Du fragst mich um Erlaubnis?«, bringe ich hervor.

»Ich denke, du bist mein Daddy ...«

»Och Lucas, bitte nicht jetzt ...« Ich muss grinsen, weil er dieses Thema ausgerechnet im Schlafzimmer anspricht, doch dann unterbricht uns sein Höhepunkt. Zugegeben, Sex mit verbundenen Augen zu haben, hat was. Jede Zuckung seines Körpers bekomme ich mit und als er auf mich hinunter sinkt und sein Bauch meine Erektion streift, ist es auch bei mir vorbei.

Der Schal wird mir erst abgenommen, als sich unser Atem wieder etwas beruhigt hat, und nun darf ich mir mein Geschenk auch ansehen.

Er hat ein abgedrehtes 70er Jahre Muster in Orange und Braun und gefällt mir.

»Ich hab ihn in einem Secondhand Shop gefunden und dachte, der passt zu deinen komisch gemusterten Hemden, die du immer trägst«, meint Lucas, der in meinem Arm liegt und mir unablässig mit den Fingerspitzen über die Brust streicht. Ich lasse den weichen Stoff durch die Finger gleiten. Es ist Seide oder etwas in der Art.

»Ja, der gefällt mir wirklich gut. Danke Baby.«

»Nicht dafür.«

»Danke, dass du da bist. Der Sex eben war wundervoll. Komm, lass uns Duschen geben, ich bin vollkommen verklebt.«

Am nächsten Morgen muss ich um 5:30 Uhr aufstehen. Und das ist viel zu früh. Wach werde ich nicht vom Wecker, sondern von Lucas, der sich um 5:15 Uhr aus meinem Arm windet, sich im Dunkeln durch mein Schlafzimmer tastet und dabei am Bettpfosten hängenbleibt.

»Fuck«, flucht er unterdrückt und ich sehe ihn im Halbdunkeln auf einem Bein hopsen. Obwohl ich hundemüde bin, muss ich kichern und drücke das Gesicht ins Kissen, um das zu ersticken.

»Da gibt's gar nichts zu lachen«, murrt Lucas und knipst das Licht an. Ungnädig blendet es meine müden Augen.

»Ahh … es ist zu hell … mach es wieder aus«, jammere ich und ziehe mir die Decke über den Kopf, doch Lucas schnappt sie mir weg. Er hat kein Mitleid mit mir.

»Wer lacht, kann auch aufstehen.«

»Aber ich hab noch eine Viertelstunde«, protestiere ich. »Und sowieso: Wieso bist du denn so früh wach?« Lucas streckt sich genüsslich und verschwindet im Flur, vermutlich um frische Klamotten aus seinem Koffer zu holen.

»Ich ziehe doch heute um. Schon vergessen?«, fragt er von dort und ich verdrehe die Augen.

Ja, das hatte ich tatsächlich vergessen.

»Wann hast du das denn gesagt?«

»Per What's App, kurz bevor ich hier angekommen bin.«

»Oh man, wieso machst du den Umzug denn *einen* Tag, nachdem du aus Neuseeland wieder zurückkommst? Bescheuerter kann man einen Termin gar nicht legen.« Ich bekomme keine Antwort. Stattdessen fliegt ein Sockenknäul durch die Tür und trifft mich am Kopf.

»Glaub mir, ich hab den Termin nicht ausgesucht, aber es ging nicht anders, weil die Verträge so blöd laufen und ich wollte nun wirklich nicht zwischen Weihnachten und Silvester umziehen. Das wäre nämlich die nächste Möglichkeit gewesen.«

Dazu kann ich nur den Kopf schütteln. Wenn ich an Lucas' Stelle wäre, dann hätte ich wahrlich Besseres zu tun, als gleich am ersten Tag nach meiner Rückkehr einen Umzug zu managen. Ausschlafen zum Beispiel.

»Aber zum Glück muss ich den ja nicht allein machen«, kommt es aus dem Flur.

»Nein? Musst du nicht?«, frage ich gähnend und setze mich nun endgültig auf. »Wer wird dir denn helfen?«

»Mein Kumpel Oli und Zach. Aber die kommen erst am späten Vormittag.«

»Würde ich auch so machen. Niemand steht um 5 Uhr auf, um bei einem Umzug zu helfen«, seufze ich und stelle fest, dass ich noch gar nicht ganz wach bin. Mein Hirn bekommt kaum einen vollständigen Satz zusammen.

»Und du wirst mir auch helfen, wenn du Feierabend hast.«

»Was? Oh Baby, ich weiß doch nicht mal, wann heute Schluss ist ...«

»Macht nichts, ich lasse dir eine Kiste übrig, die du dann tragen darfst.«

Hat der heute Morgen einen Clown gefrühstückt, oder weshalb ist er so guter Laune?

Die Frage kann ich mir nicht selbst beantworten, denn ich bin noch viel zu müde und versuche, im Badezimmer nicht allzu oft mit ihm zusammen zu stoßen. Morgens bin ich nicht sonderlich gesprächig, vor allem wenn ich nicht lange geschlafen habe.

»Warte schnell, bevor wir das Haus verlassen. Ich will wissen, was du jetzt vor hast«, sage ich, nachdem wir die Jacken angezogen haben und Lucas gerade die Tür zum Treppenhaus aufziehen will.

»Mit den Reportern meinst du?«, fragt er und grinst. »Ich würde sagen, wir zeigen uns zusammen. Wir müssen ja nicht gleich knutschen, aber wenn sie sich schon diese doofe Sugar-Daddy-Geschichte ausdenken, sollen sie jetzt auch die passenden Bilder dazu bekommen. So wissen sie immer noch nicht mehr, als vorher und wir müssen uns nicht andauernd verstecken.«

Die Idee klingt ganz nett, aber ich bin sicher, dass Lauren auf die Barrikaden geht und das Handtuch wirft, wenn sie davon Wind bekommt. Und das wird sie sicher. Lauren bekommt alles mit.

»Was ist mit Lauren?«, frage ich vorsichtig.

»Mit der habe ich deswegen lange hin und her gemailt«, sagt Lucas und breitet die Arme triumphierend aus, »und sie schlussendlich überzeugt.«

»Wirklich?«, frage ich, weil ich nicht glauben kann, was ich da gerade gehört habe.

»Jep. Sie meinte nur, wir sollten das Knutschen lassen«, sagt er schlicht und öffnet die Tür. Das klingt irgendwie seltsam. Lauren gestattet das einfach so? Nachdenklich trete ich nach Lucas hinaus ins dunkle Treppenhaus und plappere los: »Aber, hat Lauren keine Bedenken, dass das alles schiefgeht?«

»Ich glaube, sie ist so sauer auf Cardener, dass sie es cool findet, ihm eine reinwürgen zu können. Sie wird sich freuen, dass er nicht weiß, woran er nun ist und sich dumm und dämlich recherchiert, um mehr Infos zu bekommen«, antwortet Lucas gelassen und ich zucke die Schultern. Ich weiß nicht so recht, wie ich das finden soll. Obwohl mir der Gedanke von Lucas´ Plan ganz gut gefällt und es sicherlich lustig ist, die Presse an der Nase herumführen zu können, habe ich Angst, dass das alles in eine vollkommen falsche Richtung läuft und wir dann am Ende die Dummen sind.

Mein Freund scheint da allerdings weniger Bedenken zu haben. Dabei sollte er nach der Twitter Attacke doch ein wenig sensibler dafür sein, was alles passieren kann.

»Henry, du denkst schon wieder nach. Freust du dich nicht darüber, dass wir uns zusammen zeigen können?«, fragt Lucas und bleibt auf halber Treppe stehen, sodass ich beinahe in ihn hineingelaufen wäre. Er dreht sich um und sieht zu mir hoch.

»Doch, schon, aber die Presse ist so unberechenbar. Ich weiß nicht, wohin das Ganze führen soll.«

»Na hoffentlich zu einem Outing«, sagt Lucas, geht um mich herum und bleibt zwei Stufen über mir stehen. Jetzt sind wir auf derselben Augenhöhe. Liebevoll streicht er mir die Haare aus den Augen und gibt mir einen Kuss. »Sobald wir offiziell ein Paar sind, wird es niemanden mehr interessieren, was für Schlagzeilen vorher waren. Niemanden.«

Hoffentlich hat er Recht.

»Du glaubst mir nicht, oder?«, hakt Lucas nach und legt den Kopf schief. »Ach Henry, wieso hat dein Hirn keinen Aus-Knopf?«

Ja, das wäre durchaus angenehm.

»Wir können *nicht* das ganze Leben durchplanen und wir können auch nicht voraussagen, was die Presse macht. Aber immerhin sind wir jetzt wieder zusammen und da können wir uns sicherlich besser beistehen, als bisher. Komm, lass uns gehen.« Ich nicke und lasse mich von ihm durchs Treppenhaus nach unten zur Haustür ziehen.

Ob schon jemand davor wartet?

Mit Sicherheit, immerhin haben sie ihn gestern im Haus verschwinden sehen und lauern jetzt wie eine Katze vor dem Mauseloch darauf, dass er wieder rauskommt.

»Wie kommst du zu deiner Wohnung?«, frage ich, als wir unten ankommen.

»Ich nehme die Bahn und dann werde ich unterwegs bei einem Umzugsunternehmen Halt machen. Da kann ich Pappkartons und einen Lieferwagen mieten, dann geht alles schneller.« Lucas ist vollkommen gelassen. Neuseeland scheint ihm eine gewisse innere Ruhe mitgegeben zu haben.

»Bist du bereit?«, frage ich und greife nach dem Türknauf.

»Ja, lass es uns tun«, sagt er, atmet nochmal tief durch und wir treten hinaus ins Freie. Es ist saukalt und ich erschaudere, als die Luft gegen mein Gesicht prallt. Lucas' Hand fest in meiner, gehe ich die Vortreppe hinunter und sehe mich unauffällig um. Erkennen kann ich auf den ersten Blick niemanden, doch ein verräterisches Klicken hallt durch die Straße. Woher es kommt, lässt sich allerdings nicht einordnen.

Am Wagen des Fahrers ziehe ich Lucas in eine feste Umarmung und flüstere ihm dabei leise ins Ohr: »Ich melde mich, sobald ich fertig bin und dann gehe ich dir noch zur Hand, ja? Viel Spaß beim Umzug. Ich liebe dich.«

»Spaß werde ich sicherlich haben, immerhin komme ich aus diesem Mauseloch heraus. Ich liebe dich. Hab einen schönen Tag.« Rasch lösen wir uns voneinander, dann steige ich in den Wagen und Lucas macht sich auf den Weg zur U-Bahn Station und ich sehe ihm durch die getönten Scheiben des Wagens lange nach.

Schön, dass er wieder da ist.

In der Maske treffe ich auf Louise und eine sehr entspannte Sam. Was ist los?

»Soll ich euch einen Kaffee holen? Ich hab ja noch kurz einen Moment Pause, bis Matthew kommt«, bietet sie an und verschwindet aus dem Mobil, als wir begeistert nicken.

»Und, hast du deinen Besuch gestern noch genießen können?«, fragt Louise, als ich mich gesetzt habe und ich nicke.

»Ja sehr. Wieso ist Sam heute so gut drauf?«

»Ich glaube, es liegt daran, dass Isobel heute erst um neun Uhr ankommt«, sagt Louise und wir grinsen uns verschmitzt durch den Spiegel an. Das könnte ein Grund sein und ist verständlich, weil Sam dadurch einen entspannten Start in den Tag hat.

Heute spiele ich hauptsächlich mit Matthew, einem supernetten Kollegen, mit dem ich viel Spaß beim Spielen habe, obwohl ich ihn vor der Kamera nur anmeckern muss. In der Szene, die wir zusammen spielen, ist Tommy auf Entzug und sein Kumpel Nicolai, der ebenfalls süchtig war, versucht ihn aufzumuntern. Tommy ist dafür allerdings gar nicht empfänglich und will sich keinen Trost anhören.

Bis 9:30 Uhr ist der Drehtag entspannt, dann ist Matthew für heute fertig und Isobel kommt ans Set.

Schon von weitem kann ich erkennen, dass sie nicht sonderlich gut gelaunt ist. Als ich Anstalten mache, sie zu begrüßen, fällt mein Blick auf Sam, die hinter Isobel steht und sich mit vielsagendem Blick mit dem Finger über die Kehle fährt.

Vielleicht halte ich besser die Klappe, wenn ich den Tag entspannt hinter mich bringen will.

23. KAPITEL

Im Laufe des Tages bekomme ich immer wieder eine Nachricht von Lucas, der mich über den Stand des Umzugs auf dem Laufenden hält. Er scheint gut voranzukommen. Vielleicht ist ja schon das Schlimmste geschafft, wenn ich hier fertig bin und ich komme ums Kistenschleppen herum.

Diese Hoffnung wird jedoch zerstört, als Lucas mir kurz vor Drehschluss ein Foto schickt. Soweit ich sehen kann, stehen im Hausflur noch einige Kartons und er schreibt:

>>Wird Zeit, dass du Drehschluss hast, ich brauch hier dringend einen starken Mann<<

Und weil ich Lucas natürlich keinen Wunsch abschlagen kann, lasse ich mich nach Drehschluss zu ihm nach Hause fahren.

Der Wagen hält, ich springe heraus, wünsche dem Fahrer einen schönen Feierabend und will dann die Straße überqueren. Der Verkehr ist zu stark und ich muss kurz warten. Ich stelle mich zu einer Gruppe Touristen, die ebenfalls über die Straße wollen.

»Na, gehst du deinen Sugar Boy besuchen?«, fragt mich eine Frau plötzlich recht herausfordernd und sieht mir direkt ins Gesicht. Zu spät habe ich erkannt, dass es sich um Reporter handelt. Ihre Tarnung als Touristen ist zu offensichtlich, aber ich war zu müde, um das zu erkennen. Hastig mache ich einen Schritt zurück und pralle gegen einen Briefkasten.

»Hier zieht heute Lucas Thomas ein. Wir haben ihn den ganzen Tag lang schon dabei gesehen, wie er Kisten geschleppt hat und ein Lieferdienst eines Möbelhauses kam auch an. Sie waren doch erst bei Ikea. Sind Sie sicher, dass bei diesem Einkauf nicht auch einige Dinge für ihn dabei waren?«

»Sind Sie zusammen? Heute Morgen kamen Sie beide gemeinsam aus Ihrer Wohnung.«

Drei Diktiergeräte werden mir vor die Nase gehalten und ich schaue irritiert auf die blinkenden Record-Lichter, die sich mir fast in die Iris brennen.

Soll ich leugnen?

Ich habe schon den Mund aufgemacht und bin kurz davor, als mir einfällt, was Lucas mit Lauren ausgemacht hat. Jetzt muss ich meine bisherigen Antworten beiseiteschieben und mitspielen. Immerhin wollen wir ja die Presse durcheinanderbringen.

Oder auf die falsche Fährte führen.

Oder was auch immer, denn, wenn ich mir das so genau überlege, dann ist mir noch nicht klar, ob dieser Plan Hand und Fuß hat.

Allerdings hat Lucas heute Morgen gesagt, dass ich mir nicht immer so viele Gedanken machen soll, dann wäre ich auch entspannter. Also sehe ich die Drei an und sage: »Sie haben Recht, Lucas zieht heute um, und ich gehe ihm zur

Hand. Das tut man unter Freunden für gewöhnlich so. Sie haben sicher keine Freunde und kennen das nicht.«

»Aber zwischen Ihnen ist doch mehr als Freundschaft. Heute Morgen wurden Sie beide in aller Früh dabei gesehen, wie Sie gemeinsam das Haus verlassen haben. Lucas hat also bei Ihnen geschlafen, was sagen Sie dazu?« Diese Frage hat der Mann gestellt und sieht mich dabei argwöhnisch an. Ich muss mir schnell was ausdenken, denn wenn ich zu lange brauche, wird man mir die Antwort keineswegs abnehmen.

Kurz fahre ich mir durch die Haare, um einige Sekunden zu gewinnen.

»Was wollen Sie hören? Dass ich mein kleines Sugarbabe zu mir bestellt und durchgevögelt habe? Oder doch lieber, dass wir eine Pyjama Party geschmissen haben? Es ist egal, was ich sage, Sie picken sich nur das heraus, was Ihnen gerade passt. Suchen Sie sich eine Antwort aus und nun entschuldigen Sie mich bitte, ich muss bei einem Umzug helfen.« Für mich reicht das erstmal und ich überquere nun endgültig die Straße.

»War das ein Statement?«, ruft mir die Frau hinterher. Ich drehe mich im Laufen einmal zu ihr um und halte fragend die Arme hoch. Sollen sie doch sehen, was sie mit der Info tun. Ich werde keine Beziehung bestätigen, bis 1925 im Kino ist. Bis dahin können sie gerne alle rätseln, was es mit Lucas und mir auf sich hat.

Bis ich im Haus bin, ist mir vollkommen klar, dass ich fotografiert werde und ich versuche so unbefangen wie möglich da zu stehen.

Der ganze Hausflur ist noch voller Kartons und weil ich sicher bin, dass die nur Lucas gehören können, nehme ich einen davon gleich mit nach oben.

»Henry, schön, dass du auch da bist!« Zach begrüßt mich noch vor meinem Freund, als ich in die Wohnung komme.

»Hey Zach, schön, dich wieder zu sehen«, sage ich, stelle den Karton ab und umarme meinen ehemaligen Maskenbildner.

»Cool zu sehen, dass ihr euch auch wirklich privat so gut verstanden habt, dass du Lucas beim Umzug hilfst«, sagt er und deutet dann ins Schlafzimmer. »Du kannst uns gleich zur Hand gehen, wir bauen gerade einen Schrank auf und das ist zu zweit nicht wirklich einfach.«

»Wollte Oli nicht auch helfen?«, frage ich verwundert und Zach nickt: »Ja, aber der musste dann noch was anderes erledigen und jetzt sind nur Lucas und ich hier.«

Aus dem Schlafzimmer kann ich eine Bohrmaschine hören. Dort kniet Lucas auf dem Boden und schraubt mit konzentrierter Miene ein Regalbrett im Schrank fest.

»Soll ich dir bei den oberen Brettern helfen?«, frage ich und er dreht sich zu mir um. Im Mund hat er eine Schraube und zieht eine Augenbraue hoch.

»Scholl dasch heischen, dasch ich tschu klein bin?«, fragt er und ich nicke grinsend. Lucas schürzt lediglich die Lippen, bevor er weiterarbeitet.

»Komm, wir machen uns schon mal an die Scharniere«, schlägt Zach vor, doch ich habe einen anderen Vorschlag.

»Lucas, ich würde deinen Kram lieber mal in die Wohnung schaffen. Unten stehen Journalisten.« Mittlerweile hat Lucas keine Schraube mehr im Mund, weshalb er deutlich genug sprechen kann.

»Ja und? Was haben die mit meinen Kartons zu tun?«, fragt er und dreht sich zu mir um. Ich zucke mit den Schultern.

»Nun, wenn du Gefahr laufen willst, dass man dein Zeug durchsucht, lass alles ruhig stehen.«

»Aber die Kartons sind doch zugeklebt. Und die Haustür ist zu.«

»Und? Das hält doch niemanden ab. Sie müssen sich nur nach einem

Nachbarn ins Haus mogeln«, sage ich und Zach nickt: »Er hat recht, komm, wenn wir das zu Dritt machen, sind wir in einer Viertelstunde fertig.«

Wir tragen alles hinauf in die Wohnung und sind sogar schneller, als Zach geschätzt hatte. Als ich die Tür hinter mir schließe, fühle ich mich deutlich sicherer und kann endlich in Ruhe dabei helfen, die Möbel aufzubauen.

Bis Zach gehen muss, schaffen wir es, das komplette Schlafzimmer aufzubauen und die Couch ist halb bezogen.

»Danke, du warst mir wirklich eine große Hilfe«, sagt Lucas, als Zach sich verabschiedet und umarmt ihn.

Als er die Tür hinter sich geschlossen hat, dreht sich Lucas um und umarmt mich.

Endlich.

»Sorry, vor Zach ging das schlecht«, entschuldigt er sich und ich nicke.

»Versteh ich doch Baby.« Liebevoll küsse ich ihn, dann ziehe ich ihn zur Couch. Sie liegt noch auf der Seite und gemeinsam richten wir sie auf. »Hast du eigentlich bemerkt, dass du heute beschattet wurdest?«, frage ich, als wir das Möbelstück an den Platz tragen, den Lucas dafür ausgewählt hat. Mein Freund nickt knapp.

»Ja, ich glaube, da haben heute wirklich Leute vor deiner Wohnung gewartet und sind mir gefolgt. Ich hab nicht so recht darauf geachtet, weil ich dachte, dass niemand so hartnäckig sein würde und mir bis nach Hause folgt, aber scheinbar habe ich mich da geirrt.«

Ja, Lucas hat noch wenig Ahnung von der Presse. Obwohl er doch schon recht viel einstecken musste, hatte er so direkt bisher nichts mit Reportern zu tun und so schwer mir der Gedanke fällt, muss ich zugeben, dass ich glaube, dass sich dieser Zustand bald ändern könnte.

Immerhin kann man uns jetzt keine Affäre mehr andichten, weil es uns hoffentlich gelingen wird, das Ganze erst mal ins Lächerliche zu ziehen oder die Presse soweit zu verwirren, dass sie sich in ihren Artikeln gegenseitig widersprechen. *Das* wäre natürlich traumhaft.

Aber, ob uns das alles so gelingt, wie wir uns das vorstellen - die Presse ist ein unberechenbares Monster, dem zwei Köpfe wachsen, wenn man einen davon abschlägt.

Mal sehen, mit wie vielen Köpfen wir es zu tun bekommen werden und ob wir es zu zweit überhaupt schaffen, diesen Kampf durchzuhalten, bevor uns das Monster verschlingt.

Der nächste Tag ist mein letzter Drehtag vor Weihnachten.

Ich bringe ihn gut hinter mich und wir verabschieden uns am Abend alle für die Weihnachtsfeiertage. Louise ist so nett und nimmt mir die Extentions für diese Zeit wieder heraus, sodass ich halbwegs wie ein normaler Mensch aussehe – trotz Sidecut. Gestern hatte ich endlich auch die Zeit, Lucas zu sagen, dass wir am ersten Weihnachtsfeiertag bei meiner Familie eingeladen sind. Er freut sich, dass ich an seinem Geburtstag bei ihm bin und natürlich ist er gespannt darauf, meine Familie kennenzulernen.

In der Nacht auf den 23. Dezember schläft er bei mir und wir machen uns früh am nächsten Morgen mit unseren Koffern auf den Weg zum Bahnhof.

Zu meiner Überraschung hat Lucas einen recht kleinen Koffer gepackt, wohingegen meiner echt groß ist. Allerdings musste ich auch sein Geschenk reinkriegen und das nimmt am meisten Platz weg.

Draußen ist es noch dunkel, als wir die Vortreppe hinuntergehen und die Koffer auf dem Bürgersteig hinter uns herziehen.

»Schöne Weihnachten!«, ruft uns Stan Cardener hinterher, der mittlerweile vor meinem Haus festgewachsen zu sein scheint. Er steht in der Nähe an eine Mauer gelehnt und zieht an einer Zigarette. Er wird mir immer unheimlicher. »Wohin fahrt ihr denn?«, fragt er und in der morgendlichen Stille hallt seine Stimme durch die ganze Straße. Hoffentlich weckt er nicht die komplette Nachbarschaft mit seinem Geschrei auf.

»Das geht dich leider gar nichts an«, säuselt Lucas, dreht sich im Laufen zu dem Reporter um und zeigt ihm breit grinsend den Mittelfinger.

»Lucas!«, rüge ich ihn und will seine Hand herunterziehen, doch er windet sich aus meinem Griff.

»Du bist immer viel zu nett zu denen«, sagt er lediglich und dreht sich wieder um.

»Ja, aber das muss doch nicht gleich eine solche Geste sein«, entrüste ich mich. Ich will nicht, dass man ihm daraus einen Strick dreht und ihn als Rüpel darstellt. Das kann böse enden und dann ist seine Karriere schneller vorbei, als sie angefangen hat.

»Ach, so schlimm wird es schon nicht werden. Mach dir mal nicht so viele Gedanken«, sagt Lucas locker und als wir um eine Ecke gebogen sind, greift er tatsächlich meine Hand.

Es ist das erste Mal, dass wir in der Öffentlichkeit bewusst Händchen halten! Seine Hand in meiner zu halten ist, als ob ich endlich komplett wäre.

Wunderschön.

Wir nehmen eine der ersten Bahnen in die City und kommen gut bis zur Victoria Station durch. Um diese Uhrzeit ist auf den Straße noch wenig los, der Bahnhof hingegen ist schon voller Leben. So kurz vor Weihnachten ist das allerdings auch kein Wunder, schließlich haben viele Londoner ihre Familien in den Vororten oder auf dem Land, weil sie nur zum Arbeiten in die Stadt gezogen sind. Und an Weihnachten fährt man nach Hause.

Obwohl alle sechs Schalter in der Haupthalle geöffnet haben, geht es nur langsam voran, es ist einfach zu viel los. Hinter uns stellt sich ein junges Mädchen an. Sie ist noch nicht ganz wach, denn sie lehnt sich gegen ihren Koffer und hält einen Coffee-to-go Becher schief in der Hand. Ihre kurzen dunklen Haare sind wirr, als ob sie tausendmal mit den Händen hindurch gefahren wäre und unter ihren Augen hängen noch Mascarareste. In Kombination mit ihrer hellen Haut sieht sie ein bisschen aus, wie ein Vampir auf Urlaub.

»Entschuldigung, haben Sie es eilig?«, erkundigt sich ein Anzugträger, der eben dazugekommen ist und sieht mich bittend an.

»Nicht so sehr, wie Sie, glaube ich«, antworte ich und er ringt sich ein Lächeln ab.

»Meinten Sie, ich dürfte mich vor Sie stellen?«, fragt er und ich mache einen Schritt zur Seite. Der Mann macht den Eindruck, als ob er auf glühenden Kohlen sitzen würde. Lucas und ich haben hingegen heute nur ein Ziel: In Sheffield ankommen und wann genau wir das tun, ist vollkommen egal, denn wir haben den ganzen Tag Zeit. Deswegen lasse ich dem Mann gerne den Vortritt.

Umsichtig schiebe ich den Koffer zurück, damit er zwischen uns und den Vordermann passt. Dabei remple ich versehentlich das Mädchen an und schlage ihr den Kaffeebecher aus der Hand. Lucas gelingt es, ihn aufzufangen und weil der Deckel nicht davon geflogen ist, bleibt sogar der Inhalt dort, wo er hingehört. Verwirrt blinzelt das Mädchen uns an und gähnt. Ich glaube nicht, dass sie mitbekommen hat, dass sie gerade fast ihren Kaffee verloren hätte.

»Hier, ich glaube, du brauchst deinen Kaffee noch«, sagt Lucas freundlich und reicht ihn ihr. Sie starrt ihn abwesend an. »Danke. Ich glaube wirklich, dass ich den brauche, vielleicht intravenös, dann wirkt er besser. Meine Güte, dass du so früh am Morgen so gute Reflexe hast - beneidenswert.« Lucas zuckt die Schultern und lächelt sie an. »Ist doch super, so hast du dein Getränk noch. Du scheinst ja wirklich hundemüde zu sein. Wieso hast du nicht noch ein bisschen ausgeschlafen, bevor du auf Reisen gehst?«, fragt er freundlich.

»Ich muss nach Schottland und das ist so weit, dass ich so früh wie möglich loswollte. Leider hatte ich Schicht bis vier Uhr und eigentlich habe ich gar nicht geschlafen.« Sie unterbricht sich, um herzhaft zu gähnen, und greift in ihre Haare.

Das erklärt das Durcheinander.

»Oh wow, dann hast du aber eine weite Reise vor dir«, sage ich bedauernd. Sie sieht mich an und blinzelt. Wie es scheint, hat sie mich trotz ihrer Müdigkeit erkannt.

»Bist du nicht Harold Seales?«

»Henry. Aber ja, der bin ich.«

»Wow, cool. Da treffe ich einmal einen Promi und dann bin ich so durch, dass ich mich vermutlich morgen gar nicht mehr daran erinnern kann«, sagt sie monoton und blinzelt mich an, dann scheint ihr ein Einfall gekommen zu sein.

»Wir können ja ein Foto machen, das hilft meinem Gehirn vielleicht ein wenig auf die Sprünge, falls ich Gedächtnislücken haben sollte.« Sie wirkt wie ein kleines zerbrechliches Reh und ich stimme zu. Das Mädchen drückt Lucas nochmal ihren Becher in die Hand und kramt ihr Handy aus einer Jackentasche. »Würdest du das Bild machen?«, fragt sie ihn, dann stellt sie sich neben mich und ich lege ihr den Arm um die Schultern, lächle in die Kamera. Unsere Mitreisenden mustern uns dabei etwas irritiert, doch niemand spricht uns darauf an.

Langsam bewegt sich die Schlange weiter nach vorne und ich fange parallel damit an, die Anzeigetafeln nach dem nächsten Zug abzusuchen.

»Wohin müsst ihr denn? Vielleicht sehen sechs Augen ja mehr«, fragt das Mädchen irgendwann, nachdem ich erfolglos versucht habe, auf den chaotischen Tafeln einen Zug nach Sheffield zu finden, denn immer wenn ein Zug angefahren ist, verrutschen alle Anzeigen und ich verliere den Überblick.

»Nach Sheffield«, sagt Lucas und blinzelt hoch zu der Anzeigetafel, die auf der anderen Seite der Halle über den Zugängen zu den Gleisen hängt.

Es ist wirklich schwer, etwas zu finden, und wir geben irgendwann auf, nachdem man uns ungeduldig nach vorn geschoben hat. Wir hatten vergessen, in der Schlange weiter aufzurücken.

Um 7:05 Uhr haben wir unsere Zugtickets. Das Mädchen braucht am Schalter noch etwas länger und wir winken ihr lediglich zu, bevor wir zu dem Gleis gehen, das uns die Dame am Ticketschalter genannt hat.

»Raus aus der wuseligen Stadt«, freut sich Lucas, zieht das Ticket durch das Lesegerät und passiert vor mir das Drehkreuz.

Der Bahnsteig ist lang und ein kalter Luftzug zieht uns entgegen. Der Zug steht schon bereit und wir wuchten unsere Koffer die schmale Treppe hinauf in einen Wagen. Es ist nicht so voll, wie ich befürchtet hatte, und wir finden einen Platz. Gemeinsam mit Lucas' Hilfe, der durch sein Kampftraining deutlich kräftiger geworden ist, schaffe ich es, die Koffer ins Gepäcknetz zu befördern.

»So, endlich geht's nach Hause«, sage ich gut gelaunt, lasse mich neben Lucas plumpsen und nutze es, dass um uns herum alle in eine Zeitung oder die Lektüre vertieft sind, um meinem Freund einen Kuss auf die Wange zu geben.

Er strahlt mich an und sagt leise: »Ich freue mich, dass wir jetzt mal unsere Familien kennenlernen. Das gibt dem Ganzen eine ganz neue Bedeutung, findest du nicht?«

Oh ja, der Meinung bin ich auch. Man stellt den Partner doch nur der Familie vor, wenn es was Ernstes ist.

Und das ist es bei Lucas definitiv.

24. KAPITEL

»Es ist so schön, nach Hause zu fahren«, sagt Lucas und sieht lächelnd aus dem Fenster. Die Vorstädte Londons haben wir schon lange hinter uns gelassen und die englische Landschaft mit ihren niedrigen Steinmäuerchen und Landsitzen, zieht an uns vorbei.

Alles ist mit einer dünnen Schneeschicht überzuckert, doch an vielen Stellen ist noch Gras zu sehen, dessen Halme zu lang sind, um vollständig bedeckt zu werden.

Im Zug ist es still und ich nicke mehrmals an Lucas´ Schulter ein, der sich damit beschäftigt, aus dem Fenster zu sehen, oder im Netz zu surfen. Ab und zu stupst er mich an, um mir ein lustiges Bild zu zeigen, doch ich bin noch viel zu müde, um wirklich allem Beachtung zu schenken.

Das sanfte Schaukeln des Zuges lullt mich total ein. Mit der Hand taste ich nach ihm und verflechte unsere Finger miteinander. Es tut gut, ihn anfassen zu können, und ich genieße die Berührung unserer Haut.

Gerade verliere ich mich wieder in meinen Gedanken, die heute durchaus positiv sind, als Lucas neben mit ein trockenes »Hm« verlauten lässt.

»Was ist denn los?«, nuschle ich und Lucas sagt leise: »Ach, ich hab mal wieder was von uns im Netz gefunden. Sieh dir das an.«

»Wieso googelst du uns ständig, ich denke, wir haben frei?«, frage ich leicht genervt und richte mich auf.

»Naja, ich dachte es kann taktisch von Vorteil sein, zu wissen, was der Gegner tut.«

»Gegner? Du siehst das als Spiel?« Ungläubig reibe ich mir die Augen und sehe meinen Freund an, der lediglich mit den Schultern zuckt: »Ist es das nicht?«

Gute Frage. Ist es ein Spiel, was wir mit Stan Cardener spielen? Ich weiß es nicht, aber wenn der noch länger vor meinem Haus stehen bleibt, dann ist es das bald nicht mehr.

»Schau, was sie geschrieben haben.«

Ich nehme das Smartphone in die Hand und sehe mir das Foto an. Es ist ziemlich dunkel und nicht wirklich scharf, doch Lucas ist halbwegs deutlich zu erkennen. Seine rüde Geste wurde sogar nochmal vergrößert. Darunter steht kurz und knapp:

>>Thomas lässt sich nichts mehr gefallen. Heute Morgen zeigte er einem Reporter den Stinkefinger. Vollkommen verständlich, wenn man schon so früh am Tag belästigt wird. #SupportLucas<<

Ich scrolle mich weiter durch die Bilder auf der Seite und finde eines von mir vor Lucas´ Haus. In dem kleinen Text wird wieder das Sugardaddy-Thema aufgegriffen und man zitiert meine angebliche Aussage.

>>'Ich bin nur hier, um mit Lucas zu vögeln' diese Aussage machte Henry Seales vor zwei Tagen, als er von Reportern vor dem Haus, in dem er für Lucas Thomas eine Wohnung gemietet hat, angetroffen wurde. Seales hatte Lucas bei Twitter gegen Angreifer verteidigt. Das lässt natürlich Spekulationen zu, ob der Schauspieler nur mit ihm spielt, oder es ernst meint. Die Gerüchte, er könnte ihn in Neuseeland besucht haben, verdichten sich ebenfalls. Fans behaupten, Henry Seales auf den Bildern am Flughafen erkannt zu haben. Wieso macht der Mann ein solches Geheimnis aus der ganzen Sache? Sollten er und Thomas wirklich ein Paar sein, schadet das seinem Image als Frauenschwarm immens und er wird einige Fans verlieren. Vielleicht ist ihm seine Karriere wichtiger als sein Privatleben. Oder er nutzt den jungen Kollegen lediglich als Ablenkung. Wir werden sehen, was die Zukunft bringt und bleiben an dieser spannenden Sache weiter dran<<

»Schau, sie verteidigen mich, das ist toll«, freut sich Lucas und grinst mich an.

»Ja, und auf mir hacken sie weiter rum«, murre ich, schalte das Display aus und lege es ihm zurück in die Hand.

»Das ist so fies. Vielleicht würde es besser werden, wenn Cardener nicht mehr den ganzen Tag auf dich lauert«, überlegt er und streicht mir kurz über den Arm.

»Wieso rufst du Lauren nicht an? Die kann doch sicherlich was machen.«

»Nein, nicht bevor der Kerl was Schlimmes getan hat. Ich hatte sie schon mal gefragt«, antworte ich.

»Wollen die darauf warten, dass er dich attackiert oder was? Nichts da. Du schreibst ihr jetzt ne Mail, sagst, dass dich das seelisch sehr stark belastet und du kaum mehr schlafen kannst. Dann wird sie hoffentlich was unternehmen.«

»Es belastet mich aber nicht seelisch.«

»Ja. *Noch* nicht. Sag ihr, dass du total viel abgenommen hast, seit der Reporter da ist.« Er wird kurz etwas betreten und sagt dann leise: »sie muss ja nicht gleich wissen, dass das an unserer Diskussion lag.« Süß, dass er das Wort Streit nicht sagen will.

Ob ich wirklich harte Geschütze auffahren soll?

Cardener scheint so eine Art Anführer zu sein und vielleicht lassen die anderen Journalisten von mir ab, wenn er nicht mehr in meine Nähe darf. Dann könnte der Pressekontakt zwar immer noch bestehen, wenn man mich allgemein antrifft, aber wenigstens könnte ich mein Wohnhaus in Ruhe betreten und verlassen, ohne dass alles dokumentiert wird.

Der Gedanke motiviert mich. Ich setze mich ans Handy und hoffe einfach, dass Lauren damit endlich einen Grund hat, härter gegen den Mann von der Sun vorgehen zu können.

Nachdem ich die Mail abgeschickt habe, nehme ich mir vor, so wenig wie möglich an meinen Beruf zu denken.

Jetzt habe ich nämlich Urlaub.

In Sheffield ist einiges los und wir brauchen eine ganze Weile, um in der Eingangshalle anzukommen. Die sieht aus, wie ein großes Gewächshaus und ist durch das Glasdach schön lichtdurchflutet. Ein hübscher Bahnhof.

»Wie weit ist es denn von hier bis zu dir nach Hause?«, frage ich, als wir endlich die gewundene Treppe vom Gleis in die Bahnhofshalle hinter uns gebracht haben und spreize die Finger, um das taube Gefühl vom Koffertragen loszuwerden.

»Och, vielleicht so 15 Minuten zu Fuß«, meint Lucas und geht auf den Ausgang zu. Gerade, als ich ihm folgen will, bleibt er stehen und ich pralle mit ihm zusammen.

»Was ist?«, frage ich nach, doch er schüttelt unmerklich den Kopf.

»Lass uns nicht durch die Haupttür gehen, wir gehen um das Gebäude herum«, sagt er langsam und ich höre Spannung in seiner Stimme.

»Wieso, was ist denn?«

»Vor der Tür stehen Reporter.«

»Was?« Das kann jetzt nicht wirklich wahr sein!

»Ja, vier Stück. Sie haben uns noch nicht gesehen, weil momentan so viele Leute aus dem Bahnhof strömen. Komm, wenn wir uns beeilen, können wir die anderen als Ablenkung nutzen und schnell ein Taxi nehmen. Die stehen hier um die Ecke.«

Woher wissen die Reporter, wo wir hingefahren sind?

Ein ungutes Gefühl breitet sich in mir aus und ich sehe immer wieder über die Schulter, während ich Lucas um den Bahnhof herum folge.

»Bleib hier stehen. Ich gehe zum Taxistand. Mich erkennen sie eher nicht.«

Also verberge ich mich hinter der Hausecke und sehe zu, wie Lucas zügig, aber so unauffällig wie möglich zu den Taxen geht. Nach einem kurzen Gespräch mit dem Fahrer, den er zu kennen scheint, nickt er mir zu und ich beeile mich, das Fahrzeug zu erreichen.

Wenn man uns hier sieht, werden wir keine ruhige Minute mehr haben.

»Lass den Koffer einfach stehen und steig ins Auto, Gregory packt ihn ein. Los!« Hastig klettern wir in den Wagen hinein, doch im letzten Moment hat man uns doch gesehen.

»Da sind sie!«, ruft jemand und ich höre den Taxifahrer fluchen. Er packt die Koffer schnell ein, schlägt die Klappe zu und springt regelrecht in den Wagen. Zu unserem Glück ist der Bahnhofsvorplatz recht groß und momentan fahren dort viele Autos, die die Reporter behindern.

»Gibt es einen schnelleren Weg hier weg?«, fragt Lucas und sieht zu den Reportern hin, die auf uns zu sprinten. Das Auto kann nicht weiterfahren. Direkt vor uns parkt ein alter Mann im Schneckentempo aus.

»Sorry Lucas, das ist der einzige Weg«, sagt Gregory und drückt auf einen Knopf der die Türen verriegelt.

Sehr gut, so kann wenigstens niemand die Tür aufreißen.

Aber Fotos machen können sie noch immer, denn die Scheiben sind nicht getönt. Ich ziehe die Mütze übers Gesicht und wende den Blick ab, als sich die ersten Objektive gegen das Fenster drücken und das helle Licht mich fast blind macht.

»Vollidioten«, grummelt Lucas und wiederholt seine Geste von heute Morgen.

Der Opi vor uns hat das Gaspedal endlich gefunden und Gregory beeilt sich, den Bahnhof hinter uns zu lassen. Zum Glück sind die Reporter hier alle von kleinen Zeitungen und Magazinen und es nicht gewohnt, jemanden strategisch sinnvoll zu verfolgen und dadurch haben wir sie recht bald abgehängt.

»Woher wussten die, wo wir sind?«

Diese Frage hat Lucas in den letzten fünf Minuten mehrmals gestellt. Natürlich könnte man recht schnell herausfinden, dass Lucas aus Sheffield kommt, dafür müsste man lediglich seine Schauspielerseite des Managements aufrufen. Und es ist es auch logisch, dass man über Weihnachten nach Hause fährt, aber offiziell ist Lucas so unbekannt, dass es keiner Zeitung der Welt etwas wert sein sollte, seinetwegen Fotografen zu schicken. Hier geht es um mich – beziehungsweise um uns als Paar.

Das soll jetzt nicht gemein klingen. Im Gegenteil; genau aus diesem Grund hatte ich gehofft, wir hätten hier ein wenig Ruhe.

Doch wie es aussieht, habe ich mich da geschnitten, und zwar gewaltig.

Noch immer sehe ich die Blitze der Kamera vor meinen Augen, als hätten sie sich in die Netzhaut eingebrannt. Man, war das eine unangenehme Situation.

Der Sicherheitsgurt drückt mir gegen den Hals, als ich mich umdrehe und durch die Rückscheibe spähe, doch ich kann niemanden sehen, der uns verfolgt. Zumindest ist kein auffälliges Taxi auf unseren Fersen.

»Meinst du, wir haben sie abgeschüttelt?«, frage ich Lucas, der mit den Schultern zuckt: »Vielleicht stecken sie noch auf dem Parkplatz fest, das wäre cool. Gregory, kannst du trotzdem ein bisschen schneller fahren? Nur zur Sicherheit.« Der Fahrer nickt und drückt nochmal aufs Gas.

»Wieso verfolgt man dich? Hast du in London eine Bank überfallen, Lucas?« Er sieht durch den Rückspiegel und ich sehe Lachfalten, die sich um seine Augen herum gebildet haben.

»Nein, die sind, glaube ich, auch weniger hinter mir her, als hinter Henry hier.« Lucas klopft mir auf die Schulter.

»Ah, dann bist du also der Bankräuber«, scherzt der Mann und ich nicke: »Genau und weil ich das Geld möglichst schnell bei Lucas im Garten vergraben will, müssen wir uns wirklich beeilen.«

Gregory fährt auf eine Wendeplatte und hält den Wagen. Wir steigen aus und holen das Gepäck aus dem Kofferraum.

Das Backsteinhaus unterscheidet sich optisch nicht sonderlich von den anderen Häusern; auch hier hängt Deko in den Fenstern, allerdings sieht sie selbst gebastelt aus, was auf eine Familie mit Kindern schließen lässt. Ein schiefer Schneemann steht im Vorgarten, der seine Nase verloren hat.

»Geh du vor«, bitte ich Lucas und folge ihm dann den schmalen Weg zur

Haustür.

»Ich schließe einfach auf«, sagt er und zieht den Schlüssel aus der Jacke.

»Meinst du? Ich bin zum ersten Mal hier. Denkst du nicht, ich sollte nicht einfach so ins Haus kommen?«, frage ich unsicher. Ich will auf keinen Fall etwas falsch machen.

»Henry, hier ist schon immer jeder einfach so reingekommen. Meine Mum hätte viel zu tun, wenn sie den ganzen Tag zur Tür rennen müsste. Außerdem kommst du ja mit mir gemeinsam.« Mit einem Klicken öffnet sich die Tür und wir treten in einen kleinen Eingangsbereich. Die Garderobe zu unserer Rechten ist beladen mit Jacken, Mänteln und Kindermützen und auf dem Boden liegt ein Sammelsurium an Schuhen kreuz und quer.

»Leg deine einfach dazu, schlimmer kannst du es nicht machen«, sagt Lucas, tritt sich die Sneakers von den Füßen und geht dann weiter.

Nein, ich kann meine Schuhe hier nicht einfach hinschmeißen. Ich bin hier immerhin Gast. Also stelle ich meine Lederstiefel sauber nebeneinander in eine Ecke. Es sieht vollkommen unpassend aus und stört das Gesamtbild mehr, als wenn ich sie auf den Haufen drauf geworfen hätte. Außerdem sind es recht noble Schuhe und sie stechen aus den bunten Kinderschuhen und Sneakers ziemlich heraus.

Mir egal, ich lass das jetzt so.

»Mom, ich bin da!«, ruft Lucas, der schon im Flur ist und öffnet die Tür zur Küche. »Mom?«

»Wir sind oben!«, antwortet eine freundliche Stimme und ich hebe den Blick zum ersten Treppenabsatz. Dort müssen sich die Schlafzimmer befinden. Kinderlachen ist zu hören und dann schreit ein Kleinkind.

»Wie viele Geschwister hattest du nochmal?«, frage ich und versuche mich daran zu erinnern, wie sie alle heißen.

»Sechs. Zwei davon sind sicherlich auf der Arbeit, die Zwillinge sind bei Freunden und die Kleinsten vermutlich gerade oben bei Mum. Lass den Koffer einfach stehen.« Lucas nimmt meine Hand in seine und drückt sie sanft. Er spürt meine Nervosität.

Auf Socken gehen wir gemeinsam die Treppe hinauf. Sie ist mit einem dicken Teppich bezogen und so weich, dass ich ziemlich sicher bin, dass man als Kind mehrfach hinunterstürzen kann, ohne sich etwas anzutun.

Vielleicht gibt gerade das dem Teppich seine Daseinsberechtigung.

Von dem kleinen Flur im ersten Stockwerk gehen mehrere Türen ab und alle stehen offen. Ich folge ihm bis ganz nach hinten. Er betritt vor mir den Raum und wird sofort begrüßt.

»Schatz, wie schön, dass du da bist!«

Vorsichtig trete ich nach ihm in das letzte Zimmer.

Hier ist es bunt und eine Menge Spielzeug liegt auf dem Boden herum. Lucas umarmt eine Frau, die etwas kleiner ist, und an seine Beine klammern sich zwei Kinder, die etwa zwei Jahre alt sind. Das Mädchen hat rote Locken, der Junge glattes, blondes Haar. Beide ziehen an Lucas´ Jeans und jauchzen vor Freude, als er sie auf den Arm nimmt und knuddelt.

Die Frau hat sich von Lucas gelöst und als sie mich neugierig ansieht, bin ich überrascht, wie sehr ihr Sohn ihr ähnelt. Ihre Augen haben dieselbe Form und sie strahlt mich an.

»Hallo, du musst Henry sein. Willkommen bei uns im Chaos«, sagt sie und anstatt mir die Hand zu geben, zieht sie mich sofort in eine Umarmung. »Ich bin Joy, es freut mich ja so, dich endlich kennenzulernen.«

»Mich auch. Vielen Dank, dass ich herkommen durfte, Joy«, sage ich verlegen, freue mich aber total darüber, dass sie mich so herzlich empfängt.

»Wie war die Fahrt? Musstet ihr früh aufstehen?«, fragt sie und sieht zwischen mir und ihrem Sohn hin und her. Lucas hat inzwischen die Kids wieder abgesetzt und lässt sich ein Kuscheltier vorstellen, das neu im Haushalt zu sein scheint. Joy lässt sich davon nicht ablenken. Sie ist Trubel wohl gewohnt.

»Wir sind ziemlich früh aufgestanden, aber wir hatten Sitzplätze im Zug und es war eine sehr angenehme Fahrt«, sage ich schlicht.

Von den Reportern kann ihr Lucas später selbst erzählen.

»Mom!«, schallt ein Ruf von unten hoch.

»Ist Lucas da? Ist das sein Koffer, der da im Weg steht?«

»Nein, das ist Henrys!«, ruft Lucas zurück und steht auf.

»Das sind die anderen Zwillinge, Dora und Pheline. Wieso sind die denn so früh zurück?« Joy zuckt nur mit den Schultern und im selben Moment höre ich zwei Paar Füße die Treppe hinauf rennen.

»Lucas! Du bist da!«, ruft ein Mädchen mit braunen, glatten Haaren, rennt an mir vorbei und umarmt ihren Bruder. Ein zweites Mädchen, das genauso aussieht, folgt ihr und mein Freund verschwindet in einem menschlichen Knoten.

Man, ist das schön, dass sich alle so sehr über sein Kommen freuen.

»Pheline, Dora, das ist mein Freund Henry«, sagt Lucas und lenkt die Aufmerksamkeit jetzt auf mich. Die beiden Mädchen lösen sich von ihrem Bruder und starren mich an.

25. KAPITEL

»Oh mein Gott!«, kreischt eine von beiden und ihr klappt der Mund auf. Ihrer Schwester scheint es die Sprache verschlagen zu haben.

»Hi, ich bin Henry«, sage ich und strecke ihr die Hand hin, doch sie wird nicht ergriffen. Stattdessen blickt das Mädchen ihren Bruder nur entgeistert an.

»Henry Seales? Ich dachte immer, du verarschst uns, aber das war *ernst* gemeint?«

»Natürlich, wieso sollte ich lügen?«, fragt Lucas irritiert und grinst beim Anblick seiner geschockten Schwestern.

»Weil du uns immer schon gerne veräppelt hast«, sagt sie schlicht und starrt mich dabei immer noch an, als wäre ich der Leibhaftige persönlich. Dann holt sie tief Luft, als müsste sie sich beruhigen und meint dann: »Okay. *Okay* ... das muss ich erstmal verdauen ... oh man. Henry Seales ...«

»Pheline, er weiß, wie er heißt«, sagt Joy amüsiert und sieht ihre Tochter an. Diese nickt und gestikuliert dann zu ihrer Schwester hin: »Ähm, wir gehen dann mal in unser Zimmer. Schulaufgaben machen.«

»Schulaufgaben? Aber ihr habt doch jetzt Ferien«, lacht Lucas, doch die Mädchen flitzen davon und verschwinden in einem Zimmer. Die Tür knallt zu und sofort ist ein irres Kichern und halblautes Quietschen zu hören.

Irritiert sehe ich Lucas an, der die Augen verdreht.

»Sie haben deinen vorletzten Film im Kino gesehen und seitdem bist du ihr absoluter Traummann. Als ich ihnen erzählt habe, dass ich mit dir arbeiten werde, sind sie fast ausgeflippt und wollten mich unbedingt in London besuchen kommen, doch da hättest du keine ruhige Minute mehr gehabt. Naja und als ich dann sagte, dass wir zusammen sind, wollten sie es einfach nicht glauben.«

»Vermutlich wollten sie nicht einsehen, dass ihre Chancen schwinden«, fügt Joy fröhlich hinzu und nimmt den blonden Jungen auf den Arm.

»Lucas, nimmst du Mimi, dann gehen wir nach unten und fangen schon mal an, das Mittagessen vorzubereiten.«

Wenig später sitze ich mit Lucas an einem großen Küchentisch und schneide Gemüse klein, während ich nebenbei ein Auge auf die Zwillinge habe, die ebenfalls helfen dürfen, jedoch nur mit Spielzeuggemüse hantieren. Mimi wirft ständig ihre Holzkarotten in die Schüssel mit den echten und so bin ich mehr damit beschäftigt, diese wieder herauszufischen, als selbst welche zu schneiden. Lucas sieht mir amüsiert zu und nimmt dem kleinen Edgar dabei immer wieder das Messer aus der Hand, das der Junge sich schnappen will.

Nebenbei plaudern wir mit Joy, die wissen will, wie es für Lucas in Neuseeland gelaufen ist.

Damit Joy in Ruhe kochen kann, verschwinden wir später gemeinsam mit den Zwillingen im Wohnzimmer. Dort schauen wir Bilderbücher an und Edgar hat seinen Spaß daran, Türme aus Plastikbechern zu bauen und umzuwerfen. Wie viele Türme ich gebaut habe, kann ich gar nicht mehr genau sagen, doch es macht auch mir großen Spaß und ich vergesse für einige Zeit, was in meinem Leben sonst so los ist.

Das tut gut und entspannt.

Gerade helfe ich Joy beim Decken des Tisches, als die Haustür aufgeht und zweistimmig »Hallo, wir sind da!« durch den Flur schallt.

»Hm, hier riecht es aber gut.« Ich hebe den Blick vom Esstisch und vor mir steht ein Mädchen, das aussieht, wie Joy. Unglaublich, welche Ähnlichkeit sie mit ihrer Mutter hat.

»Hi, ich bin Felicia, Lucas´ jüngere Schwester«, sagt sie und reicht mir kurz die Hand. »Hey, ich bin Henry ... Lucas´ Freund.«

»Das habe ich mir schon gedacht.« Sie lächelt. »Schön, dass du mitgekommen bist und wir dich auch kennenlernen. Lucas hat schon einiges von dir erzählt.« Mehr sagt sie nicht, sondern wendet sich ab und geht zu ihrem Bruder, um ihn fest zu umarmen.

Als ich alle Gabeln ablege und sie gerade rücke, grüßt mich erneut jemand.

Oh man ich hoffe wirklich, das waren jetzt alle, ich komme mir fast vor, wie in einer Zeitschleife.

Die junge Frau, die jetzt vor mir steht, ist hübsch, allerdings weit weniger natürlich, als die Zwillinge oder Felicia. Ihr Haar ist weißblond und zu einem hohen Zopf gebunden und erinnert mich ein bisschen an die Mädels, die in Kosmetikgeschäften arbeiten.

»Ich bin Lilly, freut mich, dich kennenzulernen, Henry.« Sie reicht mir nur die Fingerspitzen, vermutlich ist sie durch ihre langen Fingernägel nicht in der Lage die Hand voll zu schließen.

Wieder stelle ich mich höflich vor.

»Ja, das hab ich mir schon gedacht, dass du Henry sein musst«, sagt sie freundlich und schlüpft dann aus ihrer neonrosa Felljacke. Die Farbe blendet mich ein bisschen. »Lucas konnte gar nicht mehr aufhören, von dir zu schwärmen. Ich habe einen Namen noch nie so oft in einem Familienchat gelesen, wie deinen.« Sie kichert und Lucas sieht peinlich berührt aus.

»Mädchen, es gibt Essen!«, ruft Joy durchs Treppenhaus und im selben Moment kommt auch Lucas mit den Zwillingen auf dem Arm an den Tisch. Er drückt mir kurzerhand Mimi in die Arme und ich setze sie in einen Hochstuhl. Seine Ohren sind noch ein wenig rot, doch er geht nicht auf Lillys Kommentar ein.

»Hier ist ihr Lätzchen, sonst schmiert sie das Essen überall hin«, sagt Lucas und reicht mir etwas, das aussieht wie eine Jacke aus Frotteestoff, die man hinten zubinden kann. Umständlich ziehe ich der Kleinen das Ding an.

»Darf Henry neben mir sitzen?«, fragt eine der Zwillinge und wird rot, als ich den Blick hebe und sie ansehe.

»Henry kann sitzen, wo er will«, sagt Lucas und zieht sich einen Stuhl zurück. Ich nehme rasch neben ihm Platz und beobachte amüsiert das kleine Gerangel von Pheline und Dora, bis sich schließlich eine von beiden neben mir auf den Stuhl fallen lässt. Bevor wir essen, fassen sich alle an den Händen, was ein eingespieltes Ritual zu sein scheint.

»It's off to lunch we go, It's off to lunch we go. The food taste very yummy, And helps us all to grow«, singen alle im Chor, dann fangen wir an zu essen.

Danach bittet uns Joy, den Weihnachtsbaum aufzustellen, und der Aufgabe widme ich mich mit Lucas gemeinsam nur allzu gerne. Der Baum liegt im Garten und wir müssen ihn erst vom Schnee befreien und abklopfen. Dabei wirft Lucas mehrmals einen Schneeball nach mir, verfehlt mich jedoch knapp.

»Pass auf mein Freund ...«, brumme ich drohend und greife ebenfalls in den Schnee.

»Was denn? Willst du mich eingraben?«, witzelt Lucas und tänzelt vor mir herum. Er legt es darauf an und ich nutze meine Chance. Schnell habe ich die Arme um ihn geschlungen und werfe ihn kurzerhand in einen Schneehaufen, der zugegebenermaßen nicht sonderlich tief ist. Lucas lacht aus vollem Hals und versucht sich zu befreien, doch ich presse ihn mit meinem ganzen Körpergewicht in den Schnee.

»Henry, ich kriege keine Luft mehr!«, japst er und ich stütze mich ein wenig ab. Schwer atmend liegt er da, die Wangen gerötet und sieht mich an.

»Kannst du hellsehen?«, fragt er mich leise, hebt eine Hand und streicht mir über die Wange.

»Wieso das?« Ich bin etwas verwirrt.

»Weil ich mir immer einen Freund gewünscht habe, mit dem man ab und an auch mal Blödsinn machen kann ... du bist unglaublich, weißt du das?« Mir wird warm ums Herz.

Genau das habe ich mir auch immer gewünscht. Lucas hat noch viel mehr, was ich mir niemals erträumt hätte, und manchmal kann ich es nicht fassen, dass er wirklich echt ist.

»Ich liebe dich und ich bin dir so dankbar, dass du bei mir bist und mir verziehen hast. Das ist viel mehr, als ich verdiene«, sage ich leise und küsse seine Lippen zärtlich.

Die Mädels haben schon die Kisten mit Baumschmuck und die Lichterketten besorgt und als der Baum endlich im Christbaumständer festgemacht ist, fangen wir an zu schmücken. Nebenbei läuft Weihnachtsmusik und obwohl das hier alles ein wenig surreal, ja fast kitschig ist, muss ich sagen, dass ich mich bei Lucas´ Familie unglaublich wohlfühle.

»Man, ist diese Treppe schmal.« Umständlich trage ich meinen Koffer am späten Nachmittag hinauf in den ersten Stock, um unser Zimmer zu beziehen.

»Mein Zimmer wurde zum Arbeitszimmer meines Stiefvaters umgebaut, deswegen steht jetzt ein großer Schreibtisch drin«, sagt Lucas und öffnet eine Tür direkt an der Treppe. „Also wundere dich bitte nicht, wenn es etwas eng wird." Der Raum ist vielleicht zwölf Quadratmeter groß und durch das Doppelbett ist nur wenig Platz. Lucas bückt sich und sieht unters Bett. »Ah, hier ist noch Platz für die Koffer.« Kurzerhand schiebt er seinen darunter und ich begnüge mich damit, meinen an die Wand zu stellen. So kann man wenigstens nebeneinanderstehen und es ist ja nicht für lange, denn übermorgen geht's ja schon weiter zu meiner Familie.

»Gefällt es dir hier?«, fragt Lucas, setzt sich aufs Bett und sieht mich erwartungsvoll an.

»Ja, total. Deine Familie ist toll«, antworte ich, knie mich vor dem Bett auf den Boden und gebe ihm einen Kuss. Er schlingt die Arme um meinen Hals und seufzt genüsslich. Zärtlich spielen unsere Lippen miteinander, doch der Kuss bleibt sanft und liebevoll.

»Wollen wir noch ein bisschen rausgehen?«, fragt Lucas und sieht zum Fenster. Draußen dämmert es bereits und es schneit schon wieder.

»Nein, ich will hierbleiben. Lass uns das Zimmer abschließen«, schlage ich vor und ziehe vielsagend die Augenbrauen hoch. Ich muss ihn endlich wieder haben. Das letzte Mal ist schon viel zu lange her. »Ich liebe dich«, sage ich leise und lege einen Arm um Lucas´ Schultern. Er hat die Tür so leise wie möglich abgeschlossen und liegt nun wieder in meinem Arm. Überrascht sieht er mich an. »Was? Darf ich das nicht einfach so mal sagen?«, frage ich und er grinst.

»Doch natürlich. Es freut mich, dass du das so siehst.« Er reckt den Hals und küsst mich, zieht dabei sachte an meinem Shirt und ich schlüpfe heraus.

Mein Herz wummert, als wir uns wieder berühren und und liebevoll und ganz leise lieben.

Am Morgen des 24. Dezembers werde ich davon geweckt, dass die Tür des Zimmers aufgeht und sich acht Menschen in das kleine Schlafzimmer quetschen. Lilly setzt Edgar und Mimi auf dem Bett ab und sie krabbeln fröhlich auf uns zu.

Grummelnd drehe ich mich auf den Rücken und auch Lucas wacht auf. Verschlafen blinzeln wir ins Licht der Geburtstagskerzen, die auf einem Kuchen stecken, den Joy in der Hand hält. Alle lächeln und als Lucas sich aufsetzt, fangen sie an, »Happy Birthday« zu singen. Mein Freund strahlt glücklich seine Familie an und bedankt sich mit rauer Stimme.

Alle legen ihre Geschenke auf Lucas´ Schoß und er fängt an, das Papier zu öffnen. Er bekommt einiges, was er für seine neue Wohnung gebrauchen kann und freut sich über alles.

»Was schenkst du ihm, Henry?«, fragt Dora und sieht mich kurz an, dann wird sie rot und sieht weg. Vielleicht weil ich nur in Boxershorts auf dem Bett sitze.

»Ja, was schenkst du mir, Henry?«, wiederholt Lucas und wendet sich mir zu.

In seinem Blick liegt gespannte Neugier und ich zögere.

Soll ich ihm mein Geschenk hier vor der Familie geben? Ich will nicht, dass sie denken, ich würde mit dem Geschenk angeben wollen, weil es so teuer war.

Joy bemerkt mein Zögern und sagt: »Vielleicht will Lucas das Geschenk ja alleine aufmachen. Kommt, wir gehen runter und decken schon mal den Tisch fürs Frühstück.« Sie nickt zur Tür hin und die Mädchen verschwinden artig nach draußen, nur die Zwillinge wollen gerne bleiben.

»Och Mum, ich will Henrys Geschenk sehen.«

»Das wirst du sicherlich, aber jetzt lass ihn doch bitte erstmal allein auspacken.«

»Mum ...«

»Nein, ihr geht jetzt nach unten, das ist mein letztes Wort, sonst versteckt Lucas sein Geschenk und ihr bekommt es gar nicht zu sehen.« Joy ist wirklich streng und wie es aussieht, scheinen die Kids zu wissen, wann Schluss ist, denn es gibt keine Widerworte mehr und als die Tür ins Schloss fällt, sind wir wieder alleine.

»Und, was bekomme ich von dir?«, fragt Lucas und mustert mich mit einem Gesichtsausdruck, als würde er damit rechnen, dass ich mir eine Schleife um den Hals binde und verkünde, ich selbst sei das Geschenk.

Wobei die Idee ganz nett ist, wenn ich ehrlich sein soll.

»Willst du raten, oder soll ich es einfach holen?«, frage ich und als Lucas nicht antwortet, sondern mich nur anstarrt, schäle ich mich aus der Bettdecke, lege mich auf den Bauch und ziehe den Karton hervor, den ich neben meinem Koffer auf den Fußboden gelegt habe.

»Bekomme ich deinen Po?«, fragt Lucas unschuldig.

»Baby, denk nicht ganz so versaut«, brumme ich beiläufig und balanciere den Karton auf einer Hand. »Bitteschön.« Lucas´ Augen werden groß, allein die Verpackung schreit danach, dass es teuer war.

»Was hast du gekauft?«, haucht er und zieht vorsichtig an der Seidenschleife. Glatt und weich gleitet sie vom Karton hinunter auf die Bettdecke, als er den Deckel hochzieht. »Nochmal Papier? Wie oft ist das denn eingepackt?«, lacht er, schlägt es aber trotzdem andächtig auseinander. In seinem Blick sehe ich, dass ihm nicht ganz klar ist, was er bekommt, auch nicht als er den ersten Stoff sehen kann. Erst, als er das Sakko vor sich hält, staunt er: »Du hast mir einen Anzug gekauft? Bist du bekloppt?«

»Naja, du meintest, du würdest dich so oft underdressed fühlen und da hab ich gedacht, ich kauf dir was, was eleganter ist, aber trotzdem sportlich genug, damit du dir nicht verkleidet vorkommst. Gefällt er dir?« Ohne zu antworten, steht Lucas auf, zieht sich das T-Shirt über den Kopf und schlüpft sowohl in die Hose, als auch ins Oberteil. Ich beobachte ihn dabei und muss sagen, dass ich ein wirklich gutes Gefühl hatte, denn der Anzug steht ihm wirklich gut.

»Sag mir bitte nie, was der gekostet hat, sonst traue ich mich nicht mehr ihn anzuziehen, ja?«, sagt er und streicht andächtig über den Stoff der Ärmel.

»Gut, ich sage nichts. Aber er ist teuer genug gewesen, sodass du ihn als Weihnachts- und Geburtstagsgeschenk ansehen kannst«, antworte ich und lehne mich grinsend gegen die Wand. »Er steht dir hervorragend. Alles Gute zum Geburtstag, Lucas.«

Der Tag ist voll und es steht einiges an. Besuch der Verwandten, ein langer Spaziergang durch den Ort, mit sämtlichen Omas und der näheren Verwandtschaft. Mich kennt niemand und ich werde ganz unbefangen in der Familie aufgenommen. Ich genieße die Zeit in Sheffield, auch wenn ich mich anstrengen muss, den heftigen Akzent, der hier gesprochen wird, zu verstehen. Erst am Abend, als alle wieder gegangen sind, kehrt Ruhe ein und wir sitzen gemeinsam im Wohnzimmer.

»Schatz, wusstest du, dass ihr beide in der Zeitung seid? Ich habe heute Morgen im Netz eine kurze Meldung gesehen«, meint Joy. Interessiert hebe ich den Kopf zu Lucas' Mum, die in ihrem Handy herumtippt, aufsteht und es ihrem Sohn zeigt. »Schau, sie haben Fotos von euch am Bahnhof. Henry ist nicht zu erkennen, aber du schon. Wieso hast du nicht gesagt, dass wir euch abholen sollen, dann wäre das vielleicht nicht passiert.« Von meinem Platz aus kann ich auch aufs Display schauen und lese lediglich die Schlagzeile:

>>Lucas Thomas in Heimatstadt. Feiern er und Henry gemeinsam Weihnachten? Ist es ernster zwischen den beiden, als angenommen?<<

Mit einem ungläubigen Schnauben gibt er seiner Mum das Handy zurück.

»Ich wollte nicht, dass ihr auch noch die Aufmerksamkeit der Reporter auf euch zieht. Außerdem hatten wir niemals damit gerechnet, dort erwartet zu werden. Ich weiß nicht, woher die Reporter die Info haben, dass wir beide hergefahren sind.«

»Naja, wir haben am Bahnhof unser Ziel genannt, jeder der uns etwas Aufmerksamkeit geschenkt hätte, wäre in der Lage gewesen, das mitzubekommen«, überlege ich, finde es aber trotzdem gruselig, dass man uns so schnell finden konnte, obwohl das im Zeitalter der Smartphones eigentlich keine große Kunst mehr ist. Eine Nachricht aus London an die Kollegen der Redaktion im Norden und die schicken ihre Leute los. Ein Wunder, dass hier bisher noch niemand vor dem Haus gestanden hat.

Ob sie auch in Twemlow Green vor Ort sein werden? Immerhin ist bekannt, aus welchem Städtchen ich komme. Wikipedia sei Dank.

»Vielleicht wäre es besser, wenn ihr mit dem Auto zu Henrys Familie fahrt. Ich bin sicher, dass man euch am Bahnhof auflauern wird. Die Presse hier hat ja ansonsten eher wenig zu tun«, meint Felicia und Lucas nickt langsam.

»Lass uns den Wagen nehmen, das ist wirklich sicherer. Die Bahntickets können wir ja vielleicht noch stornieren«, raune ich ihm zu und er ist einverstanden.

»Ja, das wäre eine gute Idee. Ich würde sowieso gerne nach Weihnachten noch ein paar Tage hierbleiben. Mum, könnten wir das Auto nehmen? Ich komme ja wieder hierher zurück.«

Wir bekommen das Auto und somit die Chance, möglichst unerkannt und problemlos nach Twemlow Green zu reisen.

26. KAPITEL

Der 25. Dezember beginnt für mich mit einem Kuss von Lucas und einem Weihnachtsgeschenk von Lauren, das in Form einer E-Mail eintrudelt.

>>Lieber Henry,

ich wünsche dir ein fröhliches Weihnachtsfest.

Außerdem habe ich eine tolle Neuigkeit für dich: es ist mir gelungen, aufgrund deiner Mail im Eilverfahren eine einstweilige Verfügung gegen Stan Cardener zu bekommen. Er darf deine Straße nicht mehr betreten und muss auf jeden Fall 80 Meter Abstand zu deiner Haustür halten. Die Verfügung gilt zwar nur vorerst, aber bis Mitte Januar solltest du nun zumindest dein Haus ungestört betreten und verlassen können. Ich hoffe, das erleichtert dir erstmals den Alltag.

Ich wünsche dir fröhliche Festtage und wir sehen uns!

Viele Grüße

Lauren Cooper

Cooperations Management<<

»Lucas, schau mal, was Lauren mir geschrieben hat«, sage ich begeistert und will ihm das Handy vor die Nase halten, doch mein Freund sieht mich an und sagt: »Einstweilige Verfügung gegen Cardener.« Verdutzt sehe ich ihn an und er zeigt mir sein Handy.

>>Einstweilige Verfügung! Sun Reporter darf sich Seales nicht mehr nähern. Der Schauspieler fährt jetzt harte Geschütze auf<<

Sicherlich hat Cardener selbst dafür gesorgt, dass diese Info veröffentlicht wird. Das könnte andere Zeitungen auf den Plan rufen, die für ihn die Beobachtung übernehmen. Allerdings wäre es auch denkbar, dass das Interesse an mir abflaut, weil das Zugpferd ausgeschaltet wurde.

Beides ist möglich. Ich bin ja mal gespannt, was letztendlich passiert.

»Weißt du, was das bedeutet?«, fragt Lucas, legt das Handy weg und klettert über mich.

»Nein, was denn?«, frage ich leise und sehe ihm dabei ins Gesicht. Er ist ja so schön, selbst wenn er gerade erst aufgewacht ist. Seine Augen funkeln mich an und er sagt leise: »Ich kann dich besuchen kommen, wann immer ich will und niemand wird es herausfinden.«

»Das wäre wunderbar«, hauche ich und strecke mich, um ihm einen Kuss zu stehlen.

Hm, so ganz sicher wäre ich mir da noch nicht. Es gibt schließlich auch noch die Nachbarn. Und andere Reporter, die keine einstweilige Verfügung bekommen haben.

Am späten Vormittag machen wir uns auf den Weg, denn meine Mum hat uns zum Mittagessen eingeladen. Von Sheffield nach Twemlow Green sind es eineinhalb Stunden Autofahrt.

Also verabschieden wir uns schweren Herzens von Lucas´ Familie. Alle umarmen mich herzlich und als ich schon fast aus der Tür bin, wagen es die Zwillinge und bitten mich um ein Autogramm. Lucas ist sichtlich peinlich, dass seine Schwestern danach gefragt haben, doch ich finde es nicht schlimm. Allerdings muss ich ihnen das Versprechen abnehmen, dass sie erzählen, Lucas hätte ihnen die Autogramme mitgebracht. Sie dürfen nicht herumerzählen, dass ich an Weihnachten hier war. Weil ich nicht glaube, dass die Wahrheit die Zwillinge abschrecken würde, dramatisiere ich alles ein wenig und sage, dass ich sonst mit Lucas Schluss machen müsste und sie alle nie wieder besuchen kommen könnte. Das scheint zu wirken, denn beide Mädchen versprechen mir, nichts zu verraten.

»Meinst du, die werden sich daran halten?«, frage ich, als wir wenig später nebeneinander in dem kleinen Auto sitzen und durch die leeren Straßen der Stadt in Richtung Schnellstraße fahren. Lucas nickt: »Ja, mit Sicherheit. Die wollen dich wieder sehen und das klappt nur, wenn du bei mir bleibst.«

Pünktlich zum Mittag rollt der Wagen auf den Vorplatz unseres Hauses und Lucas sieht mich an. Er wirkt etwas nervös und beißt sich auf die Unterlippe.
»Was ist?«, frage ich überrascht, als er mich davon abhält, die Tür zu öffnen und auszusteigen.
»Ich hab Angst, dass sie mich nicht mögen«, sagt er und schluckt. Ungläubig sehe ich ihn an.
»Wer soll dich denn nicht mögen? Du bist wunderbar.«

»Naja ich weiß ja nicht, vielleicht hat deine Mum diesen Artikel über mich gelesen und denkt jetzt, dass ich mich nur in schmuddeligen Schwulenclubs herumtreibe und alle möglichen Geschlechtskrankheiten habe. Vielleicht hat sie Bedenken, was uns beide angeht.« Seufzend schüttele ich den Kopf und nehme seine Hand. »Hör zu, meine Mum war die Erste, der ich mich damals geoutet habe. Sie hat mich immer unterstützt und ich weiß ganz genau, dass sie niemals etwas gegen meinen Freund sagen würde, solange sie das Gefühl hat, dass er mir guttut. Und das tust du. Deswegen wird sie dich genauso herzlich aufnehmen, wie mich deine Familie aufgenommen hat. Mach dir darüber bitte keine Gedanken.«

»Das sagst du so einfach.«

»Ach komm, über mich stand in der Zeitung, dass ich dir eine Wohnung finanziere und dein Sugardaddy sein soll und deine Familie hat mich, ohne mit der Wimper zu zucken, aufgenommen.«

»Ja, weil ich ihnen gesagt habe, dass das nicht stimmt.«

»Und meine Mum weiß genauso gut, wie deine, dass man der Yellow Press nicht glauben sollte. Komm, lass uns aussteigen, sonst wird das Essen kalt.«

In der Einfahrt umarme ich ihn nochmal, dann gehen wir gemeinsam zur Haustür. Sie fliegt auf, noch bevor ich den Schlüssel gezückt habe.

Wie ich meine Mum kenne, hat sie dahinter gestanden und gewartet, bis wir nah genug sind, um zu öffnen.

»Schatz, wie schön, dass du da bist«, sagt sie, schließt mich in die Arme und gibt mir einen Kuss. Dann schiebt sie mich recht zügig in die Wohnung und umarmt Lucas ebenfalls. »Lucas, ich freue mich so, dich kennenzulernen. Du hast meinem Henry ja ganz schön den Kopf verdreht«, sagt sie und zieht ihn ebenfalls ins Haus, um die Türe zu schließen.

»Ähm, ja wenn Sie das sagen ...«, stammelt Lucas verlegen und bleibt neben der Garderobe stehen. Meine Mum überhört diesen Satz, denn sie ist schon auf dem Weg in die Küche, aus der es wunderbar lecker riecht. Mir knurrt sofort der Magen.

»Wow, deine Mum ist aber direkt«, sagt Lucas und zieht sich die Jacke aus.

»Normalerweise ist sie nicht so hektisch, aber ich glaube, sie war mindestens genauso aufgeregt, wie du. Schließlich bist du der erste Freund, den ich mit nach Hause bringe und dann auch noch zu Weihnachten.«

Ich nehme die Jacke ab und hänge sie an die Garderobe. Im Vergleich zu der der Dennans ist diese hier fast leer. Lediglich die Jacke meiner Mum, Emma, ihrem Freund Michal und mir hängen daran.

»Komm mit ins Wohnzimmer, meine Schwester ist auch schon da.« Ich ziehe Lucas an der Hand hinter mir her durch den Flur ins Wohnzimmer. Der Raum ist recht groß und wir haben einen weihnachtlich geschmückten Wintergarten.

Meine Schwester springt von ihrem Sessel auf und umarmt mich.

»Henry, wie schön, dass du da bist.«

Wir drücken uns so fest, dass ich sie vom Boden hebe. Emma streicht sich die rotblonden Haare zur Seite und wendet sich an Lucas.

»Hey, ich bin Emma«, sagt sie freundlich und die beiden reichen sich die Hand.

»Hallo, freut mich sehr, dich kennenzulernen«, entgegnet er. Auch Michal begrüßt uns. Ich mag ihn, kenne ihn allerdings nicht so gut, wie ich es gerne hätte. Er und Emma leben zwar zusammen, aber seitdem ich mit der Schauspielausbildung angefangen habe, hab ich wenig Zeit gehabt, sie zu besuchen. Zu wenig Zeit.

Ein Klappern aus der Küche und das Zuschlagen der Ofentür sagt uns, dass das Essen gleich soweit sein müsste und gemeinsam gehen wir zum Tisch.

Meine Mum hat ihn nobel gedeckt und sogar die Servietten sind gefaltet. Passend zum Weihnachtsbaum liegen silberne Knallbonbons auf dem ganzen Tisch verteilt und wir müssen alles ein wenig zur Seite schieben, damit Roast Beef, Yorkshirepudding und Kartoffeln, Gravy und Gemüse überhaupt Platz haben. Der Tisch ist für sechs Leute gedeckt und Lucas sieht mich fragend an: »Wer kommt denn noch?«

Die Stimmung wird kurz ein wenig bedrückt.

Es ist erst das zweite Weihnachten ohne meinen Stiefvater Rob, der im Frühjahr letzten Jahres bei einem Arbeitsunfall ums Leben kam. Meine Mum hat für ihn mitgedeckt. Ob aus Gewohnheit oder um die Erinnerung an ihn zu halten, weiß ich nicht.

»Da sitzt mein Stiefvater«, sage ich und deute auf ein Foto, das auf dem Kaminsims steht. Es zeigt Rob zusammen mit meiner Mum. Der schwarze Rahmen macht Lucas schnell klar, was das zu bedeuten hat.

»Entschuldigung, das wusste ich nicht«, sagt er leise und ich lege ihm die Hand aufs Knie.

»Woher solltest du das denn wissen? Ich hab es dir ja nicht gesagt. Sorry, ich hätte dafür sorgen müssen, dass du es weißt, bevor wir herkommen.« Rasch gebe ich ihm einen Kuss auf die Wange und sehe dann die kleine Tischgesellschaft an. Sie lächeln trotz allem gerührt und Mum steht auf, um den Braten anzuschneiden.

»Ich hab einiges über euch in der Zeitung gelesen« sagt Mum irgendwann, als wir gerade halb durch den Hauptgang sind, und sieht mich und Lucas an.

»Ja, die Presse war in der letzten Zeit nicht sonderlich nett zu uns. Du solltest das Zeug nicht lesen, Mum, sie schreiben nur Blödsinn, wirklich.« Meine Mum lächelt und meint entschuldigend: »Ich kann nicht anders. Auch wenn ich ahne, dass es nicht wahr ist, was geschrieben wurde, muss ich doch wissen, was sie über dich sagen. Sonderlich nett waren sie in der letzten Zeit wirklich nicht. Erst vor einigen Tagen haben sie etwas über Lucas gebracht, wartet.« Sie steht auf, geht zu einer Kommode und zieht eine Zeitungsseite aus einer Schublade.

>>Lucas Thomas: direkt vom Flughafen zu Daddy? Wie abhängig ist er von Henry Seales?<<

Das ist lediglich die Überschrift und ich lese nicht weiter. Kurzerhand gebe ich Mum den Zettel zurück.»Ich will das nicht lesen. Meine Managerin hat es geschafft, den Reporter per einstweiliger Verfügung von mir fernzuhalten. Ich hoffe, dass ich so in London ein bisschen mehr Ruhe habe, da brauch ich jetzt nicht einen solchen Artikel.« Meine Mum sieht den Artikel kurz an, dann knüllt sie ihn zusammen und wirft ihn in den Müll. Prima, genau dort gehört er hin.

»Ohje, das klingt ja nicht gut, war der Mann so aufdringlich?«, fragt Michal mitfühlend und sieht mich an.

»Ja, er hat jeden Morgen vor meinem Haus gestanden und ich konnte es fast nie unbeobachtet verlassen. Jetzt kann er mir erstmal nicht mehr dort auflauern. Er war es auch, der diese ganze Sugardaddy-Scheiße erfunden hat.«

»Bist du deswegen gerade so schmal?« Mum sieht mich an und Lucas versteift sich unmerklich neben mir. Seine Füße scharren über den Boden und ich sehe im Augenwinkel, dass er aufgehört hat, zu kauen. Das Thema ist ihm unangenehm.

Ich will Mum nicht anlügen, aber sie soll auch kein schlechtes Bild von Lucas bekommen.

»Das ist meine Schuld«, sagt Lucas schnell, bevor ich etwas sagen kann, und sieht meine Mum kurz an, die seinen Blick irritiert erwidert:»Das musst du mir genauer erklären, Lucas.«

Und das tut er.

Ziemlich geknickt, wie mir auffällt.

Lucas erzählt von seinem Outing und dem Twitter Shitstorm, der daraufhin ausgebrochen ist. Unverblümt zitiert er einige Kommentare und gesteht, dass er sich von mir diesbezüglich mehr Rückendeckung gewünscht hätte. Es ist mutig, finde ich, meiner Mum gleich beim ersten Treffen eine solche Geschichte zu erzählen, noch dazu eine in der er nicht sonderlich gut wegkommt. Wobei ich ja auch nicht gut dargestellt werde, immerhin habe ich ihn nicht beschützt. Sie könnte jetzt durchaus ein schlechtes Bild von ihm bekommen, oder sauer sein, dass er mir eine Teilschuld zuschiebt, doch das Risiko geht Lucas ein, weil er sie nicht anlügen möchte. Ihm ist die Ehrlichkeit zu meiner Familie wichtiger, als sein Image und das finde ich wirklich toll. Man merkt ihm deutlich an, wie unangenehm ihm das alles ist. Während er spricht, rutscht er unruhig auf seinem Platz hin und her, bis ich ihm vorsichtig eine Hand aufs Knie lege, um ihn zu beruhigen.

» ...naja und da hab ich einfach aufgelegt und mich vier Tage lang nicht gemeldet. Ich war so sauer und enttäuscht, dass ich erstmal Zeit für mich gebraucht habe. Ich habe an eine Beziehungspause gedacht, um Henry klar zu machen, dass ich so nicht weitermachen kann ... ich hätte nie gedacht, dass er nichts isst. Wenn ich das gewusst hätte, dann hätte ich mich viel früher gemeldet.« Er ebbt ab, vermutlich weiß er nicht so genau, wie er jetzt weiter reden soll.

Im Blick meiner Mutter liegt zum Glück keinerlei Wut. Im Gegenteil, sie sieht Lucas eher mitleidig an. »Es tut mir leid, was du dir alles anhören musstest, das muss sehr unangenehm gewesen sein.«

»Sowas gehört sich einfach nicht. Es ist schlicht und einfach eure Sache, was ihr tut und lasst. Dass sich wildfremde Menschen online so einmischen, hätte ich nie gedacht«, schimpft Emma und schüttelt ungläubig den Kopf. Mum sieht mich an und ich sehe in ihren Augen, dass sie ihm nicht böse ist.

»Weißt du Lucas, Henry war schon immer jemand, der Probleme sehr gerne in sich hineingefressen hat. Das hat ihm immer den Appetit verdorben und er hat nur wenig herunter bekommen. Erst, wenn das Problem wirklich aus der Welt war, ging es besser. Ich bin sehr froh, dass ihr das wieder hinbekommen habt. Wer weiß, wie er dann ausgesehen hätte.«

»Mum ...«, werfe ich ein und sie zuckt nur mit den Schultern. »Du siehst dich selbst nicht, Henry.« Mehr sagt sie dazu nicht, stattdessen steht sie auf und holt den Nachtisch aus der Küche.

Das Essen war wunderbar und wir sind alle zu satt, um etwas zu unternehmen, weshalb wir erstmal im Wohnzimmer auf der Couch bleiben.

»Henry, Lucas, wie lange bleibt ihr denn hier?«, fragt meine Mum irgendwann und sieht hoffnungsvoll aus.

»Ich muss morgen zurück nach London. Wir drehen übermorgen schon weiter und Lucas geht nochmal zurück zu seiner Familie.« Zu gerne wäre ich geblieben, denn ich schaffe es nicht immer, so lange nach Hause zu kommen, wie ich es gerne hätte. An Weihnachten bietet sich da immer eine wunderbare Möglichkeit und seit meine Mum wieder allein ist, fühle ich mich noch mehr verpflichtet, sie zu besuchen. Ich habe Angst, dass sie sich zu sehr einigeln könnte.

Obwohl ich weiß, dass sie viele Freunde hier im Ort hat und einiges unternimmt, tut sie mir immer leid, wenn ich mir vorstelle, dass sie am Abend eines langen Tages in dieses stille Haus zurückkommen muss. Ein Haus, wo sie noch so vieles an Rob erinnert.

Mum zieht eine Schnute:»Wie schade, wir hätten morgen sonst noch einen schönen Spaziergang machen können. Vielleicht ein bisschen auf die Felder raus. Ich hab letztens im Markt tolle Fackeln gekauft, das wäre sicherlich schön geworden. Wir haben das früher oft an Weihnachten gemacht, erinnert ihr euch noch?« Beim Wort Fackeln hat Lucas den Kopf gehoben und sieht begeistert aus:»Oh, das klingt ja toll. Können wir das nicht heute Abend machen?«

Also ziehen wir uns an und gehen.

In dem kleinen Ort ist es ruhig. Wir gehen an den Nachbarhäusern vorbei, in deren Fenstern noch Lichterketten hängen, passieren meine alte Schule und verlassen bald die asphaltierte Straße, um auf einen Feldweg einzubiegen. Der Schnee hat den Boden aufgeweicht und wir kommen nur langsam voran, doch irgendwann stehen wir auf einer kleinen Anhöhe. Hier oben bläst uns der Wind unbarmherzig ins Gesicht und die kalte Luft tut beim Einatmen fast schon weh. Trotzdem genieße ich es, Erde, Gras, Bäume und Natur riechen zu können. Gerüche, die unmittelbar mit meiner Kindheit verknüpft sind.

»Es ist so schön still hier«, seufzt meine Mum und bleibt am Hang stehen. Tatsächlich kann man nur das leise Rauschen des nahegelegenen Flusses hören, der sich in großen Windungen hier durch die Felder schlängelt, ansonsten ist es totenstill. Ich habe den Arm um meine Mum gelegt und sie lehnt sich an mich. Lucas hält die Fackel in der einen Hand, mit der anderen greift er nach meinen Fingern. Es kribbelt angenehm, als er sie berührt, und ich sehe zu ihm hinunter.

»Ich liebe dich«, sagt er lautlos und lächelt mich zufrieden an.

Michal zieht eine Packung Zigaretten aus seiner Tasche und zündet sich eine an. Als ich den Rauch rieche, der zu mir herüber wabert, fällt mir unser Deal wieder ein und ich werfe Lucas einen unauffälligen Seitenblick zu. Natürlich bemerkt er ihn und zieht nur eine Augenbraue hoch.

Er weiß ganz genau, worauf ich hinaus will.

»Willst du keine Zigarette?«, frage ich mit Unschuldsmiene. Immerhin könnte ich es ihm nicht einmal verübeln, denn ich habe mich auch nicht an unseren Deal gehalten, wenn auch unfreiwillig.

»Nein, ich brauche das nicht mehr. Ich habe meine letzte Zigarette geraucht, kurz bevor ich den Flughafen in Wellington betreten habe. Du hast jetzt offiziell einen Nichtraucher als Freund.«

27. KAPITEL

Am nächsten Tag bin ich auf dem Weg zurück nach London und habe das Abteil für mich alleine. So kann ich die Ruhe genießen und lese, während ich mich der Hauptstadt wieder nähere.

Heute Morgen hat Lucas mich am Bahnhof abgesetzt und ist dann mit dem Wagen zurück nach Sheffield gefahren, wo er noch ein bisschen bei seiner Familie bleiben wird.

Die Felder werden langsam weniger und die schäbigen Vorstadtsiedlungen tauchen auf. Reihenhäuser mit verwilderten Gärten, direkt an der Bahnlinie, schmutzigen, staubigen Fenstern, deren Lack abgeblättert ist, werden bald von gepflegteren Gebäuden abgelöst. Die Häuser werden größer und schöner, je näher man dem Zentrum der Stadt kommt und London nimmt mich wieder in sich auf, wie sie es schon mit so vielen Menschen getan hat. Diese Stadt fasziniert mich immer wieder aufs Neue und ich bin beeindruckt, was sie für eine Wirkung auf die Menschen ausübt.

»When a man ist tired of London, he is tired of life«

Das hatte ich mal irgendwo gelesen und es trifft zu. London gibt einem immer etwas Neues, sodass wir wieder und wieder zurückkommen, egal wohin das Leben uns auch verschlägt. Sie hält ihre Bewohner an langen Leinen, aber lässt sie nie ganz los. Und genau aus diesem Grund liebe ich diese Stadt so sehr, weil man sich ihr nicht entziehen kann.

Heute ist in England Boxingday und die Geschäfte der City haben geöffnet. Folglich ist unheimlich viel los und ich entschließe mich kurzerhand dazu, ein Taxi zu nehmen. Die Bahn will ich mir heute nicht antun. Eine Frau sitzt am Steuer und an ihrem Rückspiegel baumelt eine Christbaumkugel. Sie scheint sich ihr Weihnachten einfach mit zur Arbeit genommen zu haben, das gefällt mir und ich steige ein.

In meiner Straße blicke ich einmal nach rechts und links, doch ich kann niemanden sehen, der nach Journalist aussieht. Cardener scheint sich an seine Auflagen zu halten und die anderen haben heute hoffentlich frei.

Erleichtert bezahle ich die Fahrerin und steige aus. Eine Nachbarin grüßt mich im Treppenhaus, sonst ist es still im Gebäude. Sicher sind alle in der Stadt, um einzukaufen.

Nachdem ich meinen Koffer ausgepackt habe, dämmert es draußen bereits und noch immer ist niemand auf der Straße zu sehen. Ob Stan Cardener sich schon selbst zu der Verfügung geäußert hat? Wenn ich ganz ehrlich zu mir selbst bin, dann würde ich mich sogar freuen, zu lesen, dass er sich maßlos ärgert. Es wäre eine Genugtuung.

Die Suchmaschine spuckt mir sofort einige kurze Meldungen aus. Nach dem Überfliegen der Texte muss ich leider feststellen, dass er sich nirgendwo persönlich zu Wort gemeldet hat. Allerdings gibt es ein Statement von Lauren, das ich interessiert anklicke.

>>Ich habe eine einstweilige Verfügung gegen Mr Cardener veranlasst, weil Mr Seales sich nicht mehr in der Lage fühlte, sein Haus ungesehen zu verlassen. Stan Cardener hat sich in einen Bereich hinein gedrängt, der ihn nichts angeht und deshalb muss er mit den Konsequenzen leben. Der Stress, dem sich Mr Seales durch die dauerhafte Belagerung seiner Wohnung durch Mr Cardener ausgesetzt fühlte, ist ihm auf die Gesundheit geschlagen und er hat an Gewicht verloren. Dadurch sehe ich ihn durch Mr Cardener in Gefahr und halte es für besser, einen gerichtliche beschlossenen Sicherheitsabstand zu beantragen.<<

Unter dem Statement gibt es eine Kommentarliste und wieder verfalle ich meiner eigenen Neugier.

>>Das ist gut so. Wenn die Gesundheit in Gefahr ist, sollte man wirklich Prioritäten setzen und die Sun kann auch echt nervige Reporter haben<<

>>Ich kann nicht verstehen, wieso man als Reporter scheinbar keine Berufsehre hat und sich so aufdringlich verhält. Vollkommen nachvollziehbar, dass Henry Seales da einen gewissen Abstand wünscht. Außerdem ist es sowieso Blödsinn, dass er der Sugar Daddy von Lucas sein soll. Die haben sich gut verstanden und mehr ist da nicht. Wieso können die beiden nicht einfach nur Freunde sein?<<

>>Nur weil Lucas schwul ist, heißt das ja noch lange nicht, dass jeder Mann in seinem Umfeld das auch ist. Man kann durchaus auch als schwuler Mann heterosexuelle Freunde haben. Sie können gute Freunde sein und die Sun

309

sollte wirklich einmal aufhören Dinge überall hinein zu interpretieren, wo keine sind.<<

>>Für Henry und Lucas ist es sicherlich nicht leicht, sich ständig mit diesen Themen auseinandersetzen zu müssen. So können Freundschaften auch kaputt gemacht werden. Schade.<<

>>Also ich würde mich sehr freuen, wenn die beiden ein Paar wären. Ist doch mega romantisch, wenn man sich am Set verliebt. Zumindest stelle ich mir das so vor und sie passen wirklich gut zusammen.<<

Das hebt meine Laune ungemein an und ich freue mich, dass durch diese Kommentare vielleicht neue Unsicherheit aufkommt, denn genau das wollten wir ja erreichen. Die Leute sollen rätseln und ich wünsche mir sowas wie zwei Lager, die ihre Meinung verteidigen. So blieben wir im Gespräch, das wäre für den Film wirklich wünschenswert.

Am nächsten Tag geht in London wieder alles seinen gewohnten Gang.
Nun, da das Fest der Liebe vorbei ist, haben die Lichterketten und die schön geschmückten Schaufenster ihre Anziehungskraft verloren und nur noch wenige schenken ihnen einen Blick.
Auch ich sehe an diesem Tag eher gelangweilt aus dem Fenster, als man mich ans Set bringt, denn es regnet, und die Tropfen liefern sich an der Autoscheibe ein Wettrennen Richtung Gummidichtung.

Der Fahrer bringt mich in eine Parallelstraße zur Themse, wo man einen Seitenstreifen abgesperrt hat. Dort stehen die Wohnwagen, LKWs und Mobile.

»Guten Morgen Henry!«, ruft Nate mir gut gelaunt aus dem Cateringwagen zu und winkt. Ich winke zurück und mache mich dann auf die Suche nach meinem Wohnwagen. Ein Setrunner sitzt in der Nähe auf einem Klappstuhl und hat ein wachsames Auge auf zwei Passanten, die neugierig herübersehen. Sie lesen den Namen, der an meiner Tür angebracht ist und scheinen sich zu fragen, ob sie einen Schauspieler kennen, der Tommy heißt. Als sie mich sehen und peinlich berührt lächeln, weil ich sie ertappt habe, gehen sie rasch weiter.

Obwohl ich noch etwas Zeit habe, bis ich in die Maske muss, klopfe ich schonmal an. Jamie ist vor mir dran, doch ich bin neugierig, wie er wohl aussieht, und will schon mal einen Blick riskieren.

»Guten Morgen meine Lieben!«, sage ich gut gelaunt und schließe die Tür schnell hinter mir, damit die Wärme im Wagen bleibt.

»Morgen Henry, na hattest du schöne Feiertage?«, fragt Louise, die mich heute nicht umarmen kann, denn sie ist damit beschäftigt, lange Haarsträhnen in Jamies echtem Haar zu verflechten.

»Hey Henry.« Jamie hat den Kopf gesenkt, damit Louise an seine Haare im Nacken besser herankommt und winkt mir kurz über den Spiegel hinweg zu.

Sam ist nicht da und ich setze mich auf den freien Platz und sehe dabei zu, wie immer mehr Dreads ihren Weg in Jamies Haare finden. Es sieht richtig cool aus und als Louise am Oberkopf angekommen ist, kann ich auch das Make-up sehen, das er bekommen hat.

Unter dem Auge verläuft ein leichter Kajalstrich, ansonsten hat er Schatten an der Nasenwurzel und sieht allgemein recht ausgezehrt und müde aus. Auch ihm hat man Fake Piercings in die Unterlippe gehängt.

Zwei Stück.

Snakebites nennt sich das, soweit ich weiß, und es steht ihm sehr gut.

»Hattest du schöne Weihnachten?«, frage ich Louise, als ich wenig später bei ihr auf dem Stuhl sitze und sehe hoch an die Decke, damit sie mich ebenfalls mit Augenschatten „verschönern" kann.

»Ja, war ganz schön. Meine Tochter hat zwar fast den Baum in Brand gesteckt, aber bis auf das, war es ein ganz normales Weihnachten.«

»Oh, du hast eine Tochter?«, frage ich neugierig und Louise erzählt mir, dass die Kleine Xenia heißt und mittlerweile sechs Jahre alt ist.

Heute ist sie deutlich schneller mit meinem Make-up, denn als Straßenkind darf ich müde und fertig aussehen, weshalb sie schon vorhandene Augenringe hervorhebt und mich ein wenig eingefallener macht. Dann setzt sie mir die Haarsträhnen ein und nachdem ich mir schließlich das Piercing wieder eingehängt habe, ziehe ich mich bei Elianna um und gehe dann gemeinsam mit Jamie zum Set.

»Schau dir die Reaktion der Leute an, ist das nicht cool?«, flüstert Jamie mir zu und nickt zu zwei Damen hin, die uns verachtend ansehen. »Ich fühle mich schon richtig wohl in meiner Rolle.« Wir passieren ein Haus mit Glasfront und bleiben kurz stehen, um uns in der Spiegelung zu mustern.

Unglaublich, was Kleidung ausmacht. Wir sehen echt fertig aus, und auch meine Körpersprache scheint sich verändert zu haben. Durch die schweren Stiefel habe ich einen wesentlich härteren Gang, stehe breitbeiniger da als sonst und den Kopf senkt man automatisch ein wenig, weil man sich ungepflegt und schmutzig vorkommt.

»Meine Dreads sind der Hammer.« Jamie tritt ganz nahe an die Scheibe heran und zupft begeistert an seinen Haaren herum. »Wenn ich kein Schauspieler wäre, würde ich sowas sofort machen lassen. Das ist mega cool. Ich liebe es, wenn man aus mir einen vollkommen anderen Typen macht. Ich bin jetzt ein richtig fieser Kerl.« Er verknotet zwei Strähnen miteinander und mustert sich noch einmal kurz, dann gehen wir weiter die Straße entlang. »Apropos fies: die Zeitung war ja in letzter Zeit nicht sonderlich nett zu dir«, meint er irgendwann, als wir an einem Kiosk vorbeikommen, dessen Besitzer uns misstrauisch im Auge behält. Ich nicke nur, denn auch wenn ich Jamie wirklich mag, möchte ich das Thema nicht schon wieder durchkauen. Mein Kollege deutet mein Schweigen falsch und sagt: »Ach, da darfst du dir keine Gedanken machen. Ich hatte auch mal einen Reporter, der sogar in die Wohnung neben mir eingezogen ist, um noch mehr von meinem Privatleben mit zu bekommen. Das war echt schräg.«

Okay, das ist noch eine Stufe heftiger als Cardener.

»Und was hast du dann gemacht?«, frage ich neugierig und er sagt ganz cool: »Ich hab allerlei Blödsinn veranstaltet, eine angebliche Sex Party geschmissen und solche Sachen. Das wurde alles dann so absurd, dass die Redaktion das nicht mehr abdrucken wollte, weil sie es für unglaubwürdig hielt.«

Das erinnert mich an Lucas, der die Presse auch eher als Spiel sieht. Aber ich bin leider nicht so. Ich weiß, dass ich vieles zu ernst nehme und mir häufig auch zu viele Gedanken mache. Aber so ist es nun mal und ich kann es nicht ändern.

»Ich wünschte, ich könnte auch so locker sein«, seufze ich und schiebe die Hände in die Tasche meines Hoodies.

»Du musst den Kopf abschalten, dann klappt das schon«, versucht mein Kollege mich zu ermutigen, doch ich weiß genau, dass das niemals funktionieren wird.

Aber jetzt bin ich ja Cardener sowieso erstmal los, beziehungsweise halte ich ihn auf Abstand. Vielleicht wird es dann besser.

Vor dem Motiv holen uns Louise und Elianna ein. Sie haben ihre Settaschen dabei und Elianna zum Glück die Wärmejacken.

»Hier, die habt ihr vergessen«, sagt sie und legt mir eine um die Schultern.

Dankbar lächle ich sie an: »Du bist ein Engel, sonst wäre ich hier festgefroren.«

Auch Jamie bedankt sich und schlüpft rasch in die Daunenjacke. Sofort geht die Wirkung des Kostüms verloren und wir sehen aus wie eine Mischung aus Emo-Punk und Marshmallow, ich fühle mich jetzt weit weniger cool, als vor ein paar Minuten.

Das Set ist eines der Tollsten, an denen ich jemals war. Beeindruckend und unheimlich zugleich. Die U-Bahn Station ist in ihrem Zustand seit der Schließung im Jahr 1997 stehengeblieben und wird häufig für Filmaufnahmen genutzt.

Die Eingangshalle ist verlassen. Hier sind manche Fließen an den Wänden gesprungen und überall liegt Staub vom bröckelnden Putz. Kabel ragen aus der Wand und das Geländer der Treppe ist lose.

Alles wird nur spärlich von Baulampen beleuchtet, doch man sieht gut genug. Trotzdem erschauert Elianna neben mir und ich werfe ihr einen Blick zu.

»Ich find es ja schon cool hier, aber das ist doch etwas gruselig, muss ich zugeben«, sagt sie und geht etwas enger neben mir her. Wir passieren einen ehemaligen Kiosk und steigen zusammen eine gewundene Treppe hinunter zu den Bahnsteigen.

An den Wänden von Bahnsteig A hängen Plakate aus den 40er Jahren, die vermutlich ein vorheriges Filmteam vergessen hat. Provisorisch aufgebaute Lampen erhellen die Station, doch diese werden gerade abgebaut, denn das Set für die Szene von Jamie und mir ist nicht auf diesem, sondern auf dem anderen Bahnsteig.

»Ich glaube, wir müssen hier rüber«, meint Louise und deutet auf einen Durchgang. Wir folgen Holly von der Kameraabteilung, die einen großen Wagen voller Kameraequipment vor sich herschiebt und betreten einen Tunnel, der nicht mehr so schön aussieht, wie der erste.

Bahnsteig B ist deutlich abgefuckter als Bahnsteig A. Hier werden wir drehen und das Motiv passt wunderbar als Unterschlupf der beiden Punks, Mack und Tommy, die Jamie und ich darstellen.

Hier sind die Schienen nicht mehr intakt und der Tunnel an deren Ende ist zugemauert. Die Wände sind nur grob verputzt und alles ist bröselig und heruntergekommen. Dieser Bahnsteig wurde wohl nie ganz fertiggestellt.

Alex kommt uns entgegen, als wir das Set betreten, und umarmt erst mich und dann Jamie.

»Ich hoffe, ihr hattet schöne Weihnachten. Gut, dass ihr wohlbehalten wieder da seid. Wir haben dort hinten schon mal euer Lager eingerichtet«, sagt sie und deutet ganz ans Ende des Bahnsteigs.

Ich folge ihrer Handbewegung und sehe zwei Schlafsäcke, die auf dem Boden ausgebreitet sind. Zwei Rucksäcke, ein Kerzenstummel, mehrere Zigaretten, ein Feuerzeug, Löffel und Spritzen liegen ebenfalls dabei.

Wir lassen Elianna und Louise hinter uns und gehen zu dem kleinen Set. Mitch steht inmitten des Chaos und streut noch ein bisschen Staub über alles.

»Ihr könnt alles anfassen und benutzen, was in eurer Reichweite liegt«, sagt er, kniet zwischen den Sachen auf dem Boden und nimmt aus einer Box einige abgebrannte Streichhölzer, die er auf dem Boden verteilt. »Die Schlafsäcke sind auch ganz neu. Wir haben sie mit Schleifpapier gealtert und patiniert, sodass sie schmutzig aussehen. Und die Nadeln der Spritzen sind aus Gummi.« Gut, dass er uns das mitteilt, sonst hätte ich mich schwergetan, diese versifften

Dinger anzufassen.

»Welcher ist denn mein Schlafsack?«, fragt Jamie und als Mitch auf einen dunkelroten zeigt, steigt Jamie umsichtig über die vielen Sachen am Boden und setzt sich darauf. »Ganz bequem«, stellt er fest und grinst. Er scheint sich in seiner Rolle wirklich wohl zu fühlen.

Zuerst drehen wir das Ankommen der beiden im Tunnel. Allein das dauert schon eine Stunde, obwohl es nur drei Einstellungen sind. Das Ganze dauert bis zur Mittagspause, die wir unter einem zugigen Pavillon auf dem Bürgersteig verbringen.

Als wir danach wieder vor dem Eingang der Station ankommen, bricht endlich die Sonne durch die Wolkendecke und alle seufzen genüsslich auf. Ich schließe die Augen und halte das Gesicht in die Strahlen. Louise und Elianna stellen sich neben mich und zu dritt genießen wir die Wintersonne, bevor wir wieder hinunter in die Dunkelheit der Station müssen.

»Oh man ist das schön«, murmelt die Garderobiere genüsslich. »Henry?«, fragt Elianna irgendwann und ich schiele zu ihr hinunter, ohne das Gesicht aus der Sonne zu nehmen. »Wie geht es eigentlich Lucas? Du warst doch bei ihm an Weihnachten.«

Woher weiß sie das?

Ich starre Elianna an, als ob ihr plötzlich ein zweiter Kopf gewachsen wäre.

»Woher ...«

»Ich habe Bilder von euch bei Instagram gesehen. Am Bahnhof in London und in Sheffield und da habe ich mir fast gedacht, dass du Weihnachten bei ihm warst.«

»Kannst du mir das Bild mal zeigen?«, frage ich sie mit gedämpfter Stimme und Elianna holt ihr Handy heraus.

»Leute, kommt ihr ans Set, die Pause ist vorbei«, ruft Ashton und alle setzen sich in Bewegung. Ich halte Elianna zurück: »Warte, lass die anderen vorgehen. Ich möchte das Bild sehen und da unten hast du keinen Empfang.« Sie beeilt sich, das Foto zu finden, und hält mir dann das Handy hin. Es zeigt uns in der Warteschlange am Ticketschalter und wir unterhalten uns miteinander. Das muss ein anderer Reisender gemacht haben.

»Willst du nicht mal Klartext reden?«, fragt sie mich ganz direkt und tippt auf das Bild. Man kann mir meine Panik ansehen, das weiß ich genau und ich versuche, meine Gesichtszüge wieder unter Kontrolle zu bringen. Doch ich kenne Elianna nun schon eine Weile und sie hat ein gutes Menschengespür. »Komm, wir gehen runter«, sagt sie, als ich nicht antworte, und geht mir voraus.

Soll ich es ihr sagen?

Sie hat bewiesen, dass sie dichthält, als sie die Interviewanfrage abgelehnt hatte. Ich *weiß*, dass ich ihr vertrauen kann.

Wenn sie Bescheid wüsste, dann hätte ich noch eine Gefahr mehr. Andererseits könnte sie uns aber auch decken, wenn man sie fragen würde.

Ach ich weiß nicht, was ich machen soll.

»Darf ich dein Handy nochmal haben?«, frage ich sie und sie gibt es mir. Weil das Bild noch geladen ist, kann ich die ersten Kommentare darunter lesen, die eindeutig von meinen Fans stammen, zumindest lassen die Nicknames darauf schließen.

Seales_FAN: Ich wusste es immer! Juhuuu endlich haben wir einen Beweis.

MarryMeHenry: Bullshit, vielleicht sind sie einfach gemeinsam in dieselbe Richtung gefahren. Immerhin lebt Henry ja auch im Norden. Außerdem ist

317

Henry hetero. Wieso sollte er da Weihnachten bei Thomas verbringen?

LucAndHenryXX04: *Er ist nicht hetero. Du willst es einfach nicht wahrhaben. Wir haben so viele Indizien in der letzten Zeit gesehen, wie kann man nur seine Augen vor dem Offensichtlichen verschließen?*

MarryMeHenry: *Tu ich gar nicht. Ich weiß nur, dass er mit Tatiana zusammen war und ich sehe keine Notwendigkeit dafür, wenn er eigentlich nicht auf Frauen stehen sollte.*

Equal_LoveXxX: *Die war doch nur eine Alibifreundin, meine Güte hast du gar nichts mitbekommen? Lebst du hinter dem Mond?*

Mehr kann nicht geladen werden.

Zu wenig Netz.

Die Fans scheinen sich noch immer in zwei Lager zu teilen und ich bin froh darüber, dass es so ist.

»Henry, kommst du?«

Den ganzen Nachmittag grübele ich darüber nach und erst, als der Drehschluss ausgerufen ist, habe ich mich entschieden, ihr genug Vertrauen zu schenken.

Mit schnellen Schritten hole ich sie auf der Treppe nach oben ein und als wir auf dem Weg zurück zur Basis sind, lege ich den Arm um sie.

»Darf ich dich kurz sprechen?«, frage ich mit gedämpfter Stimme und bin froh, dass alle anderen im Feierabend-Modus sind und uns keinerlei Beachtung schenken.

»Was ist denn?«, fragt sie und sieht mich an.

»Ich will dir sagen, was zwischen mir und Lucas ist«, flüstere ich und sie lächelt.

»Na dann bin ich ja jetzt mal gespannt.«

Ich sehe mich um, ob niemand der Kollegen zu nahe bei uns ist, um mithören zu können, dann sage ich leise: »Wir sind ein Paar. Wir haben uns beim Dreh zu 1925 verliebt und sind dort zusammengekommen.« Elianna strahlt und schlägt sich eine Hand vor den Mund, um ein Jauchzen zu dämpfen, dann sagt sie leise: »Oh Henry, das ist ja wirklich toll. Ich freu mich sehr für euch, ihr passt wirklich gut zusammen.«

»Danke«, gebe ich zurück und in Eliannas Gesicht flammt recht schnell die Erleuchtung auf.

»Oh, deswegen ist das mit diesen Fotos so eine große Sache, weil man nicht wissen darf, dass ihr zusammen seid.« Sie nickt langsam und runzelt dann die Stirn. »Wieso darf das denn eigentlich keiner wissen? Es ist doch schön, wenn sich zwei Leute ineinander verlieben, oder nicht? Da ist doch nichts dabei.«

Kurz und knapp fasse ich die ganze Problematik zusammen und sie kann mir zum Glück auch folgen, nickt und seufzt dann verstehend.

Mittlerweile sind wir beim Mobil angekommen und Elianna schließt die Tür auf. Bevor sie sie öffnet, dreht sie sich zu mir um, sieht mich an und legt mir beide Hände auf die Schultern.

»Ich werde es niemandem verraten und wenn du Hilfe brauchst, dann kannst du mich immer gern fragen, ja?« Eindringlich sieht sie mich an, denn sie weiß, dass ich sie niemals um Hilfe bitten würde. Dafür bin ich viel zu stolz. »Henry, versprich mir, dass du nicht zögern wirst, zu fragen, okay?« Langsam nicke ich und sie umarmt mich strahlend. »Du bist unglaublich tapfer«, sagt sie an meinem Ohr und ich kann hören, dass sie lächelt.

Zwischen uns beiden ist heute eine Grenze verwischt und es tut unglaublich gut, jemanden in der Nähe zu haben, der weiß, was los ist. Sollte ich wegen etwas ratlos oder verzweifelt sein, weiß ich, dass ich zu Elianna kommen und mit ihr reden kann.

Nachdem ich umgezogen bin, umarme ich sie fest und bedanke mich nochmals für ihr Vertrauen.

»Dafür musst du dich nicht bedanken. Es ist doch klar, dass man füreinander da ist. Außerdem hast du ja selbst entschieden, dich mir anzuvertrauen«, sagt sie gerührt und lächelt mich an. Schön, dass es für sie so eine Selbstverständlichkeit hat, sich intensiv mit ihren Schauspielern auseinanderzusetzen.

Drüben bei Louise lasse ich mich heute von Sam abschminken, denn sie ist damit beschäftigt, die ganzen Dreadlocks aus Jamies Haaren zu entfernen. Er hat erst in einer Woche seinen zweiten Drehtag und obwohl er die Haare gerne so behalten hätte, ist Louise dagegen. Sie diskutieren das gerade aus, als ich die warme Kompresse im Gesicht habe.

Jamie verliert die Diskussion und als ich aufstehe, sieht er zu mir hoch.

»Hey, ich wünsche dir schönes Silvester, wir sehen uns ja erst im neuen Jahr wieder hier.«

»Das wünsche ich dir auch Jamie und übertreib´s nicht«, sage ich scherzhaft, woraufhin mein Kollege ein ganz unschuldiges Gesicht macht und grinst.

Das Erste, was ich im Wagen des Fahrers mache, ist Lucas´ Nummer zu wählen. Ich hoffe, dass er drangeht, denn auch er sollte von den Bildern wissen.

Das Handy ans Ohr gepresst, lausche ich dem Freizeichen, doch niemand hebt ab. Nachdem es fast zwanzig Mal geklingelt hat und ich schon auflegen will, geht Lucas endlich dran. Er ist ein wenig atemlos: »Hey Henry, sorry ich hatte das Handy in meinem Zimmer und das Klingeln nicht gehört.«

»Schon okay, sag mal, hast du heute schon gesehen, was auf Instagram gepostet wurde?«, frage ich und gebe mir große Mühe ruhig zu klingen.

»Nein, hab ich nicht. Wieso?« Lucas riecht den Braten sofort und bevor ich weiter sprechen kann, sagt er: »Warte, ich sehe eben nach. Instagram ... Henry Seales ... oops ... Mist ...«

»Ja genau. Vielleicht liest du mal in die Kommentare rein. Ich weiß nicht so genau, wie ich das finden soll. Wieso haben wir am Bahnhof nicht daran gedacht, uns irgendwie zu tarnen? Wir wollten nur unsere Ruhe haben und dann sowas.«

»Ganz einfach, weil wir dachten, zu dieser Tageszeit hätten die Leute anderes zu tun, als sich um uns zu kümmern. Wir haben uns zu sehr auf das weihnachtliche Chaos verlassen.«

Wenn ich könnte, würde ich das alles anders machen. Ich werde das Gefühl nicht los, dass es eine richtig dumme Idee war, die Lucas und Lauren da hatten.

Die Presse an der Nase herumführen – wie idiotisch.

Die werden uns recht bald auf die Schliche gekommen sein und dann sind wir früher geoutet, als geplant. Der Film wird deswegen floppen und ich werde keine Angebote mehr bekommen, weil man mich nur noch als den erfolglosen Kerl sehen wird. Denn, um mich endgültig zu etablieren, fehlt mir eben noch *ein* guter Film. Und 1925 hat das Potential, genau dieser Film zu werden, aber eben nur dann, wenn er erfolgreich wird.

Frustriert greife ich mir in die Haare.

»Henry, jetzt mach bitte nicht aus einer Mücke einen Elefanten«, bittet mich Lucas, der ganz ruhig geblieben ist.

Hat er keine Angst?

321

»Wie soll ich denn ruhig bleiben, wenn alles den Bach runtergeht?«, frage ich und Lucas seufzt.

»Henry, du musst dich langsam mal entscheiden, was du willst. Anfangs wolltest du uns gerne sofort outen, dann wiederum war es dir zu riskant. Ich denke, wir haben uns auf einen Weg geeinigt, den wir gehen wollen, dann solltest du da jetzt auch dahinter stehen. Wenn wir ständig hin und her schwanken, wird es noch schwerer, glaubhaft rüber zu kommen und ich bin nach wie vor der Meinung, dass die Presse nichts in der Hand hat, solange es kein Kuss-Foto oder eine Bestätigung von uns gibt. Es wird schon alles gut werden, da bin ich sicher.«

Er hat ja recht. Was bringt es, sich über Dinge aufzuregen, die bereits passiert sind? Ich kann sie nicht mehr ändern, ich kann keine Bilder mehr löschen. Alles, was ich kann, ist, dem Ganzen weniger Beachtung zu schenken.

Zwar weiß ich genau, dass mir das nicht leicht fallen wird, aber Lucas' Aussage, dass es ohne Bestätigung sowieso nichts Fixes für die Presse gibt, macht mir wieder ein bisschen Mut.

Mal sehen, wie lange der anhält.

20. KAPITEL

Der postweihnachtliche Stress ist heute mein Schutzschild, als ich mich wenig später auf den Weg zum Einkaufen mache.

Niemand achtet auf andere Leute und zu meinem eigenen Verwundern, bin ich unerkannt nach 20 Minuten wieder aus dem Laden raus.

Ich passiere eine Hausecke. Nicht mehr weit, bis zu meiner Straße. Vielleicht noch 400m. Weil ich nach Reportern Ausschau halte, übersehe ich die Wagentür eines parkenden Autos und laufe fast dagegen, als sie sich öffnet. Im letzten Moment kann ich ausweichen.

»Entschuldigen Sie«, sage ich rasch zu dem Mann, der ausgestiegen ist und würde das sofort wieder zurücknehmen, wenn ich nur könnte, als mir klar ist, wer da gerade vor mir steht. Alles in mir kribbelt, als ich Stan Cardener erkenne, der mich überrascht ansieht, als wären wir uns nur zufällig begegnet. Fast schon freundlich lächelt er mich an, doch sein Blick hat etwas Berechnendes an sich.

»Oh, so spät allein unterwegs? Wo ist dein Bodyguard, der auf dich aufpasst, damit dir die bösen Reporter nichts tun?«, fragt er und zieht hämisch eine Augenbraue hoch. »Weißt du, was du mir mit deiner scheiß Verfügung eingebrockt hast?«

Ich stehe da und starre ihn an.

Wieso gehe ich nicht weiter? Je näher ich meiner Straße komme, desto früher, bin ich ihn los.

Geh weiter, Henry!

»Ich kann nicht vernünftig arbeiten, wegen dem Scheiß«, faucht er mich an und ich schüttele den Kopf.

»Sie haben noch *nie* vernünftig gearbeitet. Wieso suchen Sie sich denn keine Redaktion, die Ihre Hartnäckigkeit in einem anderen Bereich besser gebrauchen kann? Vielleicht Enthüllungsreporter für die Verschwendung der Steuergelder oder sowas? Stattdessen verhalten Sie sich wie ein ...«

»Wie ein was?« Cardener kommt mir so nahe, dass ich die weißen Haare, die seinen Bart durchziehen sehen kann, und das will etwas heißen, denn es ist schon sehr dunkel.

»...wie ein Stalker. Lassen Sie mich einfach in Ruhe!«

»Dafür wirst du büßen. Ich krieg dich noch dran und finde raus, was du versteckst. Ganz sicher. Du kannst nicht ewig vor der Wahrheit davonlaufen, Seales.« Er spuckt mir diesen Satz regelrecht entgegen. Cardeners Interesse an mir scheint schon fast einer Art Wahn gewichen zu sein. Oder er ist einfach so sauer auf diese einstweilige Verfügung, dass er alles tun würde, um sich an mir zu rächen.

Beide Möglichkeiten klingen nicht gerade verlockend. Der Arm des Reportes zuckt kurz und ich bin sicher, dass er mich am Ärmel packen will, doch ich weiche zurück.

»Wenn Sie mich anfassen, Cardener, dann verklage ich Sie. Darauf können Sie sich verlassen.« Dann drehe ich mich auf dem Absatz um und gehe mit schnellen Schritten den Bürgersteig entlang.

Ohne mich umzusehen, lausche ich auf Schritte, doch der Sun-Reporter ist tatsächlich stehen geblieben und als ich die Treppen zur Haustür hinaufsteige und nochmal einen Blick in die Richtung werfe, ist Cardener verschwunden.

Die Tür klickt hinter mir zu und alle falsche Kühnheit fällt von mir ab. Mein Atem geht stoßweise und ich zittere am ganzen Körper. Mit weichen Knien schaffe ich es kaum, die Treppe hinaufzukommen. Meine Hand krallt sich ins Holz des Treppengeländers, damit ich nicht umfalle. Das Herz klopft mir bis zum Hals und mein Magen fühlt sich an, als ob sich eine Faust von außen gegen die Magenwand drückt, während er Salti schlägt. Mein eigener Mut, mich Cardener entgegenzustellen, erschreckt mich. Ich hab ihm gedroht.

Und er mir.

Zwar weiß ich, dass ich Lauren hinter mir habe, die im Zweifel alle Hebel in Bewegung setzt, um mir zu helfen und mich zu schützen. Trotzdem habe ich ein ganz ungutes Gefühl, wenn ich an diesen Mann denke, der nicht nur berufliches Interesse an mir zu haben scheint, sondern nun auch noch einen persönlichen Groll gegen mich hegt.

Vielleicht habe ich heute mehr kaputt gemacht, als ich mir jetzt ausmalen kann.

Oben angekommen, schließe ich mit schwitzigen Händen die Tür auf und trete in die große, dunkle Wohnung. Mit einem Mal fühle ich mich unwohl und habe ständig das Gefühl, beobachtet zu werden. Am besten, ich ziehe die Vorhänge gleich zu, bevor ich das Licht anmache, damit ich niemandem auf der Straße ein Schauspiel biete, denn mit einem guten Objektiv kann man auch von Weitem gute Bilder machen.

Meine Jackentasche summt und ich zucke so heftig zusammen, dass ich mir den Ellbogen an der Tür anschlage und mein Arm ganz taub wird.

Fluchend ziehe ich das Handy aus der Tasche, schlüpfe umständlich aus dem Mantel und stelle die Einkäufe ab. Lucas ist dran.

»Hey, bist du schon zuhause?«, fragt er. Mein Atem geht noch immer stoßweise und er ist sofort hellhörig.

»Henry? Was ist los?«

»Cardener hat am Anfang der Straße auf mich gewartet. Er ist stinksauer wegen der Verfügung. Lucas, ich glaube, der kann noch richtig gefährlich werden.« Meine Stimme zittert und mir ist schlecht.

»Henry bist du okay? Hat er dir was getan?« Die Besorgnis ist deutlich aus seiner Stimme herauszuhören.

»Nein, das hat er nicht gewagt ... aber er hat gesagt, dass ich dafür büßen würde ... er hat mich auf halber Strecke zum Haus erwartet, da hatte ich noch mehr als 100 Meter zu laufen. Ich will mir gar nicht ausmalen, was er damit meint, wenn er sagt, dass ich das büßen werde. Ich hab Angst.«

Hab ich das jetzt wirklich gesagt?

Ja, habe ich und damit habe ich mir eingestanden, was ich schon länger zu verdrängen versuche.

Ich habe Angst.

Dieses ungute Gefühl, lässt mich in der Nacht kaum schlafen und ich wache mehrmals auf, weil ich glaube, ein Scharren oder ein Knacken an der Wohnungstür zu hören.

Zum Glück habe ich heute drehfrei, sonst hätte ich nach einer solchen Nacht wirklich ein Problem gehabt.

Es kann natürlich auch sein, dass ich gar nicht geschlafen habe. So genau kann ich das gar nicht mehr sagen. Die Gedanken haben sich mit Träumen vermischt, dann war ich wieder wach, bin unruhig in der Wohnung umhergelaufen und habe mir mehrmals versichert, dass die Wohnungstür wirklich abgesperrt ist.

Die ganze Nacht über war mein Zustand irgendwo zwischen Schlafen, Schlafwandeln, wach sein und dem Träumen, man wäre wach.

Der Kaffee, den ich an diesem Morgen in der Hand habe, während ich auf dem Fenstersims sitze, ist noch zu heiß, um ihn trinken zu können. Ich ziehe die Beine an die Brust und sehe hinunter auf die Straße.

Die Autodächer glitzern noch vom nächtlichen Frost und alle Passanten setzen nur vorsichtig einen Fuß vor den anderen, weil es glatt ist.

Heute werde ich das Haus nicht verlassen, so viel steht fest. Mein Atem beschlägt das kalte Glas der Scheibe und trübt meine Sicht.

Das Seltsame ist, dass ich gar nicht sicher sagen kann, wovor genau ich Angst habe. Mir scheint, es ist eine Mischung aus allem und immer wieder kommt eine andere Angst in den Vordergrund, wie ein Schauspieler, der im Theater in den Lichtkegel des Scheinwerfers tritt, um seinen Text zu sagen.

Bedenken über meine berufliche Zukunft nach dem Outing.

Die Frage, was Cardener mit »das wirst du büßen« gemeint haben könnte.

Angst, mein Zuhause vielleicht verlassen und umziehen zu müssen, weil der Zustand hier nicht auszuhalten ist.

Angst, die Nachbarn könnten mich ausspionieren.

Angst, nicht so erfolgreich zu sein, wie ich mir das immer gewünscht habe.

Angst, die falschen Entscheidungen zu treffen.

Angst, jemand könnte mir auf der Straße etwas antun - oder Lucas. Auch der wird sicherlich unter Beobachtung stehen. Wie Lucas damit wohl umgeht?

Ich weiß ja, dass er es alles nicht so eng sieht, wie ich und ich kann nur hoffen, dass das so bleibt. Was für ein wundervoller Ausgleich das für mich wäre. Ein Gegengewicht und eine Stütze.

Mit müden Augen sehe ich auf die Oberfläche meines Kaffees, puste ein wenig und schaue mir die Wellenbildung an. Ein kleiner Reiz kann so große Wellen ziehen.

Die Wellen um Lucas und mich sind schon deutlich größer geworden und das Gefährliche an großen Wellen ist, dass sie dich mitreißen. Du verlierst den Boden unter den Füßen und wirst wie ein kleiner Spielball hin und her gewirbelt. Ein solcher Spielball will ich auf keinen Fall sein.

Bereits heute Morgen habe ich den Fernseher eingeschaltet, weil ich die Stille in der Wohnung nicht ausgehalten habe. Meine Aufmerksamkeit wird von der Mattscheibe angezogen und der Sendung, die gerade läuft.

Ein Interview mit Nick auf einem roten Teppich. Ich angele die Fernbedienung vom Boden und schalte den Ton etwas lauter. »... aus diesem Grund ist es immer wichtig, den Promis, die ich in meiner Sendung habe, auf Augenhöhe zu begegnen. Wenn die merken, dass du vor ihnen kuschst, dann tanzen sie auf deiner Nase herum und das ist äußerst unangenehm, wenn man noch den ganzen Morgen mit demjenigen reden muss. Ein Radiostudio kann ziemlich eng werden, wenn man sich nicht versteht.«

»Und mit wem hast du dich bisher gut verstanden?«

»Och, das sind viele dabei. Mit Rita bin ich noch immer gut befreundet und auch Henry Seales ist ein sehr angenehmer Zeitgenosse. Der muss ja momentan eine ziemliche Hetzjagd aushalten. Das kann ich nicht nachvollziehen, um das mal gesagt zu haben«, sagt Nick und sieht die Reporterin, mit der er sich unterhält, ernst an.

»Bist du denn mit Henry befreundet?«, fragt sie sofort und ich starre Nick an. Noch bevor er den Mund aufmacht, weiß ich, was er sagen wird.

»Ich muss sagen, dass ich mich wirklich gut mit ihm verstehe, deswegen finde ich diese ganze Sache, die momentan bei ihm passiert auch nicht gut. Ich finde, jeder sollte sein Privatleben haben und auch eine Person, die in der Öffentlichkeit steht, muss nicht zwangsläufig alles preisgeben. Das soll jetzt auf keinen Fall eine Anspielung sein, ich will nur sagen, dass man ihn mit etwas mehr Respekt behandeln und nicht vergessen sollte, dass er auch erst 24 Jahre alt ist.«

Jetzt ist es also raus, dass Nick und ich befreundet sind.

Mir fällt ein Stein vom Herzen, denn nun kann er mich zumindest besuchen und ich ihn, ohne dass wir aufpassen müssen. Wenigstens etwas.

Das könnte auch etwas Gutes an sich haben.

Ob er heute zuhause ist?

Vielleicht sollte ich mich auf den Weg zu Nick machen. Ich muss hier raus, mir fällt sonst die Decke auf den Kopf.

Rasch schreibe ich ihm eine Nachricht, dass ich gerne vorbeikommen würde und er antwortet mir mit einem schlichten »Okay«.

Ächzend rutsche ich vom Fensterbrett, wanke kurz, weil ich so müde bin, und gehe dann bedröppelt ins Schlafzimmer, wo ich mich anziehe. Die Bahn will ich heute auf keinen Fall nehmen, da sind mir viel zu viele Menschen. Deswegen rufe ich mir ein Taxi und komme erst hinaus vor die Tür, als das Auto direkt davor steht.

»Henry! Haben Sie kurz Zeit, uns ein Statement zu Ihrer Affäre zu geben? Wer ist die junge Frau?« Zwei Reporter stehen mir auf der Vortreppe im Weg, quasseln mich augenblicklich voll und halten mir ihre Kameras ins Gesicht.

»Oder hast du dich von Lucas getrennt? Wieso bist du allein aus dem Weihnachtsurlaub zurückgekommen? Wo ist Lucas?«

Wieso zum Teufel kann ich kein komplettes Presseverbot verhängen? Dann wäre ich alle auf einmal los.

Ich gehe nicht auf die Fragen ein, sondern senke den Kopf und schiebe mich an den beiden vorbei. Mit schnellen Schritten gehe ich zum Wagen und bin froh, dass diese Reporter wenigstens den Anstand haben, so viel Abstand zu halten, damit ich normal gehen kann.

»Kein Kommentar«, sage ich, bevor ich die Wagentür zuschlage und dem Fahrer die Adresse von Nick in Soho nenne.

Obwohl ich müde bin und im Prinzip gar nicht weiß, was ich genau bei Nick will, außer mich abzulenken, kämpfe ich mich bis hoch unters Dach. Als ich ihn in der offenen Wohnungstür stehen sehe, schleicht sich zum ersten Mal an diesem Tag ein Lächeln auf mein Gesicht.

Es tut so gut, ihn zu sehen.

Obwohl er mein Lächeln erwidert, kann ich in seinen Augen Besorgnis sehen. Rasch macht er einen Schritt zur Seite, als ich langsam auf ihn zugehe und ihm kurzerhand um den Hals falle.

»Henry, was ist denn los?«, fragt er besorgt und will mich von sich wegschieben, doch ich halte mich an seinen Schultern fest. Ich will jetzt nicht angesehen werden, alles was ich jetzt brauche, ist Nähe.

»Mir geht's nicht gut«, murmle ich und bleibe einfach in der Umarmung stehen. Nick seufzt und streicht mir über den Rücken.

»Ist gerade wohl alles ein wenig viel für dich, oder? Komm erstmal rein.« Er macht einige Schritte rückwärts und zieht mich in die Wohnung, dann schließt er die Tür mit einem Fußtritt.

29. KAPITEL

Normalerweise heitert mich Nicks Wohnung immer auf. Sie ist eine der verrücktesten in ganz London und ich liebe die kleinen Details, die er hier versteckt hat, doch heute kann ich nichts Positives finden.

Mein Kumpel zieht mir die Jacke aus und hängt sie an die Garderobe, dann schiebt er mich ins Wohnzimmer und setzt mich auf seine Couch und ich schlinge die Arme um mich. Mir ist kalt. Es ist eine schöne Couch: Ein Chesterfield-Sofa, dessen Bezug komplett aus Flicken genäht wurde.

»Ich mach dir erstmal eine Tasse Tee«, sagt Nick und verschwindet in der Küche.

Ich bleibe einfach sitzen und starre auf die bunten Flicken. Mir kommt es vor, als stünde ich vollkommen neben mir und ich kann mir im Augenblick nicht vorstellen, wie ich aus dem Zustand, der mich gepackt hat, wieder herauskommen soll. Mein Hals ist trocken und in meinem Magen rumort es.

Highway to Hell – Lauren.

»Henry, dein Handy klingelt, soll ich drangehen? Der Klingelton ist ja schrecklich!«, ruft Nick und kommt aus der Küche gelaufen. Er geht zu meinem Mantel und zieht das Handy aus der Innentasche.

»Das ist meine Managerin. Geh ruhig dran, sie wird ja sicherlich mitbekommen haben, dass wir befreundet sind«, sage ich monoton und starre auf den Sofatisch, der aussieht wie ein übergroßer Kronkorken eines Guinness.

»Hallo hier ist Nick«, meldet er sich an meinem Telefon und huscht zurück in die Küche, wo der Wasserkocher pfeift.

»Ja, der ist hier bei mir. Ich weiß nicht, ich habe ihn noch nicht gefragt, aber er sieht nicht ganz so gut aus, wenn ich ehrlich sein soll ...« Nicks Kopf erscheint in der Tür und er mustert mich kurz kritisch, dann sagt er zu Lauren: »Nein, ich glaube nicht, dass das so eine gute Idee ist. Ich kann ihm sagen, dass er dich zurückrufen soll, wenn ihm danach ist, wäre das in Ordnung? Gut. Wiederhören.« Er schiebt das Handy in die Hosentasche und kommt dann mit zwei Tassen Tee zu mir. »Du sollst sie zurückrufen, es eilt aber nicht. Schau, ich hab dir extra die mit dem Einhorn gegeben«, sagt er aufmunternd und ich mustere die Tasse.

»Da ist kein Einhorn«, murmle ich.

»Oh doch. Auf dem Tassenboden. Aber dafür musst du den Tee austrinken, damit du es sehen kannst.« Ob mich das aufmuntert, weiß ich nicht so recht, doch ich versuche zu lächeln. Nick legt das Handy auf den Tisch und wendet sich mir zu. »Was ist passiert?«, fragt er mich direkt und ich zucke die Schultern.

»Ich weiß nicht genau. Gestern war es so einiges und ich weiß nicht, ob ich da überhaupt noch hinterherkomme ... das macht mir Angst und ich fühle mich verfolgt.« Ein Stechen an den Augenwinkeln macht es mir schwer, mich zu beherrschen, und ich blinzele schnell.

»Du meinst die Bilder auf Instagram?« Nick klingt vorsichtig, als sei er nicht sicher, ob ich davon denn schon Wind bekommen habe.

»Ja und dann hat mir der Reporter auch noch aufgelauert und mir gedroht, dass er sich für diese einstweilige Verfügung rächen würde, und dann standen heute Morgen neue Leute vor der Tür und wollten wissen, wieso ich alleine zurückgekommen bin und ob ich mich von Lucas getrennt habe. Ich werde mit Dingen konfrontiert, die ich teilweise gar nicht mitbekomme, weil sie alle online passieren oder in Zeitungen, die ich nicht lese, abgedruckt werden. Wie soll ich da den Überblick behalten? Was, wenn man uns zu früh outet, dann der Film floppt und alles den Bach runtergeht? Was ist, wenn das auch Lucas irgendwann zu viel wird und er mich dann verlässt?«

»Ach komm, jetzt mal nicht gleich den Teufel an die Wand. Euer Film wird allein schon wegen des Themas ein Erfolg werden, darüber musst du dir keine Gedanken machen und was Lucas angeht, der wird dich wegen sowas nicht verlassen. Ich glaube, der ist tough und sieht das alles locker. Ich denke, dass ihm das alles entweder gar nicht so sehr bewusst ist, oder es ihn wirklich nicht stört. Zumindest nicht, solange er noch nicht so bekannt ist«, versucht Nick mich aufzumuntern.

»Naja, als der Shitstorm losging, war er ...«

»Das war das *erste* Mal, dass er das erlebt hat, natürlich war er da verstört. Aber ich denke, mittlerweile hat er verstanden, dass man darauf nichts geben darf und ich denke auch, dass er es schaffen kann, das nicht an sich heranzulassen. Er ist härter, als er aussieht – glaube ich.«

»Wieso kann ich das nicht? Ich bin doch schon viel länger im Business«, jammere ich und vergrabe das Gesicht in meinen Händen.

Die Einhorntasse ohne Einhorn steht unbeachtet auf dem Kronkorkentisch.

»Jeder ist anders, und vielleicht ist es gut, wenn wenigstens einer von euch beiden wachsam und locker ist. Stell dir vor, ihr würdet beide nicht auf die

Presse aufpassen, da kämen sicherlich einige lustige Schlagzeilen dabei raus.«
Nick will mich aufmuntern, das merke ich, doch es kommt einfach nicht in meinem Herzen an.

»Mich haben die Reporter heute Morgen gefragt, wer die Frau war. Weißt du, welche Frau die gemeint haben?«

Mein Kumpel nickt und öffnet die Onlineseite einer Yellowpress-Zeitung.

»Hier sind einige Fotos aufgetaucht. Viel Text gibt es dazu nicht. Weil man die Umgebung ziemlich großzügig weggeschnitten hat, kann man nicht erkennen, wo das Foto entstanden ist. Aber deinen Klamotten nach zu urteilen, tippe ich darauf, dass es am Set war, oder?« Ich schaue das Bild an und erkenne Elianna und mich. Wir stehen dicht nebeneinander und lachen uns an. Ich glaube, das könnte gestern gewesen sein, als sie mir die Wärmejacke ans Set gebracht hat.

Wie Nick gesagt hat, steht nicht viel Text dabei. Doch selbst die wenigen Sätze gefallen mir nicht.

>>Henry Seales flirtet mit einer hübschen Brünetten. Wie es aussieht, scheint der Womanizer doch nichts mit dem Kollegen Lucas Thomas zu haben. Denn diese Bilder sprechen für sich. Wir haben Henry Seales schon lange nicht mehr so locker auf offener Straße gesehen. Das kann ja nur an der Gesellschaft dieser hübschen, jungen Dame liegen<<

Zwei weitere Artikel sind verlinkt:

>>Thomas allein in Sheffield, doch nichts mit Seales<<

>>Führt Seales ein Doppelleben?<<

>>Kann Seales sich nicht zwischen zwei Menschen entscheiden?<<

Meine Gedanken sind allerdings noch beim Ersten. Ich war am Set unter Kollegen und nicht auf offener Straße! Außerdem habe ich mich lediglich bei Elianna für die Jacke bedankt und nicht geflirtet.

»Oh man ... wenn Lucas das sieht-«

»-dann wird er sich darüber amüsieren. Er denkt doch wohl nicht im Ernst, dass du ihn betrügen würdest, oder?«, fragt Nick und schüttelt ungläubig den Kopf. Seufzend lehne ich mich zurück und starre an die Decke. Er hat recht, schließlich kennt Lucas sie ja vom Dreh und weiß, wie sie drauf ist. Vermutlich wird er diese Fotos eher amüsant finden.

»Was habt ihr denn an Silvester vor?«, fragt Nick plötzlich und schubst mich damit aus meinem Gedankenkarussell.

»Weiß nicht. Lucas kommt vermutlich morgen zurück und wir wollten zusammen feiern. Aber so, wie es momentan aussieht, bleib ich lieber zuhause. Wenn jeder meiner Schritte beobachtet wird, dann erspare ich mir besser neue Schlagzeilen«, murre ich und lasse mich in die weichen Kissen sinken.

»Was? An Silvester nicht rausgehen? Du spinnst ja wohl. Ihr kommt einfach mit mir mit«, sagt Nick und es klingt, als wäre das bereits beschlossene Sache.

»Und wo feierst du? Im Gay Club?«

»Klar. In einem angesagten Club in Soho. Da kannst du ruhig mitkommen, es sind trotzdem auch viele andere Leute da, die nicht homosexuell sind. Die Stimmung dort ist einfach um Welten besser und alle sind gut drauf. Glaub mir, wenn du einmal dort warst, wirst du nirgendwo anders mehr hinwollen. Außerdem finde ich, dass du ruhig ein wenig mehr provozieren könntest.«

Hm, ob das eine so gute Idee ist?

Mein Kopf ist zu voll, um das jetzt richtig beurteilen zu können, also nicke ich lediglich und mache die Augen zu.

»Willst du ein bisschen deine Ruhe haben?«, fragt Nick.

»Ich hab heute Nacht kaum geschlafen. Sorry, dass ich deswegen so neben mir stehe«, entschuldige ich mich.

»Ach kein Ding, das ist jeder mal. Konnte ich dich denn ein wenig ablenken?«, fragt Nick besorgt und sieht mich an.

»Ohja, das konntest du.« Seufzend strecke ich mich aus. Nicks Couch ist so angenehm weich, dass ich gar nicht mehr so ganz mitbekomme, was er mir alles erzählt. Seine Stimme wird irgendwann zu einem regelmäßigen Hintergrundgeräusch und ich schlafe tatsächlich ein.

Vielleicht liegt es daran, dass ich nicht zuhause bin, oder ich weiß, dass Nick da ist. Aber ich fühle mich gerade unglaublich geborgen und der Schlaf ist überraschend tief.

Wie lange ich auf Nicks Sofa liege, weiß ich nicht, doch als ich blinzelnd die Augen wieder öffne, ist es draußen vor dem Fenster bereits dunkel.

Gähnend setze ich mich auf und streiche mir durch die Haare, wobei ich wieder mit den Fingern in den Extentions hängen bleibe.

Aus der Küche weht ein leckerer Geruch zu mir hin und mein Magen knurrt. Außer der Tasse Kaffee und einem Schluck Tee habe ich heute nichts zu mir genommen. Vielleicht sollte ich es versuchen. Mein Kopf scheint den Schlaf gut genutzt zu haben, denn er fühlt sich wieder etwas klarer an und auch das beklemmende Gefühl, dass mir vorhin noch die Kehle zugeschnürt hat, ist ein wenig abgeflaut.

Gut, dass ich Nick habe und weiß, dass ich immer zu ihm kommen kann. Gute Freunde sind so unglaublich viel wert.

Am Freitagabend schaffe ich es, nach Drehschluss unauffällig in Lucas´ Wohnung zu kommen. Er ist zurück aus Sheffield und ich konnte es den ganzen Tag kaum erwarten, ihn wieder zu sehen.

Nun sitze ich in Jogginghose und T-Shirt auf seinem Sofa und habe ihm gerade von Nicks Silvester Plan erzählt.

»Ein Gay Club? Muss das sein? Wollen wir wirklich Öl ins Feuer gießen? Wieso warst du denn bei Nick?« Lucas klingt ungläubig und sieht mich an, als hätte ich nicht mehr alle Tassen im Schrank.

Ich erzähle ihm kurz von meiner Down-Phase, die ich hatte, allerdings vermeide ich es, dabei zu sehr ins Detail zu gehen, denn beunruhigen will ich ihn nicht. Auch, dass ich noch immer Bauchschmerzen habe, verschweige ich ihm. Womöglich macht er sich dann zu große Sorgen und das will ich auf keinen Fall.

»Du machst dir viel zu viele Gedanken, Henry. Das wird schon alles gut gehen, wir tun ja alle unser Bestes und Lauren haben wir auch auf unserer Seite. Allerdings glaube ich nicht, dass sie von einem Gay Club begeistert wäre. Wieso muss es denn ausgerechnet sowas sein?«, fragt Lucas und legt sich auf die Couch, den Kopf in meinem Schoß.

»Naja, Nick meinte, dass da auch Heterosexuelle hingehen, dann kann man es vielleicht auch anders drehen ...«, sage ich, muss aber zugeben, dass ich von der Idee selbst nicht vollständig überzeugt bin.

»Hm, ich weiß nicht. Es ist immerhin trotzdem ein Gay Club. Lass uns doch lieber schön was kochen und dann sehen wir weiter. London wird übermorgen sowieso vollkommen überrannt werden, weil alle denken, es sei so hip hier Silvester zu feiern«, überlegt Lucas und sieht mich an. »Außerdem frage ich mich, ob es so sinnvoll ist, gerade jetzt in einen Gay Club zu gehen, nur weil Nick uns dorthin eingeladen hat. Ich meine Lauren setzt alles daran, die neuen

Bilder irgendwie herunterzuspielen, und wir tauchen dann dort auf? Ich glaube, da wäre sie ziemlich sauer.« Gut, dass Lucas da ist. Ohne seine Überlegung wäre ich womöglich tatsächlich mit Nick mitgegangen und hätte nur noch mehr Unsinn gemacht.

Wo ich momentan meinen Kopf habe, weiß ich nicht. Aber vielleicht ist es auch einfach zu viel, was in der letzten Zeit auf mich einprasselt.

»Oh man, Lucas, ich bin froh, dass ich dich habe«, seufze ich und beuge mich zu ihm hinunter, um ihm einen Kuss zu geben. Er lächelt und legt eine Hand in meinen Nacken, damit ich mich nicht so schnell zurückziehen kann.

»Wieso genau bist du froh darüber?«, fragt er neugierig und blinzelt mich wachsam an.

»Weil du momentan vernünftiger zu handeln scheinst, als ich. Ich hätte Nicks Einladung angenommen und damit vielleicht nur noch mehr kaputt gemacht.«

»Komisch, wo du doch eigentlich eher der Typ bist, der alles zehnmal im Kopf durchspielt.«

»Früher war ich so, das stimmt, aber seit ich dich kenne, versuche ich etwas lockerer zu sein. Aber das war dann wohl ein bisschen zu locker«, gebe ich zu und er nickt.

»Ja, definitiv. Komm, lass uns an Silvester einfach in Ruhe gemeinsam Essen und dann können wir gerne noch weggehen. In einen Club oder so ... aber bitte in einen gewöhnlichen.«

Als wir wenig später die Nachrichten sehen, fällt mir ein, dass Lauren mich gestern angerufen hat und ich sie mal zurückrufen sollte.

»Ich muss mal eben telefonieren«, sage ich zu Lucas, stehe auf und gehe in den Flur. Dort hat sich mein Freund schon ziemlich gut eingelebt, denn die Garderobe sieht in etwa so aus, wie bei seiner Familie. Ich halte mir das Handy ans Ohr und streiche während ich warte, über die Stoffe der verschiedenen Jacken, die dort hängen. Wie es aussieht, hat Lucas sämtliche Jacken und Mäntel, die er besitzt, dort aufgehängt. Entweder hat er keinen Platz im Kleiderschrank oder er will einfach immer die größtmögliche Auswahl haben.

»Lauren Cooper, Cooperations Management«, meldet sich Lauren und reißt mich aus meinen Jackengedanken.

»Hey Lauren, ich bin´s, Henry.«

»Hey Henry, schön, dass du zurückrufst. Ich hatte ja gestern nur diesen Nick am Telefon. Was ist los? Geht es dir nicht gut?«

»Gestern nicht, ich hatte ...«, ich unterbreche mich. Gerade bin ich ganz gut gelaunt und will nicht nochmal alles erzählen, was mir durch den Kopf gegangen ist. Das zieht mich womöglich erneut so runter und das will ich unbedingt vermeiden. »Ich habe gestern nochmal Cardener getroffen.«

»Was? Hält er sich nicht an die Verfügung? Na warte, den werde ich-«

»-nein, er hat sich daran gehalten, aber er hat mich vor der magischen Abstandsgrenze abgepasst. Er ist ziemlich sauer und hat gedroht, sich an mir zu rächen. Wenn ich ehrlich sein soll, klang das ziemlich ernst.« Lauren seufzt und ich kann ihr Gesicht förmlich vor mir sehen. Ich weiß nicht, ob sie Stan Cardener kennt oder mit ihm in der Vergangenheit zu tun hatte, aber ich werde das Gefühl nicht los, dass er sowas wie ihr persönlicher Nemesis ist. So, wie Sherlock Holmes nicht ohne seinen Gegner Moriarty auskommt.

»Der Kerl ist wirklich hartnäckig. Gut Henry, hör zu: ich werde dir jetzt einen Bodyguard stellen. So kann das ja nicht weitergehen. Womöglich schickt er dir noch einen Schläger hinterher. Das wird mir langsam alles etwas zu gefährlich. Ist das für dich okay?«

»Ist der dann immer mit dabei, sobald ich das Haus verlasse?«, frage ich unsicher, denn ich bin nicht sonderlich scharf darauf, ständig einen Babysitter bei mir zu haben.

»Nein, ich werde das so planen, dass du ihn anrufen kannst, wenn du jemanden brauchst und er einfach auf Standby steht. Du musst dann die Situation selbst einschätzen und wissen, wann du Personenschutz benötigst. Gib das bitte auch an Lucas weiter. Ich werde mich auch für ihn nach jemandem umsehen. Langsam wird mir das alles zu gefährlich, ohne Hilfe. Ach und sag mal, wie lange bist du denn schon mit Nick befreundet?«, fragt sie neugierig nach. Ich wusste, dass sie das noch anspricht.

»Schon lange, aber ich hatte immer Angst, du könntest das nicht gutheißen, weil er ja schwul ist und man mich dann in die falsche Richtung schieben könnte. Aber Nick hat mir durch seine Arbeit beim Radio schon oft den Rücken gestärkt, also ist diese Freundschaft auch ganz nützlich für die Publicity.« Lauren ist derselben Meinung und nachdem wir uns noch einen guten Rutsch gewünscht haben, lege ich auf.

Bodyguard auf Abruf, das klingt doch gut. So muss ich nicht die ganze Zeit eine Art menschlichen Schatten hinter mir her laufen lassen. Nachdem ich das Telefonat beendet habe, gehe ich durch den Flur zurück ins Wohnzimmer.

Lucas hat den Fernseher auf lautlos geschaltet und liest etwas auf dem Handy. Seine Augenbrauen sind zusammengezogen und er wirkt kritisch.

»Was ist?«, frage ich und er seufzt, ohne vom Display aufzusehen: »Ach, bei Twitter geht's wieder los. Ich würde nicht zu dir stehen wollen, und ich solle doch endlich mal Stellung nehmen. Und natürlich sind auch wieder Leute dabei, die mich einfach nur beschimpfen wollen. Und dann werde ich auch runter gemacht, weil ich mich für Geld kaufen lasse. Diese Sugar Daddy Geschichte hat aber auch wirklich Kreise gezogen.« Frustriert grummelnd legt er das Handy weg und streckt die Arme zu mir aus. Zu gerne lasse ich mich hineinfallen und wir kippen gemeinsam nach hinten aufs Sofa.

Den Kopf auf seiner Brust, schmiege ich mich an ihn.

»Lauren will uns Bodyguards buchen, die wir bestellen können, wenn wir welche brauchen. Sie hat Angst, dass man uns was antun könnte.«

»Ich hab auch Angst, dass dir bald was passiert«, wispert Lucas und dreht meinen Kopf so, dass ich ihn ansehen muss.

»Ich passe auf mich auf.«

»Das meine ich nicht. Du hast heute den ganzen Tag hier verbracht und ich habe dich nicht einen Bissen essen sehen. Ich weiß ja mittlerweile, dass du das nicht mit Absicht machst, aber wenn man keinen Hunger hat, dann muss man sich dazu zwingen. Du siehst nicht gesund aus. Wirklich, ich mache mir Sorgen um dich, Henry.«

In seinem Blick liegt dieser Ausdruck, den ich bei ihm eigentlich nicht sehen möchte. Seine Augen gefallen mir besser, wenn er lacht.

»Ich ... ich hab seit gestern Bauchschmerzen ...«, gestehe ich dann doch und Lucas seufzt.

»Natürlich hast du das. Wenn man so viel Druck verspürt und sich selbst zusätzlich noch welchen macht, dann ist das ja klar, dass man Bauchschmerzen bekommt. Das ist wie früher zu Schulzeiten, wenn man für eine Klausur nicht gelernt hat und dann Magenschmerzen vor Nervosität hatte. Das geht aber sicher weg, wenn du mal was isst. Komm, ich mach dir eine Gemüsesuppe.«

Lucas drückt mir einen Kuss auf die Lippen und steht auf.

Ob er recht hat? Mit geschlossenen Augen horche ich in mich hinein und versuche, meinen Magen genauer zu fühlen.

Womit ist es vergleichbar? Es ist nicht dieses »zuviel gegessen Bauchweh« und auch das »Bauchschmerz vor Hunger« passt nicht auf das Gefühl, das in diesem Organ herrscht.

Ja, Prüfungsangst oder Lampenfieber trifft es wohl am ehesten. Und vielleicht hat Lucas ja recht, dass es weggeht, wenn ich einfach mal ein wenig Nahrung zu mir nehmen würde.

Einen Versuch ist es wert und ihm zuliebe werde ich das auf jeden Fall tun.

30. KAPITEL

Meine Bauchschmerzen werden auch in den nächsten Tagen nicht besser. Ich versuche, mich möglichst schonend zu ernähren, um dem Magen nicht zu viel zuzumuten, doch es funktioniert nicht wirklich gut.

Trotzdem will ich mit Lucas gemeinsam essen und so stehen wir am Silvesterabend bei ihm in der Küche und rollen Sushi.

Den ganzen Tag schon ist in der Stadt der Teufel los.

Massen an Touristen, die den Jahreswechsel hier erleben wollen, sind angereist und bevölkern die Straßen, Restaurants und Clubs. Wer sich heute noch spontan überlegt, essen zu gehen, hat schlechte Karten, denn die Tische wurden teilweise schon Monate im Voraus gebucht.

Ein Grund mehr, um wenigstens das Abendessen in den eigenen vier Wänden abzuhalten. Danach wollen wir ausgehen. Nick konnten wir dazu überreden, uns nicht in einen Gayclub, sondern in einen normalen Club zu begleiten. Bevor es allerdings so weit ist und wir uns auf den Weg machen, haben wir noch etwas Zeit für uns.

»Wann wollen wir eigentlich heute los?«, erkundigt sich Lucas und schiebt die letzte Maki-Rolle zu mir hin.

»Och ich denke, wenn wir uns gegen zehn Uhr auf den Weg machen, reicht das oder?«, überlege ich und setze vorsichtig das letzte Maki auf die große Platte, die wir angerichtet haben. Sie ist voll bis zum Rand und ich habe das Gefühl, dass wir uns ordentlich in der Menge verschätzt haben.

Das kriegen wir niemals gegessen, zumal ich seit gestern Schmerztabletten nehme, um überhaupt etwas runter zu bekommen. Natürlich weiß ich, dass das kein Zustand bleiben kann und ich dringend zu einem Arzt sollte, doch heute ist Sonntag und gestern war es bei Weitem nicht so schlimm, dass ich einen Besuch dort ernsthaft in Erwägung gezogen hätte.

Lucas´ Magen geht es gut und er spachtelt zufrieden drauf los, als wir an dem kleinen Tisch in der Küche sitzen. »Hm es ist wirklich lecker«, sagt er und grinst.

»Ja, das ist es bestimmt«, sage ich und trinke langsam einen Schluck Tee, bevor ich mich vorsichtig an das erste Sushi heranwage.

Nachdem Lucas satt ist, machen wir uns langsam ausgehfertig. Ich habe Klamotten mitgebracht und muss feststellen, dass mein Hemd ziemlich zerknittert ist. So kann ich nicht gehen.

»Lucas, hast du ein Bügeleisen?«, frage ich und luge ins Bad. Mein Freund steht lediglich in Boxershorts bekleidet vor dem Spiegel und frisiert sich die Haare. »Oh, können wir nicht hierbleiben ... mir gefällst du in dem Outfit so gut ...«, schnurre ich, werfe das Hemd auf den Trockner, der im Bad steht, und schließe Lucas in die Arme. Er sieht mich durch den Spiegel an und grinst. Er weiß einfach genau, was er in mir auslöst, wenn er so vor mir steht.

»Wir können ja morgen früh, wenn wir zurückkommen noch ein bisschen ...«, fängt er an, unterbricht sich dann aber und sagt: »Wobei ich ja befürchte, dass ich zu platt dafür bin, wenn ich Alkohol getrunken habe. Und zu deiner Frage: Ja ich habe ein Bügeleisen. Es ist im Schlafzimmer unter dem Bett.« Nur widerwillig löse ich mich von meinem Freund, tupfe ihm noch einen Kuss auf den Nacken und husche dann ins Schlafzimmer.

Wir nehmen die Bahn in die City und der größte Teil der jüngeren Passagiere ist bereits deutlich angetrunken. Die Wärme in der Bahn trägt, zusätzlich zum Lärmpegel, nicht unbedingt dazu bei, dass man sich besonders wohl fühlt.

Allerdings ist heute nun mal Silvester und da geht es in London eben drunter und drüber. Also kein Grund, sich zu beschweren, denn der Zustand ist spätestens morgen wieder vorbei.

»Willst du auch einen Schluck?« Ein junges Mädchen, das neben Lucas steht, tippt ihn auf die Schulter und hält ihm eine Sektflasche unter die Nase. Ihre Haare sind so wild toupiert, dass mir der Mop ins Gesicht wischt und ich darin regelrecht untergehe.

»Klar, gerne«, sagt Lucas gut gelaunt, nimmt ihr im Gedränge umständlich die Flasche aus der Hand und trinkt einen Schluck. Sie sieht ihn dabei an und kichert, offensichtlich bereits betrunken genug, um alles lustig zu finden.

»Nicht zögerlich, heut ist Silvester.« Kurzerhand hält sie die Flasche am Boden fest, sodass Lucas sie nicht absetzen kann, und der ist genötigt, mehrere Schlucke zu nehmen. Ich muss grinsen, weil ich ihm leider nicht helfen kann und er darauf warten muss, bis sie ihm gnädig gestimmt ist.

Nach sechs Schlucken lässt sie die Flasche los und Lucas wischt sich prustend den Mund ab.

»So früh wollte ich eigentlich noch nicht trinken«, sagt er zu Miss Löwenmähne, die mit den Schultern zuckt: »Ach, an Silvester kann es doch nicht früh genug sein.« Dann setzt sie selbst nochmal die Flasche an.

Der ganze Waggon der Bahn ist in Partystimmung und eine Gruppe schafft es, ihre Handys so miteinander zu synchronisieren, dass aus unterschiedlichen Richtungen ein 90er Partysong schallt und so feiert sich der Wagen ins Zentrum von London.

In Westminster stolpern wir auf den Bahnsteig und lassen uns von der Masse hinaus ins Freie schwemmen. Draußen ist es kalt und überall leuchten Lichter, blinken Lampen. Die ganze Stadt scheint eine Party zu sein.

Lucas greift nach meiner Hand, damit wir uns im Getümmel nicht verlieren.

»Wohin müssen wir?«, fragt er und sieht sich um. Ich bleibe kurz stehen, um mich ebenfalls orientieren zu können, was bei den vielen Leuten gar nicht einfach ist. Der Club, den wir ausgesucht haben, liegt in Soho, direkt an der Grenze zu Chinatown und wir finden einen Weg, der nicht von Touristen belagert ist.

Durch einige ruhigere Gassen gelangen wir in das bunte asiatische Viertel und nehmen dort eine Abkürzung.

»Schau mal Henry, eine Winkekatze.« Lucas bleibt an einem Schaufenster stehen und mustert liebevoll eine der goldenen Kitsch-Katzen, die uns grinsend mit der Pfote zuwinkt. »Wusstest du, dass es eine Bedeutung hat, ob sie mit Rechts oder Links winkt?«, fragt Lucas und tippt mit dem Finger gegen das Glas.

»Ja, das wusste ich«, sage ich amüsiert und bin selbst überrascht davon. »Die linke Pfote verspricht Kundschaft, die rechte Pfote Glück. Komm, lass uns weitergehen, wir müssen sicherlich noch vor dem Club anstehen und mir ist jetzt schon kalt«, sage ich und ziehe Lucas weiter.

Die Warteschlange vor dem Club ist lang und ich stöhne genervt auf, als mir klar wird, dass es bestimmt eine Stunde dauern wird, bis wir drin sind. In der Hoffnung, Nick könnte vielleicht schon anstehen und uns zu sich lassen, ziehe ich das Handy hervor und schreibe ihm:

>>Bist du schon in der Schlange? Wir sind eben angekommen.<<

Die Antwort lässt nicht lange auf sich warten.

>>Ich bin schon drin. Hab euch auf die Gästeliste setzen lassen. Geht einfach direkt nach vorne. Bis gleich!<<

»Wow, stehst du immer auf Gästelisten?«, wundert sich Lucas, als wir an dem bulligen Türsteher vorbeikommen und in den dunklen Club treten.

»Nein, das hat Nick arrangiert.«

»Voll cool.«

Wir geben unsere Jacken an einer Garderobe ab und treten dann in den Hauptraum. Hier ist es voll, stickig und laut. Ein wenig Kunstnebel hüllt das feiernde Volk ein und Lichtstrahlen zucken durch die Luft.

Lucas stupst mich an und deutet auf eine Art Empore, die von der Tanzfläche aus gut zu sehen ist. Dort steht Nick und winkt wild gestikulierend zu uns hinüber.

»Komm, lass uns zu ihm gehen!«, ruft Lucas und zieht mich hinter sich her. Es ist schwer, niemanden anzurempeln, doch irgendwie schaffen wir es, unfallfrei zu Nick zu kommen. Er ist schon gut angetrunken und umarmt mich so freudig, als hätten wir uns jahrelang nicht gesehen.

»Schön, dass ihr da seid! Hallo Lucas, endlich sehen wir uns auch mal in echt!«, ruft er und drückt ihn fest an sich, der die Umarmung herzlich erwidert.

»Ich hab hier ein paar Freunde dabei. Leute, das sind Henry und Lucas.« Mit ausladender Geste, deutet er auf uns und wir nicken den Leuten zu, die in der Lounge sitzen und uns alle freundlich ansehen. Es sind Models und Künstler unter ihnen, manche kennt man aus den Klatschblättern.

»Henry, cool dass du auch da bist!« Jamie sitzt ebenfalls auf der Couch. Ich strecke mich zu ihm hin und schüttele seine Hand.

»Bist du auch einer von Nicks Freunden?«, frage ich und er zuckt mit den Schultern. »Nein, wir sind uns eben zufällig vor dem Club begegnet«, erzählt Jamie. »Setzt euch doch.« Wir quetschen uns ans Ende des Sofas und sofort habe ich ein Glas Champagner in der Hand.

Der Club ist wirklich toll, das muss ich zugeben. Man kann sich trotz der Musik halbwegs unterhalten und irgendwo scheint es eine gut funktionierende Lüftung zu geben, sodass man atmen kann. Viele tanzen und ich lasse mich wenig später dazu hinreißen, nachdem mich eine Modelfreundin von Nick aufgefordert hat. Mit Lucas würde ich auch zu gerne tanzen, doch mir ist es zu viel Risiko und ich lasse es sein, obwohl ich ihm ansehe, dass er enttäuscht ist.

Als ich etwas außer Atem wieder bei Lucas auf der Couch ankomme, grinst er mich an und lehnt sich an meine Schulter.

»Du kannst ja tanzen, das hast du mir nie gesagt.«

»Du hast mich nie gefragt«, gebe ich zurück und mustere ihn. Seine Augen sind etwas glasig und ich sehe, dass der Cocktail in seiner Hand nur noch wenig Inhalt vorzuweisen hat. »Wie viel hast du schon getrunken?«, frage ich und deute auf das Glas. Mit leichter Überraschung, als könnte er sich nicht so recht erklären, wohin der Inhalt dessen verschwunden ist, blinzelt Lucas es an und meint dann: »Wie es aussieht, hab ich das wohl getrunken ... ging schneller, als ich dachte. Naja, heute ist Silvester.« Er gluckst und zuckt dann die Schultern.

»Kannst du dich ein bisschen zusammennehmen? Ich fände es toll, wenn du den Jahreswechsel noch mitbekommst und ich dich nicht nach Hause tragen muss«, bitte ich ihn freundlich.

»Würdest du sowieso nicht schaffen, ich bin viel zu schwer«, gluckst er, bestellt sich dann aber tatsächlich ein Glas Wasser, wofür ich sehr dankbar bin.

Hier in der Lounge ist genug Platz und im Vergleich zum Dancefloor, kann man sich hier noch rühren. Nick hat eine Runde geschmissen und macht sich gerade einen Spaß daraus, sämtliche Damen auf der Tanzfläche mit Eiswürfeln aus dem Kühlbehälter zu bewerfen. In den wenigen Malen, die ich in der Vergangenheit mit Nick aus war, hat sich gezeigt, dass er äußerst kindisch wird, wenn er betrunken ist und so wundert mich das gar nicht und ich lasse ihn machen.

»Darf ich dir sagen, dass deine Frisur so gar nicht zu deinem Outfit passt?«, fragt Jamie, der mittlerweile soweit aufgerückt ist, dass er neben mir auf der Couch sitzt. Er trägt einen Hut in einer Art und Weise auf dem Kopf, von der ich sicher bin, dass nur er das so tragen kann. Bei jedem Anderen würde das vollkommen bescheuert aussehen. Nicht bei Jamie und das nutzt er voll aus, allerdings ohne dabei eingebildet zu wirken. Er weiß genau, was ihm steht. Deswegen vermutlich auch die Bemerkung zu meinen Haaren.

»Ja ich weiß. Sei froh, dass du deine Dreads losgeworden bist. Mit denen hättest du niemals den Hut tragen können.« Ich schnippe gegen die Krempe und er verrutscht. Sofort rückt Jamie ihn wieder in die richtige Position, grinst aber.

»Ich finde es aber gut, dass du Louise Arbeit abnimmst, indem du dich bereit erklärst, die Strähnen drin zu lassen. Ich kenne viele Schauspieler, die viel zu eitel dazu sind, mal eine Weile anders auszusehen. Sie lassen lieber die

Maskenbildner eine Stunde früher antanzen, als ihnen zur Abwechslung mal entgegenzukommen.«

Jamie will noch weitersprechen, doch eine Frau zieht ihn an der Hand auf die Beine und fordert ihn zum Tanzen auf. Also sitze ich allein auf dem Sofa und sehe auf meine Uhr.

23:55 Uhr.

Gleich ist es Mitternacht.

Rasch sehe ich mich nach Lucas um. Ich will auf keinen Fall ohne ihn ins neue Jahr starten.

»Henry, es ist gleich Mitternacht!«, ruft Lucas, der plötzlich neben mir aufgetaucht ist und plumpst zu mir auf die Couch. Er wirkt etwas nüchterner, als vorhin und greift nach meiner Hand. Ich will ihm gerne so viel sagen, aber hier drin ist es so laut, dass ich ihn anschreien müsste, um das zu tun, und das macht die Worte weit weniger romantisch.

»Ich liebe dich«, sage ich leise, auch wenn er diese Worte nur an meinen Lippen ablesen kann, lächelt Lucas geschmeichelt und gibt mir einen Kuss. Gerade, als er sich von mir löst, fangen alle um uns herum an, die letzten Sekunden des Jahres herunter zu zählen, und wir steigen mit ein. Lucas´ Hand fest in meiner, habe ich die Augen geschlossen und sende einen Wunsch ab, dass wir beide im neuen Jahr endlich offiziell glücklich sein dürfen. Ich hoffe so sehr, dass es wahr wird.

»5 ... 4 ... 3 ... 2 ... 1 ... HAPPY NEW YEAR!«, ruft der ganze Club und Lucas fällt mir um den Hals.

Ich küsse ihn, denn alle anderen sind in dieser Sekunde damit beschäftigt, ihre Freunde oder liebsten zu umarmen und zu küssen. Wir fallen schlicht und einfach nicht auf. Champagnerregen sprüht tröpfchenweise von oben auf uns herunter und das klebrige Zeug landet überall. Lucas lacht, legt den Kopf in den

Nacken und versucht, einige Tropfen mit der Zunge zu fangen, dann kommt Nick aus dem Getümmel gestolpert und umarmt uns beide heftig.

»Ich wünsche euch ein gutes neues Jahr! Auf dass es euer Jahr sein möge!«, ruft er und küsst uns nacheinander. Er ist betrunken, aber ich freue mich über die Glückwünsche und gebe sie gerne zurück.

Um kurz vor eins wird es ziemlich laut im Club und ich verziehe mich auf die Toilette. Mein Gesicht klebt vom Champagner und ich brauch mal einen kurzen Moment für mich allein.

Die Tür knallt hinter mir zu und ich trete an den Spiegel heran. Dumpf wummert der Bass durch die Tür, doch außer mir ist niemand in dem gefliesten Raum. Herrlich.

Ich schließe die Augen, atme einmal tief durch und zupfe meine Haare wieder halbwegs in Ordnung, dann husche ich in eine Kabine. Die Trennwände hier drin sind voller Graffiti, obwohl der Club ziemlich angesagt ist, sind die Kabinen hier wirklich schmuddelig. Der Boden klebt und quietscht unter meinen Schuhen und es riecht ähnlich, wie in einer Bahnhofstoilette.

Ich pinkle im Stehen, entriegele dann die Tür und trete wieder hinaus in den Vorraum und ans Waschbecken, um mir die Hände zu waschen.

Die Tür hinter mir geht auf und ein großer, gutaussehender Typ kommt herein. Er nickt mir knapp zu, will weitergehen und scheint mich dann erkannt zu haben. Ich hebe eine Augenbraue, warte darauf, dass er etwas sagt, doch er tut es nicht, sondern starrt mich nur an. Seine Augen sind rot gerändert.

»Ist was?«, frage ich irgendwann und er legt den Kopf schief.

»Du bist doch Henry Seales ...«

Oh, er ist betrunken.

»Ja ...«, sage ich langsam, um ihm die Möglichkeit zu geben, seinen Satz beenden zu können. Nachdem er nichts sagt, schalte ich den Wasserhahn ein, um mir die Hände zu waschen.

»Du bist Henry Seales, der sich nicht entscheiden kann, ob er Lucas Thomas ficken soll, oder nicht ...«

»Ich glaube, das geht dich nichts an«, sage ich recht neutral und drehe mich zu ihm um. Er ist minimal größer als ich und sieht aus wie eine Mischung zwischen Profiboxer und Hugh Jackman. Seine Pupillen sind riesig – irgendwas hat der Typ eingeworfen und ist so dermaßen high, dass es mich wundert, dass er überhaupt einen Satz herausbringt.

»Vielleicht hast du ja noch nie einen ordentlichen Mann angefasst, dann kannst du ja nicht wissen, wie gut es ist. Ist besser, als mit einer Frau, weißt du?«

»Ich glaube, das kann ich selbst entscheiden. Da brauch ich keine Hilfe.« Seine Hand schließt sich um meinen Oberarm, als ich mich an ihm vorbeischiebe. Ich versuche mich aus seinem Griff winden, doch er drückt nur noch fester zu. Die Musik von draußen wummert durch die Tür.

Wir rangeln wortlos miteinander, doch er ist wesentlich kräftiger als ich, packt mich an den Haaren und schubst mich in eine Kabine, drängt sich hinterher.

»Lass mich los! Was soll denn das?«

»Ich zeige dir, wie geil es ist, einen Mann zu ficken ... halt´s Maul ...«, schnauft er, unterbricht sich, umfasst meinen Hals und stößt mich hart gegen die Wand. Ich muss würgen und versuche, mich zu lösen, doch er drückt mir die Kehle so fest zu, dass mir kurz schwarz vor Augen wird. Ich höre das Schloss klicken.

Als er den Griff endlich löst, ringe ich nach Luft und meine Sicht ist getrübt. Weiße Punkte tanzen mir vor den Augen und es fühlt sich an, als müsste ich mich gleich übergeben. Mein Hals ist vollkommen wund, doch ich hab keine Zeit, mich von dem Würgegriff zu erholen. Der Mann drückt seine Finger in mein Gesicht und presst mich gegen die Kabinenwand. Sein Körper ist trainiert und warm, als er ihn mit voller Kraft einsetzt, um mich bewegungsunfähig zu machen. Fahrig versuche ich, ihn loszuwerden und um Hilfe zu rufen, doch draußen ist es viel zu Laut und meine Rufe werden nicht gehört.

Das kann doch nicht wahr sein! Scheiße, wie komme ich hier wieder raus?

Verzweifelt versuche ich, ihn loszuwerden, zu treten, doch mir fehlt die Kraft. Er ist viel stärker.

»Du willst das auch, das sehe ich dir doch an. Ein Kerl wie du, macht doch jedes Wochenende auf einer anderen Toilette rum ... ich war schon in genügend Clubs, um das zu wissen...Ich erkenne die unterdrückten Homos, die nach Sex suchen«, lallt er, löst sich atemlos von mir und sieht mich grimmig an. Dabei nestelt er an seiner Jeans.

Mein Blick huscht zur Tür und ich nutze den Moment, um mich an ihm vorbei zu schieben. Ich muss hier raus, sonst nimmt das hier kein gutes Ende.

Doch er unterbindet meinen Fluchtversuch, packt mich und ehe ich mich versehe, stehe ich wieder mit dem Rücken an der Wand.

Wieso kommt denn niemand in die Toilette? Verdammt!

»Versuch gar nicht erst, abzuhauen. Dir werde ich noch einiges zeigen.«

»Ich werde dich verklagen, wegen sexueller Belästigung, wenn du mich jetzt nicht *sofort* loslässt.«

Zur Antwort darauf schlägt er mir mit voller Wucht ins Gesicht, dann trifft mich sein Knie in die Weichteile.

Ächzend sacke ich zusammen.

Ich presse mir beide Hände zwischen die Beine, beiße die Zähne zusammen und sinke nach vorn. Diese Schmerzen sind so unglaublich, dass mir fast schon wieder schwarz vor Augen wird.

Ich will aufspringen und weglaufen, doch der brennende Schmerz hindert mich daran, auf die Beine zu kommen. Mit dem Schuh tritt er mir auf die Hände, sodass ich nicht mehr hochkomme. Eine Hand ballt sich in meinen Haaren zur Faust und er drückt mir den Kopf in den Nacken.

»Bitte nicht, lass mich los ...«

Ich kann nicht mal mehr drohend klingen. Alles was ich hinbekomme, ist ein leises, hilfloses Wimmern.

Seine Hand ist rau, als er sie mir auf die Nase drückt und ich den Mund öffne, um nicht zu ersticken.

ENDE TEIL 2

Dir hat das Buch gefallen?

Dann würde ich mich sehr über Deine Rezension bei Amazon freuen.

Wenn du mehr zu mir und meinen zukünftigen Projekten erfahren möchtest, findest du mich hier:

Instagram: @l.c.pfeifer

Danksagung

Auch hier möchte wieder Danke sagen.

„1925 – Liebe kämpft" ist beendet und ich bin sehr dankbar für die Hilfe der Menschen, die mich auf der Reise mit diesem Buch begleitet haben.

Das größte Dankeschön gilt meinem wunderbaren Mann, der so viel Geduld mitbringt und mich immer unterstützt. Ich bin wirklich oft am Laptop gewesen, habe laut herumüberlegt und ihn immer wieder zusammenhanglose Dinge gefragt. Danke für deine Hilfe!

Ich liebe dich!

Auch den ganzen Autoren, die sich unter dem #Schreibmaschinen auf Instagram zusammengefunden haben, möchte ich danken. Die gegenseitige Unterstützung ist toll. Ihr seid wundervoll und ich bin wirklich froh, euch zu kennen.

Danke auch an Tabea, du hast tolle Arbeit geleistet!

Danke Franzi, für dein gutes Auge und die Tipps!

Danke an Jan dafür, dass ich dich hier als Reporter einbauen durfte.

Und an alle, die ich vergessen habe: Ihr wisst, inwiefern ihr hier involviert wart.

Vielen Dank!

Über die Autorin:

Lisa begann schon im Alter von 15 Jahren mit dem kreativen Schreiben. Mit 20 veröffentlichte sie erste Werke auf Wattpad und wagte mit ihrem Debütroman 2018 „Not My Circus Not My Monkeys" den Schritt in die Öffentlichkeit.

„1925 - Liebe wächst" erschien im Januar 2020. Mit „1925 – Liebe kämpft" bekommt die 1925 Reihe nun ihren zweiten Teil.